시공의 변방

시공의 연인

지은이 | 하루가
펴낸이 | 권순남
펴낸곳 | 도서출판 동행

등록 | 2008년 1월 7일(제310-2008-00001호)

초판 인쇄 | 2019년 11월 1일
초판 발행 | 2019년 11월 7일

주소 | 서울시 노원구 상계1동 1049-25 신영산업BD 602호
전화 | 02-2091-0291
팩스 | 02-2091-0290
이메일 | marubooks@hanmail.net

ISBN | 978-89-280-7262-0
정가 | 9,500원

잘못된 책은 교환하여 드립니다.
저자와 협의하여 인지를 붙이지 않습니다.

시공의 면안

하루가 장편소설 上

DONGHANG PREMIUM EDITION

동행

01 지하철 멍멍녀 … 7

02 총각귀신 … 40

03 기억의 파편 … 76

04 의심의 경계 … 116

05 매화 마을 … 163

06 버들 도령 … 199

07 시들지 않는 매화 … 230

08 산군의 아내 … 271

09 특별한 연인들 … 312

10 은원의 고리 … 352

11 여우의 눈물 … 389

에필로그 … 431

01 지하철 멍멍녀

11월 셋째 주 금요일.

며칠째 잠을 설친 민지는 붉게 충혈된 눈을 부릅뜨며 신도림행 열차에 올라탔다. 콩나물시루처럼 빡빡하게 들어찬 사람들 때문에 숨이 턱 막혀왔다.

'아……. 집으로 순간이동 하고 싶다.'

십년지기와의 약속조차 달갑지 않은 청춘은 피곤에 찌들어 있었다. 30분이나 일찍 퇴근했음에도 그 노력을 비웃기라도 하듯 지하철은 만원이었다. 두꺼운 겨울옷에서 풍겨 나오는 각종 냄새들이 두통과 멀미를 일으켰다.

'월차 냈으니까, 오늘만 참으면 돼.'

임직원 150명인 내비게이션 제조업체에 근무하는 그녀는 입사 5년 차, 자재과 대리를 단 지는 2년 되었다.

자재 과장이 병가를 내는 바람에 이제는 그녀가 쓰러질 판이다.

-이번 역은 신도림, 신도림역입니다. 내리실 문은……

열차에서 내려선 민지는 환승을 위해 사람들 무리에 섞여 좀비처럼 걸었다.

다시 열차에 오르자 그녀의 앞에 앉아 졸고 있던 아저씨가 발작을 하듯 일어났다.

"잠깐만요! 나 좀 내립시다. 비켜요! 내려야 해요!"

출구를 향해 미친 소처럼 달려 나간 아저씨 덕에 자리가 생겼다.

'개꿀~'

약속 장소인 신림역까지 겨우 4정거장이지만, 한 시간 내내 서서 왔던 민지는 주저 없이 자리에 앉았다.

누울 자릴 보고 다리 뻗는다 했던가. 엉덩이가 의자에 붙자마자 절로 눈이 감겼다.

영업 수주에 맞춰 결품(loss) 관리하느라 사흘 내내 야근한 탓에 밀렸던 잠이 수북하게 쏟아졌다. 민지는 순식간에 어둠 속으로 빨려 들어갔다.

'따뜻하다.'

젖은 흙 내음과 초록빛 향기가 밀려들었다.

그리고 이 비릿한 냄새는……?

'피!'

새까만 어둠 속에 샛노랗게 반짝이는 빛이 보인다. 빛? 아니, 보석인가?

노란 불빛이 반짝, 다시 사라졌다 나타나는가 싶더니 움직인다. 동시에 역한 노린내가 꾸역꾸역 풍겨왔다.

순간 머리털이 곤두서며 민지는 온몸이 떨려왔다. 올가미에 걸린 양 굳어 버린 몸을 일으키자 배 쪽에서 뭉쳐 있던 온기가 뚝 떨어져 나갔다.

끼잉. 낑. 낑.

떨어져 나간 생명체들은 온기를 찾아 꼬물꼬물 필사적으로 그녀에게로 몰려들었다.

'강아지?'

먹먹한 어둠, 반짝이던 빛이 눈동자라는 것을 알아차리는 데는 그리 오래 걸리지 않았다. 달을 가린 구름이 밀려나는 찰나 노란빛의 정체가 확연하게 드러났다.

'호, 호랑이! 호랑이. 호랑이.'

놀랄 사이도 없이 달려든 호랑이가 덥석! 새끼 강아지를 입에 물었다. 거대한 머리를 터는 호랑이 입에서 작은 강아지는 비명도 지르지 못한 채 인형처럼 흔들렸다.

'안 돼!'

심장이 찢기는 고통이 그녀의 가슴을 난도질했다. 두려움을 넘어 호랑이에게로 달려 나갔다.

'안 돼! 안 돼! 하지 마! 그러지 마!'

요란하게 개 짖는 소리와 함께 호랑이 앞발에 맞아 날아간 민지는 뼈가 부서지는 통증이 느껴졌다.

호랑이가 다른 한 마리를 또 입에 물었다. 연한 뼈가 와그작 부서지는 소리가 고막을 긁어 내렸다.

'안 돼!'

눈물이 터져 나온 민지가 호랑이에게로 달려들었다. 두 손으로 얼굴을 움켜쥐고 귀를 물었지만 호랑이는 지푸라기 털 듯 그녀를 날려 버렸다.

우두둑.

차가운 벽에 부딪혀 떨어진 민지의 손목이 꺾이며 불에 덴 듯한 통증이 일었다.

'안 돼!'

피투성이가 된 강아지 두 마리가 눈에 들어오자 저도 모르게 악을 쓰며 호랑이에게 덤볐다.

커다란 이빨이 칼날처럼 섬뜩하게 번뜩이는 순간, 그녀의 어깨와 등에서 불길이 치솟았다.

'물렸구나.'

식도를 타고 뜨거운 피가 쏟아져 나왔다. 눈물이 났다. 척추를 끊어내는 통증 때문이 아니었다. 하나 남은 강아지를 향한 그녀의 눈동자를 붉게 태우는 피눈물이 왈칵왈칵 쏟아졌다.

'하지 마! 하지 말라고! 으아아아아!'

악을 쓰며 호랑이를 향해 머리를 트는 그녀의 입에서 뜨거운 오열이 터져 나왔다.

"멍! 멍멍멍! 멍!"

땀으로 흠뻑 젖은 몸에 힘을 주니 환한 빛이 쏟아져 들어왔다.

"멍멍멍! 으르르르, 왈! 왈와……?"

시뻘겋게 핏대가 오른 그녀의 눈에 기겁을 하며 물러서는 사람들이 들어찬다.

"아가씨. 괜찮아요?"

중년 여인의 물음에 늑대인간처럼 두 손을 오그리고 서 있던 민지가 천천히 손가락을 폈다.

"뭐야, 진짜 개인 줄?"

"꿈꿨나 봐."

멀찍이 물러선 사람들의 수군거림에 척추가 끊어진 통증보다 더한 창피함이 밀려들었다.

"젊은 아가씨가 무슨 꿈을 그렇게 사납게 꿔?"

"아……. 저, 죄송합니다."

사과를 하며 걸음을 떼자 약속이나 한 듯 사람들이 일제히 뒷걸음질 쳤다. 그녀를 피하는 사람들의 모습에 고개 숙인 민지의 얼굴이 더욱 붉게 달아올랐다.

"큭큭, 으르렁거리는 소리 진짜 리얼하네."

"전생에 개였나 봐."

젊은 커플의 속삭임이 그녀의 가슴으로 아프게 박혀 들었다. 창피해서 살 수가 없다.

'미쳤나 봐. 돌았어! 아! 짜증나.'

속도를 줄인 열차가 역에 멈춰 서기까지 십 년처럼 길었다. 식은땀을 삐질삐질 흘리며 서 있던 민지가 문이 열리기가 무섭게 내달렸다.

"그래서 낙성대역까지 간 거야?"

신림 사거리 술집에 모여 앉은 친구들은 민지의 이야기에 연신 웃음을 터트렸다.

"어떻게 그 짧은 시간에 그렇게 깊이 잠들 수 있지?"

"중학교 때도 잠 많았잖아. 어디든 닿기만 하면 잔다니까. 안 그러냐, 동현?"

"민지는 먹을 때랑 잘 때가 제일 예뻤어."

중고교 내내 동아리 커플이었던 동현이 고개를 끄덕이며 미소 지었다.

"그런데, 수빈이가 많이 늦네? 여행사 일 많이 바쁜가?"

"일본 갔다가 어제 왔을 걸?"

"베프들도 같이 살면 싸운다는데, 민지랑 수빈이는 참 오래도 붙어산다. 그지?"

남자 둘, 여자 셋으로 이루어진 모임은 중학교 동아리부터 지금까지 쭉 이어졌다. 대학도 직업도 다양했지만, 애인이 생기면 가장 먼저 소개할 만큼 스스럼없고 도타운 친구들이었다.

"호랑이 꿈인데 로또 사야 되는 거 아냐?"

"님, 그건 좀 아닌 듯."

"왜? 호랑이도 영물인데."

개 나오면 무조건 개꿈이라는 아름의 핀잔에 성민이 지지 않고 대꾸했다.

"그럼 태몽인가? 호랑이가 물었다며."

"남자 친구도 없는데 무슨 태몽이야."

"태몽? 누가 태몽 꿨어?"

갑작스레 나타난 수빈이 코트를 벗어 의자에 걸치곤 민지의 곁에 앉았다.

"애인도 없는 것들이 태몽은 누가 꿨는데?"

"민지가 개, 아니 호랑이한테 물리는 꿈꿨대."

아름의 설명에 수빈이 고개를 갸웃거렸다.

"개한테 물리면 구설수인데, 호랑이는 뭐지?"

잽싸게 핸드폰으로 검색한 성민이 환호성을 외쳤다.

"호랑이에게 물리는 꿈! 금전과 지위를 얻고 소원이 성취되는 꿈이다. 거봐! 호랑이는 영물이라 무조건 좋은 거라니까."

민지는 성민의 말이 믿어지지 않았다. 아직도 등줄기가 욱신거리는데, 길몽이라니.

"아무리 꿈이라도 그렇지 호랑이한테 달려들 생각을 어떻게 했어? 너도 참 대단하다."

"몰라, 너무 끔찍했어."

"아무튼 악몽은 아닐 거야. 내가 중국 출장 다녀오면서 사다 준 선물 있잖아."

지난주 수빈에게서 받은 새하얀 도자기 인형이 떠올라 민지가 고개를 끄덕였다.

"그거 액운 쫓는 용도인데 악몽일 리 없잖아."

"중국산이 효과 있겠냐?"

"중국 최초의 등신불이 된 신라 왕자가 당나라 갈 때 함께한 유일한 벗이었거든?"

"어쨌든 중국산."

깐족거리는 성민의 뒤통수를 동현이 후려쳤다.

"그만해, 민지 무서워하잖아."

"그래, 그만하자. 교토는 어땠어?"

화제가 수빈의 교토 여행으로 바뀌면서 술자리는 다시 흥겨운 분위기로 물들었다. 지치고 힘들어도 막상 친구들과 마주 앉으니 켜켜이 쌓였던 스트레스가 녹아내린다.

끝도 없이 떠들어 대던 친구들은 11시가 넘어서야 술집을 나섰다.

대리를 부른 성민이 같은 방향인 아름과 먼저 떠났다. 동현과 수빈, 민지가 나란히 신림역을 향해 걸었다.

"나는 여기서 택시 탈게."

"택시?"

같이 사니 당연히 함께 갈 줄 알았던 민지가 토끼 눈이 되어 수빈을 쳐다봤다.

"진우 오빠 만나기로 했거든."

"이 시간에?"

"미안. 중국 출장 끝나자마자 바로 일본 넘어가서 오빠 못 본 지 이 주나 됐어. 이러다 파혼당하겠어."

'혼자 갈 줄 알았으면 일찍 일어날걸.'

인천까지 홀로 지하철을 타고 갈 생각에 민지는 한숨이 나왔다.

"내일 만나면 안 돼?"

"무서워서 그래? 도자기 인형 꼭 끌어안고 자. 응? 동현아, 민지 부탁해."

피식 웃는 동현의 모습에 민지는 부아가 치민다.

"뭘 부탁해. 알아서 가."

"발끈하기는. 알았어. 마을버스 끊겼을 시간이니까 택시 타고 올라가."

당부를 마친 수빈이 택시에 올라탔다.

멀어져 가는 택시를 망연하게 바라보는 민지에게로 동현이 다가섰다.

"감기 걸린 거야?"

"아니."

"안 좋아 보이는데?"

이마로 향하는 동현의 손길을 피해 물러선 민지가 고개를 저었다.

"피곤해서 그래."

사흘 내내 잠을 못 잔 탓인지. 아니면 피곤한 몸으로 술을 마셔서인지. 술자리에서 일어날 즈음부터 민지는 귓불이 발개질 정도로 몸에 열이 오르기 시작했다.

"우리 집에서 자고 갈래? 새벽에 차로 데려다줄게."

동현의 오피스텔은 역에서 십 분 거리였다. 달콤한 유혹에도 민지는 고개를 저었다.

"아니. 집에 갈래."

"수빈이 안 들어올 것 같은데, 혼자 괜찮겠어?"

"괜찮아. 애도 아닌데 뭐."

기운 없이 대답하며 신림역을 향해 걷는 민지를 따라 동현이 걸음을 옮겼다.

"그럼, 인천까지 데려다줄게."

"됐어. 너 술 마셨잖아."

"맥주 한 잔인데 뭐. 괜찮아."

"내가 안 괜찮아."

"민지야."

한숨처럼 터져 나온 동현의 부름에 역 입구에 멈춰 선 민지가 그에게로 돌아섰다.

"부담스러워."

"뭐가?"

"몰라서 물어?"

수빈의 소개로 만난 민지에게 첫눈에 반한 동현이었다. 그의 구애로 동아리 활동을 하며 2년을 사귀었다. 그러다 대부분의 고교 커플들처럼 고3이 되며 자연스레 멀어졌다.

적어도 민지의 기억은 그러했다.

"동현아. 이제 그만해. 우린 애인이 아니라 친구야."

한창 달달할 때도 둘보단 다섯이 어울린 시간이 더 많았다. 그만큼 풋풋한 사이였기에 헤어지고도 친구로 남을 수 있었다.

"나 아직 너 좋아해."

"캠퍼스 커플이 된 건 내가 아니라 너잖아."

피할 틈도 없이 민지를 낚아챈 동현이 그녀를 품에 안았다.

"그때는 내가 너무 어렸어. 아직도 나 원망해?"

"아니."

"거짓말!"

그녀는 가정형편 때문에 진학을 포기해야 했다. 단지 조금 미루는 것이라 생각했지만, 자존심 때문에 붙잡지 못했다. 그 또한 이제는 과거일 뿐, 미련도 원망도 없었다.

'설마 내가 너 때문에 남자 친구가 없는 거라 생각하는 거야? 너를 못 잊어서?'

단 한마디로 그녀를 비련의 여주인공으로 만들어 버린 동현을 매몰차게 밀어냈다.

"남자로 봐 주길 원한다면, 널 보는 일 자체가 없어질 거야."

차갑게 돌아선 민지가 지하철역의 계단을 내려섰다.

인천에 도착하니 하얗게 눈이 내리기 시작했다. 동현에게서 전화가 걸려왔지만 받지 않았다. 번화가가 아닌지라 정류장에 한참을 서 있어도 택시가 보이지 않는다.

'걸어갔으면 벌써 도착했겠다.'

추위에 발을 동동 구르던 민지는 택시 타기를 포기하고 걷기 시작했다.

새까만 하늘에서 떨어지는 눈송이가 꽃잎처럼 어찌나 예쁜지. 흩날리는 벚꽃은 비할 바 아니었다.

민지는 겨울이 좋았다.

하얗게 눈이 쌓인 산하를 보고 있노라면 괜스레 눈시울이 뜨거워져 가슴을 쓸어내렸다.

"하아……. 등산 가 본 지 너무 오래됐네. 나무마다 눈꽃이 잔뜩 피었을 텐데."

마을버스가 끊겨 버린 골목길은 고요하다 못해 적막했다. 머리와 어깨 위로 소복하게 쌓인 눈처럼 수빈에 대한 원망이 쌓인다.

'나쁜 계집애. 집에 안 가면 안 간다고 미리 말이나 해 주든가.'

골목길을 걸어 올라가는 민지는 두툼한 겨울옷이 한없이 무겁게 느껴졌다.

터벅터벅.

발자국 소리가 유난히 크게 들려왔다. 가파른 골목길을 오르던 민지가 가로등 아래서 걸음을 멈췄다. 가쁜 숨이 턱까지 차올랐다.

'오늘따라 유난히 조용하네. 추워서 다들 숨었나?'

캣 맘들이 가져다 놓은 길고양이 사료들은 손도 대지 않은 듯 그대로였다.

조금만 힘을 내자 다짐하며 다시 걸음을 옮겼다.

진공 상태와도 같은 이질적인 적막감.

북처럼 고막을 울리는 발자국 소리.

터벅터벅.

'누군가 뒤에 있어.'

또 다른 발자국 소리를 깨닫는 동시에 심장이 덜컥 내려앉았다. 유리창에 부딪히는 소나기처럼 발자국 소리가 그녀의 고막을 두드렸다.

'뭐지?'

민지가 멈춰 서자 한 템포 늦게 발자국 소리가 뚝 끊어졌다.

신경을 바짝 곤두세우며 다시 걷기 시작했다. 점점 빨라지는 자신의 걸음을 통제할 수 없었다.

환하게 불이 켜진 편의점이 보이자 그녀는 주저 없이 안으로 들어섰다.

자다 깬 듯 여자 아르바이트생이 눈을 비비며 인사를 건넸다.

"눈이 점점 더 오네요."

카운터 옆 온장고에서 따뜻한 음료를 고르는 척, 곁눈질로 골목길을 주시했다.

모자를 푹 눌러쓴 검은 점퍼 차림의 남자가 편의점을 지나는 모습이 보였다. 그녀 쪽으론 눈길 한 번 주지 않았다. 제 갈 길 가는 남자를 보고 있자니 괜스레 한숨이 새어 나왔다.

'잠을 못 자서 예민해졌나 보다.'

따뜻한 커피 캔을 만지작거리는 민지를 쳐다보며 아르바이트생이 물었다.

"계산해 드려요?"

"아, 네. 감사합니다."

무겁게 내리누르던 긴장이 풀어졌지만, 민지는 선뜻 발걸음을 떼지 못했다.

느릿하게 커피를 홀짝이며 시계를 쳐다보는 사이 낯익은 여고생 둘이 문을 열고 들어섰다.

"내일까지 평평 와서 학교가 눈에 묻혔으면 좋겠다."

"묻히는 김에 학원도 같이 묻혀 주라."

고단한 삶을 대변하듯 야무진 꿈을 꾸는 여학생들 뒤로 새하얀 천사의 날개가 보이는 듯 착각이 인다.

'흐아아. 반갑다! 얘들아!'

카페인 음료를 집어 든 여고생들을 따라 민지가 가벼운 걸음으로 편의점을 나섰다.

'여자 셋이니 괜찮겠지.'

출근길 마을버스에서 종종 보던 아이들이었다. 뒷좌석에 앉아 있는 아이들이니 분명 그녀의 집을 지나 종점 쪽으로 올라가리라.

아이들을 따라 열심히 걷던 민지는 익숙한 건물이 보이자 굳어 있던 어깨가 축 내려앉았다.

'얘들아, 잘 가.'

멀어져 가는 아이들의 뒤통수에 손을 흔들고는 그녀가 사는 빌라로 걸음을 옮겼다.

다섯 걸음 즈음 옮겼을까?

1층 현관에 닿지도 않았는데 센서등이 켜졌다. 순간 그녀의 시선이 아이들이 사라진 골목길로 향했다. 이내 주차장 기둥 그림자가 움직이는가 싶더니 일렁이던 형체는 기둥에서 완벽하게 떨어져 나왔다.

'검은 점퍼, 검은색 야구모자……'

기다렸다는 듯 그녀를 바라보며 선 남자. 불길한 느낌이 전신을 강타했다.

 아직 불이 꺼지지 않은 창문을 올려다보지만, 하얀 입김만 새어 나올 뿐 비명조차 지를 수 없었다.

 '도, 와주세요.'

 불이 켜져 있던 두 개의 창문 중에 하나가 꺼졌다.

 그녀의 시선을 따라 창문을 올려다보던 남자가 경고하듯 입술에 손가락을 가져다 댄다.

 쉿!

 190은 족히 되어 보이는 남자는 그 거대함에 솜털이 곤두설 만큼 위협적이었다. 파도처럼 덮친 공포에 짓눌려 옴짝달싹할 수 없었다.

 '도망가!'

 먹이의 숨통을 조이는 능구렁이처럼 남자가 느릿한 걸음을 뗐다.

 '누, 구…… 없나요!'

 그녀의 뒤로 따뜻한 기운이 일렁이는가 싶더니 거구의 남자가 멈춰 섰다.

 감미로운 음성이 눈송이처럼 머리 위로 내려앉았다.

 "괜찮아."

 구체 관절 인형처럼 고개를 틀어 올린 민지의 동공이 확장됐다. 뒤에는 또 다른 남자가 버티고 서 있었다.

 "누…… 누, 구."

"치호."

거구의 남자를 향한 치호의 시선은 흔들림이 없다.

인적 없는 어두운 밤길.

한 여자를 사이에 둔 두 명의 남자.

살얼음판 같던 긴장감에 균열이 생기며 거구의 남자가 물러서는 것이 보였다. 마치 아무 일도 없었던 것처럼 돌아서 걸어가는 놈의 뒷모습이 더욱 소름끼쳤다.

활시위가 끊어지듯 민지는 주저앉고 말았다.

"다, 당신 누, 구예요."

"치호."

힘겹게 고개를 들자 그녀를 내려다보는 치호와 눈이 마주쳤다. 금가루를 뿌려 놓은 듯 벌꿀색 눈동자, 새하얀 피부와 대조적인 새까만 머리카락이 이질적이다.

"어, 어디서 나타난 거예요?"

치호가 가리키는 곳은 그녀가 사는 빌라였다.

동네사람이라는 생각에 밀려드는 안도감도 잠시, 온몸이 사시나무처럼 떨리기 시작했다.

"집에 가야지."

멍하니 올려다보는 그녀의 입에서 쇳소리가 새어 나왔다.

"다리가 풀려서."

우산을 쓴 것도 아닌데 쏟아지는 함박눈이 밀려나는 모습이 수정구슬에 갇힌 듯 기묘했다.

"저기."

"다시 오지 않을 거야."

그윽한 음성에 닭똥 같은 눈물이 툭 떨어져 내렸다.

커다란 손이 그녀의 머리 위로 살포시 내려앉았다. 그저 정수리에 손이 닿았을 뿐인데, 치호의 향기가 심장으로 스며들었다. 낯선 남자의 향기가 낯설지 않다.

'왜······.'

알 수 없는 감정이 북받쳐 올랐다. 폭탄이 터진 것처럼 머릿속이 새하얗게 변해 버렸다. 끅끅거리며 눈물을 삼키는 민지를 내려다보던 치호가 긴 숨을 내쉬었다.

"괜찮아?"

고개를 끄덕여 보지만 그녀의 다리는 물 밖으로 나온 인어 지느러미처럼 경련이 일었다. 극도로 치솟았던 긴장감이 풀린 탓이었다.

"집에 가."

한층 더 부드러운 음성에도 민지가 움직임을 보이지 않자 치호의 손이 그녀의 등으로 내려앉았다. 겨드랑이 사이로 겨울 코트가 올가미처럼 조여들며 그녀의 몸이 떠올랐다.

'어?'

두 다리가 공중에 뜨고서야 코트를 입은 그녀의 등짝을 치호가 움켜쥐었다는 사실을 깨달았다. 5일장 새끼 강아지 고르듯 잡아 올린 그의 손에 대롱대롱 매달린 민지의 발이 가위처럼 엇갈렸다.

"저, 저기요."

힘은 또 어찌나 센지. 들었다 놓았다 하는 손길에 두 다리가 마리오네트처럼 춤을 췄다.

"저는 조금만 앉아 있다 갈게요."

"지금 가."

"아니, 가기는 가는데."

치호가 걷기 시작하자 그녀의 팔다리가 종잇장처럼 펄럭였다.

"저기요."

"치호."

"네?"

"치호라고 불러."

"아…… 네, 저 좀 놔주세요."

당황한 민지의 얼굴로 피가 몰렸다.

성큼성큼 건물로 들어선 치호는 계단을 올라 한 치의 망설임 없이 그녀의 집 문 앞에 섰다.

"들어가."

현관문을 움켜쥔 민지가 갓 걸음마를 배우는 아이처럼 발가락에 힘을 주며 일어섰다.

인사도 없이 돌아선 치호는 성큼성큼 걸어가 버렸다.

멍하니 그의 뒷모습을 응시하던 민지는 방전되어 버린 몸을 이끌고 간신히 현관문을 열었다. 손 하나 까딱할 힘도 없었지만 현관 센서등이 꺼지기 전에 거실 중앙등을 켰다. 집안의 불이란 불은 전부 켜고도 모자라 TV까지 켜고서야 민지는 안심하며 침대에 주저앉았다.

뱀이 허물을 벗듯 겉옷을 벗어 내리곤 그대로 침대에 쓰러져 버렸다.

"말도 안 돼!"

퇴근하여 집으로 돌아온 수빈은 어제 민지가 겪은 일을 들으며 기함을 토했다.

"그냥 뒤에 서 있기만 했는데 그 덩치로 도망갔단 말이야?"

"그렇게 끝나서 다행이지."

그녀보다는 한참이나 컸던 치호지만 거구의 남자에 비해 마른 체격이었다.

"찌질한 새끼! 남자가 나타나니까 바로 토낀 거네."

가져온 약봉지를 뜯은 수빈이 민지에게 건네며 한숨을 내쉬었다.

"사실 동현이네서 잘 줄 알았어."

"왜 그렇게 생각했는데?"

"동현이가 너랑 다시 시작하고 싶다고 성민이한테 말했대."

"성민이가 그래?"

"아니, 성민이가 아름이한테 말해서 알았어."

그럼 그렇지. 피곤하다는데 굳이 불러낸 친구들은 그녀와 동현을 다시 연결해 주고 싶었나 보다. 덕분에 마을버스만 놓치고 치한을 만났다.

망할 것들!

"미안하다. 어제 같이 왔어야 했는데."

"택시 타고 가라는 네 말 안 들은 내 잘못이지."

"어제 상태도 안 좋아 보였는데 그런 일까지 겪었으니 몸살이 나지."

수빈이 내미는 약을 받아든 민지가 몸서리를 쳤다.

"경주 어머니한테 말해야 하는 거 아냐?"

"됐어! 괜히 걱정하셔. 안 그래도 너 시집가고 나면 혼자 사는 거 안 된다고 난리신데."

"나도 집에 잘 안 들어오는데, 어머니라도 며칠 와 계시면."

"됐다니까."

이혼 후 경주에 홀로 남은 민지의 어머니는 딸에게 짐이 되지 않으려 부단히도 노력하고 있었다.

"경찰에 신고는 했어?"

침대에 기댄 채로 민지가 고개를 저었다.

"날 쫓아온 건지도 확실하지 않고, 나한테 손을 댄 것도 아니고……."

"요즘 혼자 사는 여자 쫓아가는 것도 범죄야. 뉴스에 나오잖아. 신림동 사건."

"경찰한테 뭐라고 말해?"

쓰러지듯 침대에 누웠던 민지가 눈을 떴을 땐 이미 오후 4시가 넘어서 있었다. 어제의 여파로 월차를 냈던 금쪽같은 하루가 사라져 버린 것이다. 덕분에 어제의 일들이 오늘처럼 선명했다.

"어떻게 생겼어?"

"모자를 너무 눌러써서 얼굴 못 봤어."

"너 구해 준 사람은? 어떻게 그렇게 때맞춰 흑기사처럼 딱 나타났지?"

수빈의 말처럼 정말 신기한 일이었다. 거구의 남자 때문에 온 신경을 곤두세우며 왔는데 어떻게…….

"갑자기 어디서 나타난 걸까."

"자기보다 덩치 큰 놈을 눈빛으로 제압한 그 사람은? 잘생겼어?"

잘생겼다기보다 한 번 보면 잊어버리기 쉽지 않은 얼굴이다. 아니 분위기 자체가 독특했다.

"어려 보이던데."

"설마 야자 끝나고 돌아오던 고등학생 아냐?"

학원 끝난 여고생들하고 마주쳤으니 그럴 수도 있겠다. 생각해 보니 덩치에 비해 앳된 얼굴이었다.

"잘 생각해 봐. 교복 입고 있던 거 아닌지."

이상한 일이었다. 얼굴은 또렷이 기억하는데, 무슨 옷을 입었는지 생각이 나지 않았다.

'학생이라기엔 머리가 너무 길어.'

날렵한 턱선 아래 목덜미 아래까지 새까만 머리카락이 길게 늘어져 있었다. 시원한 선을 그리며 트여 있는 쌍꺼풀 없는 눈, 머리카락만큼 새까만 속눈썹 때문인지 화장을 한 듯 아이라인이 선명했다.

"그래서, 잘생겼냐고?"

"그게 중요해?"

"중요하다기보단 그냥 궁금해서."

고등학생 손에 매달려 집까지 왔을지 모른다는 생각에 민지는 한숨이 터져 나왔다.

"눈이 예쁘더라."

우뚝한 콧날 사이로 보석처럼 박힌 눈동자는 그녀의 모습이 투영될 정도로 맑고 오묘했다. 도저히 한국인이라 생각할 수 없는…….

"호박(amber.)"

"뭐라고?"

"눈동자가 벌꿀색이야."

"검은 머리에 벌꿀색 눈동자? 뭔가 언밸런스한데, 렌즈 꼈나 보다. 요즘 연예인들 다 끼잖아."

뒤늦은 깨달음에 민지가 두 손으로 이마를 감쌌다.

"맞네. 왜 그 생각을 못 했지?"

"시력 좋은 너야 다른 세상 이야기니 모를 수 있지."

"……."

"이상하다. 3년 넘게 살면서 그런 남자는 본 적 없는데? 새로 이사 왔나?"

"모르겠어. 나도 처음 봤어."

"통성명은 했어? 이름은 뭐래?"

"치호."

"무슨 치호?"
"성은 말 안 했어."
"전화번호는?"
"소개팅 해? 번호를 왜 물어봐."
"밥 한 끼 사야 하는 거 아니야? 고맙다고는 했니?"
"어? 아……."
안. 했. 다.
놀란 탓에 주저앉아 그의 손에 들려 왔는데 인사할 정신이 어디 있었겠는가.
"안 했어?"
"그게, 그 사람이 너무 빨리 가 버려서."
수빈이 고개를 절레절레 흔들었다.
"그래. 그런 일 당했는데 인사할 정신이 어디 있겠니. 동네 산다니 오가다 보면 만나겠지."
"응."
"그런데, 너 정말 동현이한테 1도 관심 없어?"
"없어."
"O. K. 내가 확실하게 전달할게."
퇴근하자마자 한 시간이 넘게 민지 옆에 앉아 있던 수빈이 씻으러 간다며 몸을 일으켰다. 침대 아래 벗어 둔 민지의 코트를 집어 든 수빈이 생각난 듯 한숨을 내쉰다.
"패딩 찾아가라고 세탁소에서 연락 왔는데 또 깜박했네."
"패딩?"

"중국 갈 때 빌려갔던 빨간색 롱패딩 있잖아. 너 커서 잘 안 입는다던 거."

"안 줘도 돼. 어차피 커서 못 입어."

"이거 드라이할 거면 가는 길에 맡겨 줄게. 근데."

수빈이 코트의 양쪽 어깨를 잡아 민지에게 펼쳤다.

"이거 왜 이래? 뭐에 걸렸기에 코트가 이렇게 됐어?"

치호에게 잡혔던 목덜미 아래쪽에 손으로 움켜쥐었던 자국이 선명하게 나 있었다.

'여름 셔츠도 아니고 두꺼운 모직 코트에?'

손을 내밀자 수빈이 그녀에게 코트를 건넸다.

도대체 얼마나 힘이 세면 이렇게 자국이 남지?

늘어난 부위를 쓰다듬으니 그의 손 너비만큼 볼록하게 올라온 부분이 만져진다. 생각했던 것보다 움켜진 자국이 컸다.

한참이나 코트를 만지작거리던 민지는 미처 생각지 못했던 사실을 깨달았다.

'그런데, 우리 집은 어떻게 알았을까.'

월요일. 병가를 낸 과장을 제외한 다섯 명의 직원들이 아침 인사를 건네며 자재 2팀 사무실로 들어섰다. 주말 내내 몸살을 앓은 민지는 출근하기가 무섭게 진한 커피를 탔다. 한 모금 마시기도 전에 울려 대는 메시지 알림음에 핸드폰을 손에 들었다.

-너 실검 1순위 올라왔어.

포털 사이트에 그녀가 나왔다는 친구 아름의 말에 민지는 무심코 컴퓨터를 켰다.

'무슨 소리를 하는 거야?'

포털 사이트를 열어 실시간 검색 순위를 내려다보는 순간 심장이 바닥으로 곤두박질쳤다.

1 지하철 멍멍녀

2 시크릿 홀릭 개봉

3 한태인 이혼

유명 할리우드 영화보다, 유명 연예인 이혼보다 국민들이 뜨거운 관심을 쏟고 있는 지하철 멍멍녀.

그 아래에도 6위와 7위에 늑대인간, 개짖녀 등의 유사 검색어들이 자리 잡고 있었다.

'설마, 아니겠지.'

떨리는 손으로 동영상을 클릭하니 사납게 짖어 대는 그녀의 모습이 고스란히 펼쳐졌다.

"이게 무슨 소리야?"

사무실 파티션 칸막이 너머로 들려오는 정 대리의 말에 민지가 동영상을 꺼 버렸다. 동영상 외에도 캡처 본과 이를 퍼 나른 블로그들이 페이지를 넘어가며 수두룩했다.

'망했다!'

맞은편 칸막이로 정 대리가 고개를 빠끔히 내밀었다.

"한 대리, 몸은 좀 어때?"

"이제 괜찮아요."

"안색이 안 좋아 보이는데?"

애써 웃음 지으며 자리에서 일어선 민지가 핸드폰을 누르며 비상계단으로 향했다.

"아름아."

신호음이 끊어지기가 무섭게 비명처럼 친구의 이름이 튀어나왔다.

"난 줄 어떻게 알았어? 모자이크 되어 있는데, 어떻게 알았어? 모자이크 안 된 영상도 있는 거야?"

[네가 술자리에서 이야기했으니까 눈치챈 거지. 너 맞구나?]

"흐어어."

절망적인 한숨이 뜨겁게 터져 나왔다.

[하긴 2호선에서 개처럼 짖는 여자가 너 말고 또 있었을라고.]

뭐라 말을 할 수가 없어 민지가 손톱을 물어뜯었다.

[어떡하냐. 지금 한창 여기저기 퍼지고 있나 본데.]

"모자이크 안 된 영상도 있을까?"

[요즘 애들이 얼마나 영악한데. 댓글에 욕 써도 합의금 물어야 하니까, 모자이크 처리 확실하게 했을 거야. 그리고 나니까 알아봤지, 누가 알아보겠어?]

"그럴까?"

[걱정하지 마. 나야 성민이하고 너 꿈 이야기하며 투덕거리느라 기억난 거고.]

꿈! 까맣게 잊고 있었다.

'망할 꿈! 그 꿈이 문제였어!'

치한이 나타난 것도, 이렇게 온 나라에 멍멍녀라 불리게 된 것도 모두 망할 꿈 때문이다.

[괜찮아. 괜찮아. 애들은 모를 거야.]

아름의 위로에 애써 마음을 달래며 통화를 끝내기가 무섭게 수빈에게 전화가 걸려왔다.

[너 개한테 물린 꿈, 구설수 맞나 보다.]

"개가 아니고 호랑이. 나 바쁘니까 나중에 통화하자."

수빈에 이어 성민에게서도 전화가 왔다.

[민지야, 인터넷에.]

"응, 그거 나야. 나중에 통화하자."

종료 버튼을 누르니 동현의 이름이 액정 화면에 떴다.

-전화 좀 받아 봐.

소식이 동현에게까지 전해졌나 보다.

'아무튼 비밀이 없어! 꿈 이야기는 왜 해 가지고! 어휴!'

전학을 하는 바람에 친구는 5총사가 전부인데 앞으로 얼마나 놀려 먹을지 눈물이 앞을 가린다. 일 년치 불운이 한방에 터져 버린 것 같았다.

사람 많은 지하철에서 개처럼 짖지를 않나. 뜬금없이 동현이 들이대지를 않나. 게다가 치한까지······.

'어떡하지? 사이버 수사대에 신고해야 하나?'

치한보다 더한 충격이 태풍처럼 전신을 강타했다.

'수사대에 나라는 걸 어떻게 증명해?'

마음 같아서는 모조리 고소해 버리고 싶지만.

'안 돼! 미친개처럼 짖은 사람이 나라고 만천하에 밝힐 수는 없어!'

친구들 말고는 아는 사람이 없는데, 연예인도 아니고 조금만 참으면 조용히 묻힐 거야.

'그래, 괜히 긁어 부스럼 만들지 말자.'

사무실에 들어서자 정 대리 의자 뒤로 병풍을 치고 선 경리과 여직원들이 보였다.

"일부러 연출한 거 아닌가?"

"설마요. 옷차림이 아가씨 같은데요? 진짜 개 같다."

"한 대리님, 이거 보셨어요?"

"업무 시간에 인터넷 안 봅니다."

싸늘해진 민지의 표정에 여직원들이 서둘러 자리를 떴다. 어린 여직원들과 티타임이 끝난 것이 못내 아쉬웠던지 노총각 정 대리가 툴툴거린다.

"한 대리, 컨디션 안 좋은가 봐?"

석 달 빠른 선배 정 대리의 반말이 오늘따라 유난히 거슬린다.

"금요일 퇴근 전에 자료 보내드렸는데, MRP(자재 소요 계획)는 끝내셨어요?"

"하는 중이지."

의자에 앉아 지끈거리는 머리를 손으로 감쌌다. 용암처럼 터져 나오는 한숨을 진한 커피와 함께 꿀꺽 삼켰다.

'도대체 나한테 왜 그러는 거야.'
세상의 불운이 모두 그녀에게로 몰려오는 것 같다.

바쁜 와중에도 실시간 검색어 순위를 주시했다. 하루가 다 가도록 그녀의 이야기는 여전히 1위였다. 세상이 민지를 주시하고 있는 것 같은 착각이 들었다.

커피가 혈관을 타고 흐를 만큼 고된 하루를 끝낸 퇴근길도 즐겁지가 않다.

[너 완전 스타 됐어! 뉴스에도 나오는 거 아냐?]

"수빈아. 그만 좀 해."

[에이, 뭐 어때? 너인 줄 아무도 모르는데. 나 아무한테도 이야기 안 했어.]

민지는 끓어오르는 한숨을 꿀꺽 삼켜 버렸다.

"됐어! 오늘도 안 들어와?"

[미안, 오늘 저녁에 진우 오빠 친구들 보기로 했어.]

"또?"

[주말 내내 너랑 있었잖아.]

그럼 아픈 친구 두고 나가서 데이트하려고 했어?

결혼을 앞둔 수빈에게 괜스레 투정을 부리는 것 같아 차마 마지막 말은 뱉어 낼 수 없었다.

통화를 종료하고 나니 정말 눈물이 날 것 같다. 오늘따라 마을버스 히터는 왜 이리 뜨거운지, 머리가 어질하고 속이 울렁거렸다.

편의점 앞에서 내려 집을 향해 걸으면서도 끊임없이 한숨이 새어 나왔다. 달랑 두 동뿐인 5층 빌라 계단을 올라 3층 현관을 열었다.

'보일러 켜놓고 나갔나?'

12시간 이상 비어 있던 집이 이상하게도 따뜻하다. 보일러의 컨트롤박스 버튼은 외출에 머물러 있었다.

실내 온도는 20도.

"수빈이가 다녀갔나?"

두 눈을 깜박이던 민지는 온수 버튼을 누르고 방으로 향했다.

'설마, 고장 난 건 아니겠지.'

옷을 갈아입고 욕실로 향하는 그녀의 몸은 켜켜이 쌓인 스트레스로 천근만근이다.

"난방비 폭탄 맞는 거 아니야?"

죽어라 일을 해도 돈이 모이기는커녕 빚 안 지고 버티기도 힘들었다.

여름에는 냉방비 걱정, 겨울에는 난방비 걱정.

통장은 월급이 스쳐가는 고속도로 휴게소가 되어 버린 지 오래였다. 좋아하던 등산도 언제 했는지 가물가물하고, 숨이 막혀온다.

'일만 하다 죽으려고 태어난 게 아닌데……'

드라이기를 꺼내 든 민지가 화장대 거울 속 자신을 마주했다. 살이 쏙 빠져 퀭한 눈 때문인지 광대뼈가 도드라져 보였다.

머리를 말리던 민지의 시선이 방문 앞에서 멈췄다.

'저게 왜 문 앞에 있지?'

수빈에게서 선물 받은 도자기 인형이 방문 앞에 앉아 그녀를 쳐다보고 있었다.

'분명 책장 위에 놓아두었는데?'

옷을 갈아입고 욕실로 갔다가 다시 방으로 돌아오는 사이에도 못 봤다. 여자 둘이 사는 집에 민지는 아니니 분명 수빈이 옮겨다 놓은 것이리라.

"밟으면 어쩌라고 저기다 놨어."

방문 정중앙에 떡하니 앉아 있는 인형을 밟지 않고 지날 수 있었던 것 자체가 신기했다. 깨진 도자기 파편에 피까지 봤다면 최악의 정점일 터였다.

불교 성지순례 패키지를 갔던 수빈이 구화산에서 사온 인형은 효과가 없는 것 같다.

인형을 들어 원래 있던 책장 위에 얹어 놓곤 침대에 누웠다. 이불을 덮으니 마치 누군가 방금까지 누워 있었던 것처럼 따뜻하다.

역시나. 보일러에 문제가 있나 보다.

'어쩌지? 집에 사람이 있어야 AS를 부르는데…….'

휴대폰을 만지작거리던 민지가 머리맡에 내려놓았다.

아직도 실검 1위는 아니겠지?

"일단 자자. 자고 나면 좀 괜찮아질 거야."

두 눈을 꼭 감은 민지는 이런저런 생각에 휩쓸려 어둠 속으로 빠져들었다.

 창문의 커튼 사이로 스며든 달빛이 책장 위로 길게 그림자를 드리웠다. 작은 도자기를 비추던 달빛에 새까만 그림자가 먹물처럼 흘러내린다.
 책장을 타고 늘어진 그림자는 뱀처럼 구불구불 몸을 틀며 침대로 향했다.
 거대하게 솟아오른 어둠이 곤히 잠든 민지를 잠식해 갔다. 점점 또렷해진 형체는 이내 사람의 모습으로 변하여 그녀를 내려다봤다.
 어둠 속에서 황금빛 눈동자가 즐거움으로 반짝인다.
 무의식 속에서 깨어난 민지는 눈도 뜨지 못한 채 몸을 한껏 웅크렸다.
 '날 쳐다보고 있어.'
 불현듯 이런 느낌이 처음이 아니라는 생각이 들었다.
 어제도, 그제도······. 잠든 그녀를 바라보던 이가 수빈이 아니었다는 깨달음에 뒤늦은 공포가 밀려왔다.
 '꾸, 꿈을 꾸는 건가?'
 질끈 감은 눈꺼풀이 파르르 떨리며 미간에 깊은 주름이 팼다. 자는 척 머리 위로 이불을 끌어 올렸다.
 '가위에 눌린 건가? 아니면 도둑?'
 오만가지 생각을 하며 두 눈을 더욱 꼭 감았다. 요동치는 심장 소리가 시한폭탄 초침처럼 들려왔다. 눈을 뜨면 죽을 것 같아 목이 자라처럼 움츠러들었다.

'어떡하지. 어떡하지. 어떻게 해……'

무언가 이불속에 숨은 그녀의 정수리로 파고들며 뜨거운 숨결을 뿜어낸다.

"너……"

나지막한 속삭임에 머리털이 곤두섰다.

"자는 거 아니지?"

02 총각귀신

실시간 검색 1위를 달리던 지하철 멍멍녀는 사흘 만에 포털 사이트에서 자취를 감추었다. 잊을 만하면 터지는 연예인 음주 사고 때문이었다.

"대박. 바른생활맨 라이언이 강남대로에서 포르쉐로 사고 칠 줄 누가 알았을까."

머리에 타월을 말아 올린 수빈이 막 치킨 포장을 뜯는 민지 앞에 털썩 앉았다.

"다행이지? 우리 멍멍녀 이야기가 쏙 들어갔으니."

"남의 불행을 다행이라 하기엔 좀 그렇고, 동영상 삭제 전문 업체 알아보는 중이야."

치킨을 사이에 두고 거실 탁자에 마주 앉은 민지의 말에 수빈이 어깨를 으쓱였다.

"굳이 그럴 필요 있을까?"

"있어."

"섹스 동영상도 아니고 그저 해프닝일 뿐인데."

닭다리를 집어 든 수빈과 캔 맥주를 부딪치며 민지가 고개를 저었다.

"확실한 게 좋지. 언제 어디서 다시 튀어나올지 어떻게 알아."

"픕! 야, 누가 또 너처럼 짖지 않는 이상 네 동영상이 다시 뜨기는 힘들지 싶은데?"

"……."

"있, 으려나?"

노려보는 시선을 피하며 수빈이 맥주를 들이켰다.

"좋게 생각해. 각박한 삶에 한 줄기 빛과도 같은 웃음을 선사했다, 뭐 그렇게 생각하자."

"한 줄기 빛과 같은 웃음? 듣기는 좋네."

"큭큭, 동현이한테는 연락 없지?"

그러고 보니 이런저런 메시지를 보내오던 동현에게서 연락이 뚝 끊겼다.

"내가 때려치우라고 말했어. 잘했지?"

"잘했다."

오랜만에 마주 앉아 치킨에 맥주를 마시니 민지는 그간의 스트레스가 풀리는 듯했다.

"결혼 준비는 잘 되어가?"

"응. 그런데 어째 결혼 준비하는 나보다 네가 더 피곤한 것 같다?"

"요즘 잠을 통 못 자서."

눈만 감으면 누군가 자꾸 쳐다보는 것 같아.

잠이 들었다가도 언뜻 누군가 쳐다보는 느낌에 깨어나 불을 켜 보면 아무런 흔적이 없다. 사나흘 이상 지속이 되다 보니, 두려움을 넘어 짜증이 치솟았다.

"어제 반차 내고 수면제 처방 받으려고 병원 다녀왔는데, 스트레스 지수가 8이나 나왔어."

"몇까지 있는데?"

"10."

"심하네."

귀신이 나타나면 머리를 들이받을 만큼 민지는 약이 바짝 올라 있었다.

"외상 후 스트레스 장애, 뭐 그런 거야?"

"아니, 과로. 스트레스성 위염도 있고."

"스트레스가 그렇게 많아?"

"만성이지 뭐. 자율신경 밸런스가 불안정해서 그렇다는데…… 모르겠다."

"하긴 너희 회사 너무 부려먹더라."

"너도 매일 출장이잖아."

"나야 여행을 좋아하니까. 참, 자재 과장 다른 회사로 튀었다며."

실시간 검색어에서 벗어난 뒤로도 민지의 불운은 여전히 진행 중이다. 병가였던 자재 과장이 오래전부터 준비했던 듯 경쟁 업체 부장으로 이직을 해 버렸다.

"이참에 너도 옮겨."

그러고 싶다. 정 대리는 벌써 과장이라도 된 양 빈둥거리며 민지를 부려먹었다.

"여행사 쪽은 어때? 너 일어랑 영어 좀 하잖아."

"난 여행 별로야."

"등산은 좋아하잖아."

"산 타는 거랑 비행기 타는 거랑 같아?"

"비행기가 싫은 거야?"

"낯선 사람들하고 몰려다니는 거 질색이야."

이야기를 하다 보니 캔 맥주 6개가 바닥이 났다. 캔 맥주를 더 사러 가야 하나 고민하는 사이 수빈에게 약혼자의 전화가 걸려왔다. 중요한 이야기인지 수빈이 방으로 들어가며 기다리라 손짓한다.

고개를 끄덕이던 민지가 휴대폰 시간을 확인했다. 힐끗 수빈의 방을 쳐다보던 민지가 두툼한 패딩을 걸친 후 집을 나섰다.

'늦은 시간도 아니니 별일 없겠지.'

종종걸음으로 편의점으로 향했다. 휴대폰을 움켜쥔 손에 저도 모르게 힘이 바짝 들어갔다. 갑작스런 벨 소리에 화들짝 놀란 민지가 휴대폰을 귀에 댔다.

"여보세요!"

[목소리가 왜 그래?]

"아, 엄마."

[요즘 통 소식이 없어서. 많이 바쁘니?]

"야근이 좀 늘었어요. 엄마는 별일 없지?"

[엄마야 늘 똑같지. 요즘 돌보는 할머니들이 자꾸 돌아가셔서 속상하네.]

경주에서 노인 요양사로 일하는 엄마의 한숨 소리가 살아온 세월만큼이나 무겁다.

[수빈이는 잘 지내니? 시집간다면서, 그 집에서 혼자 살 거야?]

"이사를 가야 할지, 머리가 아프네."

이런저런 이야기를 하며 걷다 보니 금세 편의점이다.

"엄마, 나중에 통화해요. 나 뭐 좀 사러 나왔어."

[그래, 그래, 밥 잘 챙겨 먹고.]

편의점 문을 열자 늘 혼자이던 여자 아르바이트생은 또래의 친구와 함께였다.

인사를 건네고 빨리 집으로 돌아가겠다는 일념 하에 냉장고로 직행했다. 맥주를 바구니에 담는 민지의 귀에 아르바이트생과 그 친구의 대화가 들려왔다.

"남자 알바 다음 주에 출근이라는데, 아무래도 안 되겠어."

"그래, 관둬."

이때까지만 해도 아르바이트생이 그만두나 보다 생각했다. 그런데.

"그날 눈이 너무 와서 집에 갈 수 있으려나 걱정하던 참에 교복 입은 애들 둘이 들어왔었거든."

'눈이 많이 오던 날?'

바구니에 맥주를 담던 민지가 귀를 쫑긋 세웠다.

"종종 들르는 애들인데, 저 위로 빌라 두 동 지나 올라가면 놀이터에서 골목길이 나뉘거든. 거기서 친구랑 헤어지고 나서 마주쳤나 봐."

"강간미수에 그쳤다니 다행이다. 그치?"

"다행은! 코뼈가 주저앉을 정도로 맞았다는데."

카운터로 걸음을 옮기는 민지의 귓가에 여전히 그들의 대화 소리가 박혀들었다.

"더 끔찍한 게 뭔 줄 알아? 잡고 보니 그 남자 DNA가 안산 여대생 살인사건 범인 DNA랑 일치했대."

'설마……. 아니겠지.'

문득 카운터 앞에 선 민지를 발견한 아르바이트생이 바구니를 받으려고 손을 내밀었다.

"다 고르셨어요?"

멍하니 선 민지를 바라보던 아르바이트생이 고개를 갸웃하더니 화들짝 놀라며 소리쳤다.

"어머! 손님! 손님, 그날 여기 왔었죠?"

"……."

"뉴스 못 보셨어요?"

못 봤다. 내내 지하철 멍멍녀 실검 순위 쳐다보느라 뉴스를 볼 여유가 없었다. 할 말을 잃은 민지의 모습에 아르바이트생이 숨넘어갈 듯 말을 이었다.

"지난주 금요일이요. 강간범한테 당할 뻔한 여학생을 누가 구해 줬어요."

"양쪽 눈을 도려내고 손가락 마디를 전부 부러트려 놨대요."

"둘 다 놀이터에 쓰러져 있는 걸, 백구 산책 나왔던 아저씨가 발견해서 신고했대요."

아르바이트생과 그 친구가 번갈아 가며 뉴스보다 생생하게 이야기를 전했다.

"기억 안 나요? 둘 중에 키 작고 말랐던 애요. 그때 같이 나갔잖아요. 놀이터에서 그랬대요."

묵묵히 듣던 민지의 입술이 파르르 떨려왔다.

"덩치 큰, 검은 점퍼에 검은 모자던가요?"

"헉! 봤어요?"

아르바이트생의 경악스러운 표정에 그날의 악몽이 떠올랐다. 끔찍했던 긴장감이 다시 신경줄을 태운다. 치호가 아니었다면 피해자는 그녀가 되었을 것이다.

"누가 범인을 그렇게 만들었는지 봤어요?"

"보셨어요?"

두 여자의 시선이 쏠리자 민지는 속이 울렁거렸다.

밖으로 뛰쳐나온 민지는 편의점 건물을 돌아서자마자 식도를 타고 오르는 뜨거운 기운을 토해 냈다. 소화되지 못한 맥주가 폭포수처럼 쏟아져 나왔다.

"하아…… 하아. 어떻게 이런 일이."

기운이 쭉 빠진 민지는 비틀거리며 집으로 돌아왔다.

빈손으로 들어서는 그녀의 모습에 현관에 서 있던 수빈이 민지를 붙잡았다.

"맥주 사러 간 거 아니었어?"

"……."

"왜 그래? 무슨 일 있어?"

"그날 그 남자, 경찰에 붙잡혔대."

"진짜? 잘됐네."

코뼈가 부러지도록 두들겨 맞은 여고생.

두 눈이 파이고 손가락이 부러진 범인.

도대체 누굴까, 누가…….

"근데 너 표정이 왜 그래?"

"아니야, 아무것도. 그냥."

차마 그녀를 대신하여 어린 여학생이 당했다는 말을 할 수 없어 민지는 고개를 저었다.

"피곤하다. 나 쉴게."

"어, 그래. 알았어."

방으로 돌아온 민지는 패딩을 벗고 침대에 앉아 휴대폰으로 인터넷에 접속했다.

[단독] 지난 15일 오전 0시 40분경, 학원을 마치고 귀가하던 B양(18)을 성폭행하려던 A씨(32)가 누군가의 습격을 받고 병원으로 긴급 이송되었습니다.

뇌진탕과 코뼈 골절 등 B양에게 전치 3주의 상해를 입힌 A씨는 양쪽 안구가 파열되고 28개의 손가락 관절이 모두 골절되어 응급 수술에 들어갔습니다.

무의식적으로 손가락 마디를 누르던 민지가 거구의 남자를 떠올렸다.

A씨의 DNA가 안산 여대생 살인사건 용의자 DNA와 일치함을 확인한 경찰은 추가 여죄를 조사하는 한편, 사건 관련 목격자를 찾고 있습니다.

기사 내용은 아르바이트생에게 들은 것과 토씨 하나 다르지 않았다. 가해자가 피해자보다 더 큰 상해를 입은 이례적인 사건은 여고생을 구한 누군가에게 초점을 맞추고 있었다.

범인 검거에 결정적인 역할을 하고 사라진 시민의 정체에 궁금증이 증폭되고 있다. 연일 드러나는 추가 범죄에 피해자들이 속출하는 가운데, 공권력을 불신하는 피해자들의 개인적인 복수극일 가능성이 대두되었다.

신기한 것은 모든 범행을 자백한 범인이 자신을 그렇게 만든 사람에 대해서 입을 다물고 있다는 사실이었다.
"189cm 110kg 거구인 헬스트레이너 출신 A씨를 제압했으며, 가해진 폭력 또한 지나치게 잔인했던 점을 들어 한 명이 아닐 가능성을 시사했다."

기사를 읽어 내리다 보니 문득 치호가 떠올랐다.

"아니겠지."

그에 대한 처벌 문제로 여론이 들끓자 경찰은 어떠한 경우에도 폭력은 정당화 될 수 없다 일축하는 한편, 공권력을 배제한 개인적 응징은 사회적 혼란을 야기할 수 있다며 심각한 우려를 표명했다.

CCTV가 많지 않은 데다 주차 차량이 모두 비탈에 세워진 탓에 블랙박스 영상을 찾기가 쉽지 않은 듯했다.

여고생을 구한 영웅을 가해자로 둔갑시킨 경찰에게 네티즌들이 분노하고 있습니다. 범죄자에게 지나치게 관대한 대한민국의 법과 무능한 경찰을 비판하며 해당 관할 사이트에 비난 댓글들이 폭주하고 있습니다.

거구의 남자, 편의점, 여고생 둘, 그리고.
'치호……'
160cm에 45kg인 민지를 종잇장처럼 들었던 치호를 생각하며 시선이 옷장으로 향했다.
'손가락 마디를 부러트리려면 얼마나 힘이 세야 하는 걸까.'
옷장을 열어 그날 입었던 모직 코트를 꺼내 뒤집었다. 여전히 선명한 손자국에 눈을 뗄 수가 없었다.

"에이, 아닐 거야."

다시 옷장에 집어넣고 침대에 누웠다. 코뼈가 부러질 만큼 저항했을 여고생을 생각하니 얼어붙어 움직이지도 못했던 자신의 모습이 떠올랐다.

"인사도 제대로 하지 못했는데……."

치호의 존재로 민지의 두려움은 남은 삶에 덫이 되지 않을 만큼 희석된 상태였다. 두려움이 사라진 자리에 새삼 그에 대한 고마움이 들어찼다.

"다시 만날 수 있을까?"

수면제를 삼키고도 한참이나 뒤척이던 민지가 잠이 들자 기다렸다는 듯 검은 형체가 그림자를 드리운다.

어제도, 그제도…….

매일 밤 잠든 민지를 내려다보던 검은 형체가 아름다운 눈동자를 반짝였다.

"정말 날 잊은 건가?"

수면을 방해하는 목소리는 아련하여 슬프기까지 했다.

'또 시작인가.'

그녀의 의식을 수면 위로 끌어당기는 속삭임에 민지는 잠에서 깨어나지 않기 위해 필사적이다.

"너의 세상은 참으로 낯설구나."

사극에나 나올 법한 대사가 참을 수 없다. 손발이 오그라드는 것을 애써 무시하며 꼭 감은 눈에 힘을 줬다.

"천 년의 기다림이 이리도 순간일 줄이야."

'꺼져! 꺼지라고!'

끙끙 앓는 소리를 내던 민지가 돌아눕자 검은 형체가 동그란 그녀의 이마로 손을 뻗었다. 미간으로 닿는 따뜻한 기운에 눈이 번쩍 뜨였다.

"꺼. 져."

황금빛 눈동자에 놀라움이 서리는가 싶더니 잘생긴 입꼬리가 올라간다.

'우, 웃어?'

이판사판이다. 그녀의 얼굴로 장막처럼 그리워진 검은 형체를 수리처럼 낚아챘다.

"다시 나타나면 죽……."

말을 끝내기도 전에 따뜻한 숨결이 입술로 내려앉았다. 부드럽고 단단한 입술은 풀내음이 가득했다.

"여전히 예민하고."

꼭 맞붙은 입술이 달싹인다.

"여전히 사나워."

심장이 터질 듯 가슴을 두드리며 숨이 막혀온다. 이러다 죽나 보다 하는 생각에 비명이 새어 나왔다.

온 세상이 하얗게 변하며 방문을 박차고 들어선 수빈의 목소리가 들렸다.

"민지야! 왜 그래?"

멍하니 올려다보던 민지가 몸을 일으키며 두리번거렸다. 비몽사몽 꿈인지 현실인지 구분이 안 갔다.

"여기 머리 길게 늘어뜨린, 시커먼 거."

"무슨 소리야. 너 꿈 꿨어?"

한껏 풀어진 눈으로 수빈을 응시하던 민지가 움켜쥐었던 손을 내려다봤다.

"분명 머리채를 휘어잡았는데."

"뭐?"

'이렇게 생생한데?'

손가락 마디마디 감겨들던 느낌은 분명 머리카락. 게다가 입술은……. 그 숨결은……. 어떻게 설명하지?

"한민지. 너 수면제 몇 알이나 먹은 거야."

"두 알."

"너무 많이 먹은 거 아냐? 저녁에 맥주도 마셨는데."

곁에 앉아 민지의 등을 쓸어내리던 수빈이 땀으로 젖은 이마에 손을 얹었다.

"열나는 것 같은데? 얼굴 엄청 빨개."

"어?"

갑작스런 입맞춤 탓이다. 화르륵 열이 올라 악을 쓴 것이 혈관이 역류하듯 온몸을 달궜다.

이마에 얹어진 수빈의 손을 밀어낸 민지가 손등으로 입술을 문질렀다.

"수빈아."

"응."

"아름이 사촌 언니 연락처 있지. 너 진우 오빠랑 궁합 보러 한 번 갔었잖아."

"있긴 한데, 왜?"

"한번 찾아가 보려고."

뜬금없는 소리에 수빈이 두 눈을 동그랗게 떴다.

"아무래도 나한테 귀신이 붙은 것 같아."

"여자한테 웬 처녀귀신?"

무슨 소린가 싶어 민지가 두 눈을 깜박거렸다.

"내가 처녀귀신이라고 했어?"

"머리 길다며. 그럼 처녀귀신 아니야?"

"아닌데, 남잔데……."

"얘가 무슨 꿈을 꿨기에 그래?"

들고 보니 맞는 말이다. 무속에 관심도 없고 믿지도 않는 데다, 살면서 총각귀신 이야기는 들어 본 적이 없다.

"총각은 귀신 없나?"

"뭐, 처녀귀신이 있으니 총각도 있겠지. 그런데 뜬금없이 너한테 왜?"

말을 해야 하나 말아야 하나 고민하던 민지가 두 손으로 얼굴을 문질렀다.

"모르겠어. 잠만 들면 자꾸 뭐라 뭐라 속삭여."

"뭐라는데?"

"천 년을 기다렸다며 보고 싶었다는 둥, 왜 자기를 기억 못하냐는 둥."

"너…… 요즘 사극 보니?"

말해 무엇 하겠는가.

사실 민지 자신도 꿈인지 현실인지 긴가민가하다. 과로로 인한 만성 스트레스 진단에 개꿈의 전적이 있지만 무엇 하나 확실한 것이 없다.

"피곤해서 그런가 봐."

현실적인 대답에 이제야 말이 통한다는 듯 수빈이 고개를 끄덕였다.

"스트레스 지수 8의 위력이 대단하네."

비틀비틀 침대에서 일어난 민지가 주방으로 향했다. 수납장 문을 열고 과도를 꺼내 들었다.

"이건 너무 작아."

과도를 내려놓고 식칼을 집어든 민지의 곁으로 수빈이 다가섰다.

"칼은 뭐 하게?"

"수빈아. 너 전에 중식 배울 때 쓰던 칼 어디 있어?"

"맨 아래 서랍. 중화 식도는 왜?"

보기에도 살벌한 중화 식도를 찾아든 민지의 입가에 야릇한 미소가 패었다.

'묵직한 게 아주 듬직하네.'

"민지야……."

섬뜩한 미소에 수빈이 소름 돋은 팔을 문질렀다.

"새벽 3시야. 너도 자야지."

"칼은 왜? 어디에 쓰려고?"

방까지 따라온 수빈이 불안한 눈으로 베개 밑에 넓적한 식도를 집어넣는 민지를 쳐다봤다.

"다치면 어쩌려고."

"네가 준 도자기 인형 하나도 효과 없어."

책장 위에 놓아 둔 도자기 인형을 집어 수빈의 손에 턱 얹어주곤 방문을 닫았다. 걱정스러웠던지 다시 방문이 열리며 그 사이로 수빈의 머리가 쏙 삐져나왔다.

"민지야……."

"가서 자. 너 내일 일찍 나간다며."

이미 불까지 끄고 누운 민지를 살피던 수빈이 머뭇거리며 스위치로 손을 뻗었다.

"무서우면 불 켜놓고 자."

"됐어."

이제 전쟁이닷!

수빈은 말없이 제 방으로 돌아갔지만 한 번 깨 버린 잠은 다시 오지 않았다.

'나타나기만 해, 아주 목을 따 버리겠어!'

이리저리 뒤척이다 결국 베개 밑 칼자루를 움켜쥐고 벌떡 일어나 앉았다. 눈은 뻑뻑한데 정신은 점점 맑아졌다.

'왜 이리 잠이 안 오지? 정말 죽겠네.'

가부좌를 틀고 앉아 있으려니 신경질이 나서 눈물이 날 것 같았다.

"낯이 익어. 유리구슬 같은 눈동자."

그러고 보니 귓가에 속삭이던 음성도…….

'치호?'

그와 닮은 황금빛 눈동자는 햇살처럼 투명했다. 그윽하게 감겨드는 목소리도 비슷한 것 같고.

'아니지. 나를 구해 준 사람이 꿈에 나타나 괴롭힐 이유가 뭐가 있어?'

스트레스에 수면 부족에, 아마도 오늘 편의점에서 들은 이야기 때문에 신경이 날카로워진 탓이리라.

'그래, 그 남자 생각하다 잠이 들었으니 비슷하게 들려온 것뿐일 거야.'

한 시간 즈음 지났을까. 눈앞이 뿌옇게 흐려지며 수마가 찾아들었다.

고요한 겨울밤이 소리 없이 흐르며 창문을 가득 메웠던 어둠이 옅어지기 시작했다.

열린 문틈으로 살며시 고개를 내민 수빈이 혀를 차며 민지의 방으로 들어섰다.

침대 중앙에 버티고 앉은 민지는 청룡언월도를 든 관운장처럼 비장한 모습으로 잠들어 있었다. 고개 숙인 채로 몸이 기울어 긴 생머리가 무릎까지 흘러내려 있다.

"가관이네."

피식피식 웃던 수빈이 휴대폰을 가져다 인증샷을 찍은 뒤 살금살금 다가섰다.

지하철 멍멍녀에 이어 총각귀신 잡는 관운 아니, 민지장이다.

"니가 더 귀신같다."

깊은 잠에 빠진 민지의 손에서 중화 식도를 살며시 당기자 생각보다 쉽게 빠져나왔다.

'쯧쯧쯧, 얼마나 잠을 못 잤으면……'

조심스레 그녀의 머리를 받쳐 침대에 눕히니 코를 골며 거북이처럼 뒤집어졌다.

민지의 휴대폰 알람 시간을 확인한 수빈이 곤히 잠든 친구를 바라봤다.

"도움이 될지 모르겠다."

자신의 휴대폰에 저장된 아름의 사촌 언니 연락처를 찾아 민지의 번호로 전송했다.

밤에는 중화 식도를 들고 총각귀신과 싸우고, 출근해서는 결산보고서와의 처절한 전투가 벌어졌다.

"옛날에도 솥단지 메고 다니며 전쟁했다던데."

점심시간이 됐지만 민지는 텅 빈 사무실에서 정 대리가 떠넘긴 엑셀 파일과 씨름 중이다.

'무슨 서류 정리를 이렇게 뒤죽박죽으로 해 놨어.'

재고에 대한 세부 금액 중 창고별 금액이 제각기다. 하나하나 자료와 대조하며 다시 맞추려니 차라리 새로 하는 것이 나을 듯했다.

"어? 한 대리 식사 안 해?"

누구 때문에 밥도 못 먹고 있는데!

식사를 마치고 들어서는 정 대리의 말에 민지는 아무 대꾸도 없이 자판을 두드렸다.

"쉬엄쉬엄해. 어차피 오늘도 야근인데."

밤새 칼을 쥐고 잔 탓에 오른 손가락이 시큰거렸다.

"전 퇴근 전에 끝날 것 같습니다."

"정말 손이 빠르다니까. 그럼 얼른 하고 아까 부장님이 말씀하신 월별 폐기 금액 확인 좀 해 줄래?"

그건 부장님이 너 시킨 거잖아! 이 양아치야!

물끄러미 바라보고 있자니 정 대리가 해맑게 웃는다.

"같은 팀인데 서로서로 도와야지."

핵폭탄이 터져도 입만 살아남을 놈이란 생각에 그녀의 입가에 썩은 미소가 피어오른다.

"부장님이 전략자재 분석보고서 찾으시던데요."

"아, 그거 오늘 퇴근 전에 올린다고 말씀드렸어."

부장님께 보고하려던 민지의 서류를 중간에 낚아채서 왜 자기 책상에 묵히고 있는지 알 수가 없다.

"검토해야 할 게 많아서."

어이가 없어 쳐다보니 정 대리가 윙크를 했다.

"과장 대리 업무가 생각보다 빡빡하네."

"아…… 네."

직함에도 없는 과장 대리가 뭐 그리 자랑스러운지.

'스트레스 지수 8 중에 7이 넌 것 같다. 정 대리.'

오후가 되어 장기재고 관련 회의를 마치고 사무실로 돌아온 민지는 녹초가 되어 버렸다. 하루 종일 탈수된 빨래처럼 모든 기운이 쪽쪽 빨려 버린 기분이다.

저녁까지 거르고 일한 탓에 업무는 퇴근 시간 전에 마칠 수 있었다. 쓰린 속을 달래려 서랍에서 에너지 바를 꺼내 입에 물었다.

'다들 자리 지키는데 그냥 야근할까?'

에너지 바를 씹으며 시계를 쳐다보고 있으니 탕비실에서 나오던 정 대리가 다가왔다.

"뭐 먹어?"

"점심을 걸렀더니 속이 쓰려서요."

"난 저녁에 김치찌개 먹었더니 속이 맵네."

서랍에서 마지막 남은 에너지 바를 꺼내 내밀었다. 아니나 다를까 배시시 웃으며 정 대리가 받아들었다.

"맛있는 건 나눠 먹어야지 뭘 숨겨 놓고 먹어."

"……."

"탕비실의 간식은 정 대리님 혼자 다 드시잖아요."

옆자리 윤 주임이 한마디 거들자, 듣는 둥 마는 둥 정 대리는 담배를 들고 나가 버렸다.

"한 대리님이 대꾸 안 하시니 더 그런 것 같아요."

"대꾸하는 것도 피곤하네요."

민지는 정 대리가 부탁한 일을 재빨리 처리하고 내일부터 시작하려던 업무 파일을 열었다.

10시가 되자 민지는 컴퓨터를 끄고 퇴근을 준비했다. 숄더백을 집어 들기가 무섭게 탕비실에서 컵라면을 먹던 정 대리가 득달같이 쫓아 나왔다.
"퇴근하게? 내가 부탁한 건?"
"책상 위에 놨어요."
"역시! 고마워."
윙크를 날리는 모습에 민지가 정색을 했다.
"대리님 눈병 났어요? 왜 자꾸 눈을 찡끔거려요?"
"이런! 민지 씨, 심쿵했구나?"
굵은 쌍꺼풀에 툭 튀어나온 눈을 찡긋거리니 눈병 걸린 개구리 같다.
"내 눈매가 좀 강렬하긴 하지. 경리과 유진이도 막 설렌다고 얼굴 발개지던데. 하하하."
매일 밥 얻어먹는 어린 여직원들의 달콤한 말들이 아메바 같은 이 남자의 뇌를 마비시키고 있었다.
"그러게 입사 초에 대시했을 때 넘어오지 그랬어. 돌아서니 아쉽지? 우리 한 대리 그때 참 풋풋했는데, 벌써 오 년이나 됐네. 이제 스물여덟인가?"
대꾸 없이 돌아선 민지가 엘리베이터를 향해 빠르게 걸음을 내딛었다.

'스물일곱이다. 후쿠시마 오이 같은 놈.'

엘리베이터를 기다리는 사이 사무실로 돌아갔던 정 대리가 그녀를 불러 댔다. 엘리베이터 버튼을 마구 눌러 대는 사이 숨이 턱까지 차오른 정 대리가 달려왔다.

"한 대리! 이거 아직 안 끝난 것 같은데?"

"자료 복사하고 분류, 정리해서 통계 내놨으니까 엑셀 작업만 하시면 돼요."

"하는 김에 좀 하지. 자기 엑셀의 여신이잖아."

"대리님."

있는 듯 없는 듯 조용하기만 했던 그녀의 날카로운 음성에 정 대리의 눈이 휘둥그레졌다.

"밥상 차려 주면 떠먹는 건 좀 스스로 하시죠."

"한 대리……."

"반말도 삼가 주세요."

"그건, 내가 나이가."

"열다섯 살 많은 과장님도 반말 안 하셨어요."

때마침 엘리베이터가 도착하자 민지는 깍듯하게 묵례를 하곤 돌아섰다.

빈속에 초콜릿 에너지 바를 먹은 것이 문제인가, 아니면 오래된 마을버스 냄새 때문인가. 버스 손잡이를 꼭 붙잡은 민지는 속이 메슥거렸다.

'아주 죽어라, 죽어라 하는구나.'

미간에 내 천자를 그리며 참아 봤지만, 결국 마지막 한 정거장을 버티지 못하고 버스에서 내려섰다.

'하아……. 요즘 들어 속이 계속 안 좋네.'

코끝을 얼리며 폐부로 박혀 드는 겨울바람에 울렁거림은 순식간에 가라앉았다.

익숙한 골목길을 걷노라니 이내 편의점이 보였다. 편의점 맞은편 전봇대 아래 낯익은 교복을 입은 여학생 하나가 쪼그려 앉아 있었다.

'혹시 그 아이인가?'

폭행당한 여학생과 같은 학교 교복이었다.

'그때 같이 있던 아이인가? 아니라도 같은 동네니까 혹시 소식은 들을 수 있지 않을까?'

민지가 다가서는지도 모른 채 여학생은 무언가에 정신이 팔려 있었다.

"엄마는 어디 가고 혼자 남았어?"

꺼져 가는 촛불처럼 잦아드는 소리다. 조심스레 다가서니 헌 옷 수거함 귀퉁이로 노란색 얼룩 고양이 한 마리가 보였다.

"새끼 고양이네."

"코쇼 치즈예요. 예쁘죠?"

민지의 등장에도 놀란 기색 없이 여학생이 살갑게 대꾸했다.

"어제는 세 마리였는데, 아무래도 제일 약한 아이라 엄마가 포기한 것 같아요."

"데려가서 기르게?"

다친 여학생의 안부를 물으려던 민지는 어느새 나란히 쪼그리고 앉아 고양이 삼매경이다.

"데리고 갔다가는 저까지 쫓겨나요. 언니가 잠시 임보해 주실래요?"

"임보?"

"임시로 보호해 주시면 분양 보낼 곳 알아볼게요."

"아…… 니. 난."

고양이 무서워.

싫어하는 것이 아니라 무섭다. 고양이뿐이 아니었다. 어릴 때 경주 외할머니 집에서 기르던 호구는 무서워서 눈도 마주치지 못했다.

"안 되겠죠? 사실 언니가 처음도 아네요. 다들 예쁘다고 하고는 그냥 가네요."

"여기 오래 있었나 보네?"

목도리 위로 빨갛게 얼어 있는 여학생의 코끝이 대답을 대신한다.

"구호단체에 연락해 보면 어떨까?"

"거기 가 봤자 보름 지나면 안락사예요."

안. 락. 사…….

충격적인 대답에 멍하니 바라보고 있자니 여학생이 고양이에게로 손을 뻗었다. 목도리를 풀어 고양이를 감싼 여학생이 다시 제자리에 내려놓는다.

"야옹아, 미안해. 내가 널 책임질 만큼 어른이 아니야. 널 위한 집사가 꼭 나타났으면 좋겠다."

작별을 마친 여학생이 덩달아 몸을 일으킨 민지에게로 돌아섰다.

"이 추운 겨울에 이렇게 살아남았는데, 살 팔자라면 어떡해서든 살아남겠죠?"

"그렇긴 한데, 이렇게 두고 가면."

"어설픈 동정심에 데려가 봤자 어차피 끝까지 책임지지 못하는 걸요. 저 갈게요."

목도리까지 풀어 새끼 고양이에게 내어 준 여학생을 더 이상 붙잡을 수가 없었다.

'어쩌지? 동물병원이라도 데려다줘야 하나?'

망설이던 민지가 다시 그 앞에 쪼그리고 앉았다.

'아름이한테 연락해 볼까?'

프리랜서로 집에서 일하니 고양이를 돌볼 수 있을지 모른다. 하지만 군인 출신 아버지가 털 달린 동물을 질색인 탓에 얹혀사는 아름은 선택권이 없다.

'성민이는 고양이 좋아하니까 기른다고 하지 않을까?'

독립해서 혼자 사는 성민은 아름과 반대로 회사에 머무는 시간이 많다. 새끼 고양이에게는 적합하지 않다. 한숨만 들이쉬고 내쉬고.

'널 어쩌면 좋니.'

"고양이네."

갑작스런 목소리에 민지가 움찔 놀라 옆으로 주저앉았다. 너무 오랫동안 쪼그려 앉아 있던 탓이다. 고개를 드니 긴 머리를 말끔하게 틀어 올린 치호가 서 있었다.

한겨울에 춥지도 않은지, 하얀 반팔 티셔츠에 개량 한복 같은 흰 바지 차림이었다.

"볼 때마다 주저앉는구나?"

씩 웃는 미소에 주변이 환해지는 듯한 착각이 일었다. 주체 없이 널뛰는 심장의 과도한 펌프질에 얼굴로 피가 몰렸다.

콩닥, 콩닥.

물끄러미 내려다보는 치호의 모습은 데쟈뷰처럼 지난 기억을 닮아 있었다. 램프의 요정처럼 팔짱을 끼고 서 있던 치호가 허리를 숙이자 민지가 후다닥 몸을 일으켰다.

"안녕하세요."

인사에도 대꾸가 없자 한껏 긴장한 민지가 그간 준비했던 말들을 쏟아 냈다.

"지난번에는 고마웠어요. 인사도 제대로 못 했네요."

"고양이 싫어하잖아."

뜬금없는 대답에 맥이 풀린 그녀는 고개를 저었다.

"싫어하는 게 아니라, 좋아하지 않을 뿐이에요."

새침한 말투에 치호가 얼굴을 들이댔다. 그 숨결이 닿자 입술이 바싹바싹 마르기 시작했다.

깜빡깜빡 느릿하게 덮였다 열리는 치호의 눈동자 속에 민지의 모습이 거울처럼 선명했다.

"싫. 어. 했. 어. 고양이."

황금빛 노을처럼 빨려들어 갈 것 같은 눈동자.

"사냥보다 도둑질에 익숙한 종자들이라고."

그윽한 목소리는 몽롱하게 피어오르는 물안개처럼 민지의 귓가로 흩어졌다.

'정말 컬러렌즈를 낀 걸까?'

새까만 동공을 감싼 다크 브라운의 끝자락은 떠오르는 햇살처럼 영롱한 금빛이다.

"눈이…… 참 예뻐요."

"뭐?"

"예쁘, 다고요. 눈이."

두 눈을 깜박이던 치호의 얼굴이 서서히 붉어지며 숨결까지 후끈 달아올랐다.

무슨 대단한 고백이라도 받은 양, 물러선 그의 얼굴에 당혹감이 서렸다.

"이 근처 사시나 봐요?"

"……."

"치호 씨?"

부름에 반응하며 고개를 든 치호가 휙 돌아섰다.

"밤이 깊다. 어서 돌아가."

"저기……."

"집에 가."

개와 고양이 같던 그들의 소통은 끝이 나 버렸다.

편의점으로 걸어가는 치호의 뒷모습을 바라보던 민지가 한

숨을 내쉬었다.

"고양이는 어떡하지?"

'어설픈 동정심에 데려가 봤자 어차피 끝까지 책임지지도 못하는 걸요.'

여학생의 말을 떠올리며 애써 발걸음을 뗐다.

"수빈이 시집가고 나면 이사도 가야 하는데. 동물 기르면 집 구하기도 힘들고."

매일 야근이라 혼자 집에 둘 수도 없다.

야오옹. 야오오옹.

애처로운 고양이 소리가 들려오는 것 같다.

"무서워서 만지지도 못하는데, 어떻게 길러."

이런저런 변명을 하며 길을 걷던 민지가 편의점을 지나며 매장 안을 힐끗거렸다. 카운터 쪽에 앉은 것을 보니 새로이 온다던 남자 아르바이트생이 치호였나 보다.

'태견 도장 다니나? 저런 옷은 어디서 구한 거야?'

틀어 올린 머리가 사극의 남자 주인공처럼 너무나 자연스럽다.

'역시나 패션의 완성은 얼굴인가……'

독특한 바지도 꽤나 잘 어울리는 게 은근히 분위기 있다.

'한겨울에 웬 반팔? 편의점은 냉동식품들 때문에 난방 심하게 못 할 텐데.'

V넥 티셔츠 반소매 아래 단단한 팔 근육을 쳐다보다 치호와 눈이 마주쳤다.

'집에 가.'

입술은 굳게 닫혀 있는데도 그의 음성이 들리는 듯하여 민지가 서둘러 걸음을 옮겼다.

집으로 들어선 뒤로도 새끼 고양이 생각이 머릿속에서 떠나질 않았다. 샤워를 하고 거실로 나와 머리를 말리던 민지가 창가로 다가섰다. 창문 사이로 매서운 겨울바람이 스며들었다.

'오늘 밤을 넘길 수 있을까?'

결국 겨울 장갑 위에 설거지용 고무장갑까지 장착한 민지가 집을 나섰다.

너무 늦어 버린 걸까?

헌옷 수거함 어디에도 새끼 고양이는 보이지 않았다.

'이상하네. 겨우 삼십 분 지났는데, 어딜 간 거지?'

어미가 데려갔나? 누가 주워 갔나?

야옹, 야옹. 고양이 소리까지 흉내 내며 휴대폰 라이트를 비춰 보지만 아무리 살펴봐도 없다.

"왜 자꾸 밤에 돌아다니지?"

이젠 놀랍지도 않은 민지가 치호에게로 돌아섰다.

"여기 있던 고양이 누가 데려갔나요?"

"털 안 말리고 돌아다니면 병나."

털? 설마 머리카락을 말하는 건 아니겠지?

그의 말처럼 젖은 머리카락은 동태처럼 얼어 있었다.

"여기 있던 고양이 못 봤냐고요."

알 수 없다는 듯 치호가 물끄러미 그녀를 응시했다.

"치호 씨. 아까 여기 새끼 고양이 있었잖아요."

"역시 신경이 쓰이는 건가?"

'이 남자는 왜 자꾸 엉뚱한 소리를 하는 걸까?'

개와 고양이의 대화처럼 소통이 불가능하다. 그럼에도 포기할 수 없어 돌아서는 그의 팔을 붙잡았다.

"혹시, 누가 데려가는 거 봤어요? 그래요?"

"내가 데려왔어."

아까는 도둑고양이라며 관심도 없어 하더니.

"왜요?"

"네가 마음 쓰여 하니까."

생각지도 못한 대답이 그녀의 심장을 관통했다.

우뚝 멈춰 선 민지가 편의점으로 돌아가는 치호의 뒷모습을 쳐다봤다.

'도대체 저 남자는 정체가 뭘까.'

처음부터 낯설지가 않았다. 숲을 닮은 체취와 투박하지만 다정한 손길, 그 목소리조차 십년지기보다 더 친숙하게 느껴졌다.

'왜일까?'

어느 날 갑자기 그녀의 삶에 불쑥 나타난 남자.

낯설어야 함이 분명한데 낯설지 않은 그의 존재가 혼란스러웠다. 아주 오래전부터 알아왔던 것처럼 그녀를 자연스레 대하는 치호가 궁금했다.

'나를 누군가 다른 사람과 착각하는 것 아닐까?'

치호를 노려보던 민지가 중화 식도를 들었던 패기로 편의점을 향해 돌진했다. 힘차게 문을 열어젖히자 카운터에 앉아 고양이에게 캔 사료를 먹이는 치호의 모습이 보였다.

정체가 뭐냐고 외쳐야 할 타이밍을 놓쳐 버린 민지는 카운터를 향해 어색한 걸음을 옮겼다.

새끼 고양이에게 시선을 고정한 치호가 아무런 말없이 하얀 수건을 내밀었다.

반사적으로 수건을 받아든 민지가 꽁꽁 얼어 부러질 것 같은 머리카락을 감쌌다. 새끼 고양이에게 캔 사료를 먹이는 그의 모습이 한없이 다정해 마음까지 따뜻해졌다.

배불리 먹은 고양이가 꾸벅꾸벅 졸기 시작했다.

"잘 먹네요."

"생각보다 맛이 괜찮아."

캔을 집어 든 치호가 입을 쩍 벌리곤 탈탈 털어 넣었다. 하얀 덩어리가 그의 입안으로 덩어리째 쏟아졌다.

"씹을 것도 없이 녹아 버리는구나."

맛있게 삼키는 그의 목울대가 경악스러워 민지가 마른침을 꿀꺽 삼켰다.

"너도 하나 줄까?"

"……."

"싫어?"

입맛을 다시는 치호의 강렬한 눈빛에 민지가 어색하게 웃었다.

"사람이 먹는 음식이 아녜요."

"언제부터 인간과 짐승의 먹이가 나뉘었지?"

"……."

"참으로 낯설구나."

'너의 세상은 참으로 낯설구나.'

똑같아. 지난밤, 귓가에 속삭이던 말투와 일치하는 그의 음성에 소름이 돋았다.

"당신, 정체가 도대체 뭐예요."

"치호."

뜨아아. 도대체 이 남자 나한테 왜 이러지?

질문의 본질을 파악하지 못하는 건지, 교묘하게 피해 가는 건지 민지는 헷갈리기 시작했다.

'설마, 교포? 그래서 한국어가 어눌한가?'

인내심을 갖고 유치원생 대하듯 차분히 다시 물었다.

"어디서 왔어요? 원래 여기 살던 사람 아니죠?"

"당나라."

"당? 중국을 말하는 거예요?"

"중국 아니고 당나라."

"지금, 과거에서 왔다는 말인가요?"

"나는 시간에 의미를 두지 않아."

말아 올린 머리, 독특한 패션, 어색한 말투들.

슬프게도 나쁜 예감은 틀리는 법이 없다.

'정상이 아니구나.'

카운터 위에 조용히 수건을 내려놓고 돌아섰다.

키 크고 잘생긴 남자가 어쩌다 저리 되었을까.

아쉬움에 유리문을 밀어내는 손에 기운이 빠진다.

"의미 없는 시간 속에 당신은 어떤 사람이었을까요?"

찬 공기를 밀어내듯 뜨거운 숨결이 그녀의 목덜미에 닿았다.

"나는…… 적악의 수호자."

유리문에 비친 치호는 여전히 카운터에 서 있었다.

"전장의 야차였으며, 신국의 벗이었다."

신화 그룹 명예회장의 논현동 자택.

차갑게 식어 버린 감로 찻잔을 만지작거리던 김 회장이 자리에서 일어나 창가로 향했다.

회색 정장을 입은 그녀는 작고 단아한 모습이다. 깔끔하게 컬링된 실버그레이 머리카락과 움푹 팬 눈가의 주름이 예순여섯의 나이를 짐작케 했다.

"적악의 수호자가 이탈자를 찾아왔다."

사흘 전 신화 그룹 본사를 찾아왔다는 한 남자.

그의 소식을 전해들은 김 회장은 가슴에 얹힌 돌덩이를 밀어내듯 답답함을 쓸어내렸다.

철의 여인 김재희는 작은 건설사를 재계 5위의 신화 그룹으로 키워 낸 건설업계의 전설이었다.

가족 승계 대신 오랫동안 함께했던 임원들에게 경영을 맡기며, 평사원도 그룹 대표가 될 수 있다는 희망을 주었다. 부가 대물림되는 한국 사회에서 혁신적이고 파격적인 행보였다.

비록 일선에서 물러났지만, 그룹 내 영향력은 여전히 막강했다. 시간이 입증하듯 강직한 김 회장의 성정에 주저함이나 물러섬은 존재하지 않았다. 그런 그녀가 사흘이 넘게 밤잠을 설치며 깊은 고민에 빠져들었다.

"시들지 않는 매화가 정말 존재하는가."

시간이 멈춘 마을은 할아버지의 할아버지가 지어 낸 이야기라 생각했다. 그러나 수호자가 찾아왔다는 말에 자리보전하고 누워 있던 아흔다섯의 아버지가 기적처럼 눈을 떴다.

'그리 말씀하시더냐. 이탈자라고.'

'······.'

'의심하지 말거라.'

일곱 살 아이도 산타를 믿지 않는 세상이었다. 천 년도 전에 사라진 나라에서 왔다는 그를 어찌 믿겠는가.

'그분을 찾으면 네 뜻을 이룰 수 있을 게야.'

인터폰이 울리며 윤 비서의 목소리가 들려왔다.

[문화재청 서 박사님 전화 연결되어 있습니다.]

수화기를 들자 상기된 서 박사의 음성이 들려왔다.

[부탁하신 골동품 때문에 연락드렸습니다.]

마른침을 꼴깍꼴깍 삼키는 소리가 생생하게 들려오자 김 회장이 미간을 찌푸렸다.

"네, 말씀하세요."

[국보급 유물입니다. 도대체 어디서 나신 겁니까?]

"차분한 설명 부탁드립니다."

[죄송합니다. 너무 놀라서 밤새 잠을 못 잤습니다.]

"말씀하세요."

싸늘한 음성에 황소같이 숨을 뿜어내던 서 박사가 속사포같이 설명을 쏟아 내기 시작했다.

[국보 제140호 나전화문동경보다 이전에 만들어진 청동거울입니다. 이렇게 보존 상태가 좋은 것은 정말 처음입니다. 여보세요?]

"듣고 있습니다."

[나전화문동경은 나전 기법으로 꽃무늬 장식을 한 청동거울인데 가야 지역에서 출토된 8세기 유물입니다. 지름 18.6㎝, 두께 0.6㎝. 김 회장님 의뢰품은 10에 0.5로 더 정교한 기술로 가공된 것입니다.]

"알겠습니다."

[연대 측정하면 한두 달 뒤에 더 자세한 내용을 알 수 있겠지만 7세기 물건이 아닐까 추측합니다. 학계에 알려지면 엄청난 센세이션을 일으킬 겁니다.]

"어떤 물건인지 알았으니 되었습니다. 물건 회수할 사람 보내겠습니다."

[아니, 회장님. 좀 더 조사해서.]

"충분합니다. 이만하도록 하죠."

통화를 마친 김 회장이 의자에서 일어나 서재를 거닐며 관자놀이를 문질렀다.

수호자의 선물이 국보급일 줄이야. 꽤나 고급스러운 수공 기술에 일본 물건이라 추측했다.

'청동거울이었구나.'

거울인 줄 모르고 화려하게 장식된 뒷면만 한참이나 쳐다봤었다. 매화 꽃잎은 나전을 뚫어 가운데 붉은 호박을 넣어 장식했고, 바탕에는 푸른색의 보석 조각들이 두툼한 칠과 함께 박혀 있었다.

'7세기라면 600년대.'

전체적으로 푸른 터키석, 붉은 호박 등의 보석이 흰색 자개와 대비를 이루며 화려함을 과시했다. 현재의 기술을 뛰어넘는 수준이었다.

다시 책상으로 돌아선 김 회장이 인터폰을 눌렀다.

"서 박사한테 물건 찾아오고, 사흘 전에 물건 들고 왔던 사람 찾아와."

03 기억의 파편

　푸른 달을 등지고 선 치호는 건물들 아래로 골목길을 올라가는 민지를 내려다보았다. 별이 보이지 않는 기묘한 세상에서 그녀를 지켜온 지 한 달이 지났다.
　손가락만큼 작게 보이는 거리였으나 그의 눈동자는 흩날리는 머리카락 한 올도 놓치지 않았다.
　모퉁이를 돌아 시야에서 벗어나는 민지를 따라 치호가 몸을 날렸다. 뾰족한 교회 지붕 십자가 위에 사뿐히 내려앉아 빌라에 들어가는 민지를 응시했다.
　3층 그녀의 집에 불이 켜졌다. 동장군의 칼바람에도 지지 않고 스며드는 봄날의 미풍처럼 잊을 수 없는 반려의 향기였다.
　'아랑……'
　향기가 짙어질수록 기억 또한 선명해진다.
　마지막 불빛이 사라지기를 기다려 빌라의 베란다를 넘어 거실을 가로질렀다. 한껏 웅크린 채 잠든 그녀의 모습이 보인다.

'언제부터 쇠붙이가 좋아진 거지?'

작은 손에 야무지게 쥐어진 식도를 응시했다.

벗의 곁에 잠들었던 그를 깨운 향기를 따라 지금 치호는 민지의 앞에 서 있다.

'어째서 그토록 경계하던 인간의 모습으로……'

조용히 눈을 감은 치호가 어깨를 펴자 방 안을 가득 채운 향기가 그의 폐부로 들어찼다. 가시처럼 파고드는 향기는 그리움으로, 가슴 깊이 가라앉은 기억들을 불러 일으켰다.

"억겁의 세월이 지나도."

***

"만나야 할 이들은 반드시 만나게 되어 있다네. 죽음도 이별도 다시 만나기 위한 과정일 뿐이니."

아랑을 잃고 폭주했던 치호에게 찾아든 신국의 왕자는 한 줄기 빛과도 같았다.

"애달파 마시게. 노여워도 마시게."

"……."

"모든 것이 결국에는 돌고 돌아 제자리를 찾는 법이니."

행복했던 기억은 독이 되어 뼈와 살을 태웠다. 그 상실감은 평생을 지켜왔던 적악마저 열화지옥으로 바꿔 버렸다.

"언제 끝날지 모를 기다림, 내 벗이 되어 줄 터이니 나와 함께 가지 않겠나."

치호는 모든 것을 버리고 자신을 벗이라 부르는 신국의 왕자와 함께 돛단배에 올랐다.

신국을 떠난 지 이십여 일.
흐린 달을 조롱하듯 별빛이 화사한 밤이었다. 7척 키에 장대한 기골을 가진 벗의 보폭이 점점 줄어든다.
"자네는 지치지도 않는군."
"……."
"이보게, 치호."
"동행이 생겼어."
새까만 밤하늘, 초목이 우거진 벌판을 걷는 그들에게 불청객이 따라붙었다. 지쳐 가는 벗으로 인해 간격을 두고 따르던 그들과의 거리가 점점 좁혀진다.
치호의 귀가 소리를 잡느라 미세하게 움직였다.
'하나, 둘, 셋…… 여섯, 일곱, 열. 열셋. 넷……'
불청객에게서 풍기는 야생의 냄새는 치호의 본능을 깨우며 피를 들끓게 했다.
"동행이라니."
멈춰 선 벗에게로 돌아선 치호가 뛰어올랐다. 시퍼런 눈동자들이 도깨비불처럼 순식간에 그들을 에워쌌다.
"치호!"
태백의 산군을 상대로 전쟁을 치렀던 치호였다. 가장 큰 놈부터 목을 노렸다. 벗에게로 달려드는 놈의 어깨를 차고 올라 몸을 돌리며 이빨을 박았다.

우두둑.

뼈 끊어져 나가는 소리가 섬뜩하게 들려왔다. 대륙의 늑대는 신국의 승냥이에 비할 바 없이 장대했다. 목이 뜯겨 나가자 피를 쏟으며 울부짖는다.

크르르르르.

우두머리의 죽음에 물러설 것이라 생각했던 무리들이 진열을 깨며 한꺼번에 달려들었다.

"이보게."

"비켜!"

치호는 그의 부름에 대꾸도 없이 달려드는 맹수들을 도륙했다. 닥치는 대로 물어뜯어 분수같이 솟는 뜨거운 핏줄기를 집어 삼켰다.

'너무 많아.'

목구멍으로 밀려드는 피가 제 것인지, 저들의 것인지 알 수가 없었다. 온 세상이 핏빛으로 물들었다.

늑대는 혈족으로 무리를 이루는 맹수였다. 고통과 절망의 포효는 독한 살기를 뿜어낸다. 아랑을 잃은 치호가 그러했기에 우두머리의 숨통을 끊은 순간 이미 물러설 곳은 없었다.

그들 전부가 죽지 않으면 벗이 죽는다.

"죽이지 말게! 치호!"

애타는 외침에도 치호는 주저 없이 이십여 마리의 늑대들을 찢어발겼다. 피칠갑을 두른 그의 눈동자는 시퍼런 살기로 가득했다.

크르르르르.

남은 무리들이 주춤하며 죽은 우두머리보다 조금 작은 늑대의 주위로 몰려들었다.

'암놈이다.'

유난히 번뜩이는 회색빛 늑대와 눈이 마주쳤다. 반려였을 우두머리를 잃은 슬픔보다 남은 무리를 지키고자 하는 본능이 강했던가.

현명한 늑대가 물러서기 시작했다.

"도망가지 않는가! 제발 좀, 그만하시게!"

벗의 만류에도 기어이 도주하는 이들을 쫓아 모조리 숨통을 끊어 놓았다.

"이보게, 치호. 괜찮은가."

일대일의 싸움이 아닌지라 팔다리를 내어 주며 급소를 뜯어냈기에 치호 또한 상처가 깊었다. 숨을 몰아쉬던 치호가 벗을 밀어내며 걷기 시작했다.

지친 벗의 음성이 들려왔다.

"먼저 가시게. 금방 따라갈 터이니."

앞서 걷던 치호가 돌아서자 허벅지를 물린 벗이 절뚝이며 따르고 있었다.

조용히 다가선 치호가 그에게 등을 내밀었다.

"되었네. 자네야말로 피투성이가 아닌가."

"내 것이 아니야."

"그래도……."

고집스레 등을 내밀고 앉은 그를 바라보던 벗의 체온이 등에 닿자 치호는 묵묵히 걸음을 뗐다. 상처에서 흘러내린 피가 걸음걸음 흥건하게 고여 들었다.

"이보게, 자네 정말 괜찮은 건가."

등에 업힌 벗의 물음에 치호는 대꾸하지 않았다.

얼마 걷지 않아 어둠을 밝히는 불들이 나타났다. 밤하늘의 별처럼 불어난 횃불들이 그들에게로 다가서고 있었다. 웅성거리는 소리가 낯설다.

"근처에 마을이 있는가 보이. 나 좀 내려주게."

횃불을 들고 나타난 사람들에게로 다가서는 벗을 바라보던 치호는 천천히 주저앉았다.

눈을 뜬 치호의 시야에 낯선 천으로 휘장을 두른 천장이 보인다.

"몸은 좀 어떤가?"

흐릿한 시야의 초점을 맞추기 위해 다시 눈을 감자 벗의 음성이 들려왔다.

"자네가 쓰러지기 전에 만났던 이들을 따라왔네."

걱정으로 가득한 벗의 얼굴이 점점 선명해졌다.

"미련한 친구. 어쩌자고 도망가는 맹수를 기어이 쫓아가는가."

"놓아주었다면 다시 왔을 거야."
"그걸 어찌 아누?"
"내가 놓아준 산군이 그리했거든."
"산군?"
"자비를 베푼 대가로 나는 처와 자식을 잃었다."

늑대들의 이빨이 뼈까지 닿은 깊은 상처였다. 터진 자리로 진물이 흐르고 너덜너덜해진 살점이 시커멓게 부풀었다. 가축은 물론 아이들까지 노리는 맹수에 시달렸던 마을 사람들은 치호를 극진히 간호했다.

사흘을 꼬박 앓아누웠던 치호가 일어나자 마을에는 잔치가 벌어졌다. 귀한 소를 잡았다는 말에 하루를 더 묵어야 했다.

다음 날, 떠날 채비를 하는 치호의 일행을 촌장이 또 막아섰다.

"몸도 성치 않은데 벌써 떠나려 하십니까?"
"이리 가시면 정말 서운합니다."

좀 더 머물러 주기를 바라는 마음을 모르는 바 아니지만, 그들에게는 가야 할 길이 있었다.

짧은 인사를 건네고 마을을 나서자 촌장을 비롯한 사람들이 줄줄이 따르며 배웅했다.

"마을을 구한 영웅이로군."
"본능이었을 뿐이야."
"살고자 하는?"
"……."

"날 지키려 한 겐가?"

묵묵히 걷는 치호의 등 뒤로 한숨 소리가 들려왔다.

"내가 자네에게 짐이 되었군."

"그리 말한 적 없어."

치호의 삶은 늘 그러했다. 천 년 고목이 여름 볕을 견디며 그늘을 만들고, 가을 열매를 내어 주며 겨울 장작으로 시커멓게 타들어 가듯이 순종하며 살았다.

천명처럼 인간들을 지키며 전장에 나아가 싸우고, 약한 이들을 보호했다. 온몸에 구렁이를 감은 듯 상처를 숙명처럼 새겨 가며 긴 세월을 살아왔다.

그러나 정작 가장 잃고 싶지 않았던 아랑을, 이름조차 지어주지 못한 새끼들을 잃었다.

'산군을 놓아주지 말았어야 했다.'

미련은 혼란을, 혼란은 후회를 불러들였다.

"상처가 깊어 깨어나지 못할 줄 알았네."

"……"

"대단하이. 대단해."

"그리 끊어질 생이라면 전장에서 끝났겠지."

낭비성에서 적악을 향해 달린 치호는 기러기가 날아드는 초가을 무렵, 마을에 도착했다. 그를 반기는 것은 마을 사람들뿐이 아니었다.

기묘하게 마을로 흘러드는 죽음의 그림자.

피 비린내보다 독하게 신경을 자극하는 냄새는 시체들이 썩어 가는 전장과 닮아 있었다.

'죽음의 향기.'

흔적을 따라 폭포를 지나 비로봉에서 냄새의 근원을 마주했다. 어디서 흘러들었는지 알 수 없는 호랑이는 단 한 번도 보지 못했던 붉은색이었다.

치호의 두 배를 넘어서는 몸집부터가 예사 호랑이가 아님을 직감할 수 있었다.

'호랑이는 낮에 사냥을 않는 법이거늘.'

샛노란 눈동자로 살기를 넘어선 광기가 번득인다.

<u>크르르르르</u>…….

주위를 맴도는 적호에게로 치호가 달려들었다. 적호의 앞발을 피해 척추를 노렸다. 이빨이 채 박히기도 전에 몸을 트는 적호의 힘을 이기지 못하고 떨어져 나갔다.

순간 적호의 발톱이 치호의 옆구리를 훑으며 칼바람을 일으켰다. 재빨리 피하지 못했다면 살가죽이 뜯겨 나갔을 것이다. 인간의 창칼보다 날카로워 섬뜩했다.

'이대로는 안 되겠어.'

지리에 익숙한 치호는 더욱 좁은 계곡으로 적호를 유인했다. 폭포 위로 오르던 치호가 뒤따르던 적호에게로 방향을 돌렸다.

'오른쪽 앞발을 잘 쓰지 못하는구나.'

갑작스럽게 방향을 전환하여 달려든 치호를 피하느라 중심을 잃은 적호가 바위 아래로 굴러 떨어졌다.

체구 차이 때문에 울대를 노리기 쉽지 않았던 치호는 이리

저리 치고 빠지며 그의 체력을 고갈시켰다. 물이 고여 질척이는 흙바닥은 거구의 적호에게 불리했고, 거대한 몸집만큼 더욱 빨리 지쳐 갔다.

크아아아아!

적호의 가죽을 뚫은 치호의 입가에 피가 배어 나왔다. 목덜미를 물린 적호가 날뛰기 시작했지만 턱이 부서져라 물고 늘어졌다.

해질녘 시작된 싸움은 정오 무렵까지 이어졌다. 싸우기 전부터 부상을 입은 듯한 적호의 오른쪽 앞발은 이제 땅을 딛지 못할 정도로 고통스러워 보였다.

"너의 산으로 돌아가."

전장에서 쉬지 않고 달려온 치호 또한 지쳐 있었다. 이대로 계속 싸운다면 승리를 장담할 수 없었다.

"더 이상 쫓지 않을 것이다."

물러섬이 없는 치호의 기세에 적호가 거친 숨을 토해 내며 물러섰다.

크르르르르……

적호는 능선을 타고 동남으로 도주했다. 적악을 완전히 벗어나는 적호를 확인하고서야 마을을 향해 돌아섰다.

'아직도 냄새가 진동을 한다.'

코끝으로 파고드는 냄새에 이끌려 찾은 동굴은 갖가지 동물들의 사체로 가득했다.

목이 뜯겨 나간 사슴과 척추가 부러진 여우, 덩그러니 굴러

다니는 다리뼈에는 인간의 발이 붙어 있었다. 단순히 허기를 채우기 위한 사냥이 아니었다.

'살육 자체를 즐겼던 것인가!'

더위가 물러가고 밤 기온이 급격히 떨어지는 가월이었다. 산속 동굴의 기온은 더욱 차다. 그럼에도 산처럼 쌓인 시체들은 이미 절반 이상 썩어 있었다.

"얼마나 오랫동안 이곳에 머물렀기에……."

산처럼 쌓인 사체들을 둘러보고 있노라니 허리가 잘려 나간 여우의 몸이 들썩였다.

'아직 숨이 붙어 있는 건가?'

여우를 건드리자 몸통 아래 작은 손이 불쑥 튀어나왔다. 죽음에서 벗어나기 위해 필사적으로 몸부림치는 작은 생명에게서 눈을 뗄 수가 없었다.

아랑과의 첫 만남이었다.

생각만으로 또다시 심장이 조여든다. 산산이 조각나 버린 가슴이, 그 파편들이 내장을 태우며 들끓었다.

"김유신 대장군과 함께했다 들었네."

아픈 기억을 밀어내며 벗의 음성이 들려왔다.

"기억하는가?"

"……."

"대장군 말일세."

맑은 눈이 총기로 가득했던 아이는 자신을 유신랑이라 하였다. 죽어서도 신국을 지키리라 다짐하는 소년에게서 적악의 수호자는 동질감을 느꼈다.

"좋은 벗이었다."

"나도 후에 그리 불리었으면 좋겠군."

함께 전장을 누볐던 치호의 벗은 무신으로 신국의 별이 되었다.

"참으로 묘한 인연이야. 자네를 만나기 전에 꼭 닮은 형상을 보았거든."

"……."

"병부령 이사부께서 우산국 정벌에 사자상을 사용했다는 기록이 있는데, 신국에는 사자가 없단 말이지."

'그 또한 좋은 벗이었다.'

아슬라의 군주는 영악했던 백전노장이었다. 그와 함께 치호는 금관국의 멸망을 보았다.

"도대체 몇 해를 살아온 것인가."

"헤아려 보지 않았다."

길든 짧든 하늘이 정한 천수를 누리는 것이 곧 하늘의 뜻이며 자연의 순리라 생각했기에.

'그뿐이다. 아프지 않았다.'

또다시 아랑에게로 흐르는 생각을 멈출 수 없어 뜨거운 숨이 터져 나온다. 모든 것을 버리고 신국을 떠났건만 결국 돌고 돌아 제자리였다.

'벗어날 수 없다.'

가슴으로 공허한 바람이 분다. 살을 가르고 뼈를 도려내는, 숨 쉬는 것조차 버거운 고통이었다.

"괴로운가."

"……."

"맹수에게서 벗어난 마을 사람들을 떠올려 보게나. 자네는 무엇을 느꼈는가?"

신국의 별이 된 소년에게서 느꼈던 것과 같은 동질감이 찾아들었다.

"중생을 모두 제도하는 것이 깨달음의 완성이니 지옥이 텅 비기 전에는 성불하지 않으리."

새로운 벗은 치호에게 또 다른 깨달음으로 다가섰다.

'칼을 쥔 자는 칼로, 붓을 든 자는 붓으로 각자의 극락을 찾아 고행을 걷는다.'

고위한 혈통으로 태어나 신국을 떠나야 했던 왕자.

수호자로 태어나 천 년을 지켜온 적악을 버린 치호.

그들의 여정은 하늘과 맞닿은 아홉 개의 봉우리 앞에 멈춰 섰다.

치호의 벗은 가져온 볍씨로 농사를 지었다. 남는 시간은 찾아드는 이들에게 세상의 도리를 가르쳤다. 그러한 벗의 모습은 아랑에게 적악의 규율을 알려주고 사냥을 가르치던 치호와 닮아 있었다. 백성들을 살피고 그들을 위한 기도를 멈추지 않았다.

천대봉에 올라 경을 읽는 벗의 음성을 듣노라면 요동치며 들끓던 고뇌가 잔잔해졌다. 이따금씩 봉황과 용이 날아들어 경

읽는 소리를 듣곤 했다.

세월이 흘러 새까맣던 벗의 머리카락이 백발이 되었다. 가을 낙엽처럼 떨어져 내려도 치호는 그의 곁을 묵묵히 지켰다.

"십이 야차 열두 수호신 중 초두라는 용맹하고 충직하여 공존과 동행을 상징하지. 자네와 꼭 닮았어."

"갈 때가 되었나 보군. 쓸데없는 소릴 하는 걸 보니."

건장했던 벗의 육신은 세월의 무게로 왜소해졌지만 혜안은 별처럼 반짝이고 있었다.

"자네는 참으로 아름다운 벗이었네."

99세의 벗은 평상시처럼 제자들을 모아놓고 설법을 행한 뒤 참선 중 입적하였다. 살아생전 모습으로 등신불이 되어 육신보살로 부모가 낳아 준 몸 그대로 보살의 지위에 올랐다.

"그대 역시 더없이 아름다운 벗이었다."

천대봉에 홀로 오른 치호는 벗이 남긴 배경대의 발자국을 바라보며 깊은 숨을 내쉬었다.

'모든 것이 부질없구나.'

아름다운 벗이 바라다 보이는 산기슭에 자리 잡았다. 몸 위로 눈이 쌓이고, 초록빛 풀잎들이 치호를 에워싸며 자라났다. 새 소리가 잦아드는가 싶으면 어김없이 낙엽이 떨어지고 서리가 내려앉았다. 배고픔도 추위도 느낄 수 없었다.

깊은 무의식에 빠져든 치호는 산의 일부가 되어 갔다.

코끝으로 파고드는 향기는 말라붙은 혈관으로 피가 돌듯이 치호의 의식을 깨운다.

'얼마나 잠들어 있었던 걸까.'

털끝 하나 상한 곳 없는 육신은 잠든 사이 그를 에워싸고 자라난 나무뿌리에 갇혀 버렸다. 땅을 가르고 고목을 쓰러트리는 대신 묵직한 육신에서 벗어나 새처럼 가볍게 날아올랐다.

세상은 온통 운무 천지였다.

치호의 기운에 밀려난 운무 사이로 투명하게 얼어붙은 상고대가 펼쳐졌다. 신기하게도 그가 잠들었던 자리만이 거대한 고목을 중심으로 초록 풀들이 우거져 있었다.

그는 운무를 가르며 흩어지는 향기를 쫓기 시작했다.

'육신보전.'

신관령 꼭대기의 사찰에 도착하여 주위를 둘러보았다. 북적이는 사람들의 기묘한 옷차림이 시간의 흐름을 느끼게 했다. 벗의 자리에는 거대한 탑이 세워졌고 청동 향로에는 자욱한 연기가 피어올랐다.

'이곳 어디엔가 있어.'

향로의 연기에 미약해졌던 향기가 낯익은 소리와 합쳐지는가 싶더니 붉은 옷을 입은 여인이 나타났다.

"문화 대혁명 때 홍위병들이 파괴한 것을 1988년부터 수리가 시작되어 당나라 때의 면모를 되찾았습니다."

낭랑하게 들려오는 소리는 분명 신국의 언어였다. 깃발을 든 여인은 십여 명의 사람들을 이끌고 치호의 앞을 지나갔다.

'언제 끝날지 모를 기다림, 내 벗이 되어 줄 터이니 나와 함

께 가지 않겠나.'

약속을 지켰다는 듯 미소 짓는 금불상을 뒤로하고 치호는 붉은 옷을 입은 여인을 따라 나섰다.

"세탁소에서 패딩 찾아 가는 길이야."

편의점 진열대 사이를 분주하게 오가는 여인의 손에는 그때의 붉은 옷이 들려져 있었다.

"민지야, 나 바로 나가 봐야 하는데?"

귀와 어깨 사이에 휴대폰을 끼워 넣은 수빈이 컵라면과 김밥을 집어 들고 카운터에 섰다.

"알았어. 끊어. 나 계산해야 해."

연습했던 대로 물건들을 바코드에 찍은 치호가 컵라면 위에 고양이 캔을 하나 얹었다.

"제가 고른 물건 아닌데요?"

수빈이 고양이 캔을 내려놓자, 물끄러미 바라보던 치호가 다시 캔을 얹었다.

"서비습니다."

멀뚱멀뚱 치호를 바라보던 수빈이 피식 웃었다.

"저희 고양이 안 길러요. 대신 이거 가져가도 돼요?"

치호가 고개를 끄덕이자 수빈이 바나나 하나를 집어 숄더백에 담았다.

'아랑은 과일 안 먹는데…….'

편의점을 나서는 수빈을 바라보던 치호의 시선이 덩그러니 남은 고양이 캔으로 향했다.

아아옹.

카운터 아래 박스에서 울어 대는 새끼 고양이를 집어든 치호가 작은 얼굴을 쭉 핥았다.

캬아아악.

신경질적인 경계음에 고개를 돌리자 문가에 기대어 선 아름다운 여인과 눈이 마주쳤다.

'주천의 여우, 호란.'

눈처럼 하얀 모피를 두른 호란의 새빨간 입술이 살며시 말려 올라갔다.

"매화 마을 다녀갔다며."

버둥거리는 고양이를 박스에 넣고 나니 호란은 이미 카운터 위에 다리를 꼬고 앉아 있었다.

"기운이 읽히지 않아서 진짜 죽은 줄 알았잖아."

아랑이 괴한에게 습격당하던 날, 치호는 인간으로 형상화한 탓에 많은 기운을 소진하였다. 그리고 먼지처럼 사라지는 그를 바라보고 선 호란을 기억한다.

"하긴, 천 년짜리 여우 구슬을 삼키고 그리 죽어질 수가 없지."

흩어진 기운은 자연스레 육신으로 돌아갔고 치호는 다시 구화산에서 깨어났다. 산맥을 타고 돌아온 그는 호란을 만나기에 앞서 매화 마을을 찾았었다.

"어때? 천이백 년 전하고 똑같지? 고맙지?"

미끈하게 뻗은 다리 끝으로 뾰족한 힐을 까닥이며 호란이 미소 지었다.

"마을을 부탁한다 했지, 시간을 멈춰 달라 한 적 없는데?"
"내게 그런 재주가 있을 리 없잖아."

그가 잠든 사이 신국이 멸망하고 새로운 나라가 들어섰다. 인간은 시대의 주인으로 끊임없이 전쟁을 벌이며 승자의 역사를 써 내려갔다.

"매화봉까지 군사들이 들이닥쳐서 마을을 지키려면 어쩔 수 없었어."
"……."
"어쨌든 마을은 지켰잖아?"

어깨를 으쓱이며 호란이 치호와 눈을 마주쳤다.

"지켜? 마을에 시간이 멈췄어."
"그게…… 여우 굴 감추느라 사용하던 눈속임용 보호계인데, 그렇게 문제 일으킨 적 없었거든."
"그런데?"
"마을 전체를 감쌀 정도로 크게 펴 본 적이 없어서. 여우 구슬을 너무 많이 썼나?"
"여우 구슬?"

두 개뿐이던 호란의 구슬 중 하나는 치호가 삼켜 버렸다. 남은 하나를 마을 지키는 데 썼단 말인가?

"분산 투자 몰라? 분산 투자."
"……."

"천 년이 넘도록 잠만 잤으니 알 리가 있나."

"도대체 구슬이 몇 개나 있는 거지?"

"그건 네가 알 필요 없고."

신국 이전에도 인간과 사랑에 빠진 여우는 구슬을 이용하여 죽어가는 반려를 살렸다. 인간들은 여우의 사랑보다 불사약으로 둔갑한 구슬에 열광했다. 그 후손들은 무참히 도륙 당했고 전설은 입에서 입으로 끝도 없이 전해졌다.

여우들은 살아남기 위해 구슬을 나누기 시작했다.

"아무튼, 백 년짜리 구슬을 통째로 썼어. 게다가 완전히 멈춘 것도 아니야. 조금 느려진 거지."

투덜거리는 호란의 말에 치호는 다시 찾은 매화 마을을 떠올렸다.

***

긴 시간의 공백에도 마을 사람들은 치호를 잊지 않고 있었다. 반기는 이들 중에는 아랑을 치료했던 의원과 꼭 닮은 이가 보였다.

'동륜?'

'명의라 불렸던 제5대조님의 존함이 그러했지요. 저는 기훈이라 합니다.'

동륜이 기훈의 5대조라면 천이백 년 동안 겨우 다섯 대가 존재했다는 것인데.

'인간의 수명은 백 년을 넘지 못한다.'

'마을의 시간이 정체되기 시작한 것은 제가 일곱 살 되던 무렵이었습니다.'

'……'

'400여 년 전에 왜란이 있었습니다. 임금이 도성을 버리고 달아날 정도로 큰 환란이었지요. 호란 님은 더 큰 환란이 오리라 생각하셨는지 결계를 펴셨습니다.'

치호와의 약속을 지키기 위한 호란의 결단이었다. 그녀의 결계로 매화 마을은 태풍과도 같은 역사의 흐름에서 벗어났다. 세상과의 단절을 대가로 사람들의 수명이 늘어났다.

'수명이 늘어난 만큼 번창하다 보니 자손들이 이탈하기 시작했지요. 하지만 마을을 벗어난 이들은 두 번 다시 돌아올 수 없었습니다.'

'이탈자들은?'

'그 나름의 삶을 또 살아가고 있지요.'

세상의 풍파에서 벗어나 평온한 삶을 선택한 이들만이 마을에 남았다. 변화와 발전을 추구하는 이들은 마을을 떠났고, 그렇게 인간들은 그 의지대로 스스로가 선택한 삶을 살아가고 있었다.

'완전히 돌아오신 겁니까.'

'밖에 만나야 할 이가 있어.'

'바깥세상이 예전 같지 않을 텐데요.'

'감수해야지.'

'김재희란 아이를 찾아가세요. 바깥세상에 머무시는 동안 조력자가 되어 줄 겁니다.'

가장 높은 곳에 살고 있다는 이탈자의 자손을 찾으라는 말에 치호가 고개를 끄덕였다. 기훈은 치호의 신분을 증명할 물건이라며 청동거울을 건넸다.

'죽기 전에 치호 님을 뵈어 영광이었습니다.'

백발의 기훈은 올해 삼백아흔둘이라 하였다.

***

"지키라고 했지, 어떻게 지키라고는 말 안 했잖아?"

"……"

"어찌됐든, 난 약속 지켰다."

치호의 눈치를 살피던 호란이 흥분한 기색을 감추지 못하고 새하얀 꼬리를 드러냈다.

"이제 내 구슬 내놔."

"무슨 구슬?"

시치미를 뚝 떼는 치호에게 머리를 들이민 호란이 냄새를 맡으며 킁킁거렸다.

"마을 부탁하러 와서 구슬 삼켰잖아. 천 년짜리 구슬인데! 하필이면 구슬 토했을 때 들이닥쳐서는."

"아~ 그거?"

귀찮은 일은 질색인 백여우가 냉큼 승낙할 리 없기에 치호는 만나자마자 그녀의 구슬부터 삼켰다. 까맣게 잊고 있었다.

'뱃속에 있기는 한 걸까?'

있다면 돌려줘야 하는 것이 맞기는 한데.

"구화산 골짜기 어딘가 묻혀 있을 걸?"

"뭐야, 그게 왜 거기 있어?"

"소화된 지가 언젠데."

살아온 세월이 치호의 두 배는 넘을 호란이 기함을 토하며 손톱을 드러냈다.

"진짜야? 그거 소화되는 거 아닌데?"

"입으로 들어가면 똥으로 나오는 거 아니야?"

흥분하여 바들바들 떨던 호란이 치호에게 얼굴을 들이대며 냄새를 맡기 시작했다.

"정말 아무것도 느껴지지 않아. 내 구슬 없어진 거야, 정말? 진짜 똥 된 거냐고!"

비명에 가까운 절규에도 치호는 아무런 답도 줄 수 없었다. 잠들기 전까지 내내 뱃속에서 굴러다니던 뜨끈한 기운이 언제부터인지 느껴지지 않았다.

'구슬 덕에 몸이 썩지 않은 건가?'

"이 거지같은 똥개 새끼! 그게 어떤 구슬인데!"

파지직. 편의점 유리창에 금이 가기 시작했다.

"가만두지 않겠어."

핏대를 올리던 호란이 손을 뻗자 뱀처럼 자라난 손톱이 치호의 목으로 감겨들었다. 가을 하늘을 닮은 호란의 동공이 수

축되며 손톱이 파고든 자리로 피가 흘러내렸다.

"죽여 버릴 거야."

분을 참지 못한 새하얀 얼굴로 혈을 타고 핏줄이 드러났으나 치호의 눈동자는 평온하기만 하다.

"네가, 날 죽일 수 있을까?"

호란이 그의 부탁을 거절 못 한 데에는 단지 여우 구슬 때문만은 아니었다. 태백의 산군, 신수였던 백호를 삼킨 치호는 이미 최상위 포식자가 되어 있었다.

"백호 잡아 처먹었을 때 알아봤어야 하는 건데! 아우 씨!"

팩 돌아선 호란의 뒤로 병풍처럼 펼쳐진 아홉 개의 꼬리가 바짝 곤두섰다. 신경질적인 움직임에 진열대들이 와르르 밀려났다.

"도대체 너한테 아무 소용도 없는 구슬을 왜 처먹고 지랄이야! 그것도 제일 오래된 구슬을!"

천 년도 더 된 이야기를 또 하고, 또 하고.

발을 굴러 가며 억울해 하는 호란을 어찌 달래야 할지 치호는 난감하기만 했다.

"참으로 유감이로군."

"유감? 유우가암? 천 년이 지나도 미안하다는 말은 할 줄 모르지?"

"……."

"어디에 썼어?"

"뭘?"

"내 구슬 삼키고 싼 똥 어디 있냐고!"

"구화산."

"거기가 어딘데."

"당나라."

"망할 똥개 새끼! 우라지게 멀리도 가서 쌌네!"

차갑게 노려보던 호란은 천지가 진동할 만큼 커다란 폭발음을 터트리며 사라졌다.

'빌어먹을!'

건물이 통째로 날아가는 것은 막았지만 편의점 내부는 엉망이 되어 버렸다. 태풍이 지나간 듯 유리창은 전부 깨지고 진열대는 우그러들었다. 포장되어 있던 내용물들도 사방으로 터져 난장판이 따로 없었다.

"어머, 이게 무슨 일이래?"

"총각, 안 다쳤어요?"

고양이를 품에 안은 치호에게 다가선 동네 아주머니가 편의점 안을 힐긋거렸다.

"불도 안 나고 뭐가 터졌지?"

"신고는 했나? 가스 폭발인가?"

"뭐가 터졌어요? 아무 소리 못 들었는데?"

클랙슨 소리에 웅성이던 사람들이 비켜서자 고급 외제 차가 들어섰다. 삼십 대 초반의 훤칠한 남자가 안경을 추켜올리며 차에서 내렸다.

"어떻게 된 일입니까?"

벌어진 입을 다물지 못하던 윤 실장의 말에 치호가 어깨를 으쓱였다.

"인수한 지 닷새도 안 됐는데, 통째로 날아갔네요."

"누가 좀 다녀갔어."

"누가요?"

"지랄 맞은 여우."

"무슨 말씀을 하시는지 모르겠네요. 잠시 기다리세요."

휙 돌아선 윤 비서가 구경하는 동네 사람들에게로 걸어갔다.

"이제 다들 돌아가시죠."

사진을 찍던 아이의 손에서 휴대폰을 빼앗아 내용을 삭제하며 차갑게 말했다.

"이런 거 함부로 찍으면 경찰서 간다."

"죄송합니다."

윤 실장은 절도 있는 음성으로 구경꾼들을 정리했다. 흩어지는 동네 사람들을 바라보며 누군가와 통화를 하던 윤 실장이 치호에게 휴대폰을 건넸다.

"회장님이십니다."

휴대폰을 통해 칼칼한 노파의 목소리가 들려왔다.

[김재희입니다. 사고가 있다 들었는데 몸은 괜찮으십니까.]

"괜찮아."

[다행입니다. 필요한 거 있으시면 윤 실장한테 말씀하세요.]

다시 휴대폰을 건네자 짧게 통화를 마친 윤 실장이 치호에게로 돌아섰다.

"시설과에서 사람들이 나와서 정리할 겁니다."

"복구하는데 얼마나 걸릴까?"

"사나흘 걸릴 겁니다. 태양 빌라 302호 정리 끝났으니 오늘 입주 가능하십니다. 고양이 용품도 오후에."

문득 말을 멈춘 윤 실장이 점점 커지는 사이렌 소리를 따라 골목길로 고개를 돌렸다.

"소방차 부르셨습니까?"

"아니."

"알겠습니다. 제가 처리하지요. 댁으로 가십니까?"

"아니."

치호가 새끼 고양이를 윤 실장에게 내밀었다.

"어디 가시게요."

"마중 나갈 사람이 있어서."

"알겠습니다. 오실 때까지 기다리겠습니다."

"그러든가."

돌아서려던 치호를 윤 실장이 불러 세웠다.

"이름은 정하셨습니까?"

"이름?"

"고양이요. 버리실 것이 아니라면 이름이 있어야 하지 않겠습니까?"

고양이를 바라보는 치호의 입가에 옅은 미소가 배어났다.

"새벽."

***

어둠을 밝히는 새벽은 운명처럼 찾아왔다.

아랑이 처음으로 사냥에 성공했던 날이었다. 토끼를 잡아놓고 마을에 간 치호를 기다렸던 아랑이 새색시처럼 배시시 웃는다.

"네가 잡은 거야?"

"그럼 누가 잡았겠어?"

뿌듯해 하는 모습에 웃음이 나왔다. 얼마나 핥고 또 핥았는지 뽀얀 털에 윤기가 흐르는 토끼는 금세라도 벌떡 일어나 도망갈 것 같다.

"흠······."

"왜?"

"너한테 잡힐 만큼 멍청한 토끼가 적악에 있었나 해서."

"뭐야?"

눈에 불을 켜고 달려드는 아랑을 품에 안은 치호가 그녀의 입술을 쭉쭉 빨았다.

"하지 마."

까르륵 웃음을 터트리며 꼬리를 흔들어 대는 모습이 환장하게 어여쁘다.

간에 기별도 가지 않는 토끼를 사이좋게 나누어 먹곤 어슬렁어슬렁 동굴을 나섰다.

호다다닥.

귀여운 뜀박질 소리가 들려왔다. 이내 꼬리를 흔들며 앞서 가는 아랑과 서늘한 바람을 가르며 달렸다.

한참을 달리다 보니 아랑이 보이지 않았다.

'또 어디로 샌 거야?'

달려왔던 길을 다시 돌아 걷던 치호의 눈에 덤불 사이로 앙증맞은 엉덩이가 보였다. 낯선 냄새가 치호의 코끝으로 스며들었다.

"삵?"

덤불에서 뒷걸음질 치는 아랑의 입에는 역시나 삵이 물려 있다. 아직 새끼지만 코에서 이마 양쪽으로 흰무늬가 뚜렷한 것이 분명 삵이다.

적악에서는 새끼가 있거나 새끼 밴 암컷은 사냥하지 않는다. 치호가 산군으로 있는 적악은 규율이 엄격했다. 공생을 위한 약속을 깨는 것은 목숨을 담보로 하는 위험한 도박이었다.

"네가 잡은 거야?"

"아니! 아직 새끼야."

"근데 왜 물고 있어?"

치호의 말에 그녀의 입에서 삵이 뚝 떨어져 내렸다.

"가자. 근처에 어미가 있을 거야."

"없어."

"모든 새끼 주변에는 반드시 어미가 있어."

"없어."

단정 짓는 모습에 치호가 고개를 갸웃거렸다. 아랑의 뒤로 덤불 아래 길게 늘어진 꼬리가 보였다. 덤불 속으로 머리를 넣자 올가미에 걸려 죽은 삵이 눈에 들어왔다. 어미 삵의 곁에는 굶어 죽은 새끼 두 마리가 더 있었다.

'적악에 올가미를 쓰는 이는 없는데, 누구지?'

죽음에 이르기까지의 고통이 가혹하여 매화 마을 사람들은 올가미를 사용하지 않는다.

"두고 가."

"데려갈래."

굶주림에서 유일하게 살아남은 새끼 삵이 아랑의 다리로 감겨들었다. 자꾸만 주저앉는 모습이 꽤나 오랫동안 방치된 듯 병약해 보였다.

"삵은 개와는 상극이야."

"짝짓기도 못 하는 나 같은 반푼이랑 가시버시 하는 너도 있는데, 왜 나는 삵을 기르면 안 돼?"

'반푼이……. 그렇게 생각하고 있었던 거야?'

말도 안 되는 논리에 치호는 말문이 막혀 버렸다.

"가자. 마을에서 예쁜 고양이 데려다줄게."

"고양이 싫어."

"고양이도 삵과 비슷해."

"달라. 내가 살던 곳도 고양이 천지였어. 사냥보다 도둑질에 익숙한 종자들이야."

고양이 또한 상극인 것은 마찬가지였지만 적어도 아랑에게 위협이 되지는 않을 터인데, 삵은 다르다.

"이대로 두면 굶어 죽을 거야."

"모든 생명에는 하늘이 정한 수명이 있는 거야."

"네가 호랑이를 쫓지 않았다면, 나는 굴로 돌아온 호랑이 밥이 되었을 거야. 난 이 삵이 홀로 설 수 있을 때까지 수호자가 되어 줄 거야. 치호처럼."

"그건 다르지."

"다르지 않아. 네가 동굴로 오지 않았다면 분명 죽었을 거라고."

"아랑!"

아무렇지도 않게 죽음을 이야기하는 그녀의 말에 치호는 섬뜩한 기분이 들었다.

"내가 삵을 기르지 못할 이유가 뭐야. 작다고 해서 난 아무것도 하면 안 돼?"

"삵이 크면 널 잡아먹으려 할지도 몰라."

"그러지 않을 거야. 인간들과는 달라."

"……."

"나의 삵이 싫다면, 이제 동굴에 오지 않아도 좋아."

'나의 삵?'

포기할 생각이 없는 듯 아랑이 삵을 입에 물었다.

엉덩이를 씰룩거리며 동굴로 향하는 아랑을 바라보던 그는 한숨을 내쉬었다.

"고집쟁이 같으니라고!"

죽은 어미 삵과 새끼들을 짐승의 손이 닿지 않도록 깊게 땅을 파고 묻었다.

'올가미에 걸린 짐승이 더 있는지 둘러봐야겠다.'

이리저리 다니며 더 이상의 올가미를 발견하지 못한 치호가 왔던 길로 돌아섰다. 계곡에 들러 작은 물고기를 잡아 동굴에 도착하니 새끼 삵을 핥고 있는 아랑의 모습이 보였다.

"가죽 벗겨지겠다."

"냄새가 지독해."

"너는 더했어."

치호의 말에 눈을 흘기던 아랑이 길게 목을 뺀다.

"그건 뭐야?"

"삵 먹이."

"물고기? 맛있는 거 잡아오지 그랬어."

마치 서방에게 타박하는 각시 같아 픽 웃음이 샌다.

"들쥐나 청설모를 먹지만, 아직 어리니까 물고기가 소화시키기 좋을 거야."

"치호는 정말 모르는 게 없구나. 대단해."

아랑의 태세 전환에 치호는 어이가 없다.

"근데, 정말 크면 날 잡아먹을 것 같아?"

다 자란 삵은 오리를 잡을 만큼 물어뜯는 힘이 매우 세다. 특히나 아랑이 주워온 삵은 수놈으로 금세 그녀의 키를 넘어설 것이 분명했다.

"말해 봐. 진심이야?"

"……."

"진짠가 보네."

맹수에게 절제란 존재하지 않는다. 본능을 억누른다는 것은 죽음을 넘어서는 고행이었다. 아랑의 발정기가 지나가기를 숨죽여 기다리는 보름의 시간은 치호에게조차 지독한 형벌이었다.

"내가 그리 두지 않아."

치호의 말 한마디에 기분이 풀렸는지 아랑의 꼬리가 동굴 바닥을 치는 소리가 들렸다.

"멋진 호랑이로 키우겠어."

"삵이 호랑이가 되진 않아."

"누가 알아? 너의 뒤를 이어 적악의 수호자가 될지."

"어련하시겠어."

"왜? 치호도 호랑이는 아니잖아."

"……."

"산군은 전부 호랑이인 줄 알았지 뭐야."

"주천의 여우나 구룡골 이무기도 있고, 호랑이가 많아서 그렇지 아닌 곳도 있어."

"그래도 치호가 제일 멋있어."

치호의 새끼를 낳겠다는 위험한 생각을 포기한 듯 보여 차라리 안심이 되었다. 그러나 가슴 한편으로 찾아드는 씁쓸함은 감출 수가 없다.

"얼른 커서 같이 사냥 다니면 좋겠다."

"이제 겨우 토끼 사냥 성공한 어미에게서 꽤나 잘도 배우겠다."

듣는 둥 마는 둥 아랑은 제 할 말만 한다.
"여름에는 개울에서 물놀이도 하고."
"삵은 물 싫어해."
"내가 기르면 다를 거야."
정말 삵을 호랑이로 만들 심산인지, 아랑은 재잘재잘 자신의 계획을 끝도 없이 쏟아 냈다.

꽃으로 피어나 열매를 맺고 다시 씨앗으로 잠들어 새싹을 틔우는 것이 자연의 순리이다. 그 순리에서 벗어나 방황하던 아랑은 이제야 제자리를 찾은 듯 보였다.
보고 배운 것도 아닐진대, 아랑은 삼킨 고기를 게워 내어 새끼 삵에게 먹였다.
"이름을 무어라 짓지?"
"삵."
"아니, 삵인 건 아는데 삵이라 부를 순 없잖아."
"삵을 삵이라 하지 뭐라 부르게?"
"정말 이럴 거야?"
"넌 뭐라고 부르고 싶은데?"
"용감한 호랑이처럼 자라라고 맹호? 아니면 야호?"
작명에는 소질이 없는 아랑은 하루 사이에 이름이 수십 번도 더 바뀌었다.
"결정했어. 새벽이라고 부를래. 세상을 밝히는 빛이 되라고 새벽."

"거창하다."

만족스러운 듯 키득거리는 아랑을 바라보던 치호의 시선이 그녀의 품안에 잠든 새끼 삶에게로 향했다.

'이름하고 안 어울리게 하루 종일 자네.'

새벽에게 온통 정신을 빼앗긴 아랑은 여름의 시작에 찾아왔어야 할 발정기조차 없었다. 하루가 다르게 성장하는 새벽은 아랑의 등을 타고 오를 만큼 발에 힘이 붙었다.

캬아아아아.

저녁이 되면 아랑은 여느 어미처럼 새끼의 털을 핥아 주었다. 버둥거리는 새벽의 발길질에 그녀의 웃음소리가 동굴에 울려 퍼졌다.

"가만히 좀 있어."

"너나 좀 가만히 있어."

치호는 아랑을 빨아 대고, 아랑은 새벽을 핥아 댄다.

"내일은 슬슬 사냥을 가르쳐 볼까? 발톱 세우는 손이 제법 여물었어."

"조금 이르지 않아?"

아직은 아랑이 흔드는 꼬리 한 번 잡기를 개구리처럼 펄쩍거리는 새벽이었다.

"꽃 많은 곳에 데려가 나비부터 잡든가."

"나비? 시시하게."

"사냥은 힘보다는 민첩해야 하니까."

"아……."

아랑의 관심을 독차지한 새벽 덕분에 치호는 소홀했던 마을에 좀 더 신경을 쓸 수 있었다.

동이 트기도 전에 나갈 채비를 하던 치호가 동굴 입구에서 휙 돌아섰다.
'이제는 어디 가냐고 묻지도 않네.'
잠든 새벽을 내려다보면서는 꿀이 뚝뚝 떨어지는데, 치호에게는 꼬리만 두어 번 툭, 툭 흔든다. 조용히 사라지라 손짓하는 듯하여 기분이 상했다.
동굴을 벗어나 기지개를 펴며 몸을 쭉 늘렸다.
'오늘은 좀 멀리 가 볼까?'
능선을 따라 투구봉, 토끼봉을 돌아 선녀계곡을 기점으로 천지봉에서 어령골까지 단숨에 내달렸다. 매화 마을의 경계를 점검하니 벌써 해가 중천에 떠올랐다.
동굴을 향해 걸음하던 치호의 눈에 비로봉 아래 야생화 군락에서 뛰어노는 아랑이 보였다.
두근. 두근두근.
야생화의 화사한 향기보다 은근하게 파고드는 아랑의 향기에 그의 심장이 달음질친다.
나비를 따라 폴짝이는 새벽과 아랑을 지켜보는 치호의 입가에 미소가 피어올랐다.
치호의 향기를 맡았는지 고개 든 아랑의 시선이 그에게로 향했다. 살랑대는 그녀의 꼬리가 반가움을 전한다.

그도 잠시, 폴짝이던 새벽의 날 선 목소리에 치호의 등줄기로 털이 곤두섰다. 쏜살같이 달려가는 그의 눈동자로 새벽의 앞을 막아선 아랑이 들어찼다.

온몸의 털을 곤두세운 아랑의 모습이 낯설다.

긴장감이 치호의 뇌리를 관통하며 작은 어깨 너머로 검은 물체를 쏘아보았다. 한껏 몸을 추켜세운 살모사가 아랑을 향해 화살처럼 박혀든다. 동시에 그녀를 밀어낸 치호가 살모사의 목덜미를 물었다.

후드득.

흔들어 대는 치호의 힘을 이겨 내지 못한 살모사의 머리가 몸통에서 끊어져 날아갔다. 미친 듯이 꼬아 대는 살모사의 몸통을 뱉어 낸 치호가 돌아섰다.

"괜찮아?"

"응."

고개를 끄덕이는 그녀의 뒤로 한 발을 들고 서 있던 새벽이 풀썩 주저앉았다. 쌕쌕거리며 가쁜 숨을 토해 내는 새벽에게로 달려간 아랑이 치호를 향해 고개를 들었다.

커다란 눈 가득 차올랐던 눈물이 뚝 떨어져 내린다.

"왜…… 이러지?"

부풀어 오르기 시작한 발을 내려다보던 치호가 새벽을 입에 물고 달리기 시작했다.

나르듯 매화 마을 경계의 울타리를 뛰어넘었다.

"치호 님이다!"

"아까 다녀가셨는데, 무슨 일이지?"

일손을 놓은 마을 사람들이 뛰어나오자 온 동네 개들이 짖어 대기 시작했다.

개나리 담장을 훌쩍 뛰어넘은 치호가 마당에 서 있던 의원 앞에 새벽을 내려놓았다. 스르륵. 몸을 일으키는 치호는 인간의 몸으로 변했다.

말리던 약초들을 내려놓은 동륜이 두루마기를 벗어 치호의 어깨에 걸쳤다.

"살모사에 물렸다."

"언제 물렸습니까?"

"비로봉에서 바로 오는 길이야."

축 늘어진 새벽의 겨드랑이에 손을 집어넣은 동륜의 미간으로 깊은 주름이 팼다.

"비로봉이면 일다경 정도 되었겠군요."

"살 수 있을까."

"혈부터 막아야겠습니다. 들어가시죠."

방으로 들어서자마자 새벽의 몸에 수십 개의 침을 꽂은 동륜이 작은 칼을 꺼내 들었다. 퉁퉁 부은 발에 칼을 꽂자 피가 아닌 검붉은 덩어리가 도롱뇽 알처럼 꾸역꾸역 밀려나왔다.

독을 뺀 상처에 진득한 약초를 잔뜩 바르는 동륜의 이마에 땀방울이 송골송골 맺혀 들었다.

"할 수 있는 처치는 모두 하였으니 이제 기다리는 것 외엔 방도가 없습니다."

동륜의 말에 치호가 고개를 끄덕였다.

해독을 돕는 약초를 말린 향을 피우자 방 안은 연기로 가득 찼다.

"해독 향이 독합니다. 나가서 기다리시지요."

치호가 밖으로 나서자 작은 마당을 가득 채운 마을 사람이 걱정스레 다가섰다.

"무슨 일이랍니까."

"뭘 들고 오신 거야?"

웅성거리는 사람들 사이로 아랑의 모습이 보였다. 그녀에게로 치호가 걸음을 떼자 사람들이 물러서며 길을 텄다. 단 한 번도 마을에 발을 들이지 않았던 아랑이었다.

인간의 모습을 한 치호를 보지 못했던 그녀가 물끄러미 올려다보았다. 인간에 대한 두려움을 넘어 아랑이 치호에게로 걸어왔다.

"시간이 걸릴 거야."

"얼마나?"

치호는 대답할 수 없었다.

뒤늦게 방에서 나온 동륜이 사람들을 돌려보내자 마당에는 치호와 아랑만이 남았다. 해가 지고 달이 떠올라도 그들은 망부석처럼 하나의 그림자가 되어 자리를 지켰다.

기나긴 밤의 끝자락에 달이 제 빛을 잃고 먼 동쪽 하늘이 붉게 타오르자 문이 열렸다. 방을 나온 동륜이 그들 앞에 새벽을 내려놓았다.

평화로이 잠든 새벽의 몸은 돌처럼 굳어 있었다.

툭. 투둑.

빗방울이 떨어지기 시작했다. 순식간에 밀려온 먹구름이 새까맣게 하늘을 덮으며 떠오르는 태양을 삼켰다.

쏴아아아. 쏴아아.

거칠게 땅을 패며 쏟아지기 시작한 빗방울이 온몸을 뚫을 듯 화살처럼 박혀들었다. 삼켜 내지 못한 눈물과 함께 아랑은 긴긴밤 타들어 가던 작은 가슴을 터트리며 오열했다. 피맺힌 절규가 폭포처럼 쏟아지는 빗줄기를 뚫고 온 적악에 울려 퍼졌다.

새끼를 잃은 어미의 처절한 울부짖음은 모든 기운을 소진하고서야 끝이 났다. 쓰러진 아랑을 방에 누인 치호는 차갑게 식어 버린 새벽을 안고 산으로 향했다.

어미와 형제들 곁에 새벽을 묻고 돌아온 치호가 진흙투성이가 되어 방으로 들어섰다.

"앉으시지요."

"……."

"밤에도 산으로 돌아가시기에 짐작은 했습니다."

아랑에게 부채질을 하던 동륜의 손이 내려앉았다.

"참으로 어려운 선택을 하셨습니다."

"선택이 아니었다."

그 눈에 맺힌 눈물만으로 가슴 찢기는 고통을 마주할 줄 알았다면 도망쳤을 것이다.

"도망칠 틈도 없이 스며들었다."

"이 작은 몸으로 치호 님의 씨를 받지도, 품지도 못할 터인데…… 무엇이 그리 좋으셨습니까."

"모든 것이."

아랑을 내려다보던 치호가 숨을 들이켰다.

"지옥도 마다않고 품어 안을 만큼 좋았다."

04 의심의 경계

 오늘도 어제처럼 정신없는 하루를 보낸 민지는 퇴근 시간이 되기도 전에 녹초가 되었다. 주야장천 달고 살던 커피를 끊으니 금단현상으로 더욱 지치는 하루였다.
 '오늘은 기필코 칼퇴근하리라.'
 퇴근이 가까워지면 시간은 더욱 더디게 흐른다. 급기야 불면증에 시달리던 눈꺼풀이 뻑뻑하게 내려앉았다.
 "한민지 씨, 식사하러 안 가?"
 "저녁은 집에서 먹겠습니다."
 정 대리의 말을 칼같이 끊어 냈다. 오후 내내 누락된 재고 품목을 찾아 정 대리의 보고서 절반을 채워 주었으니 양심이 있다면 찍소리 못 하리라.
 "집에서 혼자 밥 먹기 그렇잖아. 퇴근할 때 하더라도 밥은 먹고 가."

걱정하는 척 다가서는 정 대리가 사정거리에 들어오자 민지는 마지막 한 방을 날렸다.
"정 대리님이 쏘시나요?"
"아니, 그건 아니고."
알고 있다. 그녀는 이미 어장 관리의 대상이 아님을.
정 대리의 어깨 너머로 7시 정각에 도달한 초침을 노려보던 민지가 마지막 스피드를 냈다.
"그럼, 전 이만 퇴근합니다."
엘리베이터 앞에 서니 야근을 위해 식사를 하러 나가는 다른 부서 직원들의 모습이 보였다.
퇴근하여 지하철을 타고 역에 내려섰다. 마을버스 정류장에는 이미 길게 줄이 늘어서 있었다.
'춥고, 배고프고…… 인생이 고달프네.'
발을 동동 구르던 민지는 멀리서 다가오는 마을버스가 반가웠다.
'집에 밥이 있던가? 편의점에 들러 라면 사 가야겠다.'
마을버스 앞으로 끼어든 택시가 승객을 내리려는지 급작스레 차선을 바꾸며 멈춰 섰다. 동시에 마을버스와 인도 사이로 튀어나온 배달 오토바이가 택시를 피하려 핸들을 틀었다. 인도로 돌진하는 오토바이에 사람들의 비명 소리가 터져 나왔다.
미처 피할 틈도 없이 오토바이는 민지의 코앞으로 들이닥쳤다. 순간 온 세상이 흔들리며 옆구리로 통증이 느껴졌다.
'오토바이가 날 쳤어!'

오토바이는 굉음을 내며 바닥으로 미끄러졌다.

"괜찮아?"

고개를 들자 치호가 그녀를 내려다보고 있다. 그의 손이 감긴 옆구리가 오토바이에 치인 것보다 더 아팠다. 치호가 그녀를 구했다는 것도 인지할 수 없을 만큼 통증이 밀려왔다.

"놔, 줘요. 옆구리 부러질 것 같아."

치호가 허리에 감았던 손을 풀자 민지가 옆구리를 움켜쥐었다. 숨도 못 쉴 만큼 허리가 아팠다. 낑낑거리며 허리를 편 민지가 바닥으로 구른 오토바이를 쳐다봤다. 십 대로 보이는 운전자는 멀쩡하게 일어나 어딘가로 전화를 하고 있었다.

'망할 치킨……'

이리저리 흩어졌던 사람들이 하나둘씩 마을버스에 오르기 시작했다.

"아가씨, 안 타요?"

"타요."

버스 기사의 물음에 민지가 치호를 쳐다봤다.

"치호 씨, 버스 안 타요?"

숨 쉬는 것도 아픈지라 모기만 한 소리였으나 치호는 고개를 가로젓는다.

어쩔 수 없이 혼자 마을버스에 올랐다. 고등학생 하나가 옆구리를 부여잡은 그녀에게 자리를 양보했다.

"고마워요."

"언니 구해 준 사람이 쳐다봐요."

선망 어린 여학생의 시선을 따라 창밖을 보니 주머니에 손을 넣고 선 치호의 모습이 보였다. 민지를 바라보던 치호가 출발한 버스와 같은 방향으로 걷기 시작했다.

'살살 좀 안아 주지. 아오.'

아무 생각 없이 빌라 앞에 내려선 민지는 저도 모르게 신음을 토했다. 고라니 같은 오토바이 때문에 깜박 잊고 편의점을 지나 버렸다.

망연하게 골목길을 내려다보던 민지가 욱신거리는 옆구리를 부여잡고 발걸음을 옮겼다.

'라면 사러 가는 김에 파스도 사야겠다.'

이틀 만에 다시 문을 연 편의점은 전보다 넓고 깨끗했다. 문을 밀며 들어선 민지가 치호를 발견하곤 돌처럼 굳어 버렸다. 카운터에 선 치호가 고양이를 쭉쭉 훑고 있었다.

'어떻게 나보다 빨리 왔지?'

잘못 봤나? 아닌데, 그에게 붙잡힌 옆구리가 이렇게 아픈데……. 도대체 어떻게 된 거지?

충격으로 가출한 영혼을 찾을 길이 없어 멍하니 바라보고 선 민지에게로 치호가 다가섰다.

입술에 붙은 고양이털을 손등으로 슥 문지른 그가 민지를 향해 허리를 숙였다. 킁킁거리며 냄새를 맡는 듯하더니 이내 고개를 갸웃거린다.

"많이 아파?"

"네? 아…… 네."

대답하기가 무섭게 치호가 그녀의 옷자락을 들쳤다.

"뭐 하는 거예욧!"

"아프다며."

"됐어요!"

친근한 행동에 민지가 질색을 하며 물러섰다.

"그럼 왜 왔어?"

마치 날 보러 온 거 아니냐고 묻는 듯하여 민지는 얼굴이 시뻘게졌다.

"라, 라면 사러 왔어요."

컵라면을 집어 카운터에 내려놓으며 보란 듯이 파스를 그 위에 얹었다.

"계산이요."

치호가 씩 웃으며 바코드를 찍는다.

"웃지 말아요."

"알았어."

말은 어찌나 잘 듣는지!

웃음이 사라진 입술 위로 서글서글한 눈과 마주치니 얼굴이 화끈거렸다.

"많이 아파?"

"괜찮아요."

"얼굴 빨개."

"알아요."

콩닥거리는 심장 소리를 들킬까 싶어 민지의 말투가 더욱 퉁명스러워졌다.

'잘생긴 얼굴에 하는 짓은 바보 같아!'

"잘 가."

어디서 손님한테 반말이야!

소리를 빽 질러 주고 싶지만, 그의 도움을 받은 것이 처음이 아닌지라 성질을 죽이며 고개를 숙였다.

"고마워요."

"응."

다음 날 일어나니 옆구리가 퍼렇게 멍이 들었다. 파스까지 붙이고 밤새 끙끙댔던 민지는 통증이 심해지자 점심시간에 회사 인근의 정형외과를 찾았다.

"X-ray상 뼈에는 이상 없습니다."

"옆구리 뼈에 금 간 거 아녜요?"

"단순 타박상입니다."

"그런데 이렇게 아파요?"

"멍이 그렇게 들었는데 아프죠. 많이 아파요?"

아이 다루듯 어르고 달래는 의사선생님 말투에 졸지에 엄살쟁이가 되어 버린 민지는 할 말을 잃었다.

"허리 많이 쓰지 마시고, 무거운 것 들지 마세요. 집에서 온찜질 좀 하시면 나아질 겁니다."

처방전을 받아 약국에 들러 4일치 약을 받았다.

"해열진통제, 소염진통제, 위장운동 촉진제?"

진짜 별거 아닌 건가?

회사로 돌아와 약을 삼키고 나니 정말 어제보다 덜 아픈 것 같다.

퇴근길, 마을버스 맨 뒷좌석에 앉은 민지는 편의점을 지나며 창문을 쳐다봤다. 편의점 계단에 선 치호의 모습이 보였다.

'손님이 없나? 왜 저러고 나와 있지?'

저도 모르게 뒷좌석 창문으로 시선이 옮겨 가자 치호가 그녀에게 손을 흔들었다. 잽싸게 머리를 숙인 민지가 슬그머니 고개를 들었다. 여전히 버스를 향해 서 있는 치호의 모습이 보였다.

"제기랄!"

훔쳐보다 걸린 것도 아닌데, 괜히 죄지은 사람처럼 심장이 두근거린다.

10시가 되자 오랜만에 집으로 퇴근한 수빈이 비단 보자기를 들고 들어섰다. 결혼 준비 중인지라 혼수 관련 물건인 줄 알았다.

"자, 이거 네 거야."

"이게 뭐야?"

수빈이 건넨 비단 보자기를 풀자 알 수 없는 나뭇가지들이 잔뜩 들어 있었다.

"생강나무래."

"생강이 나무에서 열리는 거였어?"

바짝 마른 나뭇가지를 코에 가져다 대니 정말 생강 냄새와 비슷한 향이 났다.

"편의점 남자가 갖다 주란다. 오늘 안 들렀다면서."

"참새 방앗간이야? 매일 들르게."

"한 주먹씩 넣고 물에 끓여 먹으래."

민지가 다친 것을 모르는 수빈은 알 수 없다는 듯 어깨를 으쓱이며 욕실로 들어가 버렸다. 식탁에 앉은 민지가 휴대폰을 꺼내어 생강나무를 검색했다.

[생강나무 효능]

"해열, 소종의 효능을 지닌 생강나무는 혈액순환을 도와주고 멍든 피, 어혈로 인한 근육과 힘줄의 뭉친 곳을 풀어 주는 데에 탁월한 효과가 있다."

설명을 읽어 내려가던 민지가 식탁 위에 놓인 생강나무들을 쳐다봤다.

'이런 건 도대체 어디서 구한 거지?'

집에 주전자가 없는데, 어디다 끓이나…….

두리번거리던 민지가 커피포트에 생강나무 몇 개를 집어넣곤 전원 버튼을 눌렀다.

노랗게 우러나는 물을 바라보고 있으니 샤워를 마친 수빈이 머리에 수건을 두르고 나왔다.

"서비스라고 고양이 캔을 주질 않나……. 생강차도 아니고 생강나무라니."

투덜거리는 수빈의 말은 듣는 둥 마는 둥, 민지가 생강나무 우린 물을 컵에 따라 한 모금 들이켰다. 매콤하면서도 쌉싸래

한 맛이 나쁘지 않아 수빈에게도 내밀었다.
"마셔 봐. 생강 향이 나."
"생각보다 건강한 맛이다."
민지와 마주 앉은 수빈이 생강나무 차를 홀짝였다.
"그런데 너한테 이건 왜 주는 건데?"
"사연이 길어."
"기나긴 사연에 오가다 정들겠네."
옆구리가 부서져라 그녀를 낚아채던 치호를 떠올리는 민지의 입가에 옅은 미소가 피어올랐다.

다음 날 퇴근하던 민지는 감사 인사도 할 겸, 편의점 앞 정류장에 내려섰다. 편의점 문을 열고 들어서니 고양이와 놀고 있는 치호가 웃으며 인사를 건넸다.
"일찍 왔네?"
"네, 안녕하세요."
어색하게 웃으며 도시락을 집어 카운터로 갔다.
"생강나무 잘 받았어요. 고마워요."
"응."
계산을 위해 지갑을 꺼내며 지하철역에서 산 고양이 간식을 꺼내어 내밀었다.
"고양이가 많이 컸어요."
"이름이 새벽이야."
그사이 부쩍 자란 새벽을 쳐다보던 민지가 스틱형 츄르를 만지작거리던 치호와 눈이 마주쳤다.

"이거, 고양이 간식인데. 이렇게 뜯어서."

하나를 꺼내 윗부분을 자르고 내밀자 츄르를 받아든 치호가 입으로 가져갔다.

"아니, 고양이 거라고요."

"알아."

말은 그리하면서도 반이나 쭉 빨아 먹은 치호가 입맛을 다시며 새벽이에게 내밀었다.

"먹어. 물고기인가 보다."

어이가 없어 쳐다보던 민지가 한숨을 내쉬었다.

"그런 거 자꾸 먹으면 배탈 나요."

"비둘기만 안 먹으면 돼."

뜨악한 민지의 표정에 치호가 웃음을 터트렸다.

"농담 하나도 재미없어요."

"농담 아닌데."

"진짜 비둘기도 먹어 봤어요?"

민지의 물음에 고민하는 듯 치호가 묘한 표정으로 그녀를 응시했다.

'뭐야……. 진짜야, 아니야.'

유리구슬 같은 황금색 눈동자가 점점 가까워지는가 싶더니 그의 숨결이 코끝에 닿았다.

두근. 두근두근.

스멀스멀 얼굴로 피가 몰리는 순간 치호의 손이 민지의 귓불을 쓸어내렸다.

"선물이야."

벌어진 그녀의 입술에 닿는 그윽한 속삭임에 민지가 휙 몸을 뺐다. 계산도 안 한 도시락을 집어 들고 편의점을 뛰쳐나왔다. 빌라 1층에서 마주친 앞집 애 엄마에게 인사를 하곤 숨이 턱에 차도록 계단에 올라섰다.

현관문을 연 민지는 신발장 맞은편 거울에 비친 자신의 모습에 소스라칠 듯 놀랐다.

"꼬, 꽃!"

반 묶음머리 귀 옆으로 꽃나무 가지가 꽂혀 있었다. 이상하게 쳐다보던 애 엄마의 표정이 떠올라 움켜쥔 주먹이 바르르 떨려왔다.

'왜 남의 머리에 꽃을……'

생각해 보니 선물은 도시락이 아닌 꽃인가 보다.

이 남자의 저주 받은 센스를 어쩌면 좋단 말인가!

연말 분위기로 술에 젖어든 12월 말 회식은 야근보다 괴롭다. 갈빗집에서 주점으로 릴레이를 달리던 회식 자리에 부장이 빠져나가자 정 대리가 소리쳤다.

"3차! 3차 노래방! 오늘은 내가 쏜다!"

호랑이 없는 골에 토끼가 왕 노릇 한다더니, 아더 왕이 된 양 법인카드를 엑스칼리버처럼 휘둘렀다.

'마을버스 끊기겠는데……'

굴비처럼 엮여 노래방을 향해 걷던 민지는 때마침 걸려온 수빈의 전화가 반갑기만 했다.

[나 회식 끝나고 대리 불렀거든. 너희 회사 앞에 지나가는데, 너 어디야?]

"지금 막 지하철역 지나고 있어."

[잘됐네. 기다려. 기사님, 저 앞에서 유턴이요.]

깜박이를 켜며 버스정류장 앞에 정차한 차에서 수빈이 내렸다. 놀라 토끼 눈이 된 민지에게 성큼 다가선 수빈이 팔을 낚아챘다.

"안녕하세요. 민지 언니예요."

선전포고 같은 수빈의 인사에 민지와 함께 뒤처져 걷던 윤 주임이 꾸벅 인사를 했다.

"시간이 너무 늦어서 데리러 왔어요."

"아니, 수빈아. 지금."

민지가 여직원들과 앞서 가는 정 대리를 쳐다보자 윤 주임이 고개를 저었다.

"먼저 들어가세요. 법인카드 손에 넣어서 노래방으로 안 끝날 겁니다."

"주임님은 끝까지 가시게요?"

"저는 지켜야 할 사람이 있어서요. 정 대리님께는 제가 알아서 이야기할게요."

돌아선 윤 주임이 손을 흔들며 휘적휘적 걸어갔다. 민지의 곁에 서 팔짱 낀 수빈이 윤 주임의 뒷모습을 바라봤다.

"지켜야 할 사람이 있다니, 너무 스윗한 거 아냐?"

경리과 예림에게 마음이 있다는 건 알지만, 개인적인 일인지라 민지는 입을 다물었다.

민지의 침묵을 오해했는지 나란히 뒷좌석에 앉은 수빈이 어깨를 부딪쳐왔다.

"부러워?"

"응."

저도 모르게 진심이 툭 튀어나오자 자연스레 뒤따라 한숨이 새어 나왔다.

"넌 내가 있잖아."

"너 시집가잖아."

어느 남자 못지않게 든든한 친구였다. 내내 싱글로 잘 지내온 것 또한 어쩌면 함께 사는 수빈의 덕일지도.

"다음 생에는 내가 남자로 태어나서 너랑 결혼할게."

"진우 오빠는?"

"설마 다음 생에도 같은 남자랑 살겠냐?"

깔깔거리는 호탕함에 민지도 덩달아 웃음이 나온다.

"참, 아름이 사촌 언니한테 다녀왔어?"

"아니."

"왜? 총각귀신 없어졌어?"

총각귀신은커녕 그보다 더한 치호 때문에 요즘 혈압 상승 중이다.

"아쉽네. 귀신이라도 좋으니까 너한테 멋진 남자가 생겼으면 했는데."

여행사 회식 자리에 있던 수빈 또한 술기운이 오르는지 수다를 떨기 시작했다.

"참, 치호 씨 눈 말야. 컬러렌즈 아니던데?"

"알아. 자꾸 보니까 아닌 것 같더라고."

"자꾸 보니까?"

집에서 가장 가까운 편의점이었다. 오가며 인사도 하고, 가끔은 이런저런 이야기도 나누지만 근래 들어 자꾸 얼굴 빨개질 일이 생긴다.

"몰라. 좀 특이해."

"하긴, 좀 잘생겼지."

"아, 그런 것 말고. 뭐랄까, 이 세상 사람이 아닌 것 같은?"

"총각귀신에 이어 외계인 등장인가요?"

수빈이 피식거리며 웃었지만 민지는 사뭇 심각하다. 어제도 분명 마을버스 정류장에서 보았는데, 버스를 타고 지나다 보니 편의점 앞에서 손을 흔들고 있었다.

"아버지를 아버지라고 부르는지 물어봐."

"뭐?"

"동에 번쩍, 서에 번쩍, 홍길동 같잖아."

어디서 이런 아재 개그를!

뜨악한 표정으로 쳐다보니 뭐가 그리 재미있는지 수빈이 어깨까지 들썩이며 키득거렸다.

"네가 하도 심각해 하니까 한 말이야. 역에서 편의점까지 마을버스로 20분이야. 네가 잘못 본 거야."

"그것도 하루 이틀이지."

"한 번도 아니고 두 번이나 구해 준 사람인데 좀 예쁘게 굴어. 그뿐이야? 너 대신 새벽이도 거둬 줬잖아. 얼마나 고마워."

"하아…… 그렇지. 고맙지. 그래서 어제 저녁이나 한 끼 대접할까 했거든."

"근데?"

"뜬금없이 달이 밝은데 탁주 한 사발 할래냐고."

"탁주가 뭐야?"

"막걸리."

민지의 답에 수빈이 또다시 웃음을 터트렸다.

"진짜 앤틱하다."

"앤틱도 어지간해야지. 말 걸 때마다 뜬금포가 터진다니까. 분명 한국말인데 엄청나게 생각 많이 해야 해. 무슨 소린가 하고."

"그래도 잘생겼잖아. 배우 최진혁 닮았어."

"그런가?"

"내가 최진혁 팬이잖아. 요즘 옷도 멀쩡하게 입던데. 머리만 좀 자르면 완전 매력 터질 것 같아."

"긴 머리도 잘 어울리던데?"

"그지? 맞지?"

"어후, 됐어. 인물 뜯어먹고 살아?"

"난 인물 뜯어먹고 살아. 그러니까 진우 오빠랑 결혼하지."

"그렇게 좋아? 평생 먹여 살려야 할지도 모르는데?"

"사람이 하나를 얻으면 하나를 잃는 거야. 돈벌이는 잘 못하지만, 돈이 전부는 아니잖아."

전세 자금이 부족하여 한국 땅 밟기가 무섭게 다시 비행기에 오르는 수빈이 안쓰럽다.

"꼭 없는 사람들이 그렇게 이야기하더라."

"사실이잖아. 돈으로 행복을 살 수는 없어."

"행복을 살 만큼 돈이 충분하지 않은 거 아닐까?"

충격 받은 듯 수빈이 고개를 끄덕였다.

"그러네. 충분하지 않을 수도 있는 거네."

현실적인 타격감은 침묵으로 찾아들었다.

'술이 오른다. 술이······.'

물안개처럼 피어오르는 술기운에 민지는 머리가 뜨거웠다.

같은 시간.

창가에 나란히 앉은 두 명의 여학생이 컵라면에 코를 박은 채 카운터에 앉아 있는 치호를 힐끔거렸다.

'이거슨······.'

아주 많이 느껴본, 아주 익숙한 시선이다. 인간으로 변하여 매화 마을로 들어서는 치호에게 감겨들던 인간 여자들의 눈빛이다.

"학생들이 관심이 많은가 봅니다. 그럴 나이죠."

"발정기?"

"사춘기라고 합니다."

윤 실장의 싸늘한 대꾸에 치호가 코웃음을 쳤다.

"하룻강아지들."

"오늘은 한민지 씨가 늦으시나 봅니다."

"회식이야."

"아직도 밤에 한민지 씨 집에 숨어드십니까."

태블릿 PC로 스케줄을 짜던 윤 실장의 말에 치호가 고개를 저었다.

"안 한다 했잖아. 어젯밤에 전화 통화 들었다."

"훔쳐 듣는 것도 마찬가지로 범죄입니다."

"신경 꺼."

핀잔에도 아랑곳없이 윤 실장이 스르륵 치호에게 몸을 기울인다.

"지난번처럼 눈알 파고 손가락."

벌떡 일어선 치호가 귀를 문질러 댔다. 안 그래도 예민한 귓가에 속닥이니 털이 곤두섰다.

"뭐 하는 짓이야?"

"사고 치시지 말라고 말씀드리는 겁니다."

"그냥 말해도 알아들어."

시뻘건 얼굴로 귀를 문질러 대는 치호의 모습에 윤 실장은 무표정하게 안경을 추켜올렸다.

"네, 그러시겠죠. 그 여우 친구는 다시는 방문 안 하시리라 믿겠습니다."

'구화산에서 내 똥 찾으려면 시간이 좀 걸리겠지.'

한숨을 내쉬던 치호가 여전히 따갑게 박혀드는 시선에 휙 고개를 돌렸다. 치호의 귀가 움직이며 그들의 소리를 잡아낸다.

"야, 쳐다본다."

"조용히 해."

눈이 마주친 여학생이 예쁘게 미소 짓는다.

'잔망스러운 것들, 보는 눈은 있어 가지고.'

성큼성큼 여학생들에게로 걸어간 치호가 허리를 숙이며 테이블에 두 손을 얹었다.

"라면 불었다."

"라면 먹으러 온 거 아녜요."

얼굴 붉히며 힐끔거릴 때와 달리 당찬 대답에 치호가 허리를 펴며 팔짱을 꼈다.

"그럼 왜 왔어?"

"오빠 보러 왔어요."

"어르신이라고 불러."

가만히 보니 하나만 쫑알거리고 옆에 있는 다른 여학생은 말없이 쳐다보기만 한다.

오호라, 네가 주인이구나.

신국도 귀족들은 주인의 말을 전하는 이들이 있었다.

"라면 안 먹을 거면 집에 가."

"슈퍼도 아니고 편의점인데, 손님한테 그러면 안 되죠."

"대가리에 피도 안 마른 것이 셜골만 여물었구나."

휴대폰을 꺼내어 폭풍 검색을 하는가 싶더니.

"셜골? 아, 혓바닥 뼈. 근데, 대가리에 피 마르면 죽어요, 옵빠."

학교에서 대나무의 기개도 배우지 않는 것인지. 버들가지처럼 낭창한 대꾸에 치호는 할 말을 잃었다.

'핏덩이들과 말을 섞어 무엇 하겠어.'

더 있다가는 체면만 구기겠다 싶어 후퇴하려는 찰나, 내내 말이 없던 여학생이 그의 손을 잡았다.

"네 것이 아니니 눈에 담지 마."

확신에 찬 눈동자가 치호에게 또바기 박혀들었다.

"지켜 주지 못할 바엔 손도 뻗지 마."

습격당한 아랑을 집에 데려다 놓고 후환을 제거하기 위해 괴한을 쫓았다. 멀지 않은 곳에서 찾아낸 괴한의 손에는 피투성이 소녀가 붙잡혀 있었다.

'그 아이로구나.'

놈의 눈알을 도려내고 손가락 마디마디를 부러트리며 치호가 했던 말이었다. 하지만 피투성이가 되어 쓰러져 있던 계집아이는 분명 기절해 있었다.

"아저씨 맞죠?"

"아니."

"맞는데요."

"내가 아니라 했다."

다시 한 번 힘주어 대답했지만 여학생은 치호의 손을 놓지 않았다.

"아저씨 맞잖아요."

"집으로 돌아가."

싸늘한 음성에도 여학생의 눈동자에는 작은 흔들림조차 없었다.

"어떻게 한 거예요? 아저씨 사라졌잖아요. 무슨 영화 CG처럼, 투명해졌어요."

굳어 버린 치호에게 다가선 윤 실장이 여학생들이 먹던 라면을 치우기 시작했다.

"자, 학생들. 이제 집에 가야 합니다. 영업 끝났어요."

"편의점이 무슨 영업이 끝나요."

"오늘은 끝났습니다."

투덜거리며 일어선 여학생이 친구를 잡아당겼다.

"혜림아, 나중에 다시 오자."

"아니요. 오지 말아요. 사장님 여자 친구 있습니다."

상황 수습을 위해 윤 비서는 목소리 톤을 높였다. 그러곤 치호의 손가락에 엉켜든 여학생의 손을 떼어 냈다.

"어서 돌아가요. 우리 사장님 화나면 무서워요."

"제 이름 혜림이에요. 고마워요."

문가로 쫓겨나면서도 혜림은 환하게 미소 지었다.

"어째 여성 고객님들만 점점 늘어나는 것 같습니다."

학생들을 쫓아낸 윤 실장이 손바닥을 탁탁 털며 카운터에 앉았다.

"마중 나갈까 봐?"

"그러지 마십시오."

이제나저제나 아랑이 지나갈까 유리문에 개구리처럼 붙어 있던 치호를 윤 실장이 떼어 냈다.

"자꾸 그렇게 눈에 띄면 한민지 씨 병납니다."

"무슨 병."

"정신병이요."

유리 세척제를 뿌려 대며 치호가 만든 얼룩들을 닦아 내는 윤 실장의 손이 바쁘다.

"버스 정류장에서 봤는데 편의점에서 또 만나고, 빌라 앞에서도 보고. 정신병 안 걸리겠습니까."

잠을 설치던 아랑이 결국 칼을 쥐고 자던 모습을 떠올리며 치호가 고개를 끄덕였다.

'그 싫어하던 쇠붙이를 곁에 두고 잘 정도니, 병이 날 수도 있겠다.'

치호의 이마가 유리에 닿기도 전에 윤 실장의 목소리가 화살처럼 박혀들었다.

"유리문에 들러붙지 마십시오."

"밖에 나가 서 있지 말라며."

"서 있지 마시라고는 안 했습니다. 마을버스 타고 있는 한민지 씨한테 손 흔들지 말라고 했지."

"거참, 말 많다."

"말 좀 그만하고 싶습니다."

조력자가 되어 줄 거라던 이탈자의 자손 김재희는 치호에게 전폭적인 지원을 약속했다. 기훈이 아이라 부르기에 정말 아이인 줄 알았는데, 실상은 반백의 여인이었다. 문제는 김 회장의 심복 윤 실장이다.

"아무래도 오늘은 한민지 씨 보기 쉽지 않을 듯합니다. 아르바이트생 부를까요?"

"아랑을 왜 자꾸 한민지라 부르지?"

"신국이 아니니까요."

윤 실장의 단호함은 민지를 향한 치호의 혼란과 의심을 분탕질했다.

"이 시대가 그녀를 부르는 이름은 한민지입니다."

"이름이야 어찌 불리든 상관없지."

"적응하셔야 할 겁니다. 습관적으로 다른 여자 이름 튀어나오면 좋을 것 없으니까요."

"내가 알아서 해."

백호를 삼키고, 여우 구슬을 흡수한 치호는 이미 용이나 봉황과 같은 신수가 되어 있었다. 그럼에도 무엇 하나 마음대로 할 수 없는 세상은 점점 숨통을 조이고 있다.

'네게로 가까워질수록 가슴이 답답하다.'

고민이 깊어짐에 따라 암울한 기운이 치호를 휘감았다.

'어떻게 인간으로 둔갑을 한 거지?'

신국에는 인간으로 둔갑하는 여우나 호랑이가 있었다. 적악의 수호자로 산군이었던 치호 또한 가능한 일이었지만, 아랑은 평범한 발바리였다.

"둔갑보다는 환생에 가능성을 두셔야 할 듯합니다. 어차피 둘 다 말도 안 되는 소리긴 하지만."

치호는 윤 실장의 날 선 충고를 외면하며 그녀의 곁에 머물 때를 떠올렸다.

처음 그녀의 집에 머물 때는 육신이 없어 꼬박꼬박 외출에 동행했다. 그녀의 일과는 똑같은 반복의 연속이었다. 일정한 시간이 되면 반드시 집으로 돌아온다는 사실을 알 수 있었다. 김 회장을 만나기 전이었기에 홀로 그녀의 집에 앉아 TV라는 상자를 통해 세상을 배웠다.

'신국이 사라졌구나.'

짐승이라곤 찾아볼 수 없는 이곳은 도시, 솟아오른 상자들은 아파트라 불리는 마을이었다. 번개처럼 빠른 수레들은 자동차였으며, 숨 쉬는 것이 따가웠던 이유는 미세먼지였다.

속이 쓰리다.

윤 실장의 날카로운 시선이 치호에게로 박혀들었다.

"속이 안 좋으십니까."

"조금 답답할 뿐이야."

"혹시, 또 비둘기를 잡아드신 겁니까."

하도 뚱뚱하기에 닭인 줄 알고 잡아먹은 보라색 새가 날아다니는 독약일 줄이야.

"있지도 않겠지만, 닭도 잡으시면 안 됩니다."

'귀신같은 녀석. 생각을 읽는 건가?'

호란의 구슬을 삼키고도 멀쩡했던 그가 비둘기를 먹고는 하루 종일 설사를 했다.

"죽지 않은 것을 다행으로 아십시오. 길 고양이도 비둘기는 잡지 않습니다."

"안 잡는 것이 아니라 못 잡는 것이겠지."

미심쩍은 눈초리에 치호가 유리문 밖으로 시선을 돌렸다. 회색빛 세상에는 반딧불도 짐승도 없다.

'그 많던 산군들은 모두 어디로 간 것인가.'

쇠털처럼 많아진 인간들은 하늘에 닿을 듯 빌딩들을 쌓아 올렸다. 산군이 사라진 산에 구멍을 뚫고 달리는 자동차가 낯설다.

"천지가 개벽을 했구나."

개벽보다 충격적인 사실은 아무리 기다려도 아랑이 개로 변하지 않는다는 진실이었다.

"개벽이란 말은 요즘 쓰이지 않습니다. 문명의 발달이나 진화라고 생각하십시오."

저 인간은 어찌하여 입만 열면 칼날을 뱉어 내는가.

터져 나오는 한숨을 꾸역꾸역 삼키며 돌아서자 윤 실장이 피곤한 듯 안경을 벗었다.

"요즘에도 산을 타십니까?"

"가끔."

"……."

"뛰어다니지 말라 해서 조금 걷기만 했는데."

"인간의 모습으로 걸으라 했지요."

"너, 내가 변하는 거 본 적 있어?"

"홍보실에서 연락 왔습니다. 뒷산에 집채만 한 늑대가 있다고 구청에 민원 들어왔답니다."

"민원?"

"백성들이 불편함이나 억울함을 관에 고하는 것을 민원이라 합니다."

"그럼 나라가 들어주나?"

"세금으로 밥그릇 채우는 이들이니까요."

생긴 것은 영락없이 귀족 자제인데, 그 영악함은 황제를 주무르던 당나라 환관 같다.

"너는 나의 존재가 이상하지 않은가 보구나."

"어차피 이상한 사람들로 가득한 세상입니다."

물끄러미 바라보고 있자니 윤 실장 또한 치호를 위아래로 훑어 내렸다.

'또 뭐가 문제인가? 옷도 요즘 인간처럼 입었거늘.'

"한민지 씨와 시간을 보내고 싶으시면 조금 더 평범하게 행동하셔야 할 겁니다."

"네 말대로 술 한잔하자 하였더니 싫다더군."

"달 밝은데 탁주 한 사발 하자, 그렇게 물어보라고는 안 했습니다. 탁주가 무엇인지 아는 들으시던가요?"

"어차피 아랑은 술을 즐기지 않는다."

치호가 한숨을 내쉬었다.

"산에 가 보자 할까?"

"한겨울에요?"

"겨울 산은 그 나름의 아름다움이 있으니 괜찮을 듯도 싶은데."

대꾸할 가치도 없다는 듯 윤 실장의 침묵에 치호는 부아가 치밀었다.

"너야말로 짝짓기는 해 본 건가? 너의 전략 또한 통하지 않으니 말이다."

"고양이 캔 내미는 것보단 현실적입니다."

입꼬리를 실룩거리던 윤 실장이 금세 표정을 지우며 태블릿으로 시선을 돌렸다.

"그리고 짝짓기는 짐승들이나 쓰는 말입니다."

"인간 또한 짐승일 뿐이다. 이깟 천 쪼가리 두른다 하여 본성이 가려질 듯싶으냐. 너나 새벽이나 똑같은 생명이며 짐승일 뿐이다."

"말이 나와서 드리는 말씀인데요, 새벽이 말입니다."

카운터 박스 안에서 얌전하게 잠든 새벽의 이야기를 꺼내자 치호가 눈꼬리를 치켜떴다.

"한민지 씨가 싫어하시는 게 알러지 때문이 아닌가 해서요."

"알 르, 뭐?"

"알러지. 외래성 물질과 접해서 정상과 다른 반응을 나타내는 일종의 과민반응입니다."

"……."
"처음 봤을 때, 고무장갑 끼고 있었다면서요."
"그랬지."
"때로는 호흡곤란까지 올 정도로 심각한 경우도 있으니 조심하시라고 드리는 말씀입니다."
'새끼 삶을 그렇게 물고 빨던 아랑이 그럴 리 없어.'
하지만 이 고양이가 진짜 새벽이 될 수 없듯, 그녀 또한 나의 아랑이 아닌 것일까.
아무리 밀어내려 해도 자꾸만 의심이 찾아든다.

편의점 문을 열고 들어선 수빈이 계단에 버티고 선 민지를 잡아당겼다.
"딱 맥주 두 캔만 사 가자."
"술을 또 마셔? 수빈아, 그냥 가자."
내내 민지를 기다리던 치호의 시선이 민지에게로 찰떡같이 들러붙었다. 곁을 스쳐가는 그녀의 얼굴엔 고운 홍조가 피고 붉은 입술로 알큰한 술 내음이 흩어진다.
'요즘 들어 부쩍 음주가 잦구나. 정말 탁주를 마시자 하여 거절한 것인가?'
냉장고 앞에서 맥주를 고르는 수빈 곁에 보릿자루처럼 선 민지가 고개를 홱 돌렸다. 비틀비틀 치호에게로 걸어온 민지가 까치발을 디디며 얼굴을 들이밀었다.
"치호 씨, 눈 진짜예요?"

잽싸게 달려온 수빈이 민지를 잡아당겼다.

"어머, 얘가 왜 이래?"

"왜? 니가 컬러렌즈 아닌 것 같다며."

"어머, 내가 언제! 죄송해요. 오늘 회식이 좀 길었거든요."

"술 마셨으면 집에 가."

퉁명스런 치호의 말에 윤 실장이 끼어들었다.

"죄송합니다. 저희 사장님께서 외국 생활을 오래하셔서 말투가 조금 거칩니다."

"외국 어디요?"

상황을 모면하고픈 수빈의 물음에 치호를 잡아당기던 윤 실장의 대답 또한 어색하다.

"중국에 좀 계셨습니다."

"아! 당나라? 오나라~ 당나라~ 아주 오나?"

갑작스레 민지가 노래를 불러 대자 수빈이 기겁을 했다.

"어머, 차에서는 멀쩡하더니 얘가 왜 이래."

줄다리기를 하듯 수빈은 민지를, 윤 실장은 치호를 잡아당기기 시작했다.

"놔 봐, 나 말 좀 하게. 이봐요."

붙잡힌 팔을 뿌리치느라 휘청이는 민지를 치호가 날름 낚아챘다. 들러붙은 두 사람은 좀처럼 떨어질 기미를 보이지 않았다.

"왜 자꾸 눈앞에서."

"민지야. 그만해."

"아, 좀 가만있어 봐. 물어볼 게 있어서 그래."

수빈이 입을 막자, 떼어 내는 민지의 손길에 립스틱이 발그레한 볼에 일직선을 긋는다.

"치호 씨!"

그의 발을 밟은 줄도 모르고 고개를 바짝 쳐든 민지가 콧김을 뿜어 댔다.

"어떻게 회사 빼고 가는 데마다 나타나지? 우연인가요?"

쌕쌕거리며 진하게 올라오는 술 냄새.

"혹시 말인데요, 저한테 관심 있어요?"

그리움에 사무치던 새까만 눈동자로 빠져드는 치호를 향해 윤 실장이 벌새처럼 양손을 파닥였다.

안 돼요! 하지 마세요!

치호는 본능을 이겨내지 못하고 쫑알대는 입술을 삼켜 버렸다. 부드럽게 혀를 밀어 넣으니 동그랗게 뜬 눈이 감기며 입술이 열렸다. 고향으로 돌아온 연어처럼 살점을 훑으며 헤엄치는 혀끝으로 알싸한 향기가 묻어난다.

경악으로 물든 수빈과 윤 실장이 돌처럼 굳어 버렸다.

수줍게 도망가던 말캉한 혀가 치호의 것과 얽혀들자 민지의 팔이 그의 목에 감겨들었다. 포근한 온기에 켜켜이 쌓이던 의심이 연기처럼 사라져 버렸다.

'그녀가 돌아왔다.'

엿가락처럼 눌어붙은 치호와 민지의 입맞춤은 영원처럼 이어졌다. 가쁜 숨결을 빨아들이던 치호의 입술이 떨어져 나가자 팔딱이던 눈꺼풀이 열렸다.

새까만 눈동자가 놀라움으로 별처럼 반짝인다.

"나…… 당신이 낯설지가 않아요."

입술을 훑는 숨결에 민지의 얼굴로 단풍이 들었다.

"항상 네 곁에 있어."

세상에 오직 단둘만이 존재하는 듯 마주한 눈동자에 서로를 새긴다.

두 사람을 감쌌던 핑크빛 장막은 편의점 문을 열고 들어선 할아버지에 의해 균열이 생겼다.

"뭐여? 장사는 안 하고 연애하는 겨?"

못마땅한 듯 혀를 차던 할아버지의 손가락이 담배 진열장을 가리켰다.

"말보로 레드!"

카운터로 달려간 윤 실장이 담배를 건네고 계산을 했다.

"안녕히 가세요, 어르신."

"그려."

여전히 들러붙어 있는 민지와 치호에게 눈을 흘기던 할아버지가 편의점을 나갔다.

"미쳤어!"

기함을 토해 내던 수빈이 민지를 잡아당겼다.

"술이 다 깬다. 집에 가자."

"어? 응."

놓지 못하는 치호의 손을 보던 민지가 고개를 들며 빙그레 웃었다.

"나 술 취해서 내일이면 기억 안 날지도 몰라요."

동그란 이마로 치호의 입술이 도장처럼 찍혔다.

"괜찮아. 내가 기억하니까."

"흐아아."

참고 참았던 민망함이 저도 모르게 새어 나가자 수빈이 민지를 더 세게 당겼다.

"가자, 좀 제발!"

아쉽게 빠져나가는 손끝을 놓으며 치호가 속삭였다.

"내일 산에 갈래?"

수빈에게 끌려가던 민지가 고개를 끄덕였다.

이건 뭐, CF의 한 장면도 아니고 벚꽃이라도 날려 줘야 할 듯 애절하고 아련하다.

"운명이란 것이 정말 있기는 한가 봅니다."

다가선 윤 실장의 말에 치호가 뜨거운 숨을 토해 냈다.

수호자로서 적악은 그에게 주어진 운명, 그 운명조차 버릴 수 있을 만큼 사납고 독했다.

"숙명이었다."

술기운이 옅어짐에 따라 침몰했던 의식이 수면 위로 떠오르며 민지는 잠에서 깨어났다.

'아⋯⋯. 목말라.'

주방으로 향하던 민지가 거실 소파에 우두커니 솟은 그림자와 눈이 마주쳤다.

"으아아아아!"

냉장고를 부여잡은 민지가 구부러졌던 무릎을 폈다.

"수빈아! 불도 안 켜고 거기서 뭐 해?"

"잠이 안 와서."

'아오, 계집애. 놀래 죽는 줄 알았네.'

물을 잔에 따라 마시고 다시 가득 채워 수빈의 옆으로 다가 앉았다.

"중화 식도 빌려 줄까?"

"그거 원래가 내 거거든?"

"아……. 그러네."

"넌 아무렇지도 않아?"

물 잔을 건네자 수빈이 벌컥거리며 잔을 비웠다.

"키스가 너무 강렬했어. 무슨 오랜 연인처럼, 어떻게 그게 가능하지?"

잊었던 기억이 떠오르자 민지는 화끈거리는 얼굴을 두 손으로 감쌌다.

"너 그런 애 아니잖아."

"아니지."

"부킹도 안 하는 애가 어떻게……. 그 사람이 준 생강나무에 약 탄 거 아니야?"

민지는 무어라 설명할 수가 없었다. 자석처럼 그냥 그렇게 들러붙어 버렸다.

"둘만 있던 것도 아니고 나랑 그 사람 친구도 있었는데, 나 완전 멘붕 왔잖아."

"미안하네."

"아니, 그게 아니라 무슨 귀신에 홀린 애처럼."

답답하고 이상하고 기묘했다. 피하려 해도 언제나 그녀의 시선을 붙잡으니, 이성과 감성이 충돌하며 쌓였던 스트레스가 터져 버린 것이다.

"낯설지가 않아."

"전생에 연인이었나?"

"나 전생 안 믿는데."

"항상 네 곁에 있다잖아."

수빈의 말처럼 항상 곁에 있는 것 같은 착각이 든다. 특히나 아침 이슬 머금은 숲의 향기 같은 그의 체취는 공기처럼 익숙하게 느껴졌다.

"이제 네가 했던 말을 이해할 것 같아. 말투도 그렇고, 진짜 사극에서 튀어나온 것 같더라. 이상해. 아주 이상해."

잘생겼으니 좋게 봐주라고 할 때는 언제고, 수빈은 어미닭처럼 극도의 경계심을 보이며 신경을 곤두세웠다.

"스토커 아냐? 잘 생각해 봐. 혹시 거래처에서 보거나 출퇴근길에 보던 남자 아닌가."

"아닌데."

"정말 치한 만났을 때 처음 본 거야? 혹시 치한하고 한팬가?"

"수빈아. 그건 너무했다."

민지의 말에 수긍하며 수빈이 고개를 저었다.

"그래, 내가 너무 나갔다. 취소."

"나중에 커피 한잔하자 해 보려고. 막걸리도 좋고. 이야기를 좀 더 나누어 보면 뭔가 알게 되겠지."

"……."

"왜 그렇게 쳐다봐?"

"너 기억 안 나?"

"뭐가?

"그 사람이랑 산에 가기로 했잖아."

"내가? 언제?"

"오늘!"

"진짜?"

"내가 왜 이러고 있겠어. 생판 모르는 남자랑 들러붙어 키스한 것도 어이없는데, 한겨울에 산에 간다 하니 그런 거 아냐."

"……."

"대박! 너 필름 끊겼니?"

끊겼나? 그런 건가? 아니겠지. 설마…….

당나라 노래 부르고, 할 말 있다고 다짜고짜 들이댄 것도 분명히 기억했다. 특히나 부드러우면서도 단단한 입술, 그 감촉은 설렘조차 녹여 버렸다.

'하아……. 참 좋았는데.'

그 여운 때문일까? 크고 따뜻한 손을 놓는 것이 못 견디게 아쉬웠다.

'산에는 왜 가자고 한 거지?'

"계속 그렇게 서 계실 겁니까."

비닐 포장도 뜯지 않은 소파에 누워 있던 윤 실장이 현관으로 고개를 돌렸다.

"새벽 다섯 십니다."

"쉿!"

밤새 문 앞을 지켰던 치호가 두 귀를 쫑긋거렸다.

"그녀가 일어났어."

"그래서요?"

"산에 가야지."

"너무 이른 시간이에요."

찌뿌듯한 몸을 일으킨 윤 실장이 현관으로 다가섰다.

"인천에서 치악산까지 두 시간입니다. 코스 점검해 두었습니다."

신라 고찰 구룡사에서 사다리병창을 지나 비로봉에 오르는 치악산 대표 탐방 코스로 일정을 잡았다.

"구룡 탐방지원센터에서 구룡사, 용소, 대곡 안전센터, 세렴폭포, 사다리병창, 비로봉으로 이어지는 코스로 총 5.7km, 3시간 30분 소요 예정입니다."

"적악에 대해선 내가 더 잘 알아."

윤 실장이 무어라 말할 새도 없이 치호가 현관문을 벌컥 열었다.

  수빈의 차에 두고 내린 숄더백을 찾으러 나선 민지가 맞은편 302호 현관문을 열고 나온 치호와 마주쳤다.
"치호 씨?"
"일어났네."
"왜 거기서 나와요?"
"저희 이사 왔습니다."
열린 현관으로 불쑥 고개를 내민 윤 실장이 대답했다.
"안, 녕하세요."
"안녕하세요, 민지 씨."
어색하게 인사를 나누는 민지와 윤 실장 사이를 치호가 가로막았다.
"산에 갈까?"
"네?"
멀뚱멀뚱 올려다보던 민지가 반짝반짝 눈동자를 빛내는 치호에게 고개를 끄덕였다.
"아, 가야죠. 산."
약속을 했으니 가긴 가야 하는데.
"그런데 언제 이사를."
"엊그제 왔습니다. 민지 씨께서 워낙에 바쁘셔서 오늘에야 인사를 드리네요. 윤서진이라고 합니다."
  이 새벽 시간에 마치 문 앞에서 마주칠 것을 예상이나 한 듯, 서진이 명함을 내밀었다.

[신화 그룹 미래전략부 윤서진 실장]

"아, 그러시구나."

"산에 언제 가?"

"산에 가기엔 조금 이르지 않아요?"

"이르죠."

또다시 대답을 가로챈 서진을 집 안으로 구겨 넣은 치호가 문을 닫고 민지에게로 돌아섰다.

"그럼 왜 나왔어?"

"친구 차에 가방을 두고 와서."

엄지손가락으로 계단을 가리키자 치호가 고개를 끄덕였다.

"네. 일단 가방부터 가져오고요."

"여기서 기다릴게."

"시간이 좀 걸려요. 들어가서 기다려요."

"알았어."

후다닥 계단을 내려선 민지는 뒤통수가 따가웠다.

'언제부터 밖에 나와 있었던 거야.'

수빈의 차 뒷좌석에서 숄더백을 집어 든 민지가 다시 계단에 올라섰다.

"가방 찾았어?"

"아직도 안 들어가고 있었어요?"

"들어갔다 나왔어."

"아……. 조금만 기다리세요. 준비하고 나올게요."

"알았어."

"치호 씨도 준비해야죠. 들어가요."

고개를 끄덕이는 모습이 일곱 살짜리 남자아이 같아 어이없게도 웃음이 나왔다.

현관을 열고 들어선 민지는 이번에는 도끼눈을 하고 선 수빈과 마주쳤다.

"뭐야? 밖에서 말소리 들리던데."

행여나 밖에서 들을까 민지가 수빈의 팔을 잡아당겼다.

"맞은편에 치호 씨가 이사 왔어."

"뭐라는 거야. 302호에 극성맞은 초딩 둘 사는데?"

"몰라. 무슨 이사를 그렇게 순식간에 가지?"

"정말이야?"

"치호 씨랑 그 친구랑 지금 앞집에 있다니까."

민지의 손에서 명함을 낚아챈 수빈이 눈을 깜박였다.

"신화 그룹 미래가 편의점이야? 웃기네. 그런데 무슨 이야기를 그렇게 해? 새벽 다섯 시에."

소파에 주저앉은 민지가 두 손으로 얼굴을 감쌌다.

"산에 언제 가냐고."

"뭐어? 너 진짜 가려고?"

"간다 했으니 가야지."

"한겨울에 무슨 산이야."

"아……. 모르겠다."

번뜩 고개를 든 민지가 수빈의 손을 붙잡았다.

"너도 같이 가자."

"나 오늘 가구 보러 가기로 했는데?"

"다음에 가면 안 돼?"

"시어머니랑 같이 가. 어떻게 취소해."

울상이 된 민지는 쥐어뜯을 것처럼 머리카락을 움켜쥐었다. 어느 날 갑자기 혜성처럼 나타난 남자가 폭탄처럼 그녀의 일상을 초토화시키고 있었다.

"그냥 안 간다고 해. 취해서 기억이 안 난다고."

"간다고 했는걸?"

"그건 어제 이야기고."

"좀 전에 만났을 때 간다고 했어."

"왜 그랬는데! 술 덜 깼니?"

"그렇게 또 마주칠 줄 누가 알았겠어! 너무 놀라고 당황해서 머릴 굴릴 틈이 없었어."

"이제 빼박이네. 어쩌겠냐. 네가 판 무덤인데 니가 들어가야지. 쯧쯧쯧."

고개를 설레설레 저으며 소파에서 일어선 수빈이 방으로 걸음을 옮겼다.

"몇 시에 나갈 건데."

"준비하고 바로 나간다고 했어."

"어휴. 어느 산에 갈 건데."

"물어볼 시간이 없었어."

"혹시 모르니까 아이젠 챙겨 가."

방문 앞에서 돌아선 수빈이 촉을 세우며 물었다.

"왜 대답이 없어? 아이젠 없어?"

"버렸지. 등산 안 한 지가 언젠데. 있으면 좀 빌려 줄래?"

"덜 깼네. 술이 덜 깼어. 내가 언제 겨울에 산에 올라가디? 그리고 내 거가 너한테 맞아?"

"안 맞지."

"너 정말 이상하다. 뇌에 감기라도 걸린 거야?"

수빈의 말처럼 멍청한 소리만 뱉어내는 스스로가 한심해졌다. 양치질을 하면서도 거울 속의 자신을 한탄했다.

'아이젠이 필요할 정도로 눈에 덮인 산은 아니겠지.'

오래된 등산복을 꺼내고 가방에 생수를 챙겨 넣으며 주문을 외웠다.

"한민지! 정신 좀 챙기자."

정말 뇌에 감기가 걸린 걸까?

오랜만의 산행을 준비하는 동안 철없는 심장은 설렘으로 두근거렸다.

준비를 마친 민지가 거실에 앉아 심호흡을 하며 휴대폰을 손에 들었다.

'아, 전화번호 모르지. 친구에게 해 볼까?'

윤 실장의 명함을 만지작거리던 민지는 손바닥으로 머리를 두드리며 현관으로 향했다. 신발을 신고 현관문을 열자 기가 막히게도 302호 문이 동시에 열렸다.

간편한 차림의 치호는 경량 패딩에 트레이닝 바지, 등산화 대신 운동화를 신고 있었다.

"이제 가?"

놀이동산에 가는 아이처럼 조급해 하는 모습에 민지는 새어 나오는 웃음을 삼키며 고개를 끄덕였다.

앞서 계단을 내려서는 그의 목 뒤로 새 옷을 사 입었는지 달랑거리는 행택이 보였다. 조심스레 손을 뻗었는데 치호가 휙 돌아섰다.

"왜?"

"아무것도 아녜요."

행여나 민망할까 민지는 모른 척 계단을 내려갔다.

"옷차림 너무 가볍지 않아요?"

"가벼워?"

"춥지 않겠냐고요."

"몸에 열이 많아서 괜찮아."

'아, 그래서 주로 반팔을 입는구나. 그래도 한파주의보인데…… 너무 얇은 거 아닌가?'

1층 현관에는 허름한 빌라와 어울리지 않는 고급 세단과 서진이 서 있었다. 정중하게 목례하는 서진에게 인사를 건넨 민지가 조심스레 물었다.

"서진 씨도 같이 가시나 봐요?"

깔끔한 정장 차림의 서진이 보조석 문을 열었다.

"운전 담당입니다."

"친구 분 때문에 고생이 많으시네요."

충혈된 눈을 깜박이며 서진이 웃었다.

"친구가 아니라 개인 비서입니다."

"비서요?"

"타시죠."

차에 오르는 민지를 뒤따르던 치호가 번개처럼 목덜미를 스치는 서진의 손목을 낚아챘다.

'뭐야?'

조용히 노려보니 패딩의 가격이 붙은 행택을 움켜쥔 서진이 빨리 타라 눈짓했다.

"어느 산에 가시는데 차를 타고 가요?"

"세상에서 가장 아름다운 산."

역시나 알아들을 수 없었지만 나름 적응이 되었는지 민지가 말없이 고개를 끄덕였다.

'데이트한다고 옷도 사 입고 차도 빌린 건가.'

엄청나게 넓던 차량 내부는 나란히 앉은 치호 때문에 꽉 찬 느낌이 들었다.

'알바생인 줄 알았는데 비서도 있고, 편의점 주인인가? 편의점이 이렇게 돈을 많이 버나?'

이런저런 생각 끝에 조용히 운전하고 있는 서진에게 시선이 갔다. 목을 길게 빼며 치호에게 속삭였다.

"치호 씨. 서진 씨 정말 비서예요?"

뭐라고 답해야 할지 몰라 치호가 운전석을 바라보니 서진이 헛기침을 했다.

"열흘 전에 개인 비서로 발령 났습니다."
"발령이라면."
"신화 그룹이라고 들어보셨습니까."

대한민국 아파트 30% 이상이 모두 신화 건설에서 지은 것이니 모를 수가 없다.

"치호 님은 신화 그룹 김 회장님 조카분이십니다. 이해가 좀 되실까요?"

"아, 네."

대답은 그리했지만 민지는 더욱 혼란스러운 미궁으로 빨려 들어 가고 있었다.

'신화 그룹 회장 조카가 인천 구석에서 편의점을? 아니, 다 쓰러져 가는 빌라로 왜 이사를 온 걸까?'

궁금해서 입술이 달싹였으나 모두가 개인적인 것들이라 초면에 질문을 쏟아 낼 수가 없었다. 꼬리에 꼬리를 무는 의문들은 거품처럼 늘어나 엉뚱한 데로 흘러가고 있었다.

'빌라가 재개발 들어가려는 건가? 겨우 두 동밖에 없는데? 재개발이면 집주인이 나가라 했을 텐데. 뭐지?'

도대체가 깔끔하게 맞아떨어지는 아귀가 하나도 없다. 차라리 달나라에서 왔다 하는 것이 속 편하겠다.

'그러고 보니 당나라에서 왔다고 했는데.'

엉켜 버린 생각을 털어 내듯 창밖을 보니 진하게 선팅이 된 차창으로 치호가 보인다.

흔들림 없는 눈동자는 그녀를 향해 있었다.

'언제부터 쳐다보고 있는 건지.'

창에 비치는 민지와 눈이 마주친 치호가 그녀의 손을 살며시 감싸 쥐었다.

'뿌리쳐야 하나? 그냥 가만히 있을까?'

망설이는 사이 민지의 손가락 사이로 그의 손가락이 파고들었다. 그저 손가락일 뿐인데, 은밀한 곳을 어루만지는 듯한 착각이 들었다.

마디마디를 혀로 훑는 것처럼 스치듯 애무하는 손길에 온몸이 후끈 달아올랐다.

두근. 두근. 두근.

저도 모르게 신음이 터질 것 같아 입술을 축여 보려 했지만 입안이 바삭 말라붙었다. 눈 맞추기를 기다리는 해바라기 같은 눈동자에 민지의 얼굴이 한층 더 붉어졌다.

"덥지 않아요?"

수줍은 속삭임을 용케 알아들은 치호가 고개를 갸웃거렸다.

"더워?"

"네, 히터 좀 줄여야 할까 봐요."

히터란 무엇인가.

같은 말임에도 신국에서 쓰던 것과 억양과 단어가 다르니 이해가 쉽지 않다. 치호가 고개를 들자 운전 중이던 서진이 손을 뻗어 그에게로 백미러를 맞췄다.

"히터 줄여 줘."

뭔지는 모르겠지만 그녀가 줄이라 하니 그래야겠다 싶어 민지의 말을 고대로 읊었다.

"더우시면 창문이라도 열어 드릴까요?"

"아니요, 제가 할게요."

아무리 처음 타 보는 고급 차지만 창문도 스스로 못 열겠나 싶어 창문 버튼을 눌렀다.

찬바람은커녕 한파주의보라는 말이 무색할 정도로 겨울이 느껴지지 않았다. 창밖으로 손을 내밀어도 마찬가지였다.

'옷을 너무 껴입은 건가?'

열린 창문으로 바람조차 들지 않으니 빠르게 달리는 속도조차 느낄 수 없었다.

'손에서 땀날 것 같은데…….'

여전히 그의 손가락 사이에 끼워진 오른 손가락을 꼬물거리니 치호가 웃는다.

"많이 더워?"

"아니요, 괜찮아요."

그윽하게 들려오는 목소리에 화르륵 치솟은 열기는 민지의 귓불까지 새빨갛게 달궈 버렸다.

'너무 오랜만이라 그런 거야. 그래, 그래서 그런 거야.'

차 안을 가득 채운 치호의 열기가 들이치는 한파를 밀어내고 있음을, 히터는 처음부터 꺼져 있었다는 사실을 민지는 깨닫지 못했다.

'의심, 두려움, 혼란 그리고 망설임…….'

다채로운 향기를 뿜어내던 민지는 서울을 벗어난 지 얼마 되지 않아 잠이 들었다.

"주무십니까."

"원래 잠도 많고 생각도 많았어."

어깨에 기대어 잠든 민지의 머리에 코를 묻고 있던 치호가 고개를 들었다.

'나의 존재가 네게는 그리도 힘에 겨운 것인가.'

치호만큼이나 그녀도 혼란스러워하고 있었다. 아무것도 기억하지 못하면서 의심하고 망설이는 그녀를 보는 것이 괴로웠다.

-국립공원관리공단은 한파특보가 발효됨에 따라 오늘부터 설악산과 오대산, 치악산 등 강원권 국립공원 3곳의 입산을 통제한다고 밝혔습니다.

라디오에서 흘러나오는 일기예보에 서진이 볼륨을 높였다.

-이들 국립공원의 체감 기온은 영하 30~50도로 산행 중 저체온증 같은 안전사고가 발생할 우려가 큰 상태입니다.

"치악산 입산 금지인데, 강행하십니까."

어차피 치호가 다니는 길은 인간의 길과는 다르다.

"국립공원으로 지정하여 보존하고 있지만 전과는 많이 다를 겁니다."

"알아."

아무리 긴 세월이 흘렀다고 한들 하늘 아래 산이었다.

"한민지 씨가 괜찮을지 모르겠습니다."

'그래, 이렇게 작은데 혼자 두면 안 되는 거였어.'

치호의 침묵에 산행을 말리고 싶은 서진도 더 이상 말이 없다.

창밖 풍경은 상상할 수조차 없을 만큼 변했지만, 어깨에 기대어 잠든 여인은 여전히 치호의 가슴을 두드리고 있었다.

05 매화 마을

치악은 깊숙이 파고든 인간들의 탐욕으로 산의 영기가 뒤틀리고 그 위엄마저 위축되었다. 물 좋은 곳은 펜션과 캠핑장, 산세 좋은 곳은 골프장이 차지했으며 당산목 자리는 탐방지원센터와 매표소들이 들어서 있었다.

추동교에서 태종로 부곡2리 도로를 따라 달리던 고급 세단이 마지막 민가에서 멈춰 섰다.

"더 이상의 차량 진입은 무리입니다."

도로는 안쪽으로 이어져 있었지만 굵은 쇠사슬에 '계곡 출입 금지'라는 푯말이 붙어 있었다.

"입산 지점 찾느라 한 시간 이상 지체되었습니다. 산행 시간 감안하면 조금 서두르셔야 할 듯합니다."

치호는 잠든 민지를 느긋이 바라보았다.

"조금 더 자게 둬."

지옥철을 타고 출퇴근을 하는 한국인에게는 특별한 재주가 있었다. 아무리 깊게 잠이 들어도 내려야 할 역을 놓치는 법이 없다.

"다 왔나 봐요."

서진이 시동을 끄기가 무섭게 민지가 눈을 떴다. 언제나 그녀에게로 향해 있는 눈동자를 마주한 민지가 어색하게 웃었다.

"잠시 눈을 감고 생각 중이었어요."

"그럼 가 볼까?"

치호의 말에 민지가 반대편 차 문을 열었다.

"겨울 산! 얼마 만인지 모르겠어요. 인천은 눈만 왔다 하면 순식간에 녹아 버리는데."

온통 새하얀 세상은 마치 동화 속에 들어온 듯한 착각이 일 정도로 화사했다. 아름다운 정경에 흠뻑 빠져 무슨 산인지는 안중에도 없다.

"이리 가면 되나?"

전신으로 새어 나오는 흥분을 감출 수 없다. 폴짝, 폴짝, 등에 멘 배낭의 보조 끈을 허리에 동여맨 민지가 앞서 걷기 시작했다.

종종거리는 민지의 잔망스런 발걸음에 두 남자는 웃음이 나왔다.

"길은 알고 가시는 걸까요?"

"아닐걸?"

"산을 좋아하시니 다행입니다."

"아랑이니까……."

민지를 따라 걸음을 옮기던 치호가 문득 돌아섰다.

"너는 안 가?"

"차에서 기다리겠습니다."

"김 회장이 마을 위치를 알아오라 하지 않던가?"

미리 예상하며 답을 준비하는 것이 습관인 서진은 처음으로 말문이 막혔다.

'알고 있었구나.'

"같이 가. 끝까지 쫓아올 수 있을지는 모르겠지만."

어차피 따라나서 봤자 민지를 안고 날아 버리면 그만이었다. 또한 끝까지 데려간다 해도 결계 너머 매화 마을은 서진의 눈으로 볼 수 없다.

"됐습니다. 짐이 되고 싶지 않습니다."

"뭐?"

"저까지 따라나서면 짐이 되지 않겠습니까."

오래전 함께 걷던 벗의 얼굴이 서진과 겹쳐졌다.

'내가 자네에게 짐이 되었군.'

늑대를 도륙하는 치호에게 왜 그리 잔인한지 한탄하던 벗은 이유가 자신에게 있음을 슬퍼했다.

"넌 나를 모르는구나."

"……치호 님도 마찬가지죠."

한참이나 늦은 서진의 답에 치호가 피식 웃었다.

"신국에는 영원한 벗도 영원한 적도 없었다."

"지금 세상도 그러합니다. 하지만 기왕이면 적보다는 친구가 되고 싶습니다."

이 자식이 오늘따라 왜 이리 간지러운 소리를 하지?

물끄러미 바라보던 치호가 민지의 부름에 돌아섰다. 손짓하는 그녀의 모습에 심장은 벌써 달음질친다.

"간다."

"더워도 옷 벗지 마십시오. 누구와 마주칠지 모르니."

"……."

"신발도 벗지 마세요."

어미닭처럼 쪼아 대는 서진의 잔소리를 뒤로하고 치호는 민지를 향해 달렸다.

나란히 걷는 민지와 치호를 흐뭇하게 바라보던 서진이 차를 향해 돌아섰다. 주머니에서 휴대폰을 꺼내 단축 키를 눌렀다.

"지금 입산하셨습니다."

[생각보다 늦었네?]

"입산 출발점이 변경되어 1시간가량 지체되었습니다. 가래골 마지막 민가 앞입니다."

[전략팀은?]

"지금 도착했습니다."

그가 달려온 좁은 도로를 따라 줄줄이 들어서는 세 대의 차가 서진의 옆으로 나란히 멈춰 섰다.

"준비되는 대로 피닉스 띄우겠습니다."

그룹 홍보팀에서 섭외한 남자들이 일사불란하게 각자의 차

트렁크를 열었다. 여행용 캐리어를 꺼내 든 남자들이 장비들을 만지는 손길이 분주하다.

"P1 이륙 완료!"

"P2 이륙 완료! 수신 정상."

촬영 카메라가 설치된 드론이 하늘 높이 떠올랐다.

"P1 수신 상태 양호!"

"P3 이륙 완료!"

'날아오르라! 피닉스여! 시들지 않는 매화를 찾아라!'

고대의 무녀처럼 서진이 두 손을 하늘로 뻗었다.

두 번째 드론이 목표물을 잡았다는 말에 서진이 하늘로 뻗은 두 손을 불끈 쥐며 2호 차량으로 걸음을 옮겼다.

노트북 모니터에 산을 오르는 치호와 민지의 모습이 선명하게 보였다.

'너무 가까워.'

한겨울 숨은 모기의 날갯짓도 잡아내는 치호는 드론을 눈치챌 것이 분명했다.

"더 높게 띄우세요."

"고도를 높이면 바람 저항이 심해집니다."

"그런 상황에 대처하라고 전문가가 필요한 거 아닙니까."

자존심이 상했는지 입을 꾹 다문 남자가 빠르게 손가락을 움직였다.

"더 띄우세요. 놓치지만 않으면 됩니다."

이내 모니터 속에 치호와 민지가 손톱만큼 작아졌다.

모니터를 쳐다보고 있으려니 으슬으슬 추위가 느껴졌다. 치호가 멀어지고 있다는 증거였다.

뽀드득 뽀드득.

발밑으로 밟히는 눈은 새하얀 도화지 같았다. 그 누구도 밟지 않은 첫눈처럼 민지를 설레게 했다.

사람들의 발길이 끊긴 겨울 산이 좋은 이유는 잎새를 잃고 야위어 보이는 숲에서만 느낄 수 있는 고요한 평온 때문이다. 부산스러움이라곤 찾아볼 수 없는 겨울, 산의 휴식은 진정한 힐링의 에너지를 품고 있었다.

"정규 등산로가 아닌가 봐요."

"내가 다니는 길 중에 하나야."

치악산까지 올 줄은 몰랐지만 아름다운 휴식을 선물한 치호에게 고마운 마음이 들었다. 비워지지 않는 쓰레기통처럼 쌓여만 가던 스트레스도, 두통도 사라지며 지친 몸과 마음이 리셋되는 기분이었다.

"치악산 자주 오세요?"

"얼마 전 매화 마을에 다녀왔어."

"매화 마을? 산 속에 마을이 있어요?"

'시간이나 신국, 마을 관련 이야기는 피하십시오.'

서진의 말이 떠오른 치호가 헛기침을 했다.

"춥지 않아?"

"눈만 아니면 봄날이라도 믿겠어요. 한파주의보라더니 다

거짓말이야."

작은 체구에 생각보다 힘이 좋은지 민지는 속도를 내어 앞서 걷기 시작했다.

"어? 치호 씨. 저것 좀 봐요."

"못 먹는 거야."

"풉! 당연하죠. 드론이잖아요. 겨울 산 촬영하나?"

드론이 무엇인지 알지 못하는 치호는 그저 낭랑한 목소리가 예뻐 고개를 끄덕였다.

'비둘기도 그렇고, 요즘은 날 것들 중에 못 먹는 것이 많구나.'

계곡을 따라 사십여 분을 걷자 몸에서 땀이 나기 시작했다. 녹은 눈 사이로 돌무더기들이 예전 민가가 있던 자리임을 나타내고 있다.

"좀 쉬어 갈까?"

이제나저제나 눈치만 살피던 민지가 커다란 돌 위에 주저앉았다. 목에 두른 목도리를 풀다 보니 하늘 위로 아까와 같은 드론이 보였다.

"저거 우리 따라오는 걸까요?"

초입부터 드론이 그들을 쫓는 것을 알고 있었지만 모른 척 치호가 물었다.

"신경 쓰여?"

"계속 보이니까 궁금해서요. 치호 씨, 물 마실래요?"

"난 괜찮아."

배낭에서 꺼낸 물을 홀짝이는 민지를 바라보던 치호가 슬그머니 돌아섰다.

치호의 입에서 새어 나간 작은 휘파람 소리에 바람을 가르며 날아든 참매가 드론을 낚아챘다. 뒤이어 좀 더 큰 참매의 발에 얻어맞은 다른 드론이 나뭇가지 사이로 곤두박질쳤다.

"P2 추락했습니다."

드론을 조종하던 남자들이 모니터를 노려보는 서진의 눈치를 살폈다.

"P3 수신 불량입니다."

"이건 뭡니까?"

서진의 물음에 P1의 카메라에 잡힌 영상을 쳐다보던 남자가 고개를 갸웃거렸다.

뿌옇게 흐린 화면으로 시커먼 물체가 왔다 갔다 하더니만 뾰족한 주둥이가 카메라렌즈를 쪼아 댔다.

"새 같은데요?"

"드론을 둥지로 물어갔나 봅니다."

이리저리 흔들리며 새에게 두들겨 맞던 드론은 장렬하게 전사했다.

"P1 수신 종료되었습니다."

"다른 드론 띄울까요?"

드론을 잃은 것에 침울해 하는 남자들의 모습에 서진이 한숨을 내쉬었다.

"철수하세요."

현관문 앞을 지키는 치호 때문에 밤을 새운 탓에 충혈된 눈이 드론을 모니터링 하는 사이 실핏줄이 터졌다.

"피닉스? 불사조는 개뿔!"

차로 돌아온 서진이 뻑뻑한 눈을 문질렀다.

'넌 나를 모르는구나.'

"설마 새를 부릴 줄 아는 건 아니겠지. 호그와트도 아니고."

뻑뻑한 눈에 안약을 넣고 태블릿을 꺼냈다. 화면을 클릭하자 GPS에 연결된 지도 위로 빨간 점들이 생겨났다.

"연봉 1억의 저력을 보여 주지."

움직이지 않는 빨간 점 하나를 클릭하니 인공위성 사진으로 서진이 타고 있는 차가 보였다. 뒷좌석으로 고개를 돌리자 치호가 벗어 놓은 목도리가 보인다.

'한 개는 실패.'

이내 고개를 돌린 서진이 다시 태블릿을 응시했다. 안정적인 속도로 움직이는 위치 표시를 쳐다보고 있자니 돌멩이가 구르는 듯 눈에 통증이 일었다.

'신국에는 영원한 벗도 영원한 적도 없었다.'

치호가 시공을 뛰어넘었다는 사실을 믿지 않는다.

뛰어난 오감과 과학적으로 설명 불가능한 신체적 능력, 기괴한 행동들이 서진의 이성을 흔들지만.

"말도 안 되는 소리. 아니야. 아니야. 정신 차려. 졸면 안 돼. 졸면 죽는 거야. 정신줄 잡고."

주문을 외우듯 서진은 다짐하고 또 다짐했다.

김 회장과의 독대로 치호는 30분 만에 전폭적인 지지를 얻었다. 치호를 바라보는 김 회장의 눈빛을, 그 떨리는 음성을 잊을 수가 없다. 아무리 일선에서 물러났다 하여도 김 회장은 여전히 신화 그룹의 실세였다.

'필요한 것은 무엇이든 부족함 없이 준비하겠습니다.'

본사에는 비밀리에 치호 전담 부서가 생기고, 동시에 김 회장 직속이었던 서진은 개인 비서로 발령 났다.

'아무 때나 상관없어. 언제든지 전화해.'

김 회장의 전용 휴대폰은 물론 최고급 차량까지 지급되니 좌천이라 하기도 애매한 인사이동이었다.

'미래전략부……. 치호가 신화 그룹의 미래란 건가?'

치호라는 미스터리한 존재가 성공을 향한 황금 열쇠가 되리라 확신하는 데는 그리 오래 걸리지 않았다.

산행을 시작할 때의 여유는 사라지고 민지는 풍경 따위 눈을 돌릴 틈이 없다. 휴식과 힐링은커녕 앞만 보고 걷기에도 숨이 턱까지 차올랐다.

'어쩌다 이렇게 저질 체력이 됐지?'

사무실에만 앉아 있는 사이 온몸의 근육이 빠져 버렸나 보다. 산길을 걷는 것이 이만저만 힘든 게 아니었다.

'하아, 하아. 죽겠네.'

가래골 마지막 합수점에서 계곡을 건너 능선 쪽으로 접어들자 점점 가팔라지기 시작했다.

치호가 내미는 손을 잡으니 그녀의 몸이 날아오르듯 휘리릭 그에게로 달려갔다.

"고마워요."

내리막을 걸을 때는 발을 내미는 그의 발에 발을 맞대고 디딤돌 삼아 내려섰다. 한파주의보로 입산이 금지된 사실을 모르는 민지는 마주치는 등산객이 없다는 사실도 인지하지 못한 채 부지런히 걸음을 옮겼다.

길도 없는 오지를 뒷짐 지고 편히 걷는 치호의 모습에 오기까지 생겨났다.

'생각보다 안 지치네.'

민지가 빨리 지쳐야 날름 안고 후다닥 오를 텐데, 악착같이 걷는 모습에 치호는 웃음이 나왔다. 호기심도 어찌나 많은지 금세 걸음을 멈추고 커다란 나무를 쳐다보고 섰다.

"경주 김씨 종친회?"

커다란 나무에 묶인 산악 리본을 쳐다보는 민지에게 다가선 치호가 고개를 갸웃거렸다.

"이런 오지에도 오는 사람이 있나 봐요."

민가가 있던 돌무덤에서부터 종종 보이던 붉은색 산악 리본은 다녀간 지 얼마 되지 않은 듯 선명했다.

"조상님 발자취 찾으러 온 걸까요?"

"경주 김씨라."

윤 실장이 알려준 새로운 지명에서 경주는 신국의 수도 금성이다.

"금성 서쪽 계림의 금궤에서 태어나 김씨 성을 가진 사내가 있었지. 7대에 이르러 신국의 왕이 되었는데 그쪽 자손들인가?"

멍하니 바라보는 민지와 눈이 마주치자 치호가 실수했나 싶어 입을 다물었다. 그 모습에 민지가 피식 웃음을 터트렸다.

"호랑이 담배 피우던 시절 이야기를 어쩌면 그렇게 자연스럽게 이야기해요?"

"호랑이는 연초를 태우지 않아."

"그렇죠. 마늘하고 쑥도 못 먹어서 사람이 되지 못한 호랑이가 담배를 태울 리 없죠."

"무슨 말이지?"

"저는 마늘하고 쑥 먹고 사람 된 곰한테서 태어났거든요."

"곰이 마늘과 쑥을 먹는다고 인간이 되지는 않아."

이럴 때 보면 또 정상이란 말이지.

민지가 어깨를 으쓱이며 고개를 끄덕였다.

한 번 쉬었다 다시 걸으려니 다리가 천근만근이다.

"힘들어?"

"네. 산을 타 본 게 언젠지 기억도 안 나요. 사무실에만 앉아 있으려니 아아아앗!"

발을 딛었던 돌에 미끄러지며 민지가 뻗은 팔을 치호가 낚아채며 잡아당겼다.

순식간에 그의 가슴에 얼굴을 콕 박은 민지가 거친 숨을 몰아쉬었다. 등줄기로 흐르던 땀방울이 오싹하게 식은 것도 잠시, 그의 심장이 북소리처럼 크게 들려왔다.

"고마워요. 이제 괜찮아요."

치호는 그녀를 놓을 생각이 없는지 먼 산을 쳐다본다.

"제가 너무 느리죠?"

"응."

직설적인 대답에 민지는 돌에 얻어맞은 듯 얼굴이 달아올랐다.

"길이 너무 험해서 그래요."

"그런 것 같아."

연이은 타격감에 슬그머니 그의 가슴을 밀어내자 치호가 그녀를 놓아주었다.

"내려가고 싶어?"

"아니요."

솔직한 대답에 화가 난 건지, 아니면 아쉬움인지. 가슴으로 치솟는 불길을 느끼며 주먹을 불끈 쥐었다.

"조금만 더 올라가 보고요."

"그럼…… 속도 좀 올려 볼까?"

치호의 입꼬리가 위험스레 올라간다.

장난기 가득한 두 눈을 향해 고개를 끄덕이자 기다렸다는 듯 치호가 손을 내밀었다.

'그래! 힘 좋으니까 쭉쭉 잘 당겨 줄 거야!'

크고 따뜻한 손을 잡은 지 1초도 되지 않아 그녀의 모자가 벗겨지며 민지의 비명이 터져 나왔다.

 민지를 어깨에 둘러멘 치호가 달리고 있었다. 바위를 훌쩍 뛰어오르는 치호의 패딩을 움켜쥔 민지의 눈에 지진이 난 것처럼 땅이 들썩였다.

 단정하게 묶은 머리끈이 빠져 산발이 된 머리카락이 얼굴을 때렸다. 파도처럼 일렁이던 흙바닥과 나무들이 끝없이 밀려났다.

 '토할 것 같아.'

 거침없이 내달리는 치호의 몸은 중력에서 벗어난 듯 커다란 바위를 뛰어올랐다. 그의 발에서 떨어져 나간 빨간색 돌멩이가 바위 아래로 굴러 내렸다.

 '하늘을…… 나르고 있어.'

 순식간에 산을 치고 오른 치호는 비로봉 정상 돌탑 위에 섰다. 젖은 낙엽처럼 어깨에 들러붙은 민지를 조심스레 잡아 내렸다.

 "으아앗!"

 돌탑 위에 선 민지가 아찔한 광경에 휘청이자 치호가 그녀의 허리를 안았다. 바위처럼 단단한 그의 몸에 기대어 보니 치악의 산세가 한눈에 들어왔다.

 경직된 목으로 통증이 일었지만, 눈앞에 펼쳐진 광경에 탄성이 터져 나왔다.

 "어떻게 된 거예요?"

 "뭐가?"

"어떻게 그렇게 빨리."

머뭇거리는 그녀의 정수리로 따뜻한 숨결이 닿는다.

"어떻게 산을 그렇게 잘 타요?"

"어릴 때부터 자라온 곳이니까."

그런가? 북한산 매점에 물건들을 나르는 지게꾼들을 TV에서 봤던 민지가 고개를 끄덕였다.

"치호 씨! 신발 한쪽 어디 갔어요?"

'어쩐지 발바닥이 편하더라니.'

물끄러미 그가 달려온 바위 아래를 내려다보던 치호의 미간으로 주름이 잡혔다.

"저기 떨어트렸네."

"어디요?"

아무리 두 눈을 깜박거려도 신발은 보이지 않았다.

'아까 굴러 내려가던 빨간 돌이 신발이었나?'

"신발 어떻게 해요?"

"새 신발이니까 누군가 주워 갈 거야."

치호가 씩 웃으며 남은 한쪽 신발도 벗어 바위 절벽 아래로 던졌다.

"치호 씨, 뭐 하는 거예요?"

"한쪽만 주우면 소용이 없잖아."

얼마나 세게 던지는지 하늘로 날아오른 신발은 까마득한 계곡 아래로 사라져 버렸다.

"서진이와 벗지 않겠다고 약속했는데, 잃어버린 거니까 괜찮겠지?"

일반적이지 않은 상황들을 논리적으로 이해하려 민지는 필사의 노력을 하고 있다.

신발이 아까운 민지와 달리 양말까지 벗은 치호는 뭐가 그리 신이 났는지 가슴을 크게 부풀린다.

"어때? 아름답지 않아?"

두 사람이 서기에도 부족한 아슬아슬한 돌탑 위에서 민지는 풍경을 감상할 여유가 없었다. 떨어지지 않기 위해 필사적으로 치호에게 들러붙을 뿐.

"여기 너무 높아요. 내려가죠."

"그럴까? 동굴에 가 볼래?"

"도, 동굴이요?"

허리를 감싼 그의 손에 힘이 들어가는가 싶더니 치호가 날아올랐다. 5미터는 족히 넘을 듯한 돌탑에서 휙 뛰어내려 가뿐하게 바닥에 선다.

"아파?"

"아니요, 괜찮아요."

'목이 아픈 건가?'

목을 움켜쥔 그녀를 잡아당긴 치호가 어깨에 걸치는 대신 어린아이 안 듯 품에 안아 손으로 머리를 감쌌다.

"아니요, 치호 씨. 내려 주워어어어."

절규는 바람결에 흩어지고, 그의 품에 안긴 민지는 또다시 어디론가 바람을 가르고 있다.

쿵쿵쿵쿵. 쿵쿵쿵.

마치 꽹과리를 울려 대는 심장처럼 그녀의 눈동자가 스쳐가는 나무들을 따라 흔들렸다. 탐방 금지 펜스를 훌쩍 뛰어넘는 순간 민지는 두 눈을 질끈 감았다.

'아······. 산에 왜 간다고 했을까.'

작은 새처럼 파닥이는 그녀의 심장을 느끼며 치호는 더욱신 나게 발을 굴렀다.

'동굴을 보면 조금이나마 기억이 돌아올 거야.'

배너미재를 넘어 천지봉에 올라 아랑과 함께 살던 동굴을 향해 진달래 능선을 달렸다. 날카로운 바위들로 가득한 절벽 옆으로 날쌔게 올라섰다. 쓰러질 듯 비스듬히 누운 고목 뒤로 동굴이 보였다. 치호가 조심스레 민지를 내려놓았다.

"다, 당신, 발바닥 괜찮아요?"

"그럼! 괜찮지. 잠시만."

물처럼 그의 몸에서 흘러내리는 민지의 허리를 움켜쥔 치호가 패딩을 벗었다. 벗은 패딩 위에 민지를 앉히고 시커먼 동굴로 발걸음을 뗐다.

"안에 누가 있는지 둘러보고 올게."

'누가? 곰?'

남아 있던 영혼을 끌어 모은 민지가 뻣뻣한 목을 움켜쥐며 그의 다리를 붙잡았다.

"가지 말아요. 안에 뭐가 있는 줄 알고 들어가요."

"괜찮아."

민지의 머리를 쓰다듬은 치호가 낯선 냄새에 이끌려 동굴로 들어섰다.

'호란?'

아니다. 분명 여우의 냄새이기는 하나 호란의 것이 아니었다. 동굴 안에는 정성스레 차려진 떡과 육포, 탁주와 과일 옆에 마을에서 가져왔을 매화가 놓여 있었다.

걱정이 되어 따라 들어선 민지는 건조하고 포근한 동굴 벽에 기대어 섰다.

"이게 다 뭐예요?"

"모르겠어."

마을에서는 치호와 아랑이 살던 동굴을 알지 못한다.

도대체 누구일까······.

한쪽 무릎을 굽힌 치호가 정성스레 차려진 상에서 팥떡을 집어 입에 넣었다.

"먹지 말아요. 얼마나 된 건지도 모르는데."

"오늘 가져다 놓은 것 같아."

"그걸 어떻게 알아요?"

무속인들이 차려 놓은 제사상 같은데 우물우물 떡을 씹는 치호가 민지는 당황스럽다.

"괜찮아. 먹어."

차마 뿌리치지 못해 떡을 받기는 했지만, 민지는 입에 넣을 수가 없었다.

"먹어. 너 전에 좋아했잖아."

'내가?'

민지가 저도 모르게 인상을 찌푸렸다.

"나, 떡 좋아하지 않아요."

눈동자를 데굴데굴 굴리던 치호가 어깨를 으쓱였다.

"마을에서 가져다 놨나 봐."

"마을이요?"

마을이 있다니 쉬어 가고 싶은 마음이 굴뚝같다. 치호에게 다가앉은 민지가 손에 든 그의 패딩을 내려놓았다.

"무슨 마을이요?"

"멀지 않은 곳에 내가 자란 마을이 있어."

"산 반대편에 있나요?"

'자라온 마을이라면 분명 그에 대해 잘 아는 사람들이 살고 있을 거야.'

나쁜 사람은 아니지만 정상적이지도 않다. 그와 함께 있을 때마다 벌어지는 기묘한 일들은 이해하려는 노력만으로는 부족했다. 논리적인 사실들이 필요했다.

"마을에 잠시 들러 쉬어 갈 수 있을까요?"

고민에 휩싸인 치호가 기대에 찬 눈으로 바라보는 민지의 시선을 마주했다.

'마을의 시간은 이곳과 다른데······.'

처음 기훈과 이야기를 나누며 차 한 잔 마신 것이 나흘, 두 번째로 김 회장의 부탁으로 그녀의 아버지를 마을로 데려다주었을 때는 이틀이 사라졌다. 그 뒤로는 치악에 와도 마을에 들르지 않았다.

'그녀를 데려가도 될까.'

송골송골 이마에 맺힌 민지의 땀방울을 손으로 훑은 치호가 입술로 가져다 댔다.

"뭐 하는 거예요?"

손끝에 묻어난 땀을 핥는 치호의 팔을 붙잡았다.

"구강기도 아니고 아무거나 막 입으로 가져가요."

"어디가 아픈 건가?"

"안 아파요. 그냥, 좀 목이 결려서 그래요."

결린 정도가 아니었다. 동굴로 오기 전 정상까지 방울처럼 흔들린 머리 때문에 뻣뻣하게 굳은 목은 고개를 돌리기도 힘들었다.

"괜찮아요."

"후회하지 않겠어?"

치호답지 않게 주저하는 모습이 역시나 이상하다.

마을 구경 한 번 하는데 거창하게 후회까지 할까?

"마을이 보고 싶어요."

치호가 민지에게 손을 내밀었다. 주저 없이 그의 손을 잡은 민지가 일어서다 말고 목덜미를 움켜쥐었다. 움직일 때마다 뼈근한 목에서 찌릿찌릿한 통증이 일었다. 새어 나오는 신음을 삼키려니 식은땀이 비 오듯 쏟아졌다.

"안 괜찮네. 많이 아파?"

"안전벨트도 없이 롤러코스터를 탔는데 당연하죠."

동굴을 나서며 치호는 자꾸만 민지를 쳐다봤다.

"괜찮아요. 전에 택시 타고 가다 접촉사고 났을 때도 비슷했어요. 병원에서 찍은 엑스레이 보니까 목뼈가 일자로 서 있더라고요."

"인간의 목뼈는 원래 반듯해야 하는 거 아닌가?"

"정상적인 경추는 원래 C굴곡이래요. 저도 그때 처음 알았어요."

조심조심 가파른 바위를 내려와 숲길을 걷던 치호가 우뚝 멈춰 섰다.

혹시나 목이 아픈 그녀 때문에 마음이 바뀌었나 싶어 민지가 애써 웃음 지었다.

"왜요? 마을에 가기엔 너무 늦었나요?"

"다 왔어."

"네? 여기가 마을이라고요?"

앙상한 겨울나무들이 가득한 숲길에 집 한 채도 찾아볼 수가 없다. 도대체 무슨 말을 하는 것인지 알 수가 없어 민지가 치호를 올려다보았다.

"제 눈에는 안 보이네요."

'어차피 한 번은 겪어야 할 일이야.'

고목을 응시하던 치호가 한 걸음 다가섰다.

"오랜 벗이 마을에 결계를 치면서 곳곳에 문을 만들어 두었어."

기이하게 뒤틀린 나무를 올려다보던 민지가 찌릿한 통증에 목덜미를 움켜쥐며 물러섰다. 나이를 가늠할 수 없는 나무는 그 가지가 거미줄처럼 음침해 보였다.

"결계."

"결계가 뭔지 알아?"

아……. 또 시작인가. 마을로 향하는 결계의 입구라면 이 나무를 뚫고 들어가는 건가?

"뭔지는 알죠. 결계. 한 번도 못 봐서 그렇지."

생각과 달리 얼굴은 굳고 웃음도 나오지 않았다. 엉뚱한 소리를 할 때마다 조금은 릴렉스하게 받아쳐 주고 싶건만, 순발력이 좋지 않은 것인지 한숨만 터져 나왔다.

"자, 이제 나무를 뚫고 들어가나요?"

비아냥 섞인 물음에도 치호의 입술에는 햇살 같은 미소가 피어올랐다.

다섯 손가락을 쫙 펼친 치호가 나무에 손을 댔다. 반딧불 같은 작은 불빛들이 나무의 거친 표면을 타고 뻗어 올라갔다. 동시에 앙상한 나뭇가지 가지마다 새하얀 꽃잎들이 열리기 시작했다.

기괴하고 음침했던 모습은 온데간데없이, 시커멓던 나무는 신데렐라의 드레스처럼 화려하게 변했다. 그윽한 향기가 머리 위로 쏟아져 내리는 듯한 착각이 일었다.

"벚꽃?"

"매화야. 마을에 있는 것과 같은."

이렇게 크고 화려한 매화를 민지는 본 적이 없었다. 벌어진 입을 다물기도 전에 치호가 그녀를 잡아당겼다.

"가자."

신기하게도 매화나무를 지나 한 걸음 떼자 없던 마을이 보였다. 흩날리는 매화 꽃잎들 사이로 민속촌에나 있을 법한 초가집들이 야생 버섯처럼 자리하고 있다.

'세상에······. 이런 일이.'

붕어처럼 입을 뻐끔거리던 민지의 눈에 그들에게로 다가서는 남자가 보였다.

"치호 님, 오셨습니까."

"어찌 알고 마중 나왔지?"

"결계가 열리면 이곳 매화들도 몸살이 나지요. 그런데 옆에 계신 분은."

"내가 바깥 세상에 머무는 이유."

하얀 수염을 쓸어내리며 웃는 기훈의 눈동자가 나이에 맞지 않게 호기심으로 반짝였다.

"매화 마을에 오신 것을 환영합니다."

고령인 기훈의 정중한 인사에도 민지는 영혼이 탈출한 탓에 아무런 답도 할 수 없었다.

"많이 놀라셨나 봅니다."

"조금 지나면 괜찮아질 거야."

그의 손에 이끌려 민지는 좀비처럼 마을길을 걸었다.

"김문호는 좀 어때?"

"잘 지냅니다. 최 씨 할배와 동무삼아 요즘 바둑 두느라 하루가 다 간다고 합니다."

"바둑?"

숨만 붙어 있을 뿐이지 시체와 다름없던 김 회장의 아비를 마을에 데려다 놓은 것이 엊그제 같은데.

"거동이 불편하지 않았던가?"

"매일 침과 뜸을 뜨며 탕약 좀 달였지요."

"조력자가 좋아하겠군. 소식 궁금해 하던데."

"가시기 전에 서신 하나 쓰라 이르겠습니다."

기훈과 나란히 걸으며 이런저런 마을 이야기를 하는 치호는 정말 고향에 돌아온 양 편안해 보였다. 반대로 마을을 살피는 민지의 눈은 점점 커졌다. 사방이 매화 천지였다. 호기심 어린 마을 사람들의 시선보다 그들의 옷차림에 더욱 눈이 갔다.

'삼베옷. 요즘 민속촌에는 꼭 옛날같이 아르바이트생들 쓴다고 하던데……'

애써 정신을 차려 보려 하지만 쉽지 않은 민지는 덜컥 겁이 났다.

집집마다 싸리문 마당에는 닭들이 거닐고 동네 꼬마들과 함께 개들이 꼬리치며 따라붙었다. 사람들은 남녀노소를 불문하고 그들을 향해 환하게 웃으며 손을 흔들었다.

개나리 담장에 둘러싸인 집으로 들어선 민지는 치호가 이끄는 대로 나무 마루를 딛고 방으로 들어갔다.

"시간이 지체되어 안고 왔는데, 목을 다친 것 같아."

"어디 볼까요?"

목은 둘째 치고 상상하지도 못한 마을 전경에 놀란 몸도 동태처럼 굳어 있었다.

"시침을 하여 뭉친 근육부터 풀어야겠습니다."

"얼마나 걸리지?"

조조함이 묻어나는 물음에 기훈이 의중을 알아차리곤 조용히 답했다.

"일다경이면 충분합니다."

자리에서 일어서는 치호의 손을 민지가 붙잡았다.

"어디 가요?"

"기훈이 침을 놓을 거야."

뭔지 모를 이 상황이 불안하고 무서워 민지는 그의 손을 놓을 수 없었다.

"문 밖에 있을게."

힐끗 기훈을 보니 통 안에 든 침이 한의원에서 보았던 것과는 비교할 수 없을 만큼 흉악했다.

"엎드리시지요."

"저, 저는 괜찮은 것 같아요."

"그럼 고개를 이쪽으로 돌려 보시겠습니까."

인자한 물음에 바들바들 떨며 고개를 틀어 보지만 식은땀만 삐질삐질 흘렀다.

"그 상태로 산을 내려갈 수 있겠어?"

부드러이 달래는 음성에 마지못해 손을 놓았다.

폭신한 이불에 누우면서도 불안함이 전신을 휘감았다. 거짓말 조금 보태어 젓가락만 한 침이 살을 뚫으면 출혈과다로 죽을 것 같았다.

'할 거면 빨리 하지 왜 안 해.'

끙끙거리며 몸을 들썩이자 기훈의 음성이 들려온다.

"다 놓았으니 움직이지 마십시오."

그러고 보니 언제 찔러 넣었는지 양손에도 대침이 수북이 꽂혀 있었다.

한편 밖으로 나온 치호는 개나리 담장을 따라 황톳집을 세세히 살폈다.

'동류⋯⋯. 너의 핏줄에게서 여우의 냄새가 난다.'

집 안 전체에 배인 약초들 냄새 때문에 놓쳤던 잔향을 따라 걸음을 옮겼다. 부엌을 지나 모퉁이를 돌던 치호가 멈춰 섰다. 천천히 돌아서자 부엌문 틈으로 반짝이는 두 개의 눈동자와 마주쳤다.

"나오너라."

부엌문이 열리며 앳되어 보이는 여인이 살포시 걸어 나왔다. 여인은 마을에 어울리지 않는 비단옷을 입고 있었다.

'그래, 너희들은 화려한 것을 좋아하는 습성을 가졌지.'

열여섯 즈음 되었을까? 물끄러미 바라보던 치호가 천천히 입술을 뗐다.

"여우더냐."

"기훈의 처 유리, 치호 님께 인사 올립니다."

한껏 긴장을 했는지, 곱게 빗어 쪽을 진 머리 위로 여우 귀 두 개가 툭 튀어나왔다.

"여우냐고 물었다."

"그것이……."

인간으로 둔갑을 할 정도면 수백 년은 수양을 쌓아야 한다. 호란에게 치악을 맡긴 이상 그녀가 자신의 영역 안에 다른 여우를 놓아둘 리 없었다.

푸른 눈동자와 곱게 올라간 눈꼬리, 솟아 오른 귀 끝에 뻗친 털까지 누군가를 꼭 닮았다.

"호란의 핏줄이더냐."

입을 꼭 다문 모습에 치호는 웃음이 나왔다.

'그랬구나. 네가 결계의 원인이었구나.'

호란은 마을이 아닌 인간의 사내와 연을 맺은 딸아이를 지키고 싶었던 것이다.

'그렇지. 백 년짜리 구슬을 그리 쓸 여우가 아니지.'

아귀가 착착 맞아떨어지는구나.

"동굴에 상을 차려 놓은 것도 너였더냐."

"혹시나 다녀가실까, 오시면 마을도 들러 주십사 하고 일주일에 한 번씩."

마을을 이탈한 자는 돌아오지 못하는데, 기훈이 김 회장을 알고 있다는 것도 이상했다. 때가 되면 알겠거니 하여 묻지 않았다. 그런데 이런 예쁜 여우를 곁에 두고 있었을 줄이야.

"마을 밖 소식을 네가 물어 나르고 있었구나."

"종친 모임에만 가끔씩 갑니다."

"호란도 알고 있는 게냐."

답을 기다리자니 유리가 설레설레 고개를 젓는다.

한참이나 눈치를 살피던 유리가 어렵사리 입을 뗐다.

"혹시 호란 님께서 어디 가셨는지 아십니까?"

"구화산에 갔다."

"그곳이 어디랍니까."

두 번의 방문에도 눈치채지 못할 만큼 꼭꼭 숨어 있던 여우가 모습을 드러낸 이유가 어미 때문이라니.

"백두 너머에 큰 대륙이 있다. 그곳 산의 이름이다."

"그 먼 곳에는 왜 가셨답니까?"

천지 분간 못 하고 파르르 성질을 부리니 웃음이 나왔지만, 차마 그의 똥을 찾으러 갔다고는 말할 수 없었다.

"그러는 너는? 네 어미가 인간 사내를 끔찍이 경계하는 것을 알면서 어찌 기훈과 가시버시를 맺었을까?"

"어머니께서 자리를 비우신 사이 제가 크게 다쳐 그의 신세를 졌습니다."

"누가 감히 호란의 딸을 다치게 했을까?"

"아, 그냥 나무에서 떨어졌습니다."

"그에게 찾아들 이유가 필요했던 건 아니고?"

뜨끔한 유진이 이번에는 꼬리를 드러냈다. 신경질적으로 살랑이는 꼬리 또한 영락없이 호란이다.

"어찌되었든 저는 기훈의 처입니다."

"그래, 그래라. 누가 뭐라 한다 하더냐."

"인간들은 제가 여우인지 모릅니다."

"귀와 꼬리를 버젓이 내어 놓는데 진정 아무도 모를까?"

치호의 반문에 머리 위로 손을 올린 유진이 화들짝 놀라 귀를 내리누르며 꼬리를 감췄다.

"얼굴에 수염은 어찌할꼬?"

치호의 장난에 얼굴을 문지르던 유진이 수염이 없다는 사실을 알아차리곤 손톱을 드러냈다.

"벗의 처를 어찌 그리 놀리십니까."

"적악에서는 이종 간의 교합을 용납하지 않는다."

"그럼 저 안에 누워 있는 인간 계집은 뭐랍니까."

유진의 반문은 화살처럼 그의 심장에 박혀들었다. 마치 인간임을 몰랐던 것처럼 충격이 퍼져 나간다.

"인간 계집이라……."

가라앉는 음성에 겁이 났던지 다시 튀어나온 유진의 귀가 뒤로 바짝 누웠다.

"저, 저는."

"나는 어찌 보이느냐."

두 눈을 깜박이며 치호의 눈치를 살피던 유진이 어렵사리 입을 뗐다.

"저승길을 안내하는 저승사자, 액운을 쫓고 재앙을 막는 수호신이며 적악의 주인."

"적악의 주인은 어떠한 모습을 하고 있지?"

"사자견."

"그 또한 적악의 규율에 어긋나는 인연이로구나."

눈치 빠른 유진은 치호의 눈동자로 스며드는 슬픔에 저도 모르게 가슴을 움켜쥐었다.

"시대가 바뀌었습니다. 서로에게 해가 되지 않는다면, 하늘도 허락하리라 그리 믿습니다."

"……."

"치호 님!"

"그래, 세상이 바뀌었다."

돌아서는 치호의 입가에 희미한 미소가 비쳤다.

"나 또한 더 이상 적악의 산군이 아니니 너를 탓할 수 없음이라."

안절부절못하는 유진에게 애잔한 마음이 들었다.

"네 어미는 나의 오랜 벗이니, 너는 내게 딸과도 같다."

누구에게도 마음 주지 않던 호란이 낳은 유일한 딸이었다. 본성조차 숨기지 못하는 유진은 오백을 넘지 못한 어린 여우일 터, 그 어미만큼 구슬을 만들지 못했을 것이다. 새끼를 잃고 절규하던 아랑처럼 딸을 잃을 호란의 분노가 눈에 보였다.

"마지막 구슬만은 내어 주지 말거라."

"어찌 그리 말씀하십니까."

"구슬이 아니어도 만나야 할 이들은 반드시 만나게 되어 있다."

결계도 결계지만, 유진이 있기에 기훈은 마을 사람 중에 유일하게 사백 년을 채워 가고 있는 것이다.

"죽음은 잠시의 이별, 그 또한 다시 만나기 위한 과정일 뿐이니."

"정말 그러합니까? 기다리면 다시 만나집니까?"

"내가 그러하였다."

허나, 어느 누구도 알려주지 않았다.

다시 만난 그녀가 이전과 같을 수 없음을.

방이 있는 마당으로 나온 치호를 발견한 기훈이 빠른 걸음으로 다가왔다.

"서두르셔야 합니다."

조용히 고개를 끄덕인 치호가 방으로 들어서자 민지는 편안한 얼굴로 잠들어 있었다.

"수면향을 좀 피웠습니다."

"수면향?"

"제 계산으로 인간의 시간은 사흘이 지났습니다. 수면향은 하루 정도 지속될 터이니, 상황을 정리할 시간을 벌어 줄 겁니다."

"쓸데없는 짓을 했구나."

"송구합니다. 깨어나시면 두통이 좀 있을 겁니다."

조심스레 민지를 안아든 치호가 밖으로 나섰다. 초조하게 그를 따르던 기훈이 하얀 봉투를 내밀었다.

"김문호의 서신입니다. 딸에게 전해 달라 합니다."

서신을 받아 주머니에 넣은 치호는 처음 들어선 동쪽 대신 남쪽 결계로 향했다.

"언젠가 동륜이 내게 참으로 어려운 선택을 하였다 말한 적이 있다."

"제 처를 만나셨습니까."

"여우인 것을 몰랐더냐."

"아내의 이야기를 하자면 꽤나 긴 사연이 있답니다."

"긴말하지 않을 것이다."

칼날같이 섬뜩한 음성에도 기훈은 처연하게 웃었다.

"마지막 구슬을 삼키면 너는 반드시 호란의 손에 죽는다."

"그런 일은 없을 겁니다."

"정말 그러한가."

"아마도 제가 매화 마을의 마지막 의원이 되지 않을까 싶습니다."

매화 마을이 수명을 연장하며 수많은 자손을 낳았음에도 기훈에게는 자식이 없다.

"자손을 남기는 것은 모든 생명의 가장 큰 본능이거늘 너는……."

"하늘을 날던 봉황도, 여의주를 기다리던 이무기도, 그 많던 산군들도 모두 사라졌습니다."

여우의 피가 섞인 아이들은 늙지 않으니 결코 바깥세상에서 살아갈 수 없다.

"언젠가 그녀가 진정한 짝을 만나면 반인반수가 아닌 진정한 영수들이 태어나지 않겠습니까."

"무참히 도륙 당하면서도 끝끝내 반려를 놓지 않던 여우를, 그 처절함을 모르는구나."

수염을 쓸어내리며 웃는 기훈에게선 망설임이나 후회 따윈 찾아볼 수 없었다.

"적어도 누구처럼 천년만년 기다릴 만큼 참을성이 좋지 않다는 것은 알고 있습니다."

'네게도 그러한 시간이 허락되면 좋으련만……'

아름다웠던 벗의 핏줄이 끊긴다는 것이 슬프다.

"천수를 넘긴 인간은 선인의 경지에 이른다 들었다. 너희 삶 또한 그러하기를 기원한다."

"돌아오실 때까지 이곳을 지킬 터이니 너무 지체 마십시오."

유진이 영수의 삶을 포기하고 인두겁을 쓰고 살아가는 것처럼, 기훈은 아이들을 포기해야 했다. 서로를 잃어가는 인연이며 그 무엇도 욕심낼 수 없는 아픈 사랑이다.

'이렇게 서로의 생을 갉아먹는 인연이라면 차라리 만나지 말았어야 했다.'

치호의 마음을 아는지 모르는지.

"그럼 다시 뵐 날을 기다리고 있겠습니다."

"기다리지 마."

그를 배웅하는 기훈은 덤덤하게 웃었다.

"산군을 그리워하는 이는 저뿐만이 아니랍니다."

"새로운 산군은 네 곁에 있다.'

"말씀드렸지만 아내는 인내심이 없습니다. 산군이 되기에는 지나치게 극단적이지요."

아내의 성정이 불같다는 기훈은 그 피가 어디로부터 시작된 것인지 모르는 듯했다.

'그녀의 어미는 주천을 다스리는 여우였다.'

돌아선 치호는 잠든 민지를 꼭 끌어안으며 아름답게 피어난 매향 속으로 걸어 들어갔다.

멀리 떠오르는 태양이 온 산하를 붉은 빛으로 물들였다. 입산할 때보다 더 많이 쌓인 눈이 무릎까지 차올라 지난 시간을 짐작케 했다.

"마을에 들어가신 겁니까?"

생전 놀라는 일이 없을 듯 보였던 서진이 토끼 눈이 되어 달려왔다. 치호의 품에 안긴 민지의 모습에 서진의 얼굴이 새파랗게 질렸다.

"한민지 씨 왜 이럽니까? 죽은 거예요?"

"잠시 잠들었을 뿐이야. 걱정할 일 없어."

"정말이죠? 죽은 거 아니죠?"

민지에게 손을 뻗는 서진을 밀어내며 치호가 차를 향해 걸었다.

"도대체 오늘이 며칠인지는 아십니까. 어쩌자고 한민지 씨까지 데리고 마을에 들어갔단 말입니까."

차는 처음 그 자리에 주차되어 있었으나 사흘 내내 발을 동동 굴렀을 서진은 핼쑥하게 말라 있었다.

차 문을 열어 주며 휴대폰을 꺼내 든 서진이 단축 키를 눌렀다.

"회장님. 지금 하산하셨습니다. 네. 상황 정리되는 대로 논현동 자택으로 찾아뵙겠습니다."

차에 오른 치호가 마을에서 받아온 서신을 말없이 서진에게 내밀었다.

"네 주인에게 가져다 줘."

"며칠이나 지난 지 아십니까?"

시뻘겋게 달아오른 얼굴로 복식호흡을 하던 서진이 시동을 껐다.

"사흘입니다. 한민지 씨 쪽에서 난리가 났습니다. 회사 쪽은 그룹 비서실에서 병가 처리하여 해결했는데, 수빈 씨와 어머니께서 찾아오셨습니다."

품안에 잠든 민지를 내려다보는 치호의 눈동자로 짙은 그림자가 드리워졌다.

'나는 지금 인간 여자와 무엇을 하고 있는 것인가.'

"제 이야기 듣고 계십니까?"

'너와 내가 서로를 바라본다 하여도 그 또한 봄날의 꽃잎처럼 가을을 맞이할 테지.'

번뇌에 휩싸인 치호에게는 아무런 말도 들리지 않았다.

'또다시 이별을 준비해야 하는가? 나는 또 얼마나 긴 시간을 잠들어야 하는 것인가.'

"한민지 씨 어머니께서 실종 신고하신다는 것을 간신히 막았습니다. 낙상하여 병원에 있는 줄 아십니다."

서진은 그들이 증발했던 사흘간의 시간을 메우기 위한 설명을 끝도 없이 늘어놓았다.

"삼성동 신화 의료원으로 갈 겁니다. 일단, 다리에 깁스부터 하고. 한민지 씨가 잠들었으니 천만다행입니다. 아……. 중간에 깨어나면 안 되는데."

06 버들 도령

"자식이라곤 달랑 너 하나인데! 어떻게 엄마한테 말을 안 해!"

병원이라는 사실을 깨닫기도 전에 들이닥친 어머니의 폭풍 잔소리가 영원처럼 이어졌다.

"전화도 못 해! 손가락도 부러진 거야?"

퇴근한 수빈이 병실 문을 열고 들어서며 잔소리는 5시간 49분 만에 끝이 났다.

"어머니? 민지 쉬어야 한대요. 저랑 저녁 드시러 나가세요."

"수빈아. 내가 지금 밥이 넘어가겠어? 너도 그렇지, 민지가 이렇게 됐으면 나한테 연락을 줬어야지."

"죄송해요. 제가 나가서 상황 말씀드릴게요."

정신이 혼미해지려는 찰나 나타난 수빈이 어머니를 모시고 나가면서 상황은 종료가 되었다. 그러곤 퇴근한 5총사가 몰려와 어머니가 미처 하지 못한 잔소리의 바통을 이어 받았다.

"절벽에서 떨어진 거야?"

"어디를 올라갔기에 팔다리가 부러졌어?"

"나 팔다리 부러졌어?"

민지의 반문에 충격 받은 아름이 나라를 잃은 표정을 지었다.

"기억상실증이야? 뇌진탕?"

"아냐, 그런 건 아니고."

비몽사몽에 깨어나 보니 왼팔과 오른쪽 다리에 통 깁스가 족쇄처럼 채워져 있었다.

"민지 빠지는 바람에 연말 망년회 날아갔는데 여기서 하면 되겠네."

"특실 좋다. 병원 특실 처음 와 봐. 완전 호텔이네."

집들이에 온 것도 아닌데, 아름은 여기저기 슬라이딩 도어를 열어 보느라 바쁘다.

연신 탄성을 터트리는 아름의 말처럼 병실 자체가 방과 거실, 주방, 화장실로 일반적인 집의 형태를 띠고 있었기에 더더욱 병원인 줄 알아차리지 못했다.

"대박! 화장실이 다 대리석이야. 이러니까 사고 친 회장님들 병원에 입원해도 그렇게 오래 버티는구나."

"같이 갔던 남자 누구야?"

내내 조용하던 동현의 물음에 성민이 민지에게로 다가앉았다.

"같이 등산 간 남자가 재벌이라며."
"진짜? 성민아, 너 누구한테 들었어?"
"수빈이한테."
"민지야, 진짜야?"

토끼 눈이 된 아름을 바라보는 민지는 점점 머리가 아파오기 시작했다.

"그만 좀 해. 나도 어떻게 된 건지 모르겠어."
"왜 몰라? 그냥 썸남이야?"
"아니야."

아름은 물러설 생각이 없는지 성민과 콤비를 맞춰 민지를 추궁했다.

"그럼 모르는 남자랑 이 한파주의보에 산에 간 거야? 그것도 치악산에?"
"미쳤다. '악'자 들어간 산은 피해야 하는 거 몰라?"
'나도 왜 갔는지 모르겠다.'

거침없는 돌직구에도 민지는 그저 웃을 뿐이다.

부모님의 별거에서 이혼까지, 경주 외할머니 집에서 지냈던 민지가 서울로 전학 왔을 땐 곁에 아무도 없었다. 시골 출신이라는 이유로, 결손 가정이라는 이유로, 또 집이 가난하다는 이유로 민지는 외톨이가 되었다.

그런 그녀에게 먼저 손을 내밀어 준 것이 국궁 동아리 회장 수빈이었다. 그 손을 잡으니 사은품처럼 그녀의 친구들까지 고스란히 딸려왔다.

'다시 중학생이 된 것 같네.'

가정 형편 때문에 대학 진학을 포기한 민지는 5총사 중에 유일하게 고졸이지만 친구들은 변함없었다. 주야장천 떠들며 치킨까지 시켜 먹은 친구들은 수빈과 돌아온 어머니에게 인사를 하곤 병실을 나섰다.

"수빈아!"

"너희들 먼저 가. 나 금방 나갈게."

민지의 부름에 눈치 빠른 수빈이 곁으로 다가와 고개를 숙였다.

"나 회사는?"

"서진 씨가 연락해서 병가 처리했대."

"서진 씨?"

"윤 실장님, 치호 씨 옆에 붙어 다니는 훈남 있잖아."

"내가 어디 다니는 줄 알고?"

"그건 안 물어봤는데. 난 네가 말해 준 줄 알았지."

'치호 씨에게 내가 다니는 회사 이름을 말했던가?'

의심을 할 정신도 없던 민지가 생각난 듯 물었다.

"치호 씨는?"

"괜찮아. 많이 안 다쳤대."

"병원에 있어?"

친구들을 배웅하러 나간 어머니가 들어올까 문 쪽을 힐끔거리던 민지가 몸을 일으켰다.

"그냥 누워서 말해."

아픈 곳은 없지만 깁스가 무거워 다시 누운 민지가 수빈을 올려다봤다.

"치호 씨 정말 괜찮은 거야? 거짓말 아니지?"

"내가 그런 거짓말을 왜 해. 너 걱정이나 해."

"아니, 그게 아니라."

"산행 때문에 회장님한테 많이 혼났나 봐. 본가에 가 있겠지."

"본가? 넌 어떻게 알았는데?"

"서진 씨가 말해서 알았지 뭐. 아무튼 푹 쉬어."

수빈이 병실을 나서자 어머니는 젖은 수건으로 민지의 몸을 닦기 시작했다. 꼼꼼하게 닦아 내는 어머니의 손길에 민지는 눈시울이 뜨거워졌다.

"할머니 할아버지들 닦아드리는 것도 힘들 텐데, 나까지 미안해. 엄마."

"시끄러. 어르신들보다 니가 더 말랐어."

묵묵히 그녀의 몸을 닦아 내는 어머니의 한숨이 깊다.

"너마저 잘못되면 엄마 어떡하니."

"죄송해요."

"윤 실장이라는 사람이 설명을 해 주긴 했는데, 나는 도무지 어떻게 된 건지 모르겠어."

"······."

"혹시 교통사고 당한 거 아니니? 그래서 부잣집 망나니 아들 사고 친 거 막으려고, 그 사람들 이렇게 병실 잡아 주고 그런 거 아냐?"

금세 일일드라마 한 편 뽑아내는 어머니를 보고 있자니 뜬금없이 웃음이 터졌다. 어머니도 조금은 민망했던지 헛기침을 하며 묻는다.

"아니면 네가 어디서 그런 남자를 만났어?"

치호에 대해 궁금해 하는 어머니에게 이야기를 하자면 치한인 줄 알았던 살인범부터 말해야 한다. 걱정을 끼치고 싶지 않았던 민지가 한숨을 내쉬었다.

"그냥 아는 사람이에요."

"남녀 사이에 그냥 아는 사람이 어디 있어. 성민이나 동현이처럼 학교 동창도 아니라며."

정성들여 그녀의 몸을 닦은 어머니는 고된 하루였는지 소파에 눕자마자 코고는 소리가 들려왔다.

'어떻게 된 일이지?'

눈을 감았다 뜨니 병원이고, 사흘이라는 시간이 증발했다. 부재중 전화 140통과 92개의 메시지만이 그녀의 사라진 시간들을 대변하고 있을 뿐이다.

'분명 마을에서 침을 맞고 있었는데……'

얼마나 귀신같은 솜씨로 침을 놓는지 아픈 줄도 모르고 잠이 들었다.

'설마, 잠든 날 치호 씨가 안고 내려온 건 아니겠지.'

호랑이처럼 산길을 오르던 치호를 생각하면 나름 가능성이 충분했다. 하지만.

'내려오다 날 떨어트린 건가? 술에 취한 것도 아니고 어쩌면 이렇게 생각이 안 나!'

산에 오른 기억만 있고 내려온 길이 생각나지 않는다. 기억해 보려 노력할수록 블랙홀에 빠져드는 것처럼 더 깊은 혼란이 찾아든다.

잠들었던 민지는 두통 때문에 잠에서 깨어났다. 어머니의 코고는 소리만 들려올 뿐 병실은 고요했다.

'왜 이렇게 머리가 아프지?'

다시 눈을 감아 보지만 잠이 오지 않았다. 깁스를 한 왼쪽 손가락도 움직여 보고 마찬가지로 오른쪽 발가락도 꼬물꼬물 힘을 줬다.

'정말 부러진 거 맞나?'

슬그머니 몸을 일으킨 민지가 열린 슬라이딩 도어 맞은편 소파에 잠든 어머니를 살폈다. 일정하게 들려오는 코골이에 살며시 침상 아래로 발을 내려놓았다.

쿵!

무릎까지 감싼 깁스 뒤꿈치가 생각지도 못한 소음을 만들자 코고는 소리가 뚝 끊겼다. 흠칫하여 쳐다보고 있으려니 어머니의 코골이가 다시 시작되었다.

'휴~ 다행이다.'

습관처럼 휴대폰을 집어 주머니에 넣고 살금살금 도둑고양이처럼 걸음을 옮겼다.

중후하고 차분한 느낌의 특실은 의료 장치를 디자인적으로 숨기면서도 효율적으로 세팅되어 있었다. 폴딩 도어로 환자실과 거실이 구분되어 있고, 가벽 뒤에는 업무 공간처럼 책상과 의자들이 있었다.

'우리 집보다 낫네.'

화장실 변기에 앉아 있으려니 대리석 타일 벽과 은은한 간접조명이 고급스러움을 자아냈다. 어머니가 깰세라 조심스레 물을 내리고 밖으로 나와 반대편 가벽으로 걸어갔다. 한눈에 보아도 주방은 금방이라도 요리를 할 수 있을 만큼 완벽한 시스템을 갖추고 있었다.

'화장실만 갔다 올걸. 그것도 걸은 거라고 힘드네.'

민지는 몸무게보다 더 나가는 듯한 깁스의 무게가 버거워 침상으로 걸음을 옮겼다.

침상 머리맡의 바 위에는 달빛보다 하얗게 빛나는 꽃나무 가지가 놓여 있었다.

'매화?'

화장실에 가려고 휴대폰을 집었을 때만 해도 분명 아무것도 없었다. 잘려진 가지 끝은 아직도 강한 생명력이 느껴졌다. 은은한 매향은 치호에게서 느껴지던 서늘하면서도 촉촉한 숲의 향기와 닮았다.

"민지야."

코고는 소리가 끊긴 줄도 모르고 매화를 바라보던 민지는 어머니가 누워 있는 소파로 시선을 돌렸다.

"엄마, 깼어?"

"깨기는, 잠이 안 와서 그냥 눈 감고 있었지. 화장실 가려고?"

코고는 소리를 분명 들었건만, 어머니의 변명에 민지가 피식 웃었다.

"화장실 다녀왔어."

"그건 어디서 난 거야?"

눈을 비비며 침상으로 다가선 어머니가 민지의 손에 있던 매화를 가져간다.

"병실에는 꽃 반입 금지인데, 동현이가 가져온 거니?"

"아니."

"매화 철도 아닌데 누가 꺾어다 놓은 거지?"

"이리 줘."

매화 가지를 받아든 민지가 침상에 누웠다.

"얼른 자. 밤낮 바뀌면 회사 가서도 힘들어."

소파로 향하는 어머니의 뒷모습을 힐끗거리던 민지가 매화 가지를 베개에 올려놓았다. 손가락 끝에 닿는 꽃잎에서 동굴처럼 서늘하고 부드러운 감촉이 느껴졌다.

'치호 씨······.'

어린 왕자의 여우처럼 매화는 민지로 하여금 그를 떠올리게 했다. 차가운 눈을 뚫고 꽃잎을 여는 매화는 지친 그녀의 삶에 불쑥 나타난 치호를 닮았다.

돌이켜 보면 반복되는 일상에 찌들어 힘겨웠던 삶이었다. 평생을 벗어날 수 없을 것만 같던 그 쳇바퀴에서 꺼내 준 남자였다. 의심하고 주저하는 민지에게 변함없이 손을 내밀어 준 치호는 평범했던 일상을 특별함으로 변화시켰다.

그래서일까? 첫눈처럼 흩날리는 매화 꽃잎 아래 서 있던 그에게 한없이 가슴이 설렜다.

'마법이야.'

보신각 종소리를 듣기로 했던 5총사와의 약속도, 지각 결근 조퇴 없던 완벽한 근태 실적도, 새해 첫날의 여명도 모두 사라져 버렸다.

'사흘이라는 시간이 그렇게 사라질 수 있지?'

조각 난 기억을 맞출 능력이 없는 이성 대신 감성적인 상상력만 풍부해진다.

"정말 꿈이었던 걸까?"

깨어나고 싶지 않을 만큼 아름다운 동화였다.

매향에 취해 두 눈을 깜박이던 민지가 휴대폰을 집어 들었다. 포털 사이트를 열어 검색어에 매화를 입력했다.

-장미과의 갈잎 중간 키 나무인 매화는 꽃을 강조한 이름이다. 열매를 강조하면 매실나무이다. 잎보다 꽃이 먼저 피는 매화는 다른 나무보다 꽃이 일찍 핀다.-

"그래서 매실나무를 꽃의 우두머리를 의미하는 '화괴(花魁)'라 한다."

치호가 피어 낸 매화는 단아한 수묵화처럼 흑백의 향연이었다. 부산스러운 잎새 없이 새까만 가지마다 피어난 백매가 달빛보다 환하게 빛났다.

"고결, 충실, 인내, 맑은 마음."

마치 치호라는 남자의 소개서 같은 꽃말이다.

어렴풋이 마을에서 만난 백발의 노인이 생각났다. 치호를 대하는 기훈의 태도는 존경을 넘어 경외심까지 느껴졌다.

'고결한 사람.'

항상 그녀에게 향해 있는 충실한 눈동자는 어린아이처럼 맑고, 산을 바라보는 시선에는 알 수 없는 그리움과 기다림, 인내가 느껴졌다.

"정말 치호 씨가 다녀간 걸까?"

가만히 매화를 쳐다보고 있자니 문득 처음 매화를 본 것이 치악산이 아니었다는 생각이 들었다.

'선물이야.'

편의점에서 민지의 머리에 꽂아 주었던 꽃나무.

머리에 꽃을 달고 집까지 걸어온 것이 창피해 창밖으로 집어던져 버렸지만, 분명 매화였다.

'까맣게 잊고 있었네.'

담당의사가 아침 진료를 마치고 나가자 민지는 어머니를 불렀다.

"엄마, 여기 있던 꽃나무 어디 갔어?"

"버렸지. 그런 거 병실에 두면 벌레 생겨."

버렸다는 말에 벌떡 일어나 쓰레기통을 뒤졌지만 매화는 찾을 수 없었다.

"아니, 왜 말도 없이 버리고 그래. 어디다 버렸어?"

"밖에다 버렸지. 병실에 반입 금지하는 데는 다 이유가 있는 거야."

"아, 엄마아!"

"밥이나 먹어. 생전 지각도 안 하던 애가 밤새 뭐 하느라 늦잠을 자."

여섯 살배기 계집아이처럼 어머니의 손에 끌려간 민지가 침상에 앉아 밥상을 받았다.

식사를 마치고 얼마 있지 않아 병실 문을 두드리며 서진이 들어섰다. 손에 든 음료수 박스를 받아드는 어머니에게 정중하게 인사를 한 서진이 민지에게로 다가섰다.

"한민지 씨, 몸은 괜찮아요?"

"네, 의사선생님도 별 이상 없대요."

CF모델처럼 깔끔한 정장 차림으로 나타난 서진이 의자를 당겨 침상 옆에 앉았다.

"김 박사님이 두통이 좀 있다 하시던데?"

"MRI 상에는 이상 소견 없대요."

치호에 대해 묻고 싶었지만 귀를 쫑긋 세우고 주위를 맴도는 어머니 때문에 선뜻 입이 떨어지지 않았다.

"지내시는데 불편함은 없으십니까."

"네."

아무리 기다려도 어머니가 자리를 피해 줄 생각이 없는 것 같아 민지가 휴대폰을 집어 들었다.

-치호 씨는 어디 있어요?

눈치 빠르게 휴대폰 문자를 확인하는 서진의 눈가에 웃음이 배어들었다.

-몸은 괜찮은 거예요? 뭐 하고 지내요?

"흠흠, 산행 이후 편의점은 알바생 돌리고, 사장님은 빌라에서 새벽이와 시간을 보내고 계십니다."

치호를 사장님으로 호칭을 바꿨음에도 어머니가 슬금슬금 그들에게로 다가서고 있었다.

-치호 씨 휴대폰 번호 좀 알 수 있을까요?

민지의 문자를 확인한 서진이 어느새 저승사자처럼 바짝 붙어선 어머니를 보고는 놀라 벌떡 일어섰다.

"그럼 잘 계신 거 확인했으니 저는 이만 일어나 보겠습니다. 본사에 들어가 봐야 해서요."

"윤 실장님이라 하셨죠? 바쁘신데 와 주셔서 감사해요."

배웅하는 어머니에게 묵례를 하고 병실을 나서는 서진을 아쉬운 듯 바라보았다.

어머니와 눈이 마주친 민지가 한숨을 내쉬었다.

"왜?"

"너는 손님을 앉혀 두고 휴대폰을 만지고 있어?"

"수빈이가 괜찮냐고 문자 와서."

베개에 얼굴을 묻고 누우니 서진에게서 문자가 왔다.

-치호 님은 휴대폰이 없습니다. 오전 중에 개통해서 번호 전

송하겠습니다.

-감사해요.

휴대폰이 없구나. 어떻게 휴대폰이 없을 수가 있지?

'이 남자 정말 평범한 구석이라고는 하나도 없네.'

아무리 화려하고 풍족해도 병실은 병실이었다. 답답한 병실에 갇혀 서진의 문자만 기다렸다.

점심 식사를 하는 중에 서진의 문자를 받은 민지는 그대로 숟가락을 놓아 버렸다.

"더 먹어."

"배불러."

"더 먹어. 어떻게 고등학교 때 몸무게 그대로야."

"1kg 늘었어. 키도 좀 컸고."

"그래서 몇인데?"

"160에 45."

"아이고, 엄청 크셨네."

"왜 그래? 엄마랑 외할머니도 작잖아."

"그때는 평균 키였어. 그리고 엄마 지금 52키로 나가."

"요양사 일이 힘드니까 많이 드셔서 그렇지."

"됐고, 빨리 먹어."

결국 밥 한 공기를 꾸역꾸역 비우고서야 어머니의 잔소리에서 벗어날 수 있었다.

떨어져 있는 시간만큼 애정을 쏟아부으려 작정을 했는지 어머니는 한시도 곁에서 떨어지지 않았다.

'틈이 안 나네. 엄마 때문에 병문안을 안 오는 걸까?'

치호의 방문을 목이 빠져라 기다리던 민지는 이제나저제나 어머니가 자리를 비우기만 기다렸다.

"엄마, 나 사과 먹고 싶어."

민지의 예상은 적중했다. 바로 옷을 챙겨 입은 어머니가 지갑을 들고 병실 문을 연 것이다.

"돌아다니지 말고 누워 있어."

어머니가 병실을 나서자 민지는 서진에게 받은 번호를 눌렀다. 신호음이 가는 동안 두근거리는 심장을 부여잡고 기다렸으나 그의 목소리는 들을 수 없었다.

[연결이 되지 않아 음성사서함으로 연결되며 삐 소리 후 통화료가 부과됩니다.]

여러 번 시도했지만 결과는 마찬가지였다.

'왜 전화를 안 받지? 번호가 잘못됐나?'

고민하던 민지는 통화 연결이 되지 않는다는 내용의 메시지를 서진에게 보냈다.

-확인하고 연락드리겠습니다.

서진의 메시지를 확인한 민지가 시커멓게 구름이 낀 하늘을 바라보았다.

다음 날 아침.

부산스러운 어머니의 움직임에 민지는 잠에서 깨었다.

"도대체 누가 자꾸 가져다 놓는 거야?"

"엄마!"

벌떡 일어나 어머니 손에 들린 매화를 낚아챘다.

"이거 어디서 났어?"

"아침에 일어나니까 네 머리맡에 있던데? 어제 누가 다녀갔니?"

어제 다녀간 사람이라곤 정 대리와 윤 주임뿐이다.

'민지 씨, 병가 핑계 대고 이직 준비하는 거 아니야?'

속만 긁어 대고 윤 주임 손에 끌려 나간 정 대리를 떠올리며 민지가 고개를 저었다.

"회사 사람들 왔다 갔잖아."

"그 사람들, 음료수 들고 왔잖아."

회사 사람들이 다녀간 뒤로도 민지는 휴대폰만 쥐고 있었다. 여전히 잠을 이룰 수 없기에 수면제를 처방받고 오랜만에 푹 잤는데…….

'항상 네 곁에 있어.'

첫 키스의 여운처럼 입술에 감돌던 숨결이 떠올랐다.

'그가 다녀간 걸까?'

이른 시간에도 불구하고 서진에게 전화를 걸었다.

[안 그래도 전화 드리려던 참이었습니다.]

"이른 시간에 죄송해요."

[아닙니다. 번호 이상 없고요, 치호 님께서 가지고 계신 것도 확인했습니다.]

'그럼…… 제 전화를 피하는 건가요?'

차마 뱉지 못한 말을 삼키는 동안 침묵이 이어졌다.

[한민지 씨?]

"네."

[아마도 산에 가신 것 같습니다. 가 보셔서 알겠지만 수신 불가 지역이 많아서요.]

그녀를 위로하려는 것인지, 아니면 정말 산에 간 것인지 민지는 가슴이 답답해져 왔다. 매화 나뭇가지를 만지작거리며 한숨을 내쉬었다.

'정말 산에 간 걸까? 거기서 매화를 꺾어 온 걸까?'

[새벽이도 같이 없어졌습니다. 산에 계실 거예요.]

"알겠어요. 여러모로 죄송합니다."

[아닙니다. 시간 상관없이 연락 주세요.]

통화를 마친 민지는 그대로 침상에 누워 버렸다. 가슴이 울렁거리고 눈시울이 뜨거워진다.

늦은 밤.

잠든 민지를 내려다보는 치호의 가슴으로 알 수 없는 감정들이 소용돌이친다.

김 회장의 도움으로 사라진 시간을 무마할 수 있었지만, 거짓으로 포장된 그의 사랑은 이미 돌이킬 수 없을 만큼 얼룩져 있었다.

'그럼 저 안에 누워 있는 인간 계집은 뭐랍니까.'

앙칼진 여우의 목소리가 치호의 귓가에 맴돌았다.

저승길을 안내하는 저승사자, 액운을 쫓고 재앙을 막는 적악의 주인은 사자견이다. 봉황을 쫓고 산군을 사냥하는 그는 신국의 벗이었으나 인간이 아니었다.

'시대가 바뀌었습니다. 서로에게 해가 되지 않는다면, 하늘도 허락하리라 그리 믿습니다.'

본성을 숨긴 채 평생을 인두겁을 쓰고 살아갈 수도 있다. 아랑을 해하려 했던 그 치한처럼, 어차피 짐승보다 못한 인간들로 가득한 세상이었다.

"과연 그리 살아갈 수 있을까."

적악의 수호자는 이종 간의 교배를 금지했다.

자연의 섭리에 어긋나기 때문이었다. 특히나 인간과의 교합으로 태어난 반인반수들은 유독 어느 한쪽으로도 흡수되지 못한 채 방황하며 서러움과 원망을 쌓아 갔다.

그들의 폭주는 대자연이라는 공동체에 균열을 만들고 인간들로 하여금 공존에 대한 의심을 갖게 했다.

반인반수였던 태백의 산군이 그러하였고, 그 반려가 뱃속에 아이를 품고 동족의 손에 죽임을 당한 이유였다.

서러운 그리움, 그 독하고 사나운 숙명은 치호를 스스로 만든 덫으로 밀어 넣었다.

기나긴 세월을 살아오며 치호에겐 인간인 벗이 많았다. 그들과 함께 어울렸으며 많은 것을 배우고 더 많은 것을 나누었다. 하지만 인간 반려를 맞이할 생각은 없었다.

'내게도 인간에 대한 불신이 있었던 것인가.'

그 옛날에 아랑은 이미 인간의 본성을 꿰뚫었다.

'넌 인간이 좋아?'

'그들은 우리의 벗이야.'

'그들도 그리 생각할까?'

치호는 아랑의 말을 이해할 수 없었다. 풍요로운 신국에서 개는 인간의 벗이며 그들을 지키는 수호신이었다. 특히나 치호 같은 사자견은 더욱 귀한 대접을 받았다.

'넌 그냥 소나 돼지처럼 가축일 뿐이야.'

'……'

'위기가 닥치면 인간들은 너를 향해 칼을 들 거야.'

'난 언제나 위기로부터 그들을 보호해 왔어.'

'반푼이……'

아랑의 말처럼 그녀의 세상에서 개들은 줄에 묶여 살아간다. 충성의 대가로 버림받고, 배신당하며 소 돼지처럼 거세당하거나 도축되었다.

인간의 벗이 되어도 평생 자유를 속박당한 채로 마지막 순간까지 기다림과 그리움에 말라 죽는다. 반인반수가 아닌 영물과 신수들조차 사라졌다.

'그들은 어디로 간 것인가.'

수많은 물음들은 언제나 제자리로 돌아온다.

인간으로 태어난 아랑은 그와 함께할 수 없다. 그럼에도 서러운 미련은 또다시 발목을 잡는다.

"네가 받아들일 수 있을까……. 인간이 아닌 나를."

받아들인다 하여도 세상이 용납하지 않을 것이다. 천 년의 세월을 뛰어넘은 그에게 하늘은 시공의 벽보다 더 거대한 마음의 장벽을 쌓아 올렸다.

'서로를 마음에 품어도 네게 상처가 될 것이다.'

그의 곁을 지킨 대가로 무참하게 죽어 간 아랑처럼, 세상은 또다시 그녀의 심장을 갈가리 찢을 것이다.

순진하게도 아랑과 함께 마을로 돌아가리라 생각했다. 그러나 친구들에게 둘러싸인 그녀는 행복해 보였다. 바지런히 그녀를 살피는 어미의 존재는 그토록 새끼에 집착하던 아랑의 깊고 깊은 외로움의 실체였다.

한민지는 치호만을 바라보던 떠돌이 아랑이 아니었다. 아랑과 달리 그녀는 너무나 많은 것을 가지고 있었다.

"처음부터 찾지 말았어야 했다."

그다음 날도, 또 다음 날도 민지의 머리맡에는 새로운 매화가 놓여 있었다.

"고양이가 있나? 어디서 자꾸 생겨나는 거야?"

창밖을 바라보는 민지의 곁을 맴돌며 벌레가 꼬일까 걱정하는 어머니는 매화를 버리지 못해 안달이다.

'입원한 지 일주일, 매화 나뭇가지는 엄마가 버린 것까지 네 개.'

깊은 생각에 잠긴 민지는 어쩌면 병원에 있는 시간이 일주일이 아닌 나흘일지도 모른다는 생각이 들었다.

"매화가 가득했던 그 마을에 사흘을 머문 거라면? 사흘 내내 잠만 잔 건가?"

마을에 데려가기를 주저하던 치호의 망설임이 떠오른다.

'후회하지 않겠어?'

"치호 씨는 이렇게 될 줄 알고 있었던 건가?"

잡힐 듯 잡히지 않는 진실을 향한 생각들로 하루를 보내고 저녁이 되자 수빈이 찾아왔다.

"몸은 좀 어때?"

"다리가 부러진 게 맞는지도 모르겠어."

"건강하네. 뼈도 금방 붙고. 어머니는 어디 가셨어?"

"원무과에."

"원무과는 왜? 병원비 신화 그룹에서 낸다며."

"작성할 서류가 있나 봐."

침상 맡에 매화를 발견한 수빈이 고개를 갸웃거렸다.

"저건 뭐야?"

"치호 씨가 다녀간 것 같아."

매일 하나씩 생겨나는 매화 나뭇가지 이야기를 하니 수빈이 웃음을 터뜨렸다.

"참 다채롭다. 홍길동이 아니라 일지매였어?"

"내가 탐관오리는 아니잖아."

"뭐, 낭만적이기는 하다."

한숨을 들이쉬고 내쉬던 민지가 수빈의 눈치를 살피며 치악산에서의 이야기를 꺼냈다.

"너 진짜 MRI 상으로 아무 이상 없대?"

믿기지 않는지 수빈이 민지의 머리로 손을 뻗었다.

"열도 없는데, 말이 되는 소리를 해야지."

'말이 안 되지. 그런데 너무나 생생한걸.'

이마에 들러붙은 수빈의 손을 떼어 낸 민지가 침상에 누워 등을 돌려 버렸다.

"네 말대로라면, 네 말이 정말 사실이라면."

"사실이라니까."

풀이 죽은 목소리가 신경에 쓰였던지 수빈이 침상에 팔꿈치를 고였다.

"일지매가 아니라 버들 도령인가?"

"버들 도령?"

"나 어릴 때 책에서 본 건데…… 원래 제목이 연이 낭자와 버들 도령인가 그랬어."

"……."

"우리나라에 그런 이야기 많잖아. 콩쥐팥쥐나 장화홍련처럼 계모한테 구박받는 설화들."

"지금, 전래동화 이야기하는 거야?"

"동지섣달에 나물 구해 오라는 계모 말에 산속을 헤매던 연이가 초목이 만발한 동굴을 발견하게 되는데."

동굴이란 소리에 민지가 수빈에게로 돌아누웠다.

"동굴?"

"응. 거기에 사는 도령에게 나물을 얻고 다시 동굴에 올 때

쓰라고 번호 키 같은 주문을 가르쳐 주거든?"

 죽은 사람의 숨을 되돌리는 숨살이꽃, 쓰다듬으면 뼈가 되살아나는 뼈살이꽃, 살이 붙는 살살이꽃 등의 이야기를 수빈이 맛깔스럽게 늘어놓았다.

 "수상히 여긴 계모가 미행해 도령을 죽이지만 연이가 환생꽃으로 살리고 도령과 혼인하게 돼. 어때? 비슷해?"

 똑같진 않지만 어딘지 모르게 비슷하다. 산속에서 동굴도 봤고, 결계를 넘어 민속촌 같은 동네에 들어갔다. 백발노인에게 침을 맞으면서 기억은 끊겨 버렸다. 무엇보다 도령에게서 느껴지는 분위기가 치호와 흡사했다.

 "수빈아, 너 병원에서 나 처음 본 게 나흘 전이야. 그럼 사흘 동안 나는 어디 있었던 거야?"

 "서진 씨 말로는 이틀 만에 찾았고, 긴급 이송되어 수술하느라고 다음 날 연락한 거라던데? 서진 씨가 얘기 안 해 줬어?"

 "들었어. 그런데 이상하지 않아?"

 심각한 민지의 반문에 두 눈을 깜박이던 수빈이 게슴츠레한 눈으로 쳐다봤다.

 "보호자 동의 없이 수술했다는 것도, 낙상한 애 얼굴에 상처 하나 없는 것도 그렇고. 이상하긴 한데……."

 "그치? 이상하지?"

 "응! 그중에서도 가장 이상한 건 너 같아."

 "뭐?"

 "솔직히 내가 말 안 하려고 했는데, 너 총각귀신 보인다고 중화 식도 붙잡고 잘 때부터 이상했잖아."

"아……."

"아름이네 사촌 언니 찾아가 보는 게 낫지 않겠냐? 뭔가 과학적으로 접근해서 될 문제가 아닌 것 같은데."

믿어 주지 않아도 섭섭하지 않았다. 입장이 바뀌었어도 민지 또한 믿지 않았을 테니까.

한참을 말없이 앉아 있던 수빈이 회사에서 걸려온 전화를 받고 자리에서 일어섰다.

"나 내일 다시 중국 들어가거든, 몸조리 잘하고."

"응, 너도 조심해서 가."

병실 문을 열던 수빈이 멈칫하며 돌아선다.

"꽃나무 가지 말이야."

"응."

"가져다 놓은 누군가가 분명 있을 거야. 잠자지 말고 지켜봐. 일지매인지, 버들 도령인지."

'아! 왜 그 생각을 못 했지?'

명석한 대답에 민지가 고개를 끄덕였다.

그날 밤.

이번에는 중화 식도 대신 매화 나뭇가지를 꼭 움켜쥔 민지가 침상에 앉아 있다.

'치호 씨가 분명해. 면회 시간은 8시까지인데, 새벽에 어디로 들어온 거지?'

믿음은 굴뚝같았지만, 역시나 의문은 풀리지 않았다.

"안 자니?"

"네, 먼저 주무세요."

"그럼 불 끈다."

시간은 11시를 넘어 12시를 향해 가고 있었다. 불면증이 고마워 보기는 고3 이후 처음인 것 같다.

째깍째깍.

코고는 소리보다 시계 초침 소리가 더 크게 들렸다.

'안 오는 건가?'

새벽 1시가 넘어가자 민지는 초조해지기 시작했다.

'설마 내가 안 자고 있어서 안 나타나나?'

편하게 누웠다가 잠이라도 들면 큰일이라 불편한 팔다리를 이리저리 틀며 앉아 있는데.

'진짜 안 오나?'

2시에 가까워지니 더욱 초조했다.

'자는 척 해 볼까?'

이런저런 생각을 하던 민지가 결국 침상에 몸을 뉘었다. 다섯 시간을 버티며 고생하던 척추가 우드드득, 비명을 질러 댄다.

그렇게 누워 이불을 코까지 잡아당겨 덮고 있으려니 두 눈이 뻑뻑해졌다.

'졸린 거 아니니까, 눈만 감고 있자.'

눈을 감은 민지는 혹여 잠들지 않기 위해 숫자를 셌다. 그렇게 헤아린 숫자가 천삼백여 개를 넘었을 때 갑자기 어디선가

선선한 바람이 불어왔다.

겨울 날씨가 무색할 정도로 난방을 하던 병실인지라 이마에 닿는 산뜻한 공기를 금세 눈치챘다.

이불을 젖히며 벌떡 일어나 앉았지만 어머니의 코고는 소리만 들려올 뿐, 아무도 없다.

'아닌가?'

머리맡을 올려다보니 한데 모아 음료수 병에 꽂아 놓은 매화 가지 옆에 새로운 매화가 놓여 있었다. 매화를 움켜쥔 민지가 어머니가 잠든 소파를 지나 문으로 향했다.

바람이 들이치는 곳은 활짝 열린 주방 창문이었다.

'창문으로 들어온 건가?'

하지만 이곳은 13층, 주방 창문과 마주 보고 있는 병실 문도 한 뼘 정도 열려 있었다.

망설이던 민지는 문을 열고 복도로 나왔다.

'아무도 없어. 어떻게 된 거지? 창문인가?'

13층 창문으로 누군가가 들어온다는 것을 상상할 수 없었던 그녀는 복도를 따라 달리듯 걸었다.

무거운 발을 질질 끌며 코너를 돌자 특실 전용 테라스가 나왔다. 유리문을 열자 매서운 칼바람이 환자복을 뚫고 화살처럼 박혀들었다.

"치호 씨!"

테라스 끝으로 난간에 선 그는 금방이라도 뛰어내릴 것처럼 위태로워 보였다.

급한 마음에 서두르던 민지가 깁스의 무게를 이기지 못하고 꼬꾸라졌다. 깁스를 한 팔이 바닥에 부딪치며 쿵! 하는 소리가 울렸다. 그 바람에 손에 꼭 움켜쥐고 있던 매화 가지가 부러져 버렸다.

그 처량한 모습이 자신을 보는 것 같아 민지는 고개를 들 수가 없었다.

땀으로 젖어든 그녀의 이마로 따뜻한 숨결이 닿았다. 고개를 들자 한쪽 무릎을 굽힌 치호가 민지를 내려다보고 있었다. 전화는 왜 안 받냐고 소리 지르고 싶었지만, 바보같이 웃음이 나왔다.

"왜 이제 왔어요?"

'이별을 고하러 왔어.'

치호는 말갛게 웃는 민지를 와락 끌어안았다.

작은 체구 때문에 단단한 어깨 위로 한껏 목이 꺾였지만, 민지는 이대로 좋았다.

"치호 씨……."

'겨우 사흘이다. 그 사흘을 버티지 못하고.'

내내 병원을 맴돌며 잠든 그녀의 모습을 지켜봤다. 매일 오늘이 마지막이라 생각하며 그녀를 찾았다.

기훈의 처가 된 유진을 만난 후, 그 미래가 자신과 다르지 않음에 치호는 무저갱 같은 번뇌에 빠졌다. 이대로 맴돌며 그리움에 말라 죽을 자신 또한 없었다.

한참이나 말없이 안고 있던 치호가 그녀를 놓아주자 민지가 그를 올려다보았다.

"매화 가지가 부러졌어요."

그녀를 바라보던 치호의 손이 매화로 향했다. 매화를 둘러싼 공기를 어루만지듯 아래에서 위로 쓸어 올리니 초록색 빛이 가지 위로 덩굴처럼 감겨들었다.

부러진 가지는 다시 몸을 일으키고 전보다 더 예쁜 꽃을 피워 냈다. 거대한 고목에 꽃을 피우는 것을 이미 산에서 보았던지라 민지는 크게 놀라지 않았다.

"예쁘네요. 영영 시들지 않을 것 같아."

"나의 매화는 시들지 않아."

영원히 시들지 않는다면 그보다 좋은 일이 없을 텐데. 치호의 음성은 한없이 가라앉아 있었다.

이상하게도 불안하다. 민지를 바라보는 눈동자도, 그윽하던 음성도 변함없건만, 어딘지 모를 낯설음에 그녀의 심장이 곤두박질치기 시작했다.

"무슨 일이 있는 거예요?"

치호가 나타날 때면 벌어지는 이상한 일들은 이제 중요하지 않았다. 이렇게 그녀를 찾아 준 것이 기뻤다.

반듯한 그의 이마로 흐트러진 머리카락에 조심스레 손을 뻗어 올렸다. 그에게로 향하는 팔을 붙잡은 치호가 그녀의 손에 얼굴을 기울였다.

무거운 침묵에 민지가 마른 입술을 축였다.

"깁스가 생각보다 불편해요. 족쇄를 찬 것처럼."

가만히 눈을 감고 있던 그가 눈을 뜨며 고개를 들었다.
"너에게 나는 더 무겁고 지독한 족쇄가 될지 몰라."
"무섭게 왜 그래요."
"자유롭게 해 줄게."

갑자기 왼팔에 채워진 깁스가 균열을 일으켰다. 그의 손이 닿은 것도 아닌데 깁스에 쌓인 민지의 피부에 따뜻한 기운이 느껴졌다.

투둑, 투두둑. 파파팟.

마른 논바닥처럼 갈라진 깁스가 팔에서 떨어져 나가며 세포 분열을 일으키듯 수많은 조각으로 나뉘었다.

공중에 뜬 조각들이 끊임없이 쪼개지며 순식간에 가루가 되어 사라졌다. 그녀의 앙상한 팔다리가 드러났다.

"여전히 작고 여리구나."

그녀의 다리를 쓰다듬는 치호의 손길이 너무나 다정하여 민지는 아무런 말도 할 수 없었다.

"놓아줄게."

금방이라도 눈물을 쏟을 것 같이 일렁이는 눈망울에 민지는 가슴이 철렁했다.

"더 이상 쫓지 않을 거야."

'헤어지자고 말하고 있는 거야.'

왜 이런 일이 일어나는지 알 수가 없었다. 평범한 만남이 아니어도 색동저고리처럼 다사롭고 고운 시간이었다. 잊지 못할 마법이며 두 번 다시 찾지 못할 사랑이었다.

'이제 시작인데.'

한결 같은 그 시선, 이제야 마주 보게 되었는데!

'마을에 가지 말았어야 했나.'

치호에 대해 더 알고 싶었던 욕심이 상황을 극으로 치닫게 했음을 느낀 민지가 고개를 저었다.

"내가, 싫어졌어요?"

햇살을 가득 품은 해바라기에 맺힌 이슬처럼 그의 눈으로 맑고 투명한 기운이 차오른다.

'그가 울고 있다.'

금방이라도 떨어져 내릴 듯 그의 눈동자 속에 여울졌지만 치호는 말없이 미소 지을 뿐이다.

"병원에서 내내 당신 기다렸어요."

민지가 그의 옷자락을 붙잡았다. 멀리 떠나 버릴 것 같은 불안함에 손마디가 하얗게 질리도록 꼭 움켜쥐었다.

"치호 씨……."

울음이 터질 것 같아.

왈칵 치솟는 눈물을 삼키며 민지는 떨리는 입술을 깨물었다. 앙다문 입술을 훑던 그의 엄지손가락이 옷자락을 붙잡은 민지의 손을 감쌌다.

슬픔과 분노, 원망, 혼란, 그녀에게서는 여러 가지 감정들이 뒤섞인 향기가 배어 나왔다. 옷자락에 감겨 든 그녀의 손을 당긴 치호가 입술을 꾹 눌렀다.

"후회 없는 생이 되기를……."

천천히 일어난 치호가 테라스 난간에 올랐다.

돌아보지 않으리라.

다짐하고 또 다짐을 하며, 그녀의 마지막 향기를 품에 안고 어둠 속을 날아올랐다.

울음 섞인 비명을 터트리며 민지가 난간에 매달렸다.

"치호 씨!"

돌아보지 않으려 그리도 애썼건만.

떨어져 내리는 치호는 가시처럼 박혀드는 그녀의 눈물을 가슴에 새기며 몸을 틀었다.

07 시들지 않는 매화

'후회 없는 생이 되기를……'

잡은 손을 놓은 순간 이미 후회는 시작되었다.

가로등 사이로 걸어가는 모습을 마지막으로 민지는 더 이상 치호를 볼 수 없었다.

부러졌다는 팔다리는 너무나도 멀쩡했고, 의사는 상당한 회복력이라 치켜세웠지만 민지는 믿지 않았다.

"애초에 부러지지 않았던 거야."

무엇이 진실이고, 무엇이 거짓인지 구분이 가지 않을 정도로 치호와 관련된 모든 것들이 흐릿했다.

서진은 연락이 되지 않는다는 말만 반복할 뿐, 새로운 소식은 없는 가운데 민지는 퇴원을 했다. 마중 나온 서진의 차를 타고 빌라로 향했다.

"아직도 소식 없나요?"

"죄송합니다."

"살아…… 있는 거죠?"

"물론입니다."

"13층에서 뛰어내렸어요."

"특별한 분이라는 거 알고 계셨지 않습니까."

"서진 씨는 그에 대해 무엇을 알고 계신가요?"

"저 또한 한민지 씨가 아는 것까지입니다."

마치 그녀를 비난하는 것처럼 들려왔다. 치호에 대해 아는 것이 아무것도 없다는 사실에 민지는 절망했다.

굳게 닫힌 302호 현관문과 달리 편의점 영업은 지속되고 있었지만 그의 흔적은 찾아볼 수 없었다.

회사에 복귀한 민지의 일상은 다람쥐 쳇바퀴처럼 바쁘게 돌기 시작했다. 업무는 여전히 밀려들고 쓰디쓴 커피를 삼켜가며 야근을 했다. 표면상으로는 전과 다름없는 일상이었다. 그러나 퇴근길 곳곳에서 그의 흔적을 찾는 자신을 발견하는 날이면 숨이 막혀왔다. 금방이라도 그가 불쑥 나타나 환하게 웃어 줄 것 같았다.

'마을에 가지 않았다면 그가 날 떠나지 않았을까?'

일부러 편의점 앞에 내려선 민지는 빌라를 향해 걸으며 서진에게 전화를 걸었다.

"자꾸 전화해서 죄송해요."

[퇴근하시나 봅니다.]

"네, 통화 가능하신가요?"

[말씀하십시오.]

"치호 씨 소식 없나요?"

[사람을 풀어 찾고 있습니다. 연락드리겠습니다.]

같은 말을 반복해도 짜증내는 법이 없는 서진은 그녀만큼이나 지친 음성이었다.

푹신한 가죽 소파에 등도 대지 못하고 경직되어 앉아 있던 서진이 초조하게 손목시계를 확인했다. 사흘간의 치악산 수색을 마치고 원주에서 돌아온 서진은 지금 논현동 김 회장의 자택 거실에 앉아 있다.

'이럴 줄 알았으면 옷이라도 갈아입고 올걸.'

행여 냄새가 날까 슈트 어깨로 코를 킁킁거리던 서진이 다이닝 룸에서 나오는 박 집사와 눈이 마주쳤다.

논현동 자택의 가사를 돌보는 박 집사는 어머니의 대를 이어 30년 넘게 김 회장 일가를 보필하고 있었다.

"실장님, 커피 좀 더 가져다 드릴까요?"

"아닙니다. 괜찮습니다."

그의 도착 소식을 들었음에도 김 회장은 2층에서 내려올 생각을 않고 있어 벌써 1시간이 넘게 대기 중이다. 2층으로 향하는 계단으로 시선을 돌리자 도우미가 미소 지으며 물었다.

"서재에 들어가시면 시간 가는 줄 모르세요. 제가 한번 올라가 볼까요?"

"아닙니다. 기다리겠습니다."

한국 최고의 의학박사들이 드나드는 김 회장의 서재는 보안 1급의 공간이었다. 원래의 단어와 다른 의미를 갖는 공간이라는 것을 서진은 논현동 자택에 드나들며 알게 되었다.

  '김씨 일가의 마지막 핏줄이 잠들어 있는 곳.'

  건설이 주력 사업인 신화 그룹에서 막강한 권력을 가진 부서는 비서실과 홍보실이었다. 그들은 언론을 통제하고 김씨 일가를 보호하는 기사단이다.

  최첨단 전자 사업도 아닌데 유난히 매스컴을 경계하는 데는 신화가의 비극을 말하지 않을 수 없다.

  1대 김문호는 2남 1녀를 두었으나 장남은 교통사고, 둘째는 병사, 남은 셋째가 김재희였다.

  늦은 나이에 혼인을 한 김재희는 슬하에 두 아들을 두었는데 장남은 스무 살을 넘기지 못했다. 한때 증권가에 돌던 신화가의 유전병이라는 소문은 그룹 홍보실의 활약으로 순식간에 묻혀 버렸다.

  부의 대물림이란 사회적 통념을 깬 김 회장은 시대의 선구자가 아닌 혈통으로 이어진 저주의 희생자였다. 후계자가 없는 김재희에게 전문 경영인 체제는 선택이 아닌 운명인 것이다.

  똑 똑 똑.

  묵묵히 운명을 내려다보던 김 회장이 노크 소리에 고개를 들었다.

  "윤 실장님이 2시간째 대기 중이십니다."

  박 집사의 음성에도 김 회장은 침상에 잠든 도진에게서 눈을 뗄 수가 없다.

"알았으니 일 보세요."

서른두 살, 아들의 얼굴은 이미 김 회장보다 더 늙어 있었다. 온몸의 신진대사 기능이 고장나 뇌와 근육이 먼저 손상되고, 결국 모든 기관이 망가지는 무서운 병은 피로 이어지는 유전성 희귀질환이었다.

치료법이 없어 잠시나마 기운을 차리게 하는 약을 먹는 것이 전부였다. 의사가 예고한 스무 살을 넘긴 것도 저주 받은 피를 모두 빼내고 건강한 피를 주기적으로 수혈했기 때문이다.

살아도 산 것이 아닌 고통스러운 삶이었다. 몸 안을 다른 피로 채워도 청력에 이어 시력이 사라졌다.

그렇게 하나 남은 아들 도진은 웃음을 잃어갔다.

유난히 서재를 좋아하던 아들이었다. 책들이 사라진 자리에는 그의 생명을 연장해 줄 각종 의료장비들이 들어차기 시작했다.

'간 기능이 점점 떨어지고 있습니다. 심부전 증상이 시작되었습니다.'

주치의인 최 박사는 입을 열 때마다 그의 생명이 빠르게 사그라지고 있음을 암시했다. 장기이식을 위해 적합한 기증자들을 이미 구해 놓았지만 그 또한 쉽지 않았다.

'심장을 이식한다 하여도 보장이 없어.'

심장 이식까지 감행했던 김 회장의 오빠도 빠르게 노화되는 신체 나이를 이기지 못하고 열아홉에 죽었다.

"결국, 방법은 매화 마을뿐인가."

자리에서 일어난 김 회장이 복도가 아닌 침상 옆으로 연결된 문을 열었다. 도진의 서재와 연결된 자신의 서재를 가로질렀다.

책상 의자에 앉은 김 회장이 서랍 속에서 한지로 된 봉투를 꺼내들었다. 봉투를 노려보던 시선이 벽에 걸린 족자로 향했다.

-선택과 후회는 동전의 양면이니, 어느 한쪽을 버릴 수 없음이라.-

힘 있는 필체로 쓰인 세로 글귀는 서예를 즐기던 아버지 김문호의 작품이었다. 족자로 다가선 김 회장이 손에 든 서신을 꺼내어 그 옆에 펼쳤다.

-선택과 후회는 동전의 양면이니, 도진을 매화 마을로 보내거라.-

'아버지……. 잘 지내고 계신 거죠?'

서신을 책상에 놓은 김 회장이 수화기를 들었다. 신호음이 얼마 가지 않아 아버지의 주치의였던 한 박사의 음성이 들려왔다.

"아버님 장례, 준비해 주세요."

짧은 통화를 끝낸 김 회장이 방을 나섰다.

1층 거실로 통하는 마지막 계단을 내려서자 한걸음에 달려온 윤 실장이 정중하게 인사를 했다.

"찾았어?"

"죄송합니다."

"위치 추적은?"

소파로 향하는 김 회장을 따라 서진이 걸음을 옮겼다.

"왼쪽 신발이 발견된 지점에서 500m 떨어진 곳에서 나머지 한쪽을 발견했습니다."

"옷은?"

"아직 입니다."

민지와의 산행에 치호의 패딩에 꼼꼼하게 붙여 두었던 추적기는 분명하게 위치를 표시하고 있었다. 하지만 전문 산악인들로 구성된 수색대는 신발 두 켤레를 찾아낸 것이 전부였다. 남은 두 개의 추적기가 깜박이는 동일한 지점을 맴돌면서도 패딩을 발견하지 못했다.

"배터리 떨어질 때 되지 않았나?"

"하나는 꺼지고 다른 하나가 남았습니다."

"산악인들 말고 군 관련 수색 전문가들 수배해. 헬기 지원 가능한 쪽도 알아봐."

초조한 듯 넥타이를 만지작거리던 서진이 김 회장의 손짓에 따라 소파에 앉았다.

"한민지 쪽은?"

"연락 없었습니다."

조용히 서진을 응시하던 김 회장이 짧은 침묵을 깨고 입을 열었다.

"왜 한민지일까. 무엇이 그리 특별했던 걸까?"

작고 아담하지만 꽤나 당돌했던 여자.

그녀를 바라보는 것으로 행복해 하던 아름다운 눈동자.

"운명보다 더 사납고 독하다고 하셨습니다."

김 회장의 시선이 서진에게 쐐기처럼 박혀들었다.

"반드시 돌아옵니다."

2월 둘째 주 일요일.

함께 살던 수빈이 신혼집으로 이사를 갔다. 출장이 많은 직업이라 외박이 잦았던 수빈이지만 막상 이사를 나간다니 마음이 심란했다.

"어제 계좌 확인하고 까무러치는 줄 알았어. 너 돈이 어디서 나서 보낸 거야?"

"적금 만기 돼서."

"천천히 줘도 된다니까."

"신혼집 대출 많다며. 진작 줬어야 했는데 미안해."

함께 살던 빌라 보증금에서 수빈의 몫 3천을 이체하고 나니 민지는 다시 빈털터리가 되었다.

"어머니 용돈도 드리면서 많이도 모았다."

직장 생활 5년 동안 꼬박 넣었던 적금이 겨우 3천만 원, 내 집 마련은 꿈처럼 멀게만 느껴졌다. 미래가 보이지 않는 개미지옥 같다.

틈틈이 짐을 날라 놓은 수빈은 자신의 차 트렁크와 뒷좌석에 박스들을 꽉꽉 채우며 마지막 짐을 실었다.

"그냥 둬, 수빈아. 내가 이따가 치울게."

"아냐, 잠깐이면 돼."

문가에 기대어 빙그레 웃는 민지를 올려다본 수빈이 피식 웃었다.

"혼자 두고 가려니 마음이 안 놓이네."

"그럼 시집가지 말든가."

점점 말라가는 민지를 안쓰럽게 바라보는 수빈을 끌어안았다. 괜찮다고 멀쩡하다고 증명이라도 하듯 온 힘을 다해 꽉 끌어안았다.

"치호 씨는 연락 없어?"

눈치를 살피던 수빈의 물음에 민지는 고개를 저었다.

치호가 사라진 지 한 달, 그의 이름을 들을 때마다 가시에 찔린 것처럼 가슴이 따끔거린다.

"왜 이리 짐이 많아."

머쓱한 듯 서랍장 구석에 머리를 박은 수빈이 커다란 박스를 꺼내 들었다.

"이거는 너 두고 써."

"뭔데?"

"생리대랑…… 이건, 임신 테스트기."

수빈이 작은 상자를 건넸다.

"이걸 왜 나한테 줘? 너 가져가."

"됐어. 산부인과 가니까 다낭성 난소 증후군이라 쉽지 않을 거래. 너나 써."

열어 보니 임신 테스트기가 열두 개나 들어 있었다.

"나 쓸 일 없다니까!"

"누가 알아. 일단 가지고 있어."

영영 못 보는 것도 아닌데 계단을 내려가는 수빈을 배웅하는 민지는 자꾸만 한숨이 나왔다.

"들어가. 집에 가서 전화할게."

그녀가 말하는 집이 더 이상 이곳이 아님을 아는 민지가 손을 흔들며 애써 미소 지었다.

"조심해서 가."

"들어가. 추워."

"알았어. 먼저 가."

"으휴, 고집은! 나 간다."

골목길을 따라 내려가는 빨간 승용차를 처연하게 보고 있으려니 휴대폰이 울렸다.

[빨리 들어가.]

"운전하면서 전화하지 마."

수빈의 차가 보이지 않을 때까지 골목길을 지키던 민지가 집으로 돌아왔다.

텅 빈 방에 서니 먼지 하나 없는 방이 이상하게도 섭섭하다. 섭섭한 마음까지 빈방에 밀어 넣고 문을 닫았다.

'이제 정말 혼자구나.'

침대에 앉아 가슴으로 무릎을 당겨 안으니 허한 마음이 조금은 단단해지는 것 같았다.

그렇게 무릎에 턱을 고이고 멍하니 창가를 보고 있으려니 매화 가지가 눈에 들어온다. 이십여 일이 지난 지금도 매화는 꽃잎 하나 떨어진 것 없이 똑같다.

"너도 가짜인 거야?"

손을 뻗어 꽃잎 하나를 떼어 입에 넣고 씹었다. 아무런 맛도 향도 느껴지지 않았다.

입맛이 없으니 향조차 무디어 지나 보다.

수빈의 결혼식이 있는 일요일이 되었다.

"너 축의금 왜 이렇게 많이 냈어! 돈도 없으면서."

신부대기실을 채운 친구들의 눈치를 살피는 수빈의 속삭임에 민지가 고개를 저었다.

"그 정도는 있어."

봉투에 50만 원을 넣으면서도 얼마나 망설였는지 모른다. 하지만 경주에서 온 전학생이 따돌림 없이 즐거운 학창 시절을 보낼 수 있었던 것은 5총사 덕분임을 평생 잊지 않을 것이다.

"밸런타인데이에 하려고 했는데 결국 다음 날 하네."

"어제 혼인신고 했다며. 그럼 된 거 아닌가?"

"남자들이란."

"기념일 챙기지 못할까 봐 안달하는 여자들이라니."

어쩌면 만나기만 하면 저렇게 투덕거리는지, 성민의 말에 아름이 지지 않고 대꾸한다.

"머릿속에 우동사리가 든 게 아니라면 결혼기념일 까먹는 일은 없을 거야."

메이크업이다 뭐다 수빈의 들러리 하느라 바쁜 아름의 투덜거림에 대기실이 떠나가라 웃음이 터졌다.

"민지야, 가서 애들이랑 밥부터 먹어."

"아니야. 괜찮아."

아름이 수빈의 숄더백을 민지의 손에 쥐여 주었다.

"난 먹어야겠다. 아침도 못 먹었어."

"아름아, 너는 내 옆에 있어야지."

"민지가 대신 있어 줄 거야. 원래 들러리도 민지가 하기로 했던 거 내가 대신하는 거잖아."

"그래, 다녀와."

민지의 말에 아름이 후다닥 대기실을 나서자 눈치를 살피던 성민이 슬그머니 뒤를 따라 나갔다.

"너는 안 가?"

"난 별로."

식욕이 없다며 수빈의 백을 잡아당기는 동현의 모습에 민지가 고개를 저었다.

"괜찮아. 안 무거워."

"너 손목 부러질 것 같아. 왜 이렇게 말랐어."

"밥 잘 먹고 있으니까 걱정하지 마."

민지의 핀잔이 머쓱했던지 동현이 대기실을 나갔다.

"이제 그쯤 하고 동현이 마음 좀 받아주지 그래?"

"……."

"치호 씨도 이제."

아차 싶어 입을 다문 수빈에게 민지가 아무렇지 않은 듯 그녀의 곁에 앉았다.
"동현이랑 끝난 지가 언젠데, 소도 아니고 되새김질이야."
"알았다."
아름다운 2월의 신부는 준비 기간 동안의 다툼들은 모두 잊었는지 더없이 행복하게 웃고 있었다.

문제는 신부가 부케를 던지는 순간에 터졌다. 수빈이 던진 부케가 기다리던 여자 친구들을 넘어 한참이나 뒤에 서 있던 동현에게 날아간 것이다.

애초에 부케 받을 생각도 없었던지라 의자에 앉아 있던 민지가 불안한 시선으로 동현을 바라보았다. 아니나 다를까. 민지에게 다가온 동현이 부케를 건네자 주변에서 야릇한 환호가 터져 나왔다.

"이런 짓 할 나이는 지나지 않았니?"
"뭐 어때? 다들 좋아하잖아."
"나는 싫어."

꿋꿋이 부케를 거부하고 나니 민지는 사람들의 시선이 가시방석이다.

결혼식이 끝나고 신행을 떠나는 수빈을 배웅한 민지는 뒤풀이하러 몰려가는 친구들과 헤어져 집으로 향했다.

그날 밤.
현관문 두드리는 소리에 잠에서 깬 민지가 머리맡에 둔 휴대폰을 손에 들었다.

-윤동현 부재중 전화-

스물다섯 통이나 걸려온 부재중 전화를 확인하며 민지가 현관으로 향했다.

"누구세요?"

"나야. 동현이."

현관문을 연 민지는 동현에게서 풍겨오는 술 냄새에 저도 모르게 한 걸음 물러섰다.

"너 어디서 이렇게 술을 마셨어?"

"혼자 집에서 좀 마셨어. 들어가서 이야기하자."

수빈이 없다는 사실을 아는지라 막무가내로 몸을 들이미는 동현을 막아선 민지가 성을 냈다.

"안 돼! 너 지금 이게 뭐하는 짓이야!"

밀어내던 손이 동현에게 붙잡혔다.

"나, 도대체 이해할 수가 없어서. 내가 왜 싫은지 그게 알고 싶어."

알코올 기운에 흐리멍덩한 눈도, 역한 술 냄새도, 지금 이렇게 실랑이하고 있는 상황조차 최악이다.

"나 직장도 좋고, 집안도 학벌도 어느 것 하나 빠지지 않아. 아니야?"

좋은 남자였다. 조용하고 차분한 성격 때문에 사귀는 동안에도 큰 트러블이 없었다. 새로운 연인이 생겨 헤어질 때조차 그냥 그렇게 흐르는 물처럼 조용히 놓아주었다. 원망도, 그 흔한 미련도 없었다.

"이미 끝난 사이야. 알잖아."

"그래, 네 말도 맞는데 우리 다시."

"나, 좋아하는 사람 있어."

생각지도 못하게 토해 버린 진심에 놀란 것은 동현이 아닌 민지 자신이었다.

"산에 같이 갔던 그 남자?"

술이 깨는지 벽에 기대어 선 동현이 마른세수를 했다.

"너 그 남자 만난 지 겨우 석 달이야. 나는 십 년도 넘었어."

"시간이 중요한 게 아니잖아."

"미쳤구나. 전화는 받지도 않고, 애들 들쑤셔서 찾아오지도 못하게 나한테 엄포 놓고 이러고 있었던 거야?"

내내 기다리며 그녀의 마음이 돌아서기만을 고대했던 동현은 억울해서 죽을 듯 울분을 토한다.

"너랑 썸 타던 그 새끼 잠수 탄 거라고, 이 바보야."

울 것 같은 민지의 얼굴을 내려다보던 동현은 어이가 없어 고개를 저었다.

"남자들 그렇게 가면 다신 안 와. 사라져 버린 거야."

'사라지지 않아. 아직 있어. 여기에.'

가슴에 손을 얹은 민지가 차오르는 눈물을 삼키며 이를 악물었다. 자신도 모르던 진실을 뱉어 내고 나니 기운이 빠지며 속이 울렁거리고 정신이 없었다.

애써 눈물을 참는 민지를 바라보던 동현이 비틀거리며 돌아섰다.

"씨발! 죽 쒀서 개 줬구나. 어이없네."

계단을 내려가는 그의 뒷모습을 바라보던 민지의 얼굴로 참았던 눈물이 흘러내렸다.

'좋아했구나. 그래서 이렇게 아팠구나.'

심장이 조여드는 통증이 밀려든다. 현실은 눈 감으면 사라지지만 기억은 더욱 선명해졌다.

'보고 싶어.'

굳게 닫힌 302호 현관문으로 다가섰다.

아무 생각 없이 번호 키 숫자를 눌렀다. 그저 1234를 눌렀을 뿐인데 잠금 해제음이 울렸다. 손잡이를 돌리자 문이 열렸다. 순간 두 손으로 입을 틀어막은 민지가 흠칫, 주변을 살폈다.

치호가 사라진 지 한 달이 넘었음에도 문틈 사이로 그의 체취가 느껴졌다. 한 번 터진 눈물은 술이 술을 부르듯 끊임없이 흘러내렸다. 고장 난 수도꼭지처럼 새는 눈물을 손바닥으로 밀어내며 현관에 들어섰다.

비닐 포장도 뜯지 않은 소파와 베란다에 캣타워가 보인다. 모델하우스처럼 정갈한 주방은 탁자 위로 고양이 캔이 놓여 있었다.

편의점을 오가며 볼 때마다 고양이와 놀던 치호가 습식 사료 캔을 먹는 모습에 얼마나 기겁을 했던가.

'새벽이도 데려가셨습니다.'

캔을 만지작거리던 민지가 주위를 둘러보았다. 전자레인지부터 커피메이커까지 모두 미사용 제품이다. 모든 물건들이 전시 용품처럼, 아니 인테리어 소품처럼 느껴졌다. 화장실에 걸려 있던 타월 역시 석유 냄새 같은 것이 맡아졌다.

"전부 새 거야."

작은방은 드레스 룸으로 사용하는지 가격표도 떼지 않은 옷과 신발들이 가득했다.

'새 신발이니까 누군가 주워 갈 거야.'

산을 오르던 치호는 잃어버린 신발을 주워 갈 누군가를 위해 다른 쪽 신발마저 던졌다. 소년처럼 순박한 미소와 달리 산을 타는 모습은 야생 그 자체였다.

순간순간 파고드는 기억들을 밀어내며 안방 문을 열었다. 덩그러니 놓인 커다란 침대와 고양이가 쓰던 것으로 보이는 캣타워가 있었다.

"흔한 사진 한 장조차 없네."

참담한 마음에 주저앉아 두 손으로 얼굴을 감쌌다.

'어쩌다 이렇게 되어 버린 걸까.'

정상적인 사고를 할 수 없을 만큼 순간적인 감정들이 폭죽처럼 터지며 속수무책으로 그에게 빠져들었다. 동현의 갑작스러운 방문으로 자신의 마음을 알아 버린 민지에게 후폭풍은 더욱 매섭게 들이쳤다.

멍하니 앉아 있으려니 현관문 여는 소리가 들려왔다.

'치호 씨!'

한걸음에 달려 나간 현관에는 서진이 제복을 입은 남자들과 서 있었다.

"한민지 씨?"

"아시는 분입니까?"

"앞집 사는 이웃입니다. 종종 둘러봐 달라고 부탁했는데, 잊고 있었네요. 그만 돌아가셔도 되겠습니다."

"A투, A투. 23-5호. 현장 이상 없음."

무전기 소리와 함께 제복을 입은 남자들이 떠나가자 서진이 민지에게로 다가섰다.

"언제 돌아오실지 몰라 보안 장치를 설치했습니다. 서큐리티 측에서 본인 확인 차 제게 연락이 왔어요."

눈물로 얼룩진 얼굴을 살피던 서진이 손수건을 꺼내어 내밀자 민지가 고개를 저었다.

민지를 소파에 앉힌 서진이 주방으로 향했다. 이리저리 무언가를 뒤지는가 싶더니 뜨거운 국화차를 건넨다.

"무슨 연락이라도 받으신 겁니까?"

"아니요."

"그럼 갑자기 여기는 왜. 그보다 문은 어떻게 여셨습니까?"

"그냥 1234 눌렀는데 열렸어요."

뜨거운 국화 향기가 울컥이는 마음을 가라앉혀 주었다.

"죄송해요."

"원주에서 오는 길입니다. 수색 전문팀이 한 달 내내 뒤지고 있는데 찾을 수가 없네요."

그렇구나. 이렇게 영영 이별인가.

또다시 왈칵 눈물이 쏟아질 것 같아 민지가 애써 두 눈을 깜박이며 깊게 숨을 들이켰다.

"혹시 병원에서 이야기하셨던 동굴 기억하십니까?"

"네."

"근처까지 가면 그 동굴 찾으실 수 있겠어요?"

"그가, 동굴에 있을까요?"

"가 보지 않는 이상 알 수 없습니다. 수색대가 찾아낸 좌표 상 위치에는 바위뿐이었습니다."

"좌표 상 위치라뇨?"

무슨 말인가 싶어 바라보니 안경을 추켜올리는 서진의 입가에 미세한 경련이 일었다.

"사실, 그날 한파로 인한 입산 금지 조치가 내려진 터라 만약의 사태를 대비해 옷과 신발에 추적기를 달았습니다."

"그럼 추적기 신호가 잡히는 곳에 치호 씨가 있는 거 아닌가요?"

"신발을 제외한 마지막 발신 장소는 모두 같은 곳이지만, 동굴은 없었습니다."

하산하는 동안의 기억이 없을 뿐, 동굴 속에 차려진 정성 어린 상차림이며 매화나무 결계 너머 마을까지 민지는 분명히 보았다.

"정말 동굴이 존재하는 겁니까?"

"치호 씨 패딩이 동굴에 있어요."

이별을 받아들이지 못하고 질척이는 자신이 초라하기 짝이 없지만 그럼에도 만나고 싶었다.

'끝이라 해도 상관없어.'

이렇게 자기 연민에 빠져 혼자 울고 있느니 그를 만나 담판을 지으리라.

"저를 그곳까지 데려다주실 수 있나요?"

"한민지 씨 시간 되시는 대로 준비하겠습니다."

회사에서 휴가 신청을 거부당한 탓에 민지는 일주일 뒤 일요일이 되어서야 원주로 떠날 수 있었다. 아침 일찍 그녀를 데리러 온 서진의 차에 타니 치호의 빈자리가 더욱 크게 느껴졌다.

'잘 지내고 있겠지?'

속마음은 그녀만큼 많이 힘들었으면 좋겠다 생각하면서도 저도 모르게 그가 앉았던 옆자리를 쓰다듬는다.

제2 경인고속도로를 달리던 차는 강남 순환도로로 접어들었다.

'원주로 가는 길이 맞는 건가?'

차는 높은 빌딩숲 사이로 낯선 주택단지에 접어들었다. 고급 빌라들이 즐비한 골목을 따라 달리던 차가 높은 담장 옆으로 커다란 대문 앞에 멈췄다.

"여기가 어디예요?"

"김 회장님 자택입니다."

시동까지 꺼지자 민지는 두 눈을 동그랗게 떴다.

"우리 원주 가는 거 아니었어요?"

"출발 전에 잠시 들르라는 회장님 말씀이 있었습니다."

아니, 등산 가기 전에 김밥집에 들르는 것도 아니고.

"미리 말씀을 하시지."

"그럼 오시는 내내 불편하지 않았을까요?"

"그렇긴 한데."

"회장님께서 한민지 씨를 만나고 싶어 하십니다."

"하필이면 왜, 오늘."

"오늘 치호 님을 만나게 될 테니까요."

확신에 찬 서진의 음성에 민지는 당황했다.

"서진 씨, 산에 간다 해도 제가 동굴을 찾는다는 보장 없어요."

"치호 님이 먼저 한민지 씨를 찾아낼 겁니다."

"어떻게 그렇게 확신하세요?"

"그가 한국에 온 이유니까요."

서진의 대답에 민지는 두 손으로 얼굴을 감쌌다.

정말 산에 가면 치호가 먼저 그녀를 찾아 줄까?

서진은 그녀를 신데렐라처럼 대하고 있지만 그 또한 바위처럼 민지의 가슴을 짓눌렀다.

"왜 그렇게 생각하는지 모르겠네요."

가슴이 답답하고 숨이 막혀왔다.

"치호 님에 대해 무엇을 아는지 제게 물으셨죠? 회장님은 민지 씨가 궁금해 하는 부분에 대해 답해 주시지 않을까요?"

그렇겠지? 하나뿐인 조카라 하니 당연히 많은 것을 알고 있을 것이다.

서진이 운전석에서 뒷자리 쪽으로 어깨를 돌렸다.

"정 불편하시면 꼭 만나지 않으셔도 됩니다. 회장님께서도 이해하실 겁니다. 그럼, 원주로 출발할까요?"

"아니요. 여기까지 부르셨는데 올라가 봐야죠."

영악한 서진의 입꼬리가 말려 올라가는 줄도 모르고 민지는 그렇게 또다시 덫에 걸려 버렸다.

박 집사에게 전화를 건 서진이 짧은 통화를 마치고 뒷좌석 문을 열었다.

"내리시죠."

한껏 긴장한 표정으로 민지가 차에서 내렸다. 서서히 열리는 대문으로 들어서는 민지의 굳은 어깨를 보는 서진이 안경을 추켜올렸다.

'사냥에는 미끼가 있어야지. 아주 향긋한 냄새가 나는……'

한민지를 데려가면 분명 치호는 나타난다. 먼 중국에서 그녀를 찾아 고향으로 돌아온 사자견이니까.

박 집사의 안내를 받으며 거실에 놓인 소파를 지나치던 민지의 시선이 2층 계단으로 향했다.

'위층에도 거실이 또 있나?'

꽤나 나이가 들어 보이는 박 집사의 빠른 걸음에 부지런히 대리석 계단에 올라섰다. 긴 복도를 따라 벽에 걸린 그림들이 고급 갤러리를 연상케 했다.

"이쪽입니다."

안내를 따라 코너를 돌자 커다란 문 앞에 멈춰 선 박 집사의 모습이 보였다.

똑 똑 똑.

"회장님, 한민지 씨 오셨습니다."

들어오라는 소리 대신 묵직한 문이 열렸다.

니트 트위드 카디건을 걸친 단아한 은발의 여인이 부드러운 미소를 지으며 손을 내밀었다.

"김재희예요."

TV에 나오는 그룹 총수들과는 사뭇 다른 김 회장의 분위기에 민지가 어색하게 손을 잡았다.

"안녕하세요. 한민지입니다."

따뜻하게 감겨든 손과 달리 그녀의 눈동자는 어딘지 모르게 차갑고 딱딱하게 느껴졌다.

김 회장의 어깨 너머로 침대와 링거 줄, 응급실을 방불케 하는 의료기기들이 민지의 시선을 잡아당겼다. 잡은 손을 놓지 않은 김 회장이 민지를 이끌었다.

그렇게 다가선 침상에는 뼈와 가죽밖에 남지 않은 백발의 노인이 누워 있었다.

'아버님인가?'

"내 아들이에요."

기가 막힌 타이밍에 들려온 김 회장의 목소리에 민지는 숨을 들이켰다. 방 안 가득 가라앉은 무거운 공기가 죽음의 향기처럼 느껴졌다.

"그를 찾지 않으면 내 아이는 죽게 될 거예요."

그? 세상에 누가 조카를 그리 부를까.

다정하게 아들의 백발을 쓸어 넘기던 김 회장이 자신의 서재로 향하는 미닫이문을 열었다.

"치호 씨, 회장님 조카가 아니었나요?"

서재로 들어선 김 회장이 소파에 앉으며 뒤따르던 민지에게 맞은편 자리를 가리켰다.

"신화 그룹 회장 조카라는 말을 믿었나요? 그래서 좋아하는 마음이 생긴 건가요? 순진한 아가씨 마음을 흔들 만큼 재력을 과시한 것도 아닌데 말이지요."

드라마처럼 외제 차를 사 준 것도 아니고, 고급 레스토랑을 통째로 빌려 근사한 식사를 한 것도 아니다.

"잘 알지도 못하는 남자를 따라 입산이 금지된 산에 오를 만큼, 회장 조카라는 타이틀이 매력적이던가요?"

회장 조카라는 타이틀은 이상하기만 한 치호의 행동을 합리화하는데 사용되었다.

재벌들을 가까이 겪은 적이 없으니, 자라온 환경이 달라 그런가 보다. 돈 많은 집에서는 저런 괴짜도 있을 수 있지 않을까. 적어도 이상한 사람은 아닐 거라 단순하게, 너무나도 단순하게 생각했다.

하지만 민지는 김 회장의 말을 부정할 수 없었다. 신분에 대한 보장은 치호에게 거리를 두던 민지가 그에게 빠져드는 촉매제가 되었기 때문이다.

"회장님 조카가 아니라면, 그는……."

누구란 말인가.

생각해 보니 치호는 단 한 번도 자신이 신화 그룹의 조카라고 말한 적이 없다.

'정신 차려, 한민지!'

영혼이 털리는 느낌이 이러할까. 무너지는 멘탈을 붙잡느라 움켜쥔 민지의 두 손에 땀이 배어 나왔다.

"서진 씨 신화 그룹 사람이에요. 회장님 지시 없이 독단적인 행동을 했으리라 생각하지 않아요."

치호를 자신의 조카로 둔갑시킨 이유를 알면 그가 누구인지 알 수 있지 않을까.

"회장님은 그와 어떤 관계인가요?"

"일종의 컬리션이라 할 수 있지요."

정치적인 제휴나 연립을 뜻하는 단어를 떠올리는 민지의 앞에 김 회장이 나무상자를 꺼내어 올려놓았다.

"석 달 전, 적악의 수호자가 들고 온 물건입니다."

상자를 연 김 회장이 안에 든 청동거울이 보이도록 민지가 있는 쪽으로 방향을 돌렸다.

"가야 지역에서 출토된 8세기 나전화문동경보다 이전에 만들어진 청동거울입니다."

"……."

"문화재청 서주필 박사에게 비공식 감정 확인된 물건입니다. 그가 살던 시대를 증거하고 있어요."

치호에게 들었던 말이 민지의 입술에서 흘러나왔다.

"적악의 수호자. 전장의 야차였으며, 신국의 벗이라 했어요."

"그리고 시들지 않는 매화의 주인이지요."

"……."

"사라진 사흘, 당신은 매화 마을에 있었어요."

동굴 깊숙한 곳에 웅크린 치호는 떨어져 내리는 물방울 소리를 들으며 천천히 감았던 눈을 떴다.

'비가 오는구나.'

동굴 천장 한쪽으로 창문처럼 열린 벽을 타고 빗방울이 떨어져 내린다.

'물 마시러 계곡까지 갈 필요도 없네? 그치?'

콧잔등에 물방울을 달고 혀를 날름거리던 아랑의 목소리가 들리는 듯하다.

그르르르르.

품안으로 파고드는 고양이의 머리를 쓱쓱 핥으니 새벽이 그의 턱으로 코를 들이민다.

"새벽, 조금만 더 자자."

부드러운 음성에 배가 고파 보채던 새벽이 그의 가슴에 얼굴을 묻어 버렸다.

'새벽아, 비가 그치면 엄마가 맛난 토끼 잡아 줄게.'

은쟁반에 옥구슬 굴러 가는 듯 신이 난 아랑의 목소리가 들려온다. 눈을 감으면 그녀가 더 가까이 느껴진다.

달콤한 유혹에 느릿하게 내려앉은 눈꺼풀은 이내 굳게 닫혀 버렸다.

"아랑……."

가야 출신의 아주 작고 어여쁜 발바리였다.

여기저기 떠돌다 치악으로 흘러들어 적호에게 귀 한쪽이 통째로 잘려 나갔다. 크기로 보아 머리통이 날아가지 않은 것이 다행이라 생각될 정도로 작았다.

<u>으르르르.</u>

피 떡칠을 하고도 사납게 으르렁거리던 그녀.

핥을 때마다 역한 냄새가 꾸역꾸역 올라왔지만, 버둥대는 아랑을 손으로 누르고 정성스레 핥아 주었다.

거친 손바닥 아래 팔딱이는 심장이 작은 새처럼 앙증맞았다. 털가죽에 들러붙은 갈비뼈를 핥으면서는 얼마나 오랜 시간을 떠돌아 다녔을지 마음이 쓰렸다.

"가만있어."

마음만 먹으면 그의 혀를 꽉 물 수도 있을 테지만, 콧등을 쭉쭉 밀어 올리는데도 으르렁거리기만 한다. 바들바들 떨면서도 불편한 심기를 거침없이 드러내는 아랑 때문에 자꾸만 더 핥고 싶어졌다.

피 딱지가 앉은 귀의 상처는 잘 아물어 있었다.

'꼭 새끼 여우같아.'

버둥거리다 지쳐 잠든 그녀를 내려다보고 있자니 헤벌쭉 입이 벌어졌다. 마을 사람들이 걱정하겠지만 치호는 아랑을 혼자 두고 싶지 않았다.

그의 영토 적악에서 그녀는 낯선 동물일 뿐이었다. 덩치가 작아 삵에게도 쉬이 당할 것처럼 약해 보였다.

'어쩌지? 두고 가야 하나?'

한숨을 내어 쉬자 새까만 눈동자가 그를 올려다본다.

"나와 마을로 갈래?"

"싫어."

"그럼, 여기 혼자 있을 거야?"

새침하게 고개를 끄덕이는 그녀가 얄밉다.

"마음대로 해. 난 간다."

휘적휘적 동굴을 나온 치호는 마을을 향해 걸었다.

'대가리에 비해 눈이 너무 커.'

자꾸만 동굴 쪽을 올려다보던 치호가 피식 웃는다.

'뜯겨 나간 귀 한쪽이 아쉽네.'

팔랑거리는 귀가 참으로 아담하고 예쁜데 말이지.

'산군 뱃속에 있을 테지?'

마을이 눈에 들어오자 멈춰 선 치호가 동굴이 있는 봉우리를 향해 돌아섰다.

"토끼도 못 잡게 생겼던데."

결국 마을로 향하던 걸음을 돌려 단숨에 동굴로 돌아왔다. 신선한 바람을 한껏 들이켠 탓에 굴 안의 냄새가 더욱 역하다.

호랑이 굴이 무서울 법도 하건만, 아랑은 한껏 몸을 웅크린 채 잠들어 있었다.

'코가 망가진 건가? 썩은 내가 이렇게 나는데.'

잠든 아랑이 깰세라 사체들을 하나씩 물어 멀찍이 벼랑에 던지고, 동굴을 정리했다.

햇볕에 바싹 말린 풀잎들도 한 움큼 물어다 놓았다.

'오늘따라 유난히 밝구나.'

정리를 마치고 동굴 입구에 앉아 달구경을 했다.

살금살금 다가오는 작은 움직임에도 모른 척 달을 쳐다보고 있자니, 등으로 따뜻한 기운이 기대어 온다.

달을 마주 보며 길게 늘어졌던 두 개의 그림자가 하나가 되었다. 말없이 서로에게 기대어 푸른 달을 바라보았다.

그날 이후 아랑은 치호에게 지켜야 할 또 하나의 존재가 되었다. 날 것을 먹지 못하는 아랑 때문에 치호는 부지런히 동굴과 마을을 오가며 음식을 날랐다.

"공주도 아니고 정말 손이 많이 가네."

마을에서 자란 치호도 사람들과 사냥을 할 때면 날고기를 먹는데, 아랑은 피 냄새만 나도 질색을 했다.

고맙다는 말도 없었다. 당연한 듯 내미는 음식을 받아먹을 뿐이다. 그리 정성을 들였음에도 아랑은 보름이 지나도록 치호에게 곁을 주지 않았다.

"내가 무서워?"

"조심하는 것뿐이야."

스스로가 다가올 때를 제외하곤 치호가 곁에 오는 것을 좋아하지 않았다.

"곰 발바닥에 깔리면 뼈도 못 추릴 테니까."

"난 곰이 아니야."

"그럼 뭐야?"

"수십 번도 더 말했잖아."

"나도 수십 번도 더 말했어. 세상에 너처럼 큰 개는 없다고."

마을에 사는 고양이들보다 더 새침하다. 뾰로통한 얼굴도 자꾸 보니 어여쁘다는 생각이 들었다.

"나도 너처럼 작은 애는 처음이야."

"난 작지 않아. 네가 큰 거야."

마을로 향할 때면 그의 뒤로 작은 그림자 하나가 따라 붙는다.

"같이 갈래?"

"싫다니까."

어린 누이처럼 투정을 부리는 그녀를 볼 때면 나비를 삼킨 듯 뱃속이 간질거렸다.

아랑은 마을이 보일 때까지 그의 뒤를 따랐다. 마을의 불빛이 보이면 밤하늘을 닮은 새까만 눈동자로 더욱 짙은 어둠이 내려앉았다.

한참이나 마을을 내려다보던 그녀가 돌아서면 이번에는 치호가 아랑의 그림자가 되어 밤길을 지킨다. 안전하게 동굴로 들어가는 것을 보고서야 왔던 길을 다시 걸어 마을로 돌아오는 것이다.

'도대체 이게 뭐하는 짓인지.'

한숨이 나오지만 내일이 되면 치호는 같은 행동을 반복하리라. 동굴과 마을을 오가는 밤 산책이 그들에게는 유일하게 가까워지는 시간이었다.

'인간이 만드는 음식은 잘도 먹으면서 왜 싫어하는 건지 모르겠네.'

마을을 바라보는 아랑의 눈동자에 묻어나는 것은 분노도 그리움도 아닌 슬픔이었다.

새빨갛게 물든 적악으로 서리가 내리기 시작했다.

겨울을 준비하는 치호는 더욱 분주해졌다. 털이 짧은 아랑을 위해 폭신한 나뭇잎들을 동굴 안쪽에 가득 채웠다.

"왜 요즘은 마을에 가자고 안 해?"

'울 것 같은 얼굴 보고 싶지 않으니까.'

뜨거운 여름날을 간직한 나뭇잎 위에 누운 치호의 시선이 자연스레 아랑에게로 향했다.

"마을에 가고 싶어?"

"아니."

꿀에 절인 대추를 오물거리는 아랑을 물끄러미 쳐다보던 치호가 아무렇지 않은 듯 웃었다.

"곧 눈이 내릴 거야."

"알아."

"……."

"넌 인간이 좋아?"

날름거리며 손에 묻은 꿀을 핥는 아랑의 말에 치호가 고개를 갸웃거렸다.

"그들은 우리의 벗이야."

"그들도 그리 생각할까?"

치호는 아랑의 말을 이해할 수 없었다. 풍요로운 신국에서 개는 인간의 벗이며 그들을 지키는 수호신이었다. 특히나 치호 같은 사자견은 더욱 귀한 대접을 받았다.

"넌 그냥 소나 돼지처럼 가축일 뿐이야."

"……."

"위기가 닥치면 인간들은 너를 향해 칼을 들 거야."

"난 언제나 위기로부터 그들을 보호해 왔어."

"반푼이……."

씁쓸한 그녀의 음성에는 노여움이 묻어났다.

"내게도 어미가 있었어."

치호는 어미가 기억나지 않는다. 그저 같은 냄새가 나던 동배들과 푸근한 젖내음을 희미하게 기억할 뿐.

"눈을 떠서 처음 본 인간이 어미인 줄 알았지."

치호에게도 그를 보살펴 주었던 인간이 있었지만 그를 아비라 부르지 않는다. 그 인간이 아이를 낳고, 그 아이가 또 아이를 낳아 나무에 달린 매실처럼 많아지며 마을이 생겼다.

"두 해가 지나도록 나는 내가 인간이라 생각했어."

탯줄도 자르지 않은 핏덩이를 데려간 인간의 여인은 어미라는 말이 어울릴 만큼 따뜻했다. 아랑이 스스로를 인간이라 착각할 정도로 정성을 다해 그녀를 길렀다.

그렇게 해를 넘긴 어느 겨울 밤, 전장에 나갔던 아들이 돌아왔다.

"그에게서는 고약한 냄새가 났어."

부상을 입은 다리가 썩어들며 아들은 시름시름 앓기 시작했다. 의원을 쓸 돈도 없어 아비가 산에서 캐어 온 약초 달이는 냄새가 온 집 안에 진동을 했다.

"고기가 먹고 싶다는 아들 말에 아비는 겨울 산에 올라갔어."

하지만 농사만 짓던 아비의 손에 잡혀 줄 짐승은 없었다. 사흘을 꼬박 산에 올랐던 아비는 결국 아랑의 목덜미를 움켜쥐었다.

"내 머리를 쓰다듬던 따뜻한 손이었어. 잔치라도 있으면 십리를 걸어 고기 한 점 얻어다 내 입에 넣어 주던 바로 그 손인데."

살아 돌아온 아들이 죽어가니 품에 안고 기른 개 따위야 안중에 없었으리라.

"어미가 칼을 든 아비에게 달려들었어. 가까스로 풀려났지만 나는, 떠날 수가 없었어."

아비가 미쳤다고 생각했다. 어미를 때리는 아비의 바지 자락을 물었다. 그런 그녀를 떼어 낸 것은 시뻘겋게 눈을 부라리던 아비가 아닌 갈고리 같은 어미의 손이었다.

어미는 작은 몸뚱이를 매몰차게 던져 버렸다. 그로도 부족하여 흙바닥을 구르는 아랑에게 악을 악을 쓴다.

"가! 가라고!"

어미가 던진 돌에 머리가 깨지고 피가 흘러도 아랑은 제자리에 서 있었다.

'왜 그래요. 나한테 왜 그러는데.'

불안한 마음에 자꾸만 꼬리를 흔들었다. 일그러진 얼굴로 다가서는 아비의 손을 거부할 수 없었다.

결국 아랑은 다시 잡혀 버렸다. 오줌을 지릴 만큼 무서웠다. 바들바들 떨며 올려다보는 그녀의 살가죽을 억세게 움켜쥐었던 아비의 손에서 힘이 빠져나갔다.

"왜…… 날 놓아주었을까."

커다란 눈에 가득 고였던 눈물이 툭 떨어져 내린다.

"심장이 뜯겨 나가는 것 같아."

피눈물을 흘리며 돌아섰을 아랑의 모습이 눈에 선하여 치호는 가슴이 먹먹해졌다.

"그러고도 집을 떠나지 못해 한참을 맴돌았어."

사흘 뒤, 집에서 곡소리가 났다. 한 번도 들어보지 못했던 짐승 같은 울부짖음이었다. 통곡이 잦아들 무렵 아랑이 살던 집으로 불길이 치솟았다.

이리 뛰고 저리 뛰며 목이 쉬도록 울부짖었지만, 그 누구도 문을 열고 밖으로 나오지 않았다. 화마는 그녀의 모든 것을 삼켜 버렸다.

 철마다 옷을 갈아입는 아름다운 적악에서 더없이 평안한 나날들이 이어졌다. 소리 없이 흐르는 시간은 아랑의 상처를 하얀 눈처럼 소복이 덮어 주었다.
 "사냥에는 소질이 없네."
 "시간이 조금 더 걸리는 것뿐이야."
 치호와 함께 눈밭을 뛰며 토끼를 사냥하고 적악의 구석구석을 훑으며 세 번째 겨울을 맞이했다.
 치호는 마을에 머무는 시간보다 동굴에 있는 시간이 더 많아졌다. 밤이 되어 품으로 파고드는 그녀를 볼 때면 태어날 때부터 함께였던 듯 착각이 들었다.

 시간은 폭포처럼 끝없이 쏟아져 내리고, 행복은 사방으로 튀어 오르는 오색 물방울처럼 반짝였다.
 봄이면 꽃밭에서 뒹굴었고, 여름에는 꿀통들을 뒤지며 성난 벌들을 꼬리에 달고 계곡으로 뛰어들었다.
 붉게 물든 단풍놀이를 하다 보면 금세 온 세상이 하얗게 변하는 겨울이 왔다.
 치호는 조그만 아랑을 여기저기 굴려가며 구석구석 핥았다. 사타구니를 핥으려 주둥이를 들이밀자 평상시와 달리 아랑이 다리에 힘을 준다.
 "킁킁. 짝짓기 할 때 됐나? 좋은 냄새 나는데?"

"그만 좀 해."

안 그래도 부풀어서 저릿저릿한 곳에 촉촉한 콧날이 닿으니 아랑이 사납게 이빨을 드러냈다.

"왜? 핥아 줄게."

"싫어."

입맛을 다시는 그에게서 고개를 돌린 아랑이 늘어지게 하품을 했다. 덩달아 치호도 또한 입을 쩍 벌렸다.

"토끼 한 마리 못 잡았으면서 피곤해?"

"눈이 목까지 쌓여서 너 쫓아가는 것도 벅차."

"그냥 동굴에 있으라니까."

도끼눈을 뜨는 아랑의 기세에 치호가 딴전을 부린다.

"산 중턱부터 내가 업어 줬잖아."

잘 먹인 덕에 토실토실 살이 붙은 아랑이 눈을 흘겼다. 눈곱 달린 줄도 모르고 새침하게 노려보는 그녀가 귀여워 치호의 혀가 눈두덩을 핥는다.

"압!"

치호의 혀를 물어 버린 아랑이 쭉 목을 빼자 그녀의 얼굴을 오가던 분홍색 혀가 길게 늘어졌다.

"아파."

"아프라고 무는 거지."

말은 그리하면서도 아랑은 치호를 놓아주곤 날름날름 그의 주둥이를 핥았다.

"흐음, 좋은데?"

코끝에 닿는 숨결이 달콤해서 치호는 아랑의 작고 뾰족한 주둥이를 통째로 삼켰다.

두 눈을 동그랗게 뜬 아랑이 뒤집어지며 뒷발로 그의 배를 차기 시작했다. 작은 발톱들이 치호의 털을 역결로 긁어 대자 더더욱 기분이 좋아졌다.

엎치락뒤치락 하나로 엉켜 동굴 안을 굴러 다녔다.

"그만! 그만해. 깔려 죽겠어."

치호의 밑에 깔린 아랑이 쌕쌕거리며 숨을 토해 냈다.

물러앉은 치호가 그녀를 냉큼 잡아 옆구리에 붙였다. 두근거리는 그녀의 심장이 치호의 것과 닿았다. 햇살보다 따뜻하고 꽃보다 향기롭다.

해가 갈수록 아랑은 더욱 진한 향기를 뿜어냈다.

"새끼 낳고 싶어."

작년 가을 치호는 그녀의 향기에 미쳐 아랑을 덮쳤다. 자연스레 엉덩이를 들이미는 아랑과 짝짓기를 시도했으나 작은 몸은 치호를 받아들이지 못했다.

"안 되는 거 알잖아."

나귀만 한 치호에 비해 그녀는 작아도 너무 작았다. 암컷을 품어 본 적 없는 탓에 도대체가 자제를 할 수가 없었다. 음부가 찢어져 걷지 못하는 아랑을 보며 치호의 마음은 한없이 가라앉았다.

발정기가 되어 그녀의 향기가 참을 수 없을 만큼 짙어지면 치호는 마음이 조급하다. 겨울을 준비하듯 먹거리를 잔뜩 동굴에 가져다 놓곤 보름 동안 그녀를 피해 마을에 머물렀다.

일 년에 두 번, 보름 동안 지속되는 아랑의 발정기는 치호에게 지독하게 기나긴 형벌과도 같았다. 처음으로 외로움을 느꼈다.

'성공한다 해도 내 씨는 네가 품기에 너무 커.'

구멍도 작으니 아기집도 작을 터, 치호의 새끼가 자란다면 아랑은 터져 버릴지도 모른다.

"새끼 낳고 싶은데……."

요즘 들어 아랑은 소질도 없는 사냥에 부쩍 열을 올렸다. 먹지도 않는 물고기를 잡겠다며 치호가 하는 것이라면 무조건 따라했다.

'어쩌다 이렇게 작은 녀석에게 정을 주었을까.'

한참을 말없이 내려다보고 있으려니 잠 많은 아랑의 고개가 그의 팔 위로 내려앉았다.

"달래가 부러워."

"바우 각시 달래를 말하는 거야?"

치호가 아는 달래라고는 봄철에 따먹는 나물 달래와 당목 아래 사는 나무꾼 바우의 각시뿐이다.

"비로봉 아래 야생화 군락에 나물 캐러 왔더라."

새벽이 죽은 후로도 아랑이 종종 군락지를 찾는 것은 알았지만 치호는 내색하지 않았다.

"바우도 같이 왔어."

"……."

"덩치가 자라바위만 하더라."

아랑의 말처럼 바우는 마을에서 가장 큰 사내였다. 반대로 달래는 마을에서도 유난히 작아 나란히 서면 바우의 반 토막도 되지 않는다. 가끔씩 빈 지게에 달래를 태워 산에 오른다. 지게를 나무로 채우면 힘 좋은 바우는 그 위로 각시까지 얹어서 산을 내려왔다.

"인간 여자는 아무리 작아도 산처럼 큰 사내와 짝짓기가 가능한가 봐."

씁쓸한 목소리에 치호는 가슴이 먹먹해졌다.

"다시 태어나면 인간으로 태어나고 싶어."

"너 인간 싫어하잖아."

"그래도…… 그러고 싶네."

바우의 각시가 아이를 가진 것은 치호 또한 알고 있는 사실이었다.

배가 불러오는 달래가 그리도 부러웠던 걸까.

치호의 사랑은 변함없는 햇살처럼 그녀에게로 향했지만, 시간이 아무리 지나도 아랑은 쓸쓸하고 외로워했다.

"나 여기 온 지 얼마나 됐지?"

치호에게 시간은 중요하지 않았다. 그가 헤아리는 유일한 것은 아랑의 발정기가 끝나는 형벌의 시간뿐이다.

"넌 처음 봤을 때랑 똑같아. 어째서 늙지를 않지?"

"나도 늙어. 산 타는 것도 예전 같지 않거든."

"거짓말!"

애써 부정하려 해도 진실은 구름에 가린 해처럼 이내 모습을 드러낸다.

"겨울이 네 번 지나갔으니까 이제 일곱이네."

"시간은 흐르는 강물 같은 거야. 굳이 헤아릴 필요 없잖아."

치호는 알고 있었다. 그녀의 생이 인간보다 더 빨리 닳아 없어지고 있다는 것을. 담갈색 다람쥐 색이던 아랑의 주둥이에도 하얀 털이 생겨나기 시작했다.

"할머니가 되도록 새끼 하나 없는 암컷은 세상에 나 하나뿐일걸?"

"그렇게 새끼가 갖고 싶어?"

"날 닮은 어여쁜 새끼 하나 낳을까? 그럼 겨울이 열 번 와도 네 곁에 있을 텐데."

'열 번의 겨울……'

순간 그녀의 눈망울이 치호의 가슴을 뚫어 버렸다. 스쳐가는 바람처럼 아랑은 벌써 이별을 준비하고 있었다.

치악의 수호자가 슬퍼하지 않도록.

반려 잃은 치호가 외롭지 않도록.

홀로 남을 그에게 또 다른 아랑을 두고 싶은 것이다.

"싫어?"

아무리 치호의 가슴에 분탕질을 쳐도 다시는 짝짓기를 할 생각이 없다.

"아니면 수두룩한 새끼들을 마을에 숨겨 놓은 거야?"

고집쟁이는 포기할 줄 모르고 치호를 자극했다.

"왜 말이 없어? 마을 암캐들이 온통 너만 기다리지? 그래서 나는 동굴에 처박아 놓고 혼자 마을로 가는 거잖아."

"억지 부리지 마."

"흥!"

치호의 말에 아랑이 픽 돌아앉았다. 동굴 벽을 보고 앉아 있는 모습을 보니 우습기도 하고, 품어 주지 못해 안쓰럽기도 하고…….

"요즘은 마을보다 동굴에 머무는 시간이 더 많아. 알잖아."

"몰라! 가 버려!"

발정기가 오면 치호만큼이나 힘들어 하는 그녀였다. 예민한 성격은 더욱 사나워진다.

"짝짓기도 네가 처음이야."

"몇 살인데?"

"……."

"바보구나. 너도 오늘부터 일곱 살 해."

"그러지 뭐."

비록 짝짓기를 할 수는 없었지만, 세상 무엇과도 바꿀 수 없는 유일한 짝이었다.

08 산군의 아내

'아무리 돈이 많아도 시간을 멈출 수는 없었습니다.'

김 회장의 말을 떠올리며 민지는 한숨을 내쉬었다.

'시간이 멈춘 마을……. 정말 버들 도령인 거야?'

진실은 그녀를 혼란의 도가니로 밀어 넣었고, 결국 산행을 포기했다.

"그래도 버들 도령은 사람인데……. 흐어어엉."

이불을 박차고 찬물을 들이켜도 가슴을 짓누르는 답답함이 사라지지 않았다. 그렇게 민지는 꼬박 하루를 잠도 이루지 못한 채 앓아누웠다.

회사에 출근을 해서도 마찬가지였다.

"한 대리님, 어디 아프세요? 안색이 창백해요."

"괜찮아요. 어제 잠을 좀 못 자서 그래요."

윤 주임의 걱정 어린 시선에 민지는 고개를 숙이며 관자놀이를 문질렀다.

'산군이 잃어버린 아내를 찾아왔다.'

천삼백 년 전 신라에서 시공을 뛰어넘은 남자의 실체는 치악의 산군이라 불리던 사자개.

'왜 한민지 씨여야 했는지는 알 수 없습니다. 제가 아는 것은 그의 선택이 당신이었다는 것뿐입니다.'

김 회장의 말들이 머릿속을 맴돌아 업무에 집중을 할 수가 없었다.

"사자개······. 척삭동물, 포유류, 식육목, 개과."

인터넷 검색에 뜨는 단어들이 경악스럽다.

-오랜 역사를 지닌 티베트 원산의 대형 견. 네팔에서는 티베트의 개라는 뜻으로 'Bhote Kukur', 중국에서는 '짱아오[藏獒]'라고 부른다.-

"아니야, 아니야. 검색어가 잘못됐어."

초월적 존재, 뱀파이어, 늑대인간 등등, 검색하는 사이 민지는 점점 더 혼란의 구덩이로 빨려들어 갔다.

퇴근 후 집에서도 컴퓨터 앞을 떠나지 못했다.

-호랑이를 쫓는 영험한 동물로 16세기 출간된 훈몽자회(訓蒙字會)에는 견(犬)과 함께 구(拘), 오(獒), 방(尨)이라는 한자어가 나온다.-

"오(獒)는 키가 4척인 큰 개, 맹견을 뜻한다."

-요즘은 어깨까지 높이가 80cm. 오수견으로 짐작. 당나라에서 신라에게 끝없이 공물로 요구했던 개. 김유신 장군이 썼

다는 군견.-

무엇 하나 확실한 것이 없으니 모두 옛날 옛적에로 시작되는 설화 같은 이야기들뿐이다.

"스님이 개를 의자처럼 앉아 내려와 맹수를 물리쳤다는 전설은 구화산 교각 스님의 일화와도 일치한다."

'내가 중국 출장 다녀오면서 사다 준 선물 있잖아.'

수빈이 이사를 가며 다시 제자리에 올려놓고 간 도자기 인형을 쳐다봤다.

'중국 최초의 등신불이 된 신라 왕자가 당나라 갈 때 함께한 유일한 벗이었거든?'

"도자기 인형에 묻어 온 건가?"

그러고 보니 호랑이 꿈이며 총각귀신이 등장하던 시기와 꼭 맞아떨어진다.

'아……. 머리가 터질 것 같다.'

기가 막히게 드라마틱한 각본일지 모르나 그 절절한 사랑의 여주인공이 되고 싶지는 않았다.

"왜 하필 개야?"

머리를 쥐어뜯으며 모니터를 응시하던 민지가 휴대폰을 손에 들었다. 상큼한 수빈의 목소리를 듣자 참았던 한숨이 터져 나왔다.

"나야."

[알지. 이 시간에 잠 안 자고 웬일이야?]

시간을 확인하니 벌써 새벽 1시를 넘어서고 있었다.

"미안, 자는 거 깨웠어?"

[아니, 영화 보고 있었어.]

"혼자?"

[오빠 출장 가고 혼자. 왜? 또 잠이 안 와? 이럴 줄 알았으면 네 집에 가서 영화 볼 걸 그랬네.]

씻지도 않고 퇴근하자마자 다섯 시간이나 책상에 앉아 있던 민지가 피곤한 듯 미간을 문질렀다.

"무슨 영화 보고 있었어?"

[은호 이야기라고 동양 판타지.]

"무슨 내용인데?"

[음……. 내용 조금 복잡한데, 남주가 가상국 황제인데 백호로 변하고 그래. 여자는 천 년 여우고.]

진정 판타스틱한 영화의 내용이 남의 일 같지 않아 민지는 눈물이 날 것 같았다.

[뭐야, 왜 말이 없어. 왜 전화했는데?]

"개가 사람으로 변하는 영화는 없어?"

[더 많지. 늑대인간 시리즈.]

"아니, 늑대 말고 개."

[개가 사람으로 변하는 경우도 있어? 예전에 개 나오는 영화 하나 봤는데, 찾아봐 줄까?]

"아니야. 됐어. 근데 제목이 뭔데?"

[뭐더라? 개가 환생해서 주인 찾아오는 이야기였어. 그런데 갑자기 개는 왜? 너 개 안 좋아하잖아.]

"그렇지. 근데…… 넌 개에 대해서 어떻게 생각해?"

[좋지. 평생 나만 바라보잖아. 왜? 개 기르게? 나 없어서 외롭구나?]

"아니, 그런 거 아니고. 개 같은 남자는?"

[술만 마시면 개 되는 남자들이 어디 한둘이니? 인터넷에 보면 자기 신랑 분양하는 여자도 있더라.]

"아니. 아니. 그런 게 아니고. 하아……."

차마 치호가 개라는 말을 꺼낼 수 없어 민지는 한숨을 들이쉬고 내쉬었다.

[개만도 못한 남자들이 얼마나 많은데, 개처럼만 굴어도 뭐. 멍뭉미, 대형견남 인기 좋잖아.]

그래도 최소한 사람이지 않은가.

김 회장도 직접 본 적 없다지만 민지는 늑대인간처럼 변신하는 모습이 너무나 리얼하게 상상이 되었다.

[어머, 야! 치호 씨한테 연락 왔니?]

"아니야. 아니라고! 치호 씨가 왜 나와!"

뜨끔하여 소리치자 빵 터진 수빈이 웃어 대기 시작했다.

[치호 씨 좀 개스럽잖아.]

"무슨 말이야?"

[너 바라보는 눈빛이 시댁에 있는 초코가 우리 오빠 쳐다볼 때랑 완전 똑같아.]

"그만 좀 해! 어디가 개스럽다고 그래!"

버럭하는 민지를 놀려 먹는 것에 재미가 붙었는지 수빈의 목소리가 점점 커졌다.

[어머, 어머머. 편의점 유리문에 붙어 있을 때도 그렇고! 진짜 생각할수록 개스럽네.]

"됐어. 끊어."

전화를 끊고 나니 민지는 자꾸만 화가 치밀어 올랐다. 수빈의 말은 농담이겠지만, 그녀가 말한 내용들은 조금만 깊게 생각해도 답이 나오는 현실이었다.

'새벽이 쭉쭉 핥아 댈 때 알아봤어야 했는데.'

편의점 유리문에 붙어 있던 것도.

신발을 벗고 산에 오르던 것도.

고양이 캔을 맛있게 먹던 것도.

유난히 몸에 열이 많던 것도.

"아니야, 아니야. 그럴 리가 없어. 세상에 말하는 개가 어디 있어."

곰과 호랑이가 마늘과 쑥을 먹고 사람이 됐다는 말에 비웃던 치호의 모습이 떠오른다.

현실 부정의 1단계가 지나가자 민지는 상황에 대한 합리화를 시작했다. 혼란의 출구를 찾기 위해 포털 사이트를 검색하기를 멈추지 않았다.

실제로 자신의 애완견과 결혼한 남자도 있었다.

행복해 보이는 결혼사진들을 보며 더 깊은 수렁으로 빠져들 뿐, 공감대를 이룰 수는 없었다.

"개와 결혼한 여자."

어린 소녀가 개와 결혼식을 올리는 사진을 클릭했다.

-인도 북부 자르칸드 지역에서는 액운을 내쫓기 위해 개와 결혼식을 올려야 한다는 풍습이 있다.-

'그냥 풍습일 뿐, 진짜는 아니잖아.'

에펠탑과 결혼한 여성이 있었지만, 사람이 아닌 물체에 매력을 느끼는 병이었다. 그 외에도 트럭, 나무, 게임 캐릭터 등과 결혼한 이들이 실제로 존재했다.

2주의 시간이 지나가고 더 이상 새로운 정보를 얻지 못한 민지는 영화 쪽으로 시선을 돌렸다.

"1993년에 대전으로 팔려갔다가 7개월 만에 300km의 거리를 되돌아 주인에게 돌아온 진돗개 이야기."

'돌아온 백구'를 시작으로 개가 나오는 다큐멘터리에서 판타지, 환생에 관련된 호러 영화까지 매일 밤을 새웠다. 소설 쪽으로는 로맨스 장르에 특히나 많았는데, 여우는 기본이고 신수에서 구렁이까지 기이한 이야기들이 넘쳐났다.

'분량이 많으니 나중에 천천히 읽어야겠다.'

3월이 되자 민지는 마지막 남은 'Wolf Children'이란 2012년 작 일본 애니메이션을 틀었다. 평범한 여대생과 늑대인간의 만남으로 태어난 아이들의 육아 이야기였다. 이미 리뷰를 읽은 터라 줄거리를 알기에 편한 마음으로 라면을 끓여 TV 앞에 앉았다.

울어야 할 타이밍도 아니건만, 여자와 남자가 만나자마자 라면을 입에 문 채 눈물이 터져 버렸다. 택배를 하는 남자와 편의점에 서 있던 치호의 모습이 겹쳐졌다.

'그를 다시 만나면 나도 저리 살게 될까?'

임신한 아내를 위해 사냥을 나간 남자가 늑대의 모습으로 죽은 장면에서 결국 콧물까지 쏟으며 오열했다.

영화들을 섭렵하며 하나의 공통점을 발견했으니.

"해피엔딩이 없어."

감수성을 자극하는 장르 소설은 조금 달랐다. 비록 용이나 백호 같은 신수나 구미호나 구렁이 같은 영물이 대부분이지만 나름 해피엔딩을 추구한다.

남자 주인공 대부분은 종의 한계를 넘는 권력과 재력의 소유자였고, 그의 사랑은 여자로 하여금 금단의 한계를 뛰어넘는 원동력이 되었다.

"말도 안 돼."

시간이 흐르자 현실과 상상의 경계가 모호해지는 순간이 왔다. 공감까지는 아니어도 그럴 수도 있겠다는 생각이 들기 시작했다.

고민에 고민을 이어 가던 민지는 결국 월차를 내고 원주행 고속버스에 몸을 실었다.

'언제든지 연락 주십시오. 시간 되시는 대로 준비하겠습니다.'

서진에게 전화 한 통만 하면 치악산으로 데려다줄 테지만, 김 회장과 거래를 하고 싶지 않았다. 고속도로를 달리는 동안에도 고민과 번뇌는 끊이지 않았다.

"확실한 것은 아무것도 없어. 일단 만나 보자."

원주 시외 버스터미널에 내려 택시를 타고 서진에게 언뜻 들었던 기억을 더듬어 부곡2리로 향했다.

'이럴 줄 알았으면 처음 왔을 때 길 좀 확인해 둘걸.'

치호와 함께 올 때는 내내 잠들었던 탓에 길이 낯설었다. 시내를 벗어나 한적한 길로 접어들며 치악의 줄기가 눈에 들어오기 시작했다.

"아가씨, 다 왔어요."

"아저씨, 저 안쪽으로 좀 더 들어가 주시면 안 돼요? 여기 근처에 마지막 민가가 있었던 것 같은데."

경로당 앞에 멈춰 선 택시가 다시 움직이기 시작했다.

"아가씨, 산에 올라가려고?"

"네."

"여기 와 본 적은 있어요? 이쪽은 길도 없는 오지라서 베테랑들도 포기하고 내려오는 곳인데."

"와 봤으니 걱정 마세요."

거짓말은 아니다. 반 이상은 감자 포대처럼 치호의 어깨에 들려 올라갔지만, 분명 오기는 왔다.

거친 기사의 목소리에 민지가 아슬아슬하게 그들을 스쳐가는 오토바이를 쳐다봤다.

"거참 노인네, 한쪽으로 붙어 가지!"

꽃무늬 바지를 입은 할머니가 오토바이를 몰고 지나갔다. 뒤에 매달린 할아버지는 할머니의 어깨에 얼굴을 묻고 있었다.
"아가씨, 비가 올 것 같은데…… 괜찮겠어요?"
"예보에는 비 소식 없었어요."
정말 비가 올 것처럼 하늘이 어둡다.
"다시 시내로 데려다줄까요?"
"아니요. 일단 더 가 볼게요."
"여기 택시들 안 들어오니까 그럼 이거 가져가요."
기사의 명함을 받아든 민지가 차에서 내려섰다.
안쪽으로 이어진 도로와 굵은 쇠사슬에 걸린 '계곡 출입 금지'라는 푯말이 반가웠다.
회사에 들러 월차를 내고 온 데다 거리가 거리인지라 시간은 1시가 넘어서고 있었다.
강직하게 솟은 산을 올려다보니 괜스레 눈시울이 붉어진다. 모자를 눌러쓴 민지가 치호에게 받은 매화 가지가 꽂힌 등산 가방의 어깨끈을 움켜쥐었다.
길을 따라 걸으니 낯익은 차 한 대가 보였다.
후드득. 툭. 투둑.
빗줄기가 굵어지자 민지가 차를 향해 뛰어갔다.
아무도 살지 않는 폐가 같은 농가주택 옆으로 다 쓰러져 가는 원두막에 앉아 있는 한 남자가 보였다.
"어?"
"한민지 씨?"
동네와 어울리지 않는 고급 트레이닝복을 입은 서진이 그녀에게로 뛰어왔다.

"연락도 없이 여긴 어쩐 일이십니까."

"서진 씨야말로 여기서 뭐 해요?"

기가 막힌 타이밍에 봄비가 쏟아져 내렸다.

누가 먼저랄 것도 없이 서진과 민지는 원두막을 향해 뛰기 시작했다. 모자를 벗어 빗물을 털어내다 보니 개다리소반 위로 막걸리와 김치가 눈에 들어왔다.

"술…… 마셨어요?"

대낮부터?

"조금 마셨습니다."

"혼자서요?"

갑작스런 민지의 방문에 뜻하지 않은 상황을 들킨 듯한 서진의 얼굴이 더욱 붉어졌다.

"여기 주인 어르신하고 마셨는데, 조금 전에 안주인께서 데려가셨습니다."

오다가 마주친 그 꽃무늬 바지 할머니에게 실려 가던 할아버지를 떠올린 민지가 피식 웃었다.

"어떻게 된 거예요?"

"오늘 비 소식이 있어서 수색 작업 취소되었습니다."

"예보에는 없었는데……."

"저희 팀에서 비 소식 연락 왔습니다. 위성사진에 비구름이 보였거든요."

"신화 그룹에 인공위성도 있어요?"

"기상청 들어가면 위성사진 확인 가능합니다."

안경을 추켜올리며 웃는 서진의 모습에 민지가 개다리소반 앞에 앉았다.

"여기서 숙식하시는 거예요?"

"아닙니다. 보통 원주 시내에 있는 호텔에 묵습니다."

"그럼 여기는 왜."

"수색 작업이 길어지다 보니 차량도 그렇고 주인분의 이해를 구해야 하는 부분이 있어서요."

필사적으로 치호를 찾고 있을 김 회장의 마음이 느껴져 가슴이 아려왔다.

"오늘 산행은 위험합니다."

"네, 그래 보이네요."

3월 말 봄비 치고는 꽤나 거친 빗줄기에 민지가 한숨을 내쉬었다.

"술 드셨는데, 호텔에는 어떻게 가시려고요?"

"여기서 묵을 생각이었습니다."

"여기서요?"

"뒤에 주인 어르신이 쓰시는 방이 있어요."

"방이…… 하나인가요?"

돌아갈 택시요금 생각을 하며 고민하는 민지의 모습에 서진이 웃었다.

"두 갭니다."

먼 산을 바라보는 민지를 응시하던 서진이 일회용 컵을 꺼내어 막걸리를 따랐다.

"한 잔 하시겠습니까?"

여기까지 왔는데 산에 오르지 못한다는 사실에 마음이 무겁던 민지가 술잔을 받아들었다.

"이럴 줄 알았으면 치호 씨가 탁주 마시자 했을 때 거절하지 말 걸 그랬어요."

"젊은 아가씨들 막걸리 안 좋아한다고 말씀드렸는데, 고집이 보통이 아니십니다."

"그러게요."

주거니 받거니 치호를 안주 삼아 비워진 술잔이 계속 채워졌다.

"술은 어디서 계속 나와요?"

"어르신이 막걸리를 좋아해서 올 때마다 제가 채워 놓습니다. 안주는 김치밖에 없는데, 괜찮으십니까?"

민지가 등산 가방에서 오이와 초콜릿을 꺼냈다.

"많이도 챙겨 오셨네요."

"새벽이 줄 캔도 있는데, 드릴까요?"

"고양이 캔은 치호 님 취향이죠. 됐습니다."

아직은 쌀쌀한 봄기운도 막걸리 한 잔에 포실포실 녹아 버린다.

"서진 씨…… 그가 정말 개라고 믿어요?"

"글쎄요."

"그럼 천삼백 년 전에서 왔다는 건 믿어요?"

"증명할 만한 물건을 가지고 오셨다고 들었습니다."

한숨을 내쉬는 민지를 물끄러미 바라보던 서진이 조용히 물었다.

"아직도 혼란스러운 겁니까."

"모르겠어요. 그냥, 답답하고…… 마음이 아파요."

주거니 받거니 술잔을 기울이다 보니 얼큰하게 취기가 올랐다.

"어찌 보면 인간은 자연의 입장에서 생태계 교란종일지도 모른다는 생각 안 해 보셨습니까?"

"비약이 심하시네요."

"문명이 발달하면 발달할수록 자연은 파괴됩니다. 머릿돌 빼서 지붕 없는 꼴이죠."

"그건 맞는 말이에요."

"지구촌 생명 중에 유일하게 인간만이 자연을 거스르고 파괴하는 것 또한 팩트지요."

엘리트 코스를 밟아왔을 서진의 색다른 세계관에 민지가 고개를 끄덕였다. 남아 있던 과자 봉지를 꺼내다 가방에 꽂혀 있던 매화에 시선이 멈췄다.

"영원히 시들지 않을 것 같아."

매화 가지를 집어든 민지가 머리에 푹 찔러 넣었다. 취기가 오른 눈으로 끔벅거리는 서진의 머리에도 하나 꽂아 주었다.

"선물이에요."

"감사합니다."

"귀한 거예요."

"알죠."

안테나처럼 머리에 꽃나무 가지를 꽂고 비실비실 웃고 있는 그들은 취해 있었다.

"치호 씨가 살던 세상은 지금과 많이 달랐을까요?"

"미세먼지는 없지 싶은데 말입니다."

"용과 봉황이 날던 그 시절에 산군은 하늘과 땅을 잇는 그런 존재가 아니었을까 하는 생각도 들어요."

막걸리 잔을 들이켠 민지가 초콜릿을 입에 물었다.

"자연의 규칙을 지키는 그런 존재 말이에요."

"재벌 총수를 뛰어넘는 능력자라는 것 또한 팩트지요. 손해 볼 거 없지 않습니까."

시들지 않는 매화가 피는 마을에서는 대륙을 통일했던 시황제도 얻지 못한 불사의 생을 살 수 있다.

또한 신수와 영물들이 사라진 지금, 치호는 최상위 포식자로 살아 있는 전설이었다.

"치호 님이 가져온 청동거울만 해도 평생을 먹고 살 수 있는 값어치입니다."

그칠 기미를 보이지 않는 빗줄기처럼 술에 취한 서진과 민지의 이야기는 끝도 없이 이어졌다.

슈트 모델처럼 깔끔하고 정갈하던 서진은 안경을 이마에 걸친 채 잠들어 버렸다.

'정장 입은 인공지능 로봇인 줄 알았더니, 사람이네.'

대자로 뻗은 서진의 모습에 민지가 여전히 내리는 빗줄기를 바라보며 무릎을 끌어안았다.

"내일은 산에 올라갈 수 있을까?"

김 회장 몰래 산에 오르려 했지만, 입구에 진을 치고 있던 서진에게 들켜 버렸다.

'동굴을 찾을 수 있을지 모르겠네.'

내일을 걱정하며 하염없이 내리는 빗줄기를 바라보고 있으려니 어디선가 바스락거리는 소리가 들렸다.

'뭐지!'

이미 어둑해진 날씨에 비까지 내리니 어디서 나는 소리인지 분간이 가지 않았다. 바닥을 긁는 불쾌한 소리에 돌아보니 어디서 나타났는지 얼룩무늬 개 한 마리가 바닥에 떨어진 빈 막걸리 통을 굴리고 있었다.

"저리 갓!"

화들짝 놀라 원두막 기둥에 붙어 서자 개가 고개를 들었다. 인터넷 검색을 오지게 한 탓에 호랑이 무늬의 개가 호구라는 것을 알아차린 민지가 서진을 불렀다. 하지만 아무리 불러도 술에 취한 서진은 깨어나지 않았다.

"워이! 저리 가. 저리 가라고."

조금만 움직여도 확 달려들 것 같아 민지는 솜털이 곤두섰다. 늑대처럼 원두막 주변을 서성이던 호구가 슬픈 눈으로 그녀를 올려다보았다.

'설마……'

깊은 잠에 빠진 데다 비까지 내리는 바람에 그녀가 왔다는 사실을 뒤늦게 알았다. 옅어지는 향기를 놓칠세라 산을 내려왔건만, 다 쓰러져 가는 원두막에서 바짝 얼어붙은 민지가 흑염소 농장 호구와 이야기를 나누고 있었다.

"뭐라고 말을 좀 해 봐요. 치호 씨."

호구에게 끊임없이 말을 건네던 민지가 이름을 부르자 치호는 눈앞에 벌어진 상황에 할 말을 잃었다.

"이제 인간으로 변하지 못하는 거예요? 치호 씨, 어쩌다 이렇게 된 거예요?"

그녀와 눈을 맞추던 호구가 본능적으로 치호를 향해 머리를 틀었다. 호구를 따라 고개를 든 민지가 치호와 눈이 마주쳤다.

치호와 호구를 번갈아 쳐다보던 민지의 입이 벌어졌다.

"치호 씨? 그럼…… 얘는?"

놀란 민지가 여태껏 다정하게 말을 걸던 호구에게서 뒷걸음질 치며 원두막 기둥에 붙었다. 그녀에게서 두려움의 향기가 뿜어져 나오자 치호가 호구에게로 다가섰다.

"집에 가."

귀를 바싹 눕힌 호구가 민지를 쳐다보더니 이내 엉덩이를 씰룩이며 마당을 빠져나갔다.

널브러진 서진을 내려다보던 그의 시선이 바닥에 뒹구는 막걸리 병들로 옮겨 갔다.

"막걸리네."

한껏 얼어붙은 민지의 눈동자가 치호에게로 향했다.

한복 바지에 티셔츠 차림의 치호는 처음 보았을 때처럼 긴 머리가 어깨를 덮고 있었다.

"쟤, 쟤는 뭐예요?"

"나랑은 안 마신다더니."

"뭐, 라고요?"

"서진이랑 막걸리 마셨어?"

치호의 엉뚱한 대답에 굳은 몸으로 화기가 치솟았다.

"지금 그게 중요해요?"

"나 보러 온 거 아니었어?"

술이 깰 정도로 무서운 것을 참으며 삼십 분 넘게 이야기했는데, 도대체 저 개는!

"저 개, 뭐냐고 묻잖아요."

"산 너머 있는 호구인데, 이름이 호두야."

시크한 대답에 민망하고 창피해 눈물이 날 것 같았다.

"울어?"

"안 울어요."

입술을 깨무는 모습이 귀여워 치호가 그녀를 향해 두 손을 뻗었다. 심통 난 얼굴로 올려다보던 민지가 한 치의 망설임도 없이 품에 안겼다.

동굴에서의 두 달이 구화산에서의 천 년보다 길었다.

터질 듯 부푼 가슴으로 파고드는 진한 향기에 치호가 그녀의 머리에 입술을 눌렀다.

"보고 싶었어."

"왜 이렇게 늦게 왔어요."

일찍 왔으면 엄한 개랑 이야기하는 일은 없었잖아요.

성질이 나는 건지, 창피한 건지 알 수 없는 감정들이 더 큰 그리움이 되어 파도처럼 그녀를 덮쳤다.

한참이나 품에 안겨 있던 민지가 고개를 들자 치호의 입술이 그녀의 숨결로 내려앉는다.

촉촉한 봄비처럼 스며든 혀가 뜨거운 여름날의 태양처럼 민지의 향기를 빨아들인다. 가지런한 치열을 훑으며 뿌리까지 감아 올린 혀가 내벽을 문지르며 끝없는 구애를 했다. 달달하고 고운 향기가 코끝을 간질이고 두근거리던 심장이 녹아 내렸다.

가쁜 숨을 내쉬는 민지를 놓아주려 하니 그녀의 손이 치호의 허리로 감겨들었다.

"보고 싶었어요."

고개를 들자 벌꿀 같은 눈동자가 웃고 있다.

"보고 싶었는데, 날 못 알아봐."

"아…… 그건."

당황하는 그녀를 다시 꼭 끌어안은 치호가 몸이 흔들릴 정도로 웃었다.

"호두는 암놈이야."

암놈이라는 소리에 민지가 그의 가슴을 밀어냈다.

"내가 암놈인지 어떻게 알아요. 쳐다보기도 무서운데, 다리라도 들어봤어야 했어요?"

"다리는 왜? 젖만 봐도 아는데."

"뭐라고요?"

"새끼 낳아서 젖이 얼마나 큰데? 열 개나 되는데 못 봤어?"

아…… 진짜!

파지직, 치솟아 오른 신경질이 머리 위로 김을 뿜어내는 것 같아 민지가 그의 가슴을 후려쳤다.

"남의 여자 젖은 왜 쳐다봐요!"

순간 화르륵 열이 오르며 얼굴이 시뻘게진 민지가 입술을 달싹였다. 여자라는 말은 하지 말걸, 후회하면서도 치미는 짜증이 혼잣말처럼 새어 나왔다.

"새끼 낳은 것도 알고, 어지간히 관심이 많은가 봐."

"알아야지."

"동네 개들은 전부 아나 봐요."

"나무 하나, 풀 한 포기까지 모두 알아야 해."

"……"

"산군이니까."

잊고 있었다. 얼마나 고민하고 갈등하며 여기까지 왔는데 잊어버리다니.

망연해진 민지가 흙탕물에 젖은 그의 발을 쳐다봤다.

"신발은 어쩌고……"

"어떻게 알았어?"

외면하고 싶은 현실, 그러나 이미 호두에게 치호라 부른 것을 들켜 버린 탓에 거짓말도 할 수 없었다.

말없이 바라보던 치호가 민지를 끌어안았다. 어떻게 알았는지는 중요하지 않았다.

"네가 모르길 바랐어."

겨울이 가면 봄이 오듯 기나긴 기다림이 끝났다.

그의 실체를 알게 된 그녀가 얼마나 고뇌하고 번민하였을까 생각하니 한없이 안쓰럽고 애틋하다.

"김 회장님한테 이야기 들었어요. 많이 당황스럽고 또 혼란스럽지만, 괜찮을 거예요."

스스로 의지를 다지듯 민지는 그의 허리에 두른 손을 자물쇠처럼 맞잡았다.

"나와 같이 돌아가요."

치호는 자신의 동굴이 있는 산 정상을 쳐다봤다.

회색빛 도시로 돌아갈 생각에 가슴이 답답해져 왔지만, 올려다보는 그녀의 이마에 입맞춤했다.

"너와 함께라면……."

지옥이라 해도 상관없어.

비구름에 별조차 숨어 버린 치악의 밤은 태초의 모습 그대로 암흑 천지였다.

고요함 속에 새벽을 데리러 동굴로 향하는 치호를 배웅하던 민지가 주머니에서 캔을 꺼내어 내밀었다.

"새벽이 배고플까 봐 가져왔어요."

치호가 민지에게로 등을 내밀어 앉았다.

"뭐 하는 거예요?"

"새벽이도 너 보고 싶어 해."

망설이던 민지가 등에 업히자 치호가 달리기 시작했다. 어둠을 헤치고 바람을 가른다.

성큼 다가선 봄의 향기가 스치는 나뭇가지에서 싱그럽게 흩어졌다. 내리는 빗줄기보다 더 빠르게 달린 치호는 날 듯 동굴에 도착했다.

니야아아옹.

마중 나온 새벽이 반가운 듯 꼬리를 세우며 민지의 발목으로 감겨들었다.

"곧 새벽이 올 거야."

동굴 입구에 선 민지를 향해 치호가 손을 내밀었다.

시커멓게 입을 벌린 동굴이 마치 미래를 예고하는 듯 불안했지만 민지는 그의 손을 잡았다.

습하리라 예상했던 동굴 안은 생각보다 쾌적했다. 이전에 벗어 놓고 간 치호의 패딩 위에선 새벽이 캔을 먹고, 반대편으로 폭신한 이불이 깔려 있었다.

"어디서 난 거예요?"

"기훈의 처가 가져다 놓았어."

"저한테 침 놔준 할아버지요?"

매화 마을에서 만난 노인을 떠올린 민지가 이불에 누워 옆자리를 두들기는 치호를 쳐다봤다.

할아버지의 아내라면 그녀 또한 할머니 아닌가?
"할머니가 이불을 지고 여기까지 왔단 말이에요?"
"괜찮아. 여우라서 산 잘 타."
"진짜 여우를 말하는 거예요?"
"가짜 여우도 있나?"
이러다 호랑이도 나오는 거 아니야?
황망해 하는 민지의 모습에도 아랑곳없이 치호는 자꾸만 이불을 두드린다.
"젖었는데 어떻게 누워요."
"괜찮아."
치호가 우악스레 민지를 낚아챘다. 그의 가슴에 등을 대고 있으려니 뜨거운 숨결이 목덜미로 닿았다.
"뭐 하는 거예요?"
"너 젖었어."
한껏 가라앉은 목소리와 달리 목덜미를 핥는 혀가 마른 수건처럼 그녀의 물기를 삼키고 있었다.
"하지 말아요."
"괜찮아."
"괜찮지 않으니까 하지 말라고요."
"알았어."
목덜미에 이어 턱을 핥던 치호가 그녀의 옷자락을 열자 민지가 그의 손을 붙잡았다.
"안 돼요."

"안 잡아먹어."

새벽이까지 어깨에 타고 올라 그녀의 머리카락을 핥아 대니 민지는 미칠 노릇이다.

"감기 들까 봐 그러는 거야. 새벽이도 아는데 너는 왜 모르지?"

"싫어요. 하지 말아요."

사실 치호가 핥아 주는 것이 그리 기분 나쁘지는 않다. 다만, 점점 개스러워지는 행동이 불안했다.

"갑자기 막 변하고 그러는 거 아니죠?"

"보고 싶어?"

"보고 싶지 않아요. 변하지 않을 거라 약속해요."

"원래의 모습은 지금보다 훨씬 멋진데."

"아니요. 아니에요. 지금이 훨씬 멋있어요. 약속해요. 어떠한 경우라도 개가 되지 않는다고."

"알았어."

다짐을 받아 두어도 마음이 놓이지 않는지 민지의 두 손이 그의 얼굴을 감싸며 눈을 맞춘다.

"당신이 변하면, 뒤도 돌아보지 않고 도망갈 거예요."

"알았어."

"절대 변하지 말아요. 약속해요."

"약속할게."

핥아 주면 분명 기분이 좋을 텐데 바르작거리는 민지를 치호는 이해할 수 없었다.

민지는 어깨를 감싸 안은 치호의 팔에 손을 얹었다. 그의 열기가 전신으로 퍼져 나가는 것이 느껴지자 추위로 인한 떨림이 잦아들었다.

살며시 그의 티셔츠 자락을 만져 보니 치호가 뿜어내는 열기 때문인지 물기가 묻어나지 않는다.

꼼지락거리는 민지가 추위를 타는 것이라 생각했던지 치호가 더욱 세게 끌어안았다.

얼마 있지 않아 차분해진 그의 숨결이 느껴지자 민지가 살며시 고개를 돌렸다.

"자요?"

대답 대신 치호가 그녀의 입술을 날름 물었다. 다시 시작된 입맞춤에 안 그래도 뜨거운 그의 몸이 용광로처럼 달아올랐다.

"하아, 하아. 그만."

애써 입술을 떼어 낸 민지가 한숨을 돌릴 새도 없이 허리를 쓰다듬던 손이 옷 속으로 밀려 들어왔다.

'젖이 두 개밖에 없구나.'

그래서 인간들은 새끼를 둘밖에 낳지 못하나 보다.

얻는 것이 있으면 잃는 것도 있는 법이라 했다. 이전에 아랑은 한쪽 귀가 없어 아쉬웠는데, 인간으로 태어난 그녀는 젖이 두 개뿐이라 참으로 섭섭하다.

말캉거리는 가슴께로 슬금슬금 기어 올라가던 그의 손가락이 민지에게 붙잡혔다.

"그만 좀 해요."

"알았어."

이대로 있다가는 일을 칠 것 같아 몸을 일으키려는 찰나 치호에게 붙잡힌 민지는 원위치로 돌아갔다.

"안 할게. 조금만 이대로 있자."

치호가 그녀의 목에 얼굴을 묻었다.

"혹시, 김유신 장군이라고…… 들어봤어요?"

"낭주성에서 같이 싸웠어."

그녀가 유신랑에 대해 묻는 것이 의아했지만, 치호는 그와 함께했던 시간들을 이야기해 주었다.

"왕족이라지만 가야의 후손이고, 나라가 망했다는 생각보단 새로운 가야의 탄생이라 믿었기에 신국의 중심에서 밀려나는 것을 못 견뎌 했어."

"정말 천관녀 앞에서 말의 목을 잘랐어요?"

"응. 원래 여색을 즐기는 이는 아니었는데, 그녀는 끝내 잊지 못했어."

'살아 있는 전설…….'

김 회장의 말이 현실이 되는 순간이었다. 덤덤한 목소리에는 거짓이라 느낄 수 없을 만큼 애틋했던 시간들이 고스란히 들어 있었다.

'긴 시간을, 얼마나 많은 이별을 겪어야 했을까…….'

그의 품에 안겨 달콤한 목소리를 듣다 보니 가물가물 잠이 밀려왔다.

"왜 전화 안 했어요? 문자도 많이 보냈는데……."

새로운 나라의 언문을 읽히지 못했다는 사실을 그녀에게 말하고 싶지 않았다.

"낯설어서."

같은 음성, 같은 톤 그리고 같은 향기.

총각귀신의 속삭임이 떠오른 민지가 그를 향해 돌아누웠다.

"전에도 그리 말했어요. 너의 세상은 참으로 낯설다, 귓가에 속삭였잖아요. 나 잠도 못 자게."

"입맞춤했다가 털 한 움큼 뽑혔잖아."

"귀신인 줄 알았어요. 나 칼까지 들었다고요."

"봤어. 서진이 그러지 말라고 해서. 자꾸 그러면 너 병난다고 해서 그 뒤로는 안 갔어."

"어떻게 그런 일이 가능해요?"

잠시 생각에 잠겼던 치호는 구화산에서 깨어나 처음으로 육신에서 벗어났던 이야기를 했다.

"붉은색 옷을 입은 여인에게서 네 향기가 났어."

"중국이 춥다고 해서 수빈이한테 패딩을 빌려 줬어요."

"옷에서 나는 냄새인 거 금방 알았어."

"도자기 인형이 깨지거나 하면 사라지는 건가요?"

"네 앞에 처음 모습을 드러낸 날 기억해?"

"날 구해 줬잖아요."

"육신이 없는 상태라 기운을 너무 많이 소진했어. 어쩔 수 없이 구화산에서 깨어났지."

신비로운 이야기에 귀 기울이는 사이 동굴을 감싼 어둠이 서서히 옅어지기 시작했다.

다음 날 산에서 내려오니 널브러져 있던 모습은 상상할 수 없을 만큼 말끔한 차림의 서진이 차 앞에 서 있었다.
"속 괜찮으세요?"
"물론입니다."
정색을 하며 안경을 추켜올린 서진이 그녀의 뒤에 선 치호에게 깍듯이 인사를 했다.
"오랜만입니다, 치호 님."
"아카시아 먹었어? 냄새가 묘하네?"
껌을 한 통이나 씹어 턱이 아파 죽겠는데, 보자마자 핀잔이라니! 보조석에서 고양이용 이동장을 꺼낸 서진이 새벽을 받아 안에 넣었다.
"타시죠. 인천까지 모시겠습니다."
민지와 치호가 나란히 뒷좌석에 오르고 그의 곁으로 새벽이 든 이동장이 놓였다. 시동을 켠 차가 비포장도로를 달리니 새벽이 울기 시작했다.
"올 때는 새벽이 어떻게 데려왔어요?"
"올 때는 내내 잤어."
"뭐 타고 왔는데요?"
"품에 안고 뛰어왔지."
인천에서 원주까지 뛰어왔단다. 감자 포대처럼 어깨에 들려 산을 오르던 첫 기억에 한숨이 터져 나왔다.

민지도 목이 부러질 것 같았는데 고양이는 오죽할까.

'기절했었나 보네.'

새벽의 울음소리가 잦아들자 민지가 치호의 어깨에 머리를 기댔다. 밤새 이야기를 나누느라 선잠을 잔 탓인지 눈꺼풀이 무거웠지만 잠을 이룰 수 없었다.

'마지막 발신지로 모셔다 드리겠습니다. 대신 도진이를 마을로 데려갈 수 있도록 그를 설득해 주세요.'

치호와의 관계를 빌미로 거래를 할 수 없었던 민지는 김 회장의 도움 없이 그와의 재회에 성공했지만.

'그녀가 진실을 말해 주지 않았다면, 나는 치호 씨에게 다가설 용기를 낼 수 있었을까.'

마을 위치를 알려 달라는 것도 아니고, 죽어 가는 아들을 데려가 달라는 것이니 괜찮지 않을까.

'치호 씨에게 부탁해 볼까?'

생각해 보지만 이상하게도 입이 떨어지지 않는다.

"너한테서 고민하는 냄새가 나."

눈보다 코가 빠른 동물적 감각이 이제는 놀랍지도 않다.

"무슨 생각해?"

"그냥 이런저런 생각해요."

"잠이나 자. 너 눈이 졸려."

언제나 민지에게로 향해 있는 치호의 시선은 치밀하면서도 섬세하게 그녀를 꿰뚫었다.

"십 년 된 연인 같네."

"여전히 예민하고 사나워."
"그 말 하기 전에 나한테 머리 뜯기지 않았어요?"
"그랬지."
"조심해요."
"응."
순순하게 답하는 치호의 웃는 눈이 예뻐서 민지의 얼굴로 홍조가 피어올랐다. 가만히 그녀의 머리를 당겨 어깨에 붙이자 이내 골골거리는 소리가 들려왔다.
"김 회장에게로 가지."
"논현동으로요?"
"응."
"알겠습니다."

논현동 김 회장의 저택에 도착한 치호는 잠든 민지를 살며시 누이고 차에서 내려섰다.
"시동 끄면 깨니까 그냥 켜 둬."
"알겠습니다."
정원을 가로지른 치호가 마중 나온 박 집사를 지나 현관으로 향했다. 후각을 따라 2층 계단으로 올라서려는 치호의 앞을 박 집사가 막아섰다.
"여기서 잠시 기다리세요."
"회장님 알고 계십니다. 그냥 두세요."
막아서는 박 집사의 앞으로 서진이 나섰다.

"괜찮습니다. 회장님께서 내내 기다리시던 분이에요."

물러서는 박 집사를 지나 계단을 올라선 치호가 좌우로 나뉜 복도를 응시했다.

짙게 깔린 죽음의 향기가 진동을 한다.

'오른쪽.'

복도를 따라 코너를 돌아 문 앞에 섰다.

문을 열자 침상을 향해 앉아 있는 김 회장의 뒷모습이 보였다. 늙은 그녀의 어깨는 한없이 지쳐 보였다.

"마을에서 가져온 서신이 네 마음에 불을 댕겼구나."

고개를 든 김 회장이 치호에게로 돌아섰다.

"원하던 것은 얻으셨습니까."

"그녀가 날 찾아왔어."

"저는 그저 제가 아는 것을 들려주었을 뿐입니다."

"……."

"처음부터 의심하지 말았어야 했습니다."

"의심은 인간의 본능이지."

"아버지는……."

"잘 지내고 있어. 최씨 할배와 바둑 삼매경이라더군."

끊임없이 의심하는 김 회장을 설득하기 위해 그녀의 아버지는 손자를 대신하여 매화 마을로 들어갔다.

"마을로 데려간다 해도 아이의 삶이 더 이어지리란 보장은 없어."

"데려가 주시렵니까."

"마을로 들어가면 두 번 다시 보지 못할 거야."
김 회장의 얼굴에 희미한 미소가 비쳤다.
"감사합니다. 어떻게 보답을 해야 할지 알려주세요."
"이미 충분히 받았어."
돌아서는 치호의 등 뒤로 김 회장의 음성이 들려왔다.
"이곳에 머무르고자 하십니까. 답답하실 텐데요."
"영원한 기다림보단 나으니까."
"치호 님……."
조용한 부름에 치호가 그녀에게로 돌아섰다.
"시공을 뛰어넘는 절대자로서의 삶은 어떠합니까."
절대자의 삶이라.
생각에 잠겼던 치호가 조용히 흘러내리는 그녀의 눈물에 한숨을 내쉬었다.
"아이를 가진 어미보다 강한 존재를 나는 보지 못했다. 죽어가는 아이를 바라보는 어미의 삶은 어떠한가?"
"너무나 짧았던 기쁨 뒤에 이토록 애타는 그리움이 있는지 알지 못했습니다."
"나 또한 그러했다."
"……."
"찰나의 순간일지언정 영원한 기다림을 감수할 정도로 행복했다면 그로 된 것 아닌가."
"아이가 태어나던 날, 세상을 다 가진 듯 기뻤습니다. 후회하지 않습니다."

"오늘 새벽, 산 밑으로 아이를 데려와."
"감사합니다."

눈을 뜨는 순간 민지는 기다림이 끝났음을 깨달을 수 있었다. 반짝이는 두 개의 눈동자가 그녀를 내려다보며 웃고 있었다.

산에서 돌아온 이후 이틀만이다. 덥석 그의 목에 팔을 감아 안으니 그의 향기가 민지에게로 쏟아져 내렸다.

"치호 씨……."
"응. 응. 나 한참 기다렸어."

기다렸다는 말에 안도감을 뚫고 화가 치솟아 오른다.

"기다린 건 당신이 아니라 나잖아요. 도대체 어딜 갔다 온 거예요!"
"마을에."
"산에서 돌아오자마자 다시 갔다는 말이에요? 왜요?"
"김 회장 아들을 데려다주고 왔어."

도진을 보았던 민지는 더 이상 다그칠 수 없었다.

"말이나 해 주고 가지. 서진 씨도 모르던데."
"금방 올 거니까."

금방이 이틀이냐고!

내내 걱정했던지라 민지는 자꾸만 화가 났다.

"여기는 어떻게 들어온 거예요?"
"문 열고 들어왔지."

돌아와서 반가운 것은 둘째 치고 자신의 방 안에 들어와 있다는 사실을 믿을 수가 없다.

"현관 비밀번호는 어떻게 알았어요?"

"뒤에서 봤지."

천진난만한 아이처럼 웃고 있는 치호가 자연스레 그녀의 목덜미에 얼굴을 묻었다.

"이 냄새가 너무 맡고 싶어서 숨도 안 쉬고 뛰어왔어."

어제 씻지도 않고 잤는데 무슨 냄새를 맡겠다고!

꿀단지 끌어안은 곰처럼 끙끙거리며 좋아 죽는 치호를 밀어내며 벌떡 일어났다.

"뭐 하는 거예요! 하지 말아요."

저도 모르게 날카롭게 튀어나간 목소리 톤에 치호가 시무룩한 표정으로 올려다본다.

"나, 아무것도 안 했는데."

'너 바라보는 눈빛이 시댁에 있는 초코가 우리 오빠 쳐다볼 때랑 완전 똑같아.'

수빈이 했던 말이 떠올라 민지가 고개를 흔들었다.

"그, 그만 돌아가요. 나, 출근해야 해요."

"화났어?"

"아니요."

때마침 울리는 휴대폰 알람 소리에 민지가 욕실로 달려갔다. 욕실 문을 닫고 나니 벌렁거리는 심장이 가슴을 뚫고 나올 것 같다.

'괜찮아. 괜찮은 거야. 돌아왔으니 됐잖아.'

다시 얼굴을 보니 걱정하고 화나고 섭섭했던 마음이 사르륵 녹아 버렸다.

세안을 마치고 욕실 문을 열자 문 옆에 기대어 앉아 있던 치호가 후다닥 일어선다.

"여기서 뭐 해요?"

"기다렸지."

"왜 여기서 기다려요. 치호 씨도 집에 가서."

그의 생활에 대해 아는 것이 없는 민지가 물끄러미 바라보는 치호와 눈이 마주쳤다.

"가서?"

"출근 준비해야죠."

"출근?"

"일할 준비를 해야죠."

"일?"

치호는 민지의 말이 뜻하는 의미를 알 수 없었다. 잠들기 전까지 그가 했던 일이라곤 치악을 둘러보고 어긋난 자연의 규칙들을 제자리로 돌려놓는 것뿐이다.

"치악을 둘러보고 오라고? 나 방금 도착했는데?"

"아…… 니. 편의점이요."

신화 그룹에서 편의점을 매매했다 하니, 치호가 관리해야 하는 것 아닐까?

"편의점에서 일해야 하는 거 아녜요?"

"나갈 거야."

"언제요?"

"너 가는 거 보고 심심하면."

그들이 생활하는 곳은 매화 마을이 아니었다. 실랑이를 하는 동안에도 시간은 정신없이 질주하고 있다.

"난 회사에 가야 해요. 치호 씨도 볼일 봐요."

"지금 너 보고 있잖아."

도대체가 대화가 제자리 뛰기를 하고 있으니, 출근을 해야 하는 민지는 마음이 바빠지기 시작했다.

화장을 하고 드라이기로 머리를 말리는 동안에도 치호는 침대에 앉아 한눈팔지 않고 그녀만 쳐다보았다. 옷을 갈아입으려고 그를 내보내고 문을 닫았다.

다시 문을 열자 저승사자처럼 문 앞에 서 있는 치호의 모습에 한숨이 나왔다.

"왜 그러고 서 있어요?"

"보고 싶어서."

'그렇게 보고 싶었는데 이틀이나 증발했던 거야!'

눈을 흘기는 민지의 손을 잡은 치호는 마을버스 정류장으로 향했다.

"집에 안 가요?"

편의점 앞에서 내리겠거니 했으나 치호는 지하철역까지 따라왔다. 오가는 사람 중 유독 여자들의 시선이 느껴지니 민지는 저도 모르게 어깨가 으쓱해졌다.

"이제 그만 쫓아와요."

"알았어."

출근 인파 속에서 전봇대처럼 솟아 있는 그의 모습에 웃음이 나왔다.

쫓아오지 말라는 말에 우두커니 서 있던 치호는 민지가 완전히 보이지 않자 몸을 돌려 집을 향해 걸었다. 돌아오면 하루 종일 같이 있을 줄 알았는데, 갑작스런 이별에 가슴이 아프다.

'밤이 되어야 내게로 돌아오겠다는 말인가.'

이전처럼 편의점에서 하루 종일 기다려야 한다는 사실이 너무나 충격적이다.

편의점을 지나다 보니 셔츠를 걷어 올리고 유리문을 닦고 있는 서진의 모습이 보였다.

'전생에 무엇이었기에 저리도 걸레질을 좋아하는 걸까.'

말없이 쳐다보고 있으려니 그를 발견한 서진이 문을 열고 뛰어나왔다.

"마을에서 오시는 길입니까? 회장님께서 말씀이 없으셔서 한민지 씨께는 말하지 못했습니다."

"그녀와 이별하고 왔어."

영악한 머리 굴리는 소리가 들린 것도 잠시, 서진이 안경을 추켜올리며 웃었다.

"한민지 씨 출근길 따라갔다 오셨습니까?"

망할 녀석! 도대체 모르는 것이 없다.

대꾸하기도 싫어 집으로 향하니 서진이 그를 따라 걸으며 잔소리를 쏟아 냈다.

"한민지 씨 옆에 머무르시려면 많이 배우셔야 할 겁니다."

"알아."

"꽤나 바르게 살아온 아가씨 같은데, 평생 먹고 놀 자산이 있다 해도 계속 출근을 하시겠죠?"

"아랑은 잠이 많았는데."

"이제 민지라고 부르셔야죠."

서진의 말에 치호가 걸음을 멈춰 섰다.

"이름 따위 상관없잖아."

"상관있습니다."

"기억이 돌아오면 나와 함께 산으로 갈 거야."

"기억이 돌아오리라 믿으십니까. 환생을 했다고 한들, 처음인지 세 번, 네 번 다시 태어난 건지 모르지 않습니까. 인간에게 천 년은 꽤나 긴 시간입니다."

안 그래도 민지가 가 버린 탓에 심경이 사나왔던 치호가 이빨을 드러냈다.

"너는 왜 여기 있는 거지? 그녀를 다시 만났으니 이제 네 자리로 돌아가."

"저도 간절히 바라는 바입니다."

아들 김도진을 매화 마을로 보내는 것에 성공했음에도 김 회장은 조력자로서의 자신의 신분을 잊지 않았다.

"머무시는 동안 그룹 차원의 지원이 계속 이루어질 겁니다. 치호 님께서 안락하고 평안한 생활……."

"됐어! 내가 알아서 해."

서진의 말을 칼처럼 베어 냈음에도 치호의 가슴에는 울분이 들끓는다. 매와 같은 눈, 늑대의 후각, 하루에 천리를 달리는 빠른 발도 이 시대를 살아가는 데에는 아무런 소용이 없음을 알기 때문이다.

옷이나 음식, 문을 여는 숫자들을 누르는 것까지, 빠르게 흡수하고 있지만 쉽지 않다. 새로운 문명을 배워 갈수록 치호는 족쇄가 늘어나는 것 같은 느낌에 답답함을 지울 수가 없었다.

'평범하게 살아가는 것이 이리도 힘겨운 것인가.'

자연스레 민지의 집으로 걸음을 옮기는 치호의 앞을 서진이 가로막았다.

"동의 없이 남의 집에 들어가는 것은 불법입니다."

"그녀는 내 아내야."

"아직 아니지요. 식도 안 올리셨잖아요."

"천삼백 년 전부터 내 여자라고!"

"그건 아주 아주 옛날이야기입니다."

서진의 말에 치호가 획 돌아서 302호 문을 열었다.

통통거리며 반갑게 감겨드는 새벽을 들어 올려 얼굴을 쭉쭉 핥았다.

"그런 행동은 한민지 씨가 싫어하실 텐데요."

"새벽이는 좋아해."

그의 콧등을 핥는 새벽을 슬그머니 내려놓았다.

서진을 노려보며 서 있던 치호가 메시지 알림음에 주머니에서 휴대폰을 꺼내 들었다.

-집에 잘 들어갔어요?

네모와 세모, 동그라미가 길고 짧은 선들과 맞물려 있다. 한참이나 쳐다보던 치호가 서진에게 휴대폰을 내밀었다.

"집에 잘 들어가셨는지 물으시네요."

치호를 대신하여 메시지를 확인한 서진의 말에 한숨을 내쉬었다.

"보고 싶다고 답장해."

-잘 들어왔어. 오늘도 수고해.

서진이 문자를 찍어 보여 주자 치호의 오른쪽 눈썹이 휘어 올라갔다.

"뭐가 이렇게 길어."

"말씀하신 대로 보낸 겁니다."

의심스러운 눈초리로 쳐다보던 치호가 휴대폰을 받아들어 한참을 노려본다.

"언문을 알려줄 스승을 구해 봐."

"제가 알려드리겠습니다."

"됐어!"

"알겠습니다."

"이제 가 봐."

"언제 필요하실지 모르니 여기서 대기하겠습니다."

"잘 거야. 가."

서진이 현관을 나서자 치호가 소파에 누웠다.

'정말 기억이 돌아오지 않는 걸까?'

한숨을 내어 쉬는 치호의 가슴 위로 뛰어오른 새벽이 그의 턱을 핥았다. 냄새만으로도 상대의 기분을 아는 동물적인 감각은 그 어떤 언문보다 소통이 빠르다.

"이제…… 아랑에게는 통하지 않는 걸까."

실체를 알면서도 그를 찾아와 준 민지처럼, 치호 또한 인간인 그녀를 받아들여야 한다는 것을 안다.

하지만 그녀와 아랑을 다른 개체로 인식해야 하는 것은 치호에게 더없이 어려운 숙제였다.

09 특별한 연인들

하나에서 둘이 된다는 것은 서로를 이해하고 닮아 가는 충돌과 화해의 연속이었다. 특히나 시공을 뛰어넘은 연인은 식사조차 일상적이지 않았다.

인간과 공존했던 치호이기에 날 것만 먹은 것도 아니지만, 조미료와 향신료가 넘쳐나는 현대의 음식은 지나치게 자극적이었다.

"좀 익혀서 먹으면 안 될까요?"

"그럼 뼈 씹어 먹기가 불편한데?"

생닭을 뼈째로 씹는 그의 모습에 민지는 혈색을 잃었다.

"그래도 좀 사람처럼 먹으면 좋겠어요."

"알았어."

부탁을 거절하는 법이 없는 치호는 한동안 닭을 삶거나 구워 먹었다. 하지만 날카롭게 잇몸을 찌르는 뼈를 씹기 불편했던지, 생닭 대신 스테이크용 한우가 냉장고 가득히 채워졌다.

"호랑이도 아니고 매일 고기만 먹어요?"

나물이나 야채류를 즐기는 민지를 보며 치호 역시 고개를 설레설레 저었다.

"토끼도 아닌데, 너는 풀을 참 좋아하는구나."

"야채를 많이 먹어야 몸에 좋아요."

"알았어."

가끔 막걸리를 마시긴 하지만, 그 외에 향이 들어간 음료는 일절 입도 대지 않고 오로지 생수만 마셨다.

식후에 커피를 내린 민지의 곁으로 다가선 치호가 살포시 그녀를 품에 안았다.

"또 마셔?"

치호를 다시 만난 뒤로 불면증이 사라진 민지는 끊었던 커피를 다시 마시기 시작했다.

"치호 씨도 한 잔 할래요?"

"맛도 없는데 인간들이 꽤나 좋아하네. 편의점에 있으면 매일 사 먹는 인간들이 많아."

위염 때문에 많이 마시면 안 되지만, 하루 종일 그녀를 기다렸을 치호에게 지친 모습을 보이고 싶지 않았다.

"마법의 물이거든요."

"어떤 마법을 부리지?"

호기심 가득한 치호의 모습에 민지가 웃으며 커피의 역사에 대해 간단하게 설명해 주었다.

"흑인 노예들은 죽을 때까지 커피 농장에서 벗어날 수 없었어요. 그래서 커피를 '니그로의 땀'이라 불렀대요."

"노예들의 착취로 만들어진 커피가 노동력을 증가시키는 힘으로 사용되다니 이해할 수 없군."

"머리가 맑아지는 각성 효과가 있거든요. 야근할 때 마시던 것이 버릇 되어 버렸어요."

'각성? 그럼 아랑의 기억이 돌아오는 건가?'

치호는 민지가 퇴근하면 커피를 한 사발씩 끓여 놓았다.

그의 마음을 알 리 없는 민지는 이상 행동 중 하나일 뿐이라 생각했다. 커피 말고도 특이행동은 차고 넘쳤다.

젖은 머리는 드라이기로 말리는 대신 탈수기처럼 털어 대고, 개 짖는 소리가 들리기라도 하는 날에는 창문을 열고 꼬박꼬박 대답을 한다.

"무슨 말인지 알아들어요?"

"옆집 고양이가 지나갔다는데."

"그래서 뭐라고 했어요?"

"나는 못 봤다고 했어."

개는 이유 없이 짖지 않는다던데, 그간에 짖어 댔던 동네 개들이 잡담 중이었다는 사실이 허망하다.

'산군이란 직업은 참으로 오지랖이 넓어야 하는구나.'

민지의 집에서 저녁 식사가 끝나면 잠자리에 들기 전까지 치호의 집으로 건너가 대부분의 시간을 보냈다.

과도한 업무에 지친 민지는 집 소파에 누워 영화 보는 것이 좋았다. 치호를 만나기 전에 쌓아 두었던 판타지 영화들을 다시 보는 것으로 데이트를 대신했다.

다행이도 치호는 영화에 푹 빠져들었고, 그녀가 자료로 모아 놓은 이종 간의 사랑에 흥미를 보였다.

"이해할 수 없군. 왜 인간들은 초월적인 존재들마저 인간이 되고 싶어 한다 생각하지?"

"글쎄요. 인간들이 만들어서 그렇겠죠."

'당신은 인간이 되고 싶지 않아요?'

그가 인간이었으면 하는 바람을 들켰나 싶어 민망하면서도 섭섭한 마음을 감출 수 없었다.

하루에 두세 편씩 보면서도 치호는 남자 주인공에 빙의되어 온몸을 바르르 떨었다.

여고생과 사랑에 빠진 뱀파이어가 달려오는 차에서 여주인공을 구하는 장면에 치호가 콧방귀를 끼었다.

"저건 나도 할 수 있어."

차보다 빠르게 달리는 장면도 심드렁해 하던 치호가 남자 주인공이 살아온 세월에 대한 회상 신이 나오자 자못 심각해졌다.

"왜 한숨 쉬어요?"

어깨에 기대어 있던 민지가 고개를 들자 치호가 그녀의 이마에 입맞춤했다.

"나도 잠 안 잤으면 쟤만큼 멋진 남자가 되었을 텐데."

"어떻게 멋진데요?"

"피아노도 치고, 책도 많이 읽고. 흐르는 시간을 내내 지켜

보았으니 모르는 게 없잖아."

"당신도 충분히 멋있어요. 생닭만 안 먹으면."

"요즘 안 먹잖아."

"그래서 멋지다고요."

키득거리는 민지를 꼭 끌어당기며 치호가 영화를 노려보았다. 이미 본 영화인지라 민지는 심각한 표정의 치호를 보는 것이 더 재미있었다.

"우리나라에도 저런 흡혈귀가 있었어요?"

"뭐한다고 피를 빨겠어. 통째로 먹고 말지."

"뭐라고요?"

눈을 흘기자 치호가 하얀 이를 드러내며 웃었다.

"정말 서역에서는 박쥐도 둔갑을 할 수 있는 건가?"

"당신은 봉황도 봤다면서요."

"봉황은 자존심이 세서 인간으로 변하지 않아."

같은 영화를 보며 치호와 민지의 생각과 감정들은 극명하게 나뉘었다.

"인간이 어때서요?"

"아니, 그게 아니라 저건 봉황이 아니잖아."

봉황이나 뱀파이어나!

심각한 표정으로 남자 주인공을 쳐다보던 치호는 다음 영화를 재생하자 더욱 진지해졌다.

으르르르르.

자신과 비슷한 늑대가 나오자 신 나 하던 치호가 인간이 늑대로 변하는 장면에서 머리털을 곤두세웠다.

"당신, 지금 으르렁거렸어요."

"아니야. 쟤가 그런 거야."

시치미를 떼지만 곤두선 치호의 머리는 쉽게 가라앉지 않았다.

"당신도 변하는 과정이 저렇게 고통스러워요?"

"저렇게 아프면 누가 변하고 싶겠어. 그리고 난 저 녀석보다 훨씬 멋진데, 보여 줄까?"

"아니요, 아니요. 그러지 말아요. 보고 싶지 않아요. 당신은 지금 그 모습이 최고 멋있어요."

은근히 자신의 변한 모습을 자꾸 보여 주고 싶어 하는 치호와 달리 민지는 상상만으로도 끔찍했다.

그럼에도 문득 돌아보면 언제나 자신에게 향해 있는 아름다운 눈동자에 속절없이 빠져들었다.

'왜 한민지 씨여야 했는지는 알 수 없습니다. 제가 아는 것은 그의 선택이 당신이었다는 것뿐입니다.'

김 회장의 말처럼 평범한 그녀로서는 다가설 수 없을 만큼 참으로 잘난 남자였다.

"왜…… 날 선택한 거예요?"

"무슨 뜻이지?"

"산군의 아내로 선택받았다는 말을 들었어요."

민지의 말에 치호가 그녀를 당겨 품에 안았다.

"선택이 아니었어. 도망칠 틈도 없이 스며들었지."

"스며들어요?"

"겨울이 가면 봄이 오듯이, 그렇게…… 봄비처럼."

달콤한 음성에 민지의 눈이 사르륵 감긴다.

'1이라는 숫자 전에 0이라는 것이 존재한다는 것을 처음 알았어.'

휴대폰에 저장된 그녀의 단축 키가 0번이라는 것에 민지는 마냥 기뻐할 수가 없었다.

'이대로 괜찮은 걸까?'

그녀의 곁에 머물기 위한 그의 노력이 얼마나 필사적인지 알기에 민지의 고민은 깊어져만 갔다.

아침에 눈을 뜨면 그녀를 내려다보는 대신, 출근 준비를 마친 민지가 문을 열면 맞은편 문이 열리며 치호가 아침 인사를 한다.

"잘 잤어?"

새벽 두 시까지 같이 영화를 봐 놓곤 십 년을 떨어져 있었던 것처럼 반갑게 인사를 한다.

"치호 씨도 잘 잤어요?"

씩 웃는 치호의 손을 잡고 빌라 앞 정류장 대신 골목길을 따라 편의점까지 함께 걸어갔다.

"이따 봐요."

두 번 다시 못 볼 것처럼 아쉬워하는 치호의 배웅을 받으며 민지는 마을버스에 올랐다.

"버스 떠났습니다. 그만하고 들어가시죠."

"알아."

"오늘도 아홉 시 즈음 나가십니까?"

"안 가."

근 삼 일 동안 서진이 운전하는 차를 타고 퇴근하는 민지를 데리러 갔지만.

"그녀가 싫어해."

"잘됐네요. 치호 님도 차 타는 거 고역이지 않습니까."

답답한 차에 갇히는 것을 그리 싫어하면서도 더 빨리 볼 수 있다는 마음에 데리러 갔었다.

"어디 도망가는 것도 아니고 시간 되면 곧장 집으로 오시잖아요."

매일 반복되는 출근길 헤어짐에 기분이 급격히 다운되는 치호의 모습이 이제 서진은 익숙하다.

'데리러 오지 말라 해서 더 속상한가 보네.'

어제 그녀의 회사 앞에서 대기하며 민지가 나오기를 기다리던 서진이 퇴근 시간을 물은 것이 화근이었다.

'얼마나 기다리신 거예요?'

'한 시간이요.'

'알겠어요. 치호 씨한테 이야기해 볼게요.'

생긴 것과 달리 민지의 말이라면 참 잘 듣는 치호였다.

시공을 뛰어넘은 불멸의 존재에게 다시 찾은 사랑은 지독한 시련이었다. 그런 사랑을 겪지 않은 탓인지 서진은 그들을 이해하기가 쉽지 않았다.

'우리에 갇힌 맹수 같구나.'

치악의 산군을 연인으로 받아들인 민지는 평범해지기 위해 필사의 노력을 하고 있었지만, 그것이 치호에게 얼마나 큰 상처가 되는지 알지 못했다.

한참이나 문 앞에 서 있던 치호가 카운터로 돌아왔다. 자리 잡고 노트북 인터넷 강의를 보는 치호의 모습은 여느 대학생과 다를 바 없다.

"뭘 그리 열심히 보십니까?"

"역사. 내가 잠든 사이 열심히도 전쟁을 했군."

세계 최고의 인터넷 속도를 자랑하는 IT강국에서 깨어난 것도 천운이라 할 수 있지 않을까?

"나라가 분단된 것이 속상하십니까."

"어차피 조만간 다시 합쳐질 텐데, 뭐."

"통일이 된다고요? 미래도 내다보십니까?"

"나라란 국력에 따라 커졌다 작아졌다 하는 거야. 몰랐어?"

요즘 한창 한글을 배우는 치호는 다양한 조합을 만들어 검색하여 동영상으로 원하는 정보를 습득했다.

"그래도 한글은 배우셔야 하지 않을까요?"

"필요할까?"

"신국에서는 어떤 문자를 사용하셨습니까?"

서진의 물음에 치호는 잠시 생각에 잠겼다. 그가 살던 시대에 문자는 선택받은 자들, 즉 귀족들의 것이었다.

"그때도 한자를 쓰긴 했는데, 구결문을 많이 읽었지."

"구결문이요?"

"한자를 간편하게 줄여서 사용했어. 섬나라 왜국에서는 아직도 쓰던데."

'가타카나를 말하는 건가?'

충격적인 사실에 서진은 핸드폰으로 구결문을 검색했다.

'도대체 드러나지 않은 역사의 진실은 얼마나 되는 걸까.'

문자보다 영상에 익숙한 현대인처럼 치악의 산군은 빠른 속도로 새로운 시대에 적응하고 있었다.

한참이나 인터넷이 전하는 새로운 정보에 빠져 있는 듯 보였던 치호가 멍하니 밖을 내다본다.

"한민지 씨 퇴근하려면 멀었습니다."

"알아."

일어선 치호가 편의점 문을 열고 나갔다.

편의점 계단에 선 치호가 한참이나 돌아오지 않자 서진이 문을 열고 나갔다.

까아아아아악.

전봇대에 앉은 까마귀 두 마리를 쳐다보는 치호의 곁에 섰다. 서진을 발견한 까마귀가 어째 더 악을 쓰며 우는 듯 보이는 건 그만의 착각일까?

"혹시 새가 하는 말도 알아들으십니까?"

"너는 도대체 내가 뭐라고 생각하는 거지?"

어이없어 하는 치호의 모습에 서진이 헛기침을 했다.

"아니, 그냥 하도 쳐다보고 계시기에."

휙 돌아선 치호가 편의점 문을 열고 들어서자 뒤따른 서진이 멋쩍은 듯 진열대를 정리하기 시작했다.

"쓰레기통은 왜 바꾼 거야?"

"무슨 말씀이신지."

"밖에 쓰레기통이 너무 깊다는데."

"누가요?"

"까마귀가."

물끄러미 바라보던 서진이 카운터로 걸어왔다.

"그러니까, 밖에 앉아 있던 저 까마귀 두 마리가 바뀐 쓰레기통이 불만이랍니까?"

"먹이 주워 먹기가 힘든가본데."

"까마귀 하는 말 못 알아듣는다면서요."

"족제비같이 생긴 인간이 오더니 너무 깨끗해서 먹을 게 없대. 빗자루질 좀 적당히 해."

"족제비……."

정말인가 싶어 까마귀를 쳐다보는 서진의 모습에 치호가 웃었다.

"손님한테 먹이 주지 말라고 했다며. 까마귀 화났어."

"정말 새와 소통이 가능한 겁니까?"

서진의 추궁에 치호가 어깨를 으쓱였다.

"산에서 제가 날린 드론도 새들 시켜서 추락시킨 겁니까? 정말 그런 거냐고요."

"침입자가 나타났다고 경고해 주었을 뿐이야."

정말 이 남자의 능력은 어디까지일까?

"까마귀들에게 전해 주십시오. 먹거리는 알아서 조달을 하라고."

어이없다는 듯 바라보는 치호의 눈빛에 서진이 안경을 추켜올리며 쏘아보았다.

"도둑처럼 훔쳐먹는 것은 인간 세상에서 용납되지 않는다고 말이죠."

'언제부터 세상이 너희들만의 것이 되었지?'

씁쓸함도 잠시, 치호가 피식 웃었다.

"왜요? 까악, 까악, 하기 창피하십니까?"

그답지 않게 발끈하는 모습에 벌써 그리 가까워진 걸까 싶어 치호는 흐뭇하게 서진을 바라보았다.

"인간의 언어는 소통을 위한 최선일 뿐, 최고는 아니야."

"다른 소통 방법이 있다는 말입니까?"

소통에 대한 근본적인 생각을 진중하게 설명했다.

"소리나 문자는 효율적인 소통 방법이지만, 절대적이지는 않아. 냄새나 느낌을 통해서도 감정을 읽고 그 안에 내재된 이야기를 충분히 볼 수 있어."

"후각으로 소통이 가능하다는 말입니까."

"오감은 신이 내려 준 축복인데, 지나치게 시각과 청각에 의존한 인간들은 다른 감각들이 퇴화된 거야."

"다른 감각이요?"

"느낌들."

"서로가 다른 의사소통 체계를 가지고 있어도 느낌으로 통할 수 있다는 말입니까?"

"효율적인 언어를 만들어 낸 인간은 역사를 후대에 전하는 데 성공했지만, 과연 모든 것이 진짜일까?"

"역사는 증거물이 나올 때마다 새롭게 쓰이죠. 꼭 진실만을 후대에 전하는 것은 아닙니다."

"몸에 새겨 피로 이어지는 감각은 거짓말을 하지 않아. 소리 내지 못하는 자갈조차 시간의 물결을 몸에 새겨 가며 수많은 이야기를 품고 있지."

"……"

"보이지 않는다 하여, 소리 내지 않는다 하여 그네들의 이야기를 무시해서는 안 돼."

치호는 처음으로 산에 올랐을 때를 떠올렸다.

"칼에 베인 소나무를 봤어. 내가 잠들었던 시간 동안 적악이 얼마나 아파했는지 알 수 있었지."

"소나무는 무슨 이야기를 전하던가요?"

송진을 채취한 V자형 흔적은 일본의 침탈 증거다. 만주사변을 시작으로 태평양전쟁까지 일제는 연간 4만여t의 송탄유로 비누, 종이, 도료를 만들어 전쟁에 사용했다.

"상처는 그대로인데 인간들은 벌써 잊었더군."

"직접 겪은 이들이 죽어 가고 있으니까요. 전쟁의 아픔을 이야기하는 이들은 더 이상 존재하지 않아요."

"그래. 그것이 인간이 가진 언문의 한계인 거야."

통렬한 비판에 서진은 숙연한 마음이 들었다.

"진위를 가릴 수 없으며, 공명하지 못하니 온전히 이해할 수 없고, 말뿐인 이해는 쉽게 잊히는 법이지."

"……."

"범고래는 포악하고 위협적인 성격에도 인간을 공격하지 않는다고 들었어."

천적의 개체수가 느는 것을 막기 위해 흑동고래 새끼를 학살할 정도로 교활한 그들이 인간을 공격하지 않는 이유는 단 하나.

"군선을 공격해서 로마인에게 학살을 당했고, 2000년 뒤에 미군을 공격하여 또 한 번의 대규모 학살을 당했다더군."

반복된 학살로 인간을 건드리면 대규모 학살을 당한다는 '학습된 본능'을 얻은 범고래는 인간에게 우호적인 것이다.

"하지만 착각하지 마. 그들은 벗이 아니야. 언젠가 너희가 가장 약해질 때에 다시 공격해 올 테니까."

"영원한 벗도 영원한 적도 없다 하지 않으셨습니까?"

"적어도 내가 누구인지 잊지는 말아야지."

이성적인 삶을 추구하는 서진은 동물적인 본능을 우선시하는 치호의 말에 혼란스러웠다.

"원시적인 감각들을 되살리기엔 인간은 이미 문명에 너무 익숙해져 있습니다."

"인간의 문명은 자연을 희생하여 얻은 결과이니 그 대가 또한 너희의 몫이겠지. 자연적인 감각들을 잃어가는 것이 그 첫 번째 대가인가?"

IT강국으로 화려하고 아름다운 도시는 아시아의 용이 되기 위해 밤에도 잠들지 않았다.

"주위를 둘러봐. 너희가 얻은 것만 눈에 보여? 그로 인해 잃은 것들은 정말 보이지 않는 건가?"

미세먼지, 빈부의 격차, 저출산, 고독사, 높은 자살률 등 환경, 정치, 사회적 문제들은 선진국이 되기 위해 당연하게 거쳐야 할 과제라 생각했다.

"많은 문제점이 있긴 하지만 개도국에서 벗어나는 과정의 후유증일 뿐입니다. 충분히 극복할 수 있습니다."

"과연 그럴까?"

"……."

"풀이 없는 곳엔 벌레가 살 수 없고, 벌레가 없는 곳엔 짐승이 살지 않아."

하루 종일 민지 바라기만 하는 어수룩한 모습과는 전혀 다르다. 치악을 다스렸던 산군으로서의 위엄이 느껴지자 서진은 소름이 돋았다.

'짐승이 살지 않는 곳엔 인간도 살 수 없다.'

환경학자들이 말하는 자연의 역습은 태풍이나 지진 같은 재해를 이야기하는 줄 알았다. 그러나 마지막 남은 산군은 인류의 멸종을 이야기하고 있었다.

'과거에서 온 자가 미래를 읽고 있다.'

끝없이 발전하는 인간의 미래가 우주로 뻗어나가는 찬란한 내일이 아닌 멸종이라니.

절벽을 향해 달려가는 폭주 열차에 몸을 실은 느낌이다.

서진의 몸에서 피어오르는 절망감을 바라보던 치호가 조용히 입을 열었다.

"산군들은 모두 어디로 갔을까?"

"반도의 호랑이는 멸종되었습니다."

"예나 지금이나 산군으로는 호랑이가 인기군."

"보통은 호랑이를 산군이라 부르죠."

"산군은 산을 지키는 수호자를 말하는 거야."

새로운 세상에서 개는 더 이상 위대한 존재가 아니었다. 주인을 향한 대가 없는 사랑은 늘 줄에 묶여 있거나 끝없는 기다림으로 얼룩져 있다. 때론 학대받고, 때론 버림받으면서도 사랑하기를 멈추지 않는 바보들이다.

"어제 그녀와 늑대가 나오는 다큐멘터리를 봤어. 동물을 꽤나 좋아하나 봐."

치호가 꽤나 오랜 세월을 산군으로 지냈다는 것을 아는 서진은 한숨을 내쉬었다.

'노력하고 있는 겁니다. 당신과 함께하기 위해서.'

짧은 시간에도 순수함을 잃는 인간과 달리 여전히 소년의 눈동자를 간직한 치호였다.

"낯선 대륙의 마지막 늑대에 대한 기록이었어."

1926년 미국 옐로스톤의 마지막 늑대가 멸종되었다.

"가축과 인간을 공격한다는 이유였지."

늑대가 사라지자 생태계 먹이사슬이 깨지며 사슴과 엘크가 번창하고, 새싹들을 집어삼켜 숲이 사라지기 시작했다.

"50여 년 후 인간들은 숲을 살리기 위해 뒤늦은 복원 작업에 들어갔어."

"나무를 심기 시작한 겁니까?"

"아니, 이웃나라의 늑대를 데려다 풀어 놓았어."

늑대들이 돌아오자 사슴과 엘크의 개체수가 줄어들었다. 늑대가 남긴 사체는 다양한 종의 먹이가 되고, 늑대를 대신했던 코요테가 줄어들며 설치류와 조류가 늘어나기 시작했다.

"늑대로 인해 그 먹잇감들의 서식지가 변하며 하천 주변에 사라졌던 큰키나무들이 자라나기 시작했지."

하천에는 비버가 돌아오고 댐을 만들어 다양한 수생 생물의 터전을 만들었다. 늑대의 귀환이 생태계의 상호작용을 복원하여 자연을 회복시킨 것이다.

"늑대들은 옐로스톤의 산군이었던 거군요."

같은 시간, 화장실에 들른 민지는 뒤늦게 들어서는 여직원들의 목소리에 살며시 문을 닫았다.

"어제 그 남자 봤어? 너희 회사 대리님 남친이라며."

"완전 대박. 나 깜짝 놀랐잖아."

살며시 변기에 앉으니 그녀의 회사는 물론 같은 건물에 있는 무역회사 여직원들까지 난리가 났다.

"나도, 나도. 어제 봤어. 최진혁 닮았지? 나이도 한 대리님보다 어린 것 같아."

외모부터가 눈에 띄다 보니 아무리 평범해지려 해도 하늘의 별처럼 반짝이는 빛을 숨길 수가 없다.

"연예인 지망생인가?"

"기사 딸린 차 타고 왔어. 무슨 그룹 회장님인 줄~"

"진짜?"

"같이 온 기사도 엄청 잘생겼어."

"야, 너도 로또 그만 사고 그런 남자나 찾아봐."

회사 앞에서 기다리는 치호는 어깨가 으쓱해질 만큼 멋진 모습이지만, 민지는 부러운 시선이 달갑지 않았다.

"순진하게 생겨 가지고 그런 남자를 어디서 물었대?"

"매일 야근인데, 어디서 만났을까? 궁금하네."

"가서 한번 물어봐."

"별로 안 친해. 자기 할 일만 딱 하고, 잡담하는 것도 별로 안 좋아하는데 뭘 물어봐."

갑작스레 울려 대는 민지의 휴대폰 벨 소리에 밖에서 들려오던 여직원들의 목소리가 뚝 끊겼다.

'호랑이도 제 말 하면 온다더니.'

어쩔 수 없이 화장실 문을 열자 그새 도망갔는지 여직원들의 모습은 보이지 않았다.

저도 모르게 안도의 한숨이 새어 나왔다.

[무슨 일 있어?]

"아니요. 별일 없어요."

[목소리 이상해.]

"어떻게 이상한데요?"

[화난 것 같기도 하고. 초조함이 느껴져.]

혹시나 여직원들이 다시 들어올까 재빨리 화장실을 벗어난 민지가 화제를 돌렸다.

"우리 한 시간 전에 통화했는데, 또 했어요?"

[점심에 밥 먹었냐고 전화했었지.]

"이제 점심밥 먹었어요."

[또 풀 먹었어?]

"김치찌개 먹었어요."

[나는 서진이랑 돈가스 먹었어.]

천진한 대답에 민지는 웃음이 터졌다.

누군가 기다려 주는 사람이 있다는 것이 이렇게나 마음이 따듯해지는 것인지. 업무에 지친 가슴으로 행복이 차오른다.

"서진 씨랑 하루 종일 붙어 있네요. 즐거운 시간 보내고 있어요?"

[멸종된 늑대 이야기 했어. 저녁은?]

"집에 가서 치호 씨랑 먹으려고요."

[알았어.]

퇴근은 이제 하루의 끝이 아닌 치호와 함께하는 새로운 시작을 의미했다.

치호와의 통화로 굳었던 얼굴로 미소가 번져 간다.

"뭐가 그리 좋아?"

사무실 의자에 앉기가 무섭게 맞은편 칸막이 위로 정 대리의 얼굴이 화투에 그려진 일광처럼 떠올랐다.

"곧 날 잡는다는 소리 들리겠는데?"

민지가 컴퓨터 파일을 열며 정중하게 대꾸했다.

"아직 계획 없어요."

"재테크 중에 가장 클래식한 게 혼테크 아닌가?"

아직도 과장 발령을 받지 못한 정 대리는 그녀를 경계하는 듯 요즘 들어 부쩍 시비가 잦았다.

"뭐가 뜻대로 잘 안 돼?"

"……"

"남자들 다 똑같아. 잘해 줘. 또 아나? 부잣집 사모님 될지. 그럼 힘들게 회사 다닐 필요 없잖아. 안 그래?"

"아뇨, 열심히 해서 과장 달아 보려고요."

"과, 과장?"

"조만간에 인사이동 있을 거라는 말 있던데, 정 대리님도 분발하셔야죠?"

게슴츠레 꼬나보던 정 대리가 이내 찬바람을 일으키며 탕비실로 걸어가 버렸다.

'그러게 이기지도 못할 싸움을 왜 걸어?'

특별함을 감출 수 없는 남자의 연인이 되었지만 평범한 연인들처럼 지내고 싶었다.

흐르는 강물처럼 조용하게, 꼭 붙어 매달린 단감처럼 다정하게 익어 가고 싶을 뿐이다.

　퇴근한 민지는 치호에게로 달려가는 마음처럼 엘리베이터도 기다리지 않고 계단을 뛰어 내려왔다.
　지하철에 앉아 내내 그와 메시지를 주고받으며 다시 전력 질주하여 떠나는 마을버스에 올라탔다.
　치호는 분명 지하철역을 향해 걷고 있을 것이다.
　'사고가 났나?'
　마을버스는 정류장에서 백여 미터 떨어진 곳에 멈춰 좀처럼 움직이지 않았다.
　"기사님, 나 급한데 여기서 잠깐 문 좀 엽시다!"
　조급한 아저씨의 외침에 마을버스 문이 열리자 민지가 먼저 뛰어내렸다. 벚꽃이 피기 시작한 4월의 미풍을 가르며 치호를 향해 뛰었다.
　두근. 두근두근.
　얼굴이 빨갛게 달아올랐지만 멀리 치호의 모습이 보이자 턱까지 차오른 숨을 삼키며 쉬지 않고 달렸다. 소리치지 않아도 치호는 본능적으로 민지를 향해 돌아선다.
　"하아, 하아. 뭐 하고 있어요?"
　"어디서 오는 거야?"
　"차가 밀려서 조금 일찍 내렸어요."
　대답하던 민지가 조금 전까지 치호가 허리를 숙이고 있던 강아지를 쳐다봤다.

"안녕하세요?"

'대로변으로 강아지를 산책 나온 걸까?'

정류장에 서 있던 아주머니가 그녀에게 인사를 했다.

얼떨결에 인사를 한 민지는 치호가 강아지 주인과 이야기를 나누고 있었다는 것을 알아차렸다.

"그럼, 이제 정류장에 나오지 말아야 할까요?"

"이제 가자고 하지 않을 겁니다."

시무룩해진 아주머니가 시츄를 품에 안고 돌아서자 민지가 치호의 팔을 잡아당겼다.

"무슨 일이에요?"

민지의 손을 잡아 자신의 팔에 감은 치호가 그녀의 머리에 입맞춤했다.

"강아지랑 이야기한 거예요?"

"응."

"무슨 일인데요? 옷도 입고 예쁨 받으며 잘 지내는 것처럼 보이는데?"

"보이는 게 다가 아니니까."

나란히 걷던 민지가 그의 팔을 잡아당겼다.

"말해 줘요. 궁금해."

"두부는 주인한테 버림받았어."

산책 나온 개랑 통성명까지 하다니……. 하긴, 동네 강아지랑 고양이 이야기도 하는데 뭐.

"아까 그 아주머니가 주인 아니었어요?"

333

"줄에 묶여 있는 걸 아주머니가 데려왔는데, 산책 갈 때마다 계속 이쪽으로 오나 봐."

"유기견이라면 좋은 주인 만나 다행이네요."

"참 이상하지? 인간은 언어에 의존적인 줄 알았는데, 그녀는 두부의 마음을 읽을 줄 알다니."

"마음을 읽어요?"

"두부가 전 주인 그리워하는 걸 알고, 계속 저녁마다 정류장에 나왔었나 봐."

씁쓸한 음성에 민지도 덩달아 기분이 가라앉았다.

"치호 씨는 모르는 사람하고 말도 잘하네."

"두부가 먼저 말을 걸었어. 주인과 헤어졌다고 혹시 봤냐고. 그래서 보지 못했다 했어."

"정말 그뿐이에요?"

민지의 추궁에 치호가 피식 웃었다.

"이름이 만두가 아니라 두부라더군."

"그리고요."

"기다리지 말라 했어. 전 주인은 돌아오지 않는다고."

'왜…… 그런 말을 한 거야. 잔인하잖아.'

심장이 조여 드는 통증에 민지는 왈칵 눈물이 났다.

"하지 말지 그랬어요. 마음 아프게."

곁에 선 반려를 두고 끊어진 인연을 기다리는 두부는 치호로 하여금 스스로를 돌아보게 하였다. 달려오는 민지에게서 아랑의 그림자만을 찾던 심장이 부서져 내린다.

스쳐가는 인연일 두부의 마음까지 헤아리며 속상해 하는 민지를 치호가 꼭 끌어안았다.

"그리움은 끝나야 하니까."

골목길을 걷는 그들 사이로 무거운 침묵이 찾아들었다.

선진국이 되고 동물을 대하는 사람들의 인식이 높아졌다고 한들 여전히 동물과 인간의 경계는 뚜렷했다.

교감하며 사랑을 나누는 이들이 늘어가는 만큼 학대당하고 버림받는 이들도 많아졌다. 그들을 보며 치호는 무슨 생각을 할까.

빌라 1층 현관에 서 있던 서진이 그들을 반겼다.

"그럼 전 퇴근합니다."

"응."

계단을 오르는 치호를 쳐다보던 서진의 시선이 민지에게로 향했다.

"분위기 왜 저래요?"

차마 유기견을 만나서 그렇다는 말을 하기가 난감하여 민지가 어색하게 웃자 서진이 고개를 끄덕였다.

"동물 영화 좀 그만 봐요. 해피엔딩이 없잖아요."

"알았어요."

"냉장고에 막걸리 사다 두었습니다."

"고마워요."

무슨 간첩 접선하듯 속삭이던 서진이 계단 위에 기다리고 선 치호의 눈치를 살피며 웃었다.

"그럼 내일 뵙겠습니다."

"일요일이잖아요. 출근 안 하니까 안 오셔도 돼요."

"나이스하네요. 감사합니다."

어린이집 보모 같은 말에 민지가 활짝 웃었다.

"무슨 얘기를 그렇게 오래하지? 기분 나빠."

"들었으면서 왜 모른 척해요? 기분 나쁘게."

그의 말을 따라 하는 민지를 치호가 날름 들어 안았다.

"그럼 들어가서 막걸리 마실까?"

"씻고 건너갈게요. 먼저 가서 기다려요."

"알았어."

까치발을 들어 그에게 입맞춤한 민지가 후다닥 집으로 들어가 욕실로 직행했다. 서둘러 샤워를 마치고 편한 옷으로 갈아입었다. 머리도 말리지 않은 채 현관문을 열자 맞은편 문이 열린다.

"나이스 타이밍!"

슬리퍼를 신고 다섯 걸음 만에 그의 향기가 물씬 풍기는 302호에 상륙했다. 거실 테이블 위에 놓인 족발과 막걸리를 보며 민지가 배시시 웃었다.

"족발은 언제 시킨 거예요?"

"서진이 가면서 주문했나 봐."

"우와, 정말 램프의 요정이 따로 없네."

퇴근 후 연인과 마주 앉은 저녁상은 그녀가 꿈도 꾸지 못할 만큼 멀게만 느껴지던 작은 행복이었다.

계획에 없던 고양이 한 마리가 추가됐지만 나쁘지 않다. 족발 한 조각 먹겠다고 테이블 위로 열심히 손을 뻗어 낚시질 중인 새벽을 보니 웃음이 터진다.

"새벽아, 그런 거 먹으면 탈 나."

소파에 등을 기대고 바닥에 앉은 민지가 그의 잔에 막걸리를 따르며 새벽이를 밀어냈다.

니야아아아

어느새 컸다고 말대답까지 하는 새벽이가 우스워 죽겠다. 아무리 밀어내도 낮은 포복 자세로 테이블에 접근하는 새벽이에게 치호가 으르렁거렸다.

순식간에 털을 곤두세운 새벽이가 치호의 눈치를 보며 베란다 캣타워로 뛰어 올라갔다.

"나도 배워야겠어요. 으르렁."

시원하게 막걸리를 들이켠 그의 빈 잔에 다시 막걸리를 채웠지만, 치호는 말없이 술잔을 비웠다.

"맛있어요?"

"응."

'두부 때문에 기분이 안 좋은가?'

그녀의 목덜미에 얼굴을 묻고 좋은 냄새가 난다며 치근거리던 치호가 오늘은 조금 다르다.

어느새 그의 스킨십에 익숙해진 걸까? 민지는 섭섭한 마음이 들었다.

"기분 안 좋아요?"

"너와 함께 있는데 기분이 안 좋을 리 없잖아."

"……."

"왜 그렇게 쳐다봐?"

"길에 있는 개들을 보면 무슨 생각을 할까…… 해서요."

마음 쓰고 있다는 느낌에 치호가 그녀를 꼭 끌어안았다.

"하나밖에 바라볼 줄 모르는 종의 특성이니 어쩔 수 없지. 평생을 짝사랑하며 그리워해야 하는 운명."

"너무 슬프네요."

"짧은 인연일지라도 소중히 대해 줘야지. 나중에 무지개다리 건너 저승길 마중 나와 줄 벗이니까."

"그런 말은 어디서 들었어요?"

"TV에서."

"TV 너무 많이 보는 것 같아."

"그런가?"

피식 웃는 치호의 모습에 이상하게도 마음이 뭉클하다.

"마을이 그립진 않아요?"

"나의 그리움은 늘 너에게로 향해 있어."

그녀의 곁에 있는 것이 행복하지 않을까 조바심치는 자신 또한 왠지 모르게 씁쓸하다.

"슬퍼요?"

"왜 그렇게 생각하지?"

"모르겠어요. 당신이 슬퍼하는 것 같아."

'나와 공명하고 있는 건가?'

조용히 손을 내밀자 그녀가 망설임 없이 치호의 목으로 팔을 감았다. 허벅지에 걸터앉은 그녀의 가녀린 등을 쓰다듬자 민지가 목덜미에 얼굴을 묻었다.

달콤한 숨결에 닿은 혈맥으로 뜨끈한 기운이 척추를 타고 단전으로 몰려든다.

"미안해."

"뭐가요?"

'네 이름을 불러 주지 못해서 미안해.'

이름을 뱉는 순간, 아랑이 영영 사라질 것 같았다.

"잊어요. 다 잊어버리고 우리 새로 시작해요."

점점 짙어지는 숲의 향기가 자꾸만 무겁게 가라앉으니 민지는 두려웠다. 치호가 어딘가로 홀연히 사라져 버릴 것 같아서. 시간이 멈춘 매화 마을로 돌아가 버릴 것 같아서.

"내 곁에 있어요."

그의 목을 감은 팔에 힘을 주었다.

"놓지 않을게요."

떨리는 그의 입술에 입맞춤했다.

"우리 욕심 부리지 말고 살아요. 열심히 일하고, 같이 밥 먹고 산책도 하면서. 예쁜 아이 낳고 그리 살아요."

'새끼 낳고 싶어.'

순간 아랑의 모습이 민지와 겹치며 처절하게 죽어간 그녀의 절규가 고막을 파고들었다.

처음으로 느껴지는 거부의 몸짓에 민지가 예민하게 반응하며 그를 움켜쥔다.

"항상 네 곁에 있다고 했잖아요."

아랑의 기억을 밀어내려는 듯 민지는 더욱 애달프게 매달렸다. 목덜미를 타고 흐르는 뜨거운 눈물에 치호의 손이 가느다란 허리로 감겨들었다.

"곁에 있어."

눈물로 젖은 입술에서 매향보다 달콤한 향기가 느껴진다.

얇은 셔츠 자락을 밀어 올리는 다급함에 민지가 팔을 들어 올렸다. 찰랑이는 긴 머리카락이 흩어져 내렸다.

눈을 감은 민지가 숨결을 따라 입술을 지나 턱을 깨물며 자그마한 손으로 그의 셔츠를 잡아당겼다. 옷을 헤치고 파고든 작은 손이 치호의 검은 돌기에 닿자 그의 입에서 신음 소리가 새어 나왔다.

수줍은 손놀림을 채근하듯 성급하게 옷을 벗어 버린 치호가 민지의 몸을 들어 소파에 뉘었다. 말갛게 올려다보는 작은 눈동자로 그의 얼굴이 비친다.

그를 맞이하는 달뜬 숨결에 치호의 가슴이 뻐근해져 왔다. 뜨거운 숨을 토해 내던 민지가 허리를 틀자, 종아리를 지나 발목을 어루만지던 치호의 입술이 그녀의 숲으로 파고들었다.

은밀한 살점을 밀어내며 파고드는 그의 혀가 작은 구슬을 빨아들이자 신음이 터져 나왔다. 묘한 짜릿함과 기대감으로 아름다운 나체가 파도처럼 물결쳤다.

"하웃, 아……. 아응."

순식간에 젖어드는 이슬을 핥던 입술이 수풀에 웅크린 사자처럼 그녀의 다리 사이를 거침없이 타고 올랐다. 가슴에서 가녀린 목선으로, 세세한 입맞춤은 붉은 꽃잎으로 피어난다.

통증을 넘어선 쾌감이 취한 듯 몽롱한 기운에 민지는 정신을 차릴 수가 없었다.

작은 가슴을 한입에 베어 문 치호는 너른 어깨로 박혀 드는 손톱에 등줄기가 곤두섰다. 야트막한 신음 소리는 성난 불기둥을 더욱 치켜세웠다.

무릎 안쪽으로 흐르든 손끝으로 젖은 살점을 문지르자, 찌걱거리는 소리가 야릇하게 들려온다. 오감을 자극하는 여체는 얼음에 부딪치는 계곡의 물줄기같이 아름다운 선율을 만든다.

무릎이 열리자 그녀의 숲에 얼굴을 묻은 치호가 한껏 부풀어 오른 꽃잎을 빨아들였다. 연한 살점을 깨물자 왈칵 쏟아지는 맑은 애액을 거침없이 삼켜 버렸다.

"흐응. 애태우지 말아요."

그의 머리카락 속으로 손가락을 밀어 넣은 민지가 엉덩이를 들썩였다. 끙끙 앓는 소리를 내던 민지는 더 이상 견딜 수 없다는 듯 몸을 일으켜 치호의 목덜미를 물었다.

기다렸다는 듯 매끈하게 미끄러져 들어간 치호가 탄성을 터트렸다. 뜨겁게 달궈진 남성을 구렁이처럼 감은 살점들이 뻐근하게 조여들었다. 뜨거운 점막을 밀어 올리며 끝까지 파고들었다.

"하아읏."

몸 안을 꽉 채운 치호가 적나라하게 느껴졌다. 작은 몸에 갇혀 맹수처럼 포효하는 치호가 전율한다. 저릿한 쾌감에 발가락이 오므라들면서 땀이 나기 시작했다.

"하아. 하아. 하아아."

거친 숨을 몰아쉬는 그녀를 달래는 듯, 낮게 갈라진 그의 목소리가 뜨겁고 예민하게 곤두선 귓불을 훑었다.

"그리웠어."

소나기처럼 들썩이는 그의 몸을 따라 새하얀 허벅지를 타고 끝없는 샘물이 흘러내렸다.

깊게 들이치면 들이칠수록 빽빽하게 조여들었다. 그녀의 몸 안에 갇힌 치호는 더욱 뜨겁게 타오르며 몸집을 불렸다.

"하아…… 아……."

가장 예민한 곳을 푹푹 찔러 댈 때마다 자지러질 듯 신음이 터져 나왔다. 끝도 없이 솟아오르는 폭죽처럼 산발적인 쾌감이 전신을 강타했다.

날카로운 신음 소리에 치호는 절정을 향해 거칠게 몰아치기 시작했다. 부풀어 오른 가슴에 맺힌 땀방울이 그림자를 따라 흐른다.

그녀를 뚫는 쾌감은 상상도 하지 못한 충만감을 선사했다. 숨 쉴 수 없을 만큼 고통스럽게 죄여 오는 민지는 치호를 삼키고 또 삼켰다.

지독한 향기가 물고 트인 강물처럼 혈관을 타고 그의 몸으로 퍼져 나갔다. 가녀린 다리가 그의 허리 뒤로 맞물리며 뿌리까지 삼켜 버린 그녀의 열기가 강한 수축을 일으켰다.

생전 처음 겪어 보는 환희에 치호는 부서질 듯 그녀를 부둥켜안았다. 파정과 동시에 왈칵 쏟아지는 뜨거운 열기를 삼키며 치호가 무너지는 민지를 품에 안았다.

"하아……. 나, 당신이 너무 좋아요."

붉은 빛으로 노을 진 민지를 바라보던 치호가 젖은 그녀의 목덜미를 핥았다. 여전히 그의 뿌리를 꼭 물고 있는 예쁜 꽃잎을 어루만지며 천천히 누웠다.

그의 가슴 위로 아기처럼 누워 있는 민지의 젖은 머리카락을 쓸어 넘기자 가녀린 숨결이 간지럽다.

"심장 소리가 들려요."

"고백하는 거야. 아주 많이 그리웠다고."

지친 민지가 고개를 들어 그의 턱에 입맞춤했다.

'그 진심이 나는 왜 이렇게 슬프게 느껴질까요.'

조금 움직였을 뿐인데, 다리 사이로 맞물린 그의 몸이 그녀의 내부에서 차오르는 느낌이 든다. 불끈거리는 맥박이 한껏 민감해진 내벽을 자극하니 아까보다 더욱 빠르게 젖어들었다.

커다란 손이 민지의 엉덩이를 움켜쥐었다. 은밀한 부위가 한껏 벌어지며 그와 맞물린 살점들이 움찔거린다.

"하아아……."

천천히 몸을 일으킨 민지가 허리를 돌리자 굳게 다문 치호의 입술에서 신음이 새어 나왔다.

버들가지처럼 여린 허리를 쓰다듬던 치호가 그녀의 허벅지를 벌렸다. 꽃잎 사이로 박혀 든 자신의 중심부를 바라보니 야릇한 흥분으로 핏줄이 벌떡였다.

엄지손가락으로 숲을 헤치고 자신을 삼키고 있는 여린 살점들을 쓰다듬었다.

"이렇게 예쁜 꽃을 본 적이 없어."

천천히 그녀를 들어 올리는 치호의 힘에 민지의 시선이 아래로 향했다. 번들거리는 남성이 서서히 드러나자 민지가 마른 입술을 혀로 핥았다.

"다시 넣어 줘요. 깊게."

"깊게?"

서글서글한 눈매가 웃으니 민지는 가슴이 부풀어 올랐다.

"깊게, 내 안에 당신을 온전하게 느낄 수 있게."

한껏 달아오른 얼굴로 고양이처럼 속삭이는 민지를 바라보는 치호의 입술로 뜨거운 신음이 새어 나왔다.

"가득히 채워 줘요."

흐드러지게 피어난 야생화처럼 그의 흔적들을 가득 새긴 여체를 잡아당기니 깊숙이 박혀 든 끝부분이 아려왔다.

"끝에 닿았어."

발가락까지 한껏 힘을 주며 쫙쫙 조여드는 그녀가 예뻐서 치호의 눈동자가 황금빛으로 반짝였다. 거칠게 박혀 들고픈 욕망과 애타는 신음 소리를 듣고픈 마음이 충돌한다.

몸을 뺄 때마다 여실하게 드러나는 속살에 눈이 즐겁고, 몸을 밀어 넣으면 빽빽하게 빨아들이는 살점에 단전으로 화기가 치솟았다. 앙증맞은 몸은 머리부터 발끝까지 그의 신경줄을 움켜쥐고 치호를 지배했다.

"하아아."

허리를 당기며 정확하게 정점을 찔러 대는 자극을 견디지 못한 그녀의 몸이 활처럼 휘어졌다.

'어떻게…… 어떻게 이런 게 가능한 거지?'

한 번도 느껴보지 못한 오르가슴은 연쇄적인 폭발을 일으키며 온몸으로 땀방울이 맺혀들었다.

두 번 다시 놓지 않을 듯 서로를 부둥켜안은 연인은 서로의 몸과 마음을 공유하며 깊은 나락으로 빠져들었다.

***

달도 숨어 버린 어둠으로 죽음의 향기가 내려앉는다.

불길한 마음은 걸음을 재촉하고 그렇게 도착한 동굴은 지독한 침묵에 잠겨 있었다.

마을에서 가져온 떡과 고기가 손에서 떨어져 내렸다.

'아랑……'

동굴은 낯선 침입자의 냄새를 뿜어내고 있었다.

사방으로 뿌려진 피의 주인은 누구인가!

피 묻은 발자국들은 처절한 그녀의 몸부림을 고스란히 드러내고 있었다. 천천히 동굴을 둘러보는 치호의 눈동자로 환영처럼 벽에 부딪혀 떨어져 내리는 아랑의 모습이 보였다.

새끼들은 흔적조차 없다. 눈도 뜨지 못한 치호의 새끼들은 비명조차 지르지 못한 채 부서져 버렸을 것이다.

새끼를 위해 얼마나 처절하게 싸워야 했을까?

그가 돌아오기를 얼마나 애타게 기도했을까?

뼈가 부러지고 내장이 터진 자리에 그녀의 피가 흥건했다. 바닥과 벽에 새겨진 발톱 자국들이 그의 심장을 난도질했다.

'괴물이 아랑을 삼켰다.'

도망칠 수 없는 현실은 악몽처럼 그의 이성을 잠식해 갔다. 천천히 뒷걸음질 친 치호가 달리기 시작했다.

몸에 걸쳤던 옷을 찢으며 두 손을 뻗어 땅을 밀어냈다.

가슴에 새겨진 죽음을 따라 어두운 산길을 바람처럼 내달렸다. 흩어지는 피 내음을 쫓아 능선을 타고 절벽을 뛰어올라 계곡을 가로지르며 질주했다.

그렇게 산 정상에 오른 치호는 괴물을 마주했다. 주저 없이 죽음을 향해 몸을 날렸다. 치호보다 천 년은 더 살았을 신수의 기운이 돌풍처럼 그의 몸을 튕겨 낸다.

바위를 차고 오른 치호는 또다시 그의 목을 노렸다. 날카로운 발톱이 옆구리를 강타하며 치호의 몸은 땅바닥으로 떨어져 내렸다.

그렇게 달려들고 또다시 던져지기를 수십 번 반복하자 적호의 움직임이 눈에 띄게 둔해졌다.

크르르르르.

광기 어린 노란 눈동자를 뚫어 버릴 듯 쏘아보며 치호는 절벽을 등지고 섰다. 피투성이가 되어 다리 힘줄까지 끊어졌으나 물러설 수가 없었다.

아랑의 절규가 가시처럼 그의 뇌리로 박혀들었다.

'이길 수 없다면 함께 죽으면 그만이야.'

달려드는 적호의 옆구리를 물어 절벽 아래로 몸을 던졌다.

바위에 부딪혀 튕겨 오른 그의 몸에서 뼈 부러지는 소리가 들려왔다. 바닥에 닿을 듯 바람의 저항이 강해지자 적호를 놓아 버린 치호가 몸을 둥글게 말며 물속으로 빨려 들어갔다.

물가로 헤엄쳐 나간 치호는 그대로 주저앉았다.

"하아. 하아. 하아……."

돌무더기 위로 추락한 적호가 몸을 일으켰다. 거대한 적호의 입에서 붉은 피가 흐르고 있었다. 발이 부러졌는지 바위로 뛰어오르던 적호가 미끄러져 내리며 물속으로 빠졌다.

물살을 가르며 치호를 향해 헤엄쳐 오는 적호를 향해 이빨을 드러냈다.

"어찌하여 나의 반려와 새끼들을 삼킨 것인가."

크르르르르…….

소통하기를 멈춰 버린 적호는 이미 신수가 아니었다.

오랜 세월 쌓아 올린 영기들은 사라지고 짐승의 본능만이 남은 괴물이 되어 있었다. 시퍼런 살기와 샛노란 광기가 뒤섞인 음침한 기운이 죽음의 향기를 뿜어낸다.

사납게 달려드는 적호를 피해 몸을 낮춘 치호가 그의 척추를 물었다. 그러나 회전하는 힘을 이겨내지 못하고 떨어져 나간 치호의 몸이 바위에 부딪혀 떨어졌다.

'하아. 하아. 하아아. 서둘러, 숨통을 끊어야 한다.'

지칠 대로 지친 적호가 무거운 걸음으로 그를 향해 돌아섰다. 긴 꼬리가 뱀처럼 흐느적거리며 위협적으로 땅바닥을 긁었다.

크르르르르.

적호의 앞발이 치호의 콧등을 후려갈겼다. 순간 바람의 흐름을 읽으며 주저앉은 치호가 그의 급소를 노렸다.

본능만 남은 적호의 움직임은 피에 굶주린 아귀 같았다. 절벽에서 떨어지며 한쪽 눈을 잃었음에도 사납게 포효하며 치호의 덜미를 물었다.

투두둑.

살가죽이 뚫린 목덜미로 불길이 치솟고 적호의 무게에 눌린 치호의 앞발이 땅에 파묻히며 무릎이 꺾였다.

뻐근하게 파고든 적호의 이빨이 목뼈에 닿기 전, 마지막 남은 힘을 다해 몸을 틀었다. 살가죽이 뜯겨 나가는 것도 모르고 적호의 턱 아래, 들썩이는 울대 깊숙이 이빨을 박았다.

'기다려……. 기다려.'

발버둥 치는 적호의 목에 매달려 흔들리면서도 이를 악물었다. 나무에 부딪힌 어깨뼈가 부서져도 두 눈을 질끈 감고 버텼다. 숨 쉬는 것도 잊은 채 입안으로 흘러드는 피를 삼켰다.

미친 듯이 날뛰던 적호의 움직임이 둔해지기 시작했다.

주저앉은 적호의 숨통에서 부글거리는 소리가 났다. 힘겹게 머리를 드는 적호의 코와 입에서 피거품이 흘러나왔다.

쉬익. 쉬익. 크르륵, 크륵. 그르르.

기묘한 소리를 뱉어 내던 적호의 머리가 툭, 떨어졌다. 천천히 이빨을 뺀 치호가 몸을 일으켰다.

"왜…… 그랬어."

애 끓는 원망을 쏟아내는 치호를 향해 피가 고인 눈을 깜박이던 적호는 대답 대신 검은 핏덩어리를 토해 냈다.

"이 적악에 다시 발을 내딛는 순간 나와 대적할 것이라 생각지 못한 것인가."

광기가 사라진 적호의 눈동자는 평안해 보였다.

"죽을 자리를, 찾아왔을 뿐."

'알고 있었어. 이리 될 것이라 알고 온 거야.'

선한 눈빛이 치호의 가슴을 또다시 난도질했다.

"적악이 너의 죽을 자리라, 말한 이가 누구더냐."

어째서 붉은 호랑이가 치호를 찾아왔는지. 왜 그의 반려와 새끼들을 죽였는지 알아야 했다.

"말해! 누가! 누가 나에게 가라 했는지 말하란 말이다!"

절규하는 치호를 바라보던 적호는 죽음의 비밀을 간직한 채 눈을 감았다.

투둑. 툭. 투두둑.

비가 내린다. 피맺힌 통곡을 삼키려는 듯 차가운 비가 쏟아져 내렸다. 온 산하가 빗줄기 아래 몸을 떨며 울기 시작했다.

아프게 가슴을 두들기는 빗줄기를 하염없이 맞고 선 치호의 앞발이 길게 늘어나며 손가락이 생겨났다. 척추가 일어서고 굽은 다리 관절이 펴지며 치호는 인간의 모습으로 돌아왔다.

끝도 없이 피를 쏟아내는 적호를 들고 절뚝이며 동굴로 돌아왔다. 차마 아랑의 향기가 밴 동굴 안으로 들어갈 수 없어 치호는 그 앞에 적호를 내려놓았다.

눈을 감고 있지만 여전히 따뜻한 체온과 펄떡이는 심장이 느껴졌다. 적호의 가죽을 찢고 배를 갈라 내장을 꺼냈다.

갈가리 찢어 낸 뱃속에서 팔다리가 잘린 아랑을 찾아냈다.

'아랑……'

눈물을 삼키며 창자까지 모조리 끊어 냈지만 새끼들의 흔적은 찾을 수 없었다. 망연하게 내려다보던 치호는 여전히 강하게 펄떡이는 심장을 움켜쥐었다.

"괴물에게…… 평안은 없어."

심장을 시작으로 끝도 없이 피를 쏟아내는 내장들을 씹지도 않고 삼켜 버렸다. 화염처럼 식도를 타고 오르는 울분과 함께 뼈까지 남김없이 씹어 삼켰다.

우드득, 우드득.

바위를 타고 흐르는 붉은 피처럼 적호의 털은 점점 제 빛을 잃어 갔다. 붉은 괴물은 달빛보다 새하얀 백색의 호랑이였다.

'백호…….'

온몸을 붉은 피로 물들일 만큼 많은 생명을 도륙해야 했던 이유가 무엇인가.

망연하게 백호를 내려다보던 치호가 갑작스레 흘러드는 아랑의 향기에 천천히 동굴을 향해 돌아섰다.

새파랗게 질린 민지가 동굴 입구에 서 있다.

치호의 시선이 매화나무 옆에 놓인 아랑의 머리로 향했다. 그러곤 다시 동굴 입구에 선 민지에게로 옮겨 간다.

손을 뻗어 보지만 두려움으로 가득한 민지는 고개를 저으며 뒷걸음질 쳤다.

10 은원의 고리

 냉장고 문을 연 민지는 큼직한 소고기를 꺼내들었다. 레어를 즐기는 그의 취향을 고려하여 그녀의 것을 먼저 프라이팬에 올렸다.
 "그저 꿈이었던 걸까."
 익어 가는 고기를 멍하니 바라보는 민지의 뒤로 그윽한 숲의 향기가 다가선다. 앞치마를 두른 그녀의 복부로 감겨드는 부드러운 손길에 민지가 고개를 들었다.
 한껏 허리를 숙이고 그녀의 목덜미에 얼굴을 묻은 치호의 긴 머리카락을 쓰다듬었다.
 "아침부터 고기 먹어?"
 "싫어요?"
 "당신 손닿은 것 중에 싫은 게 뭐가 있을까."
 안은 팔에 바짝 힘을 준 치호가 민지의 머리에 입맞춤하곤 식탁에 앉았다.

바싹 익힌 고기를 접시에 담은 민지가 치호의 것을 불에 올리자마자 반대편으로 뒤집었다. 옅게 피가 배어 나오는 것을 확인하곤 접시에 담아 그의 앞에 내밀었다.

새벽녘까지 달콤한 사랑을 나눈 연인들답지 않게 무거운 침묵이 식탁을 맴돌았다.

치호와 나누었던 것은 격정적인 사랑만이 아니었다.

결합된 채 잠들었던 짧은 시간, 민지는 꿈을 꾸었다. 아니, 꿈이라 생각할 수 없을 만큼 생생한 영상들이 파노라마처럼 그녀에게로 스며들었다.

치악의 사계절을 보았고, 바람을 가르며 나르듯 달리는 자신을 보았다. 한편의 동화처럼 펼쳐진 꿈은 붉은 털을 가진 호랑이가 나타나며 악몽으로 변해 버렸다. 그녀는 붉은 빛 호랑이에게 사지가 찢겨 죽었다. 그리고······.

'당신을 보았어요.'

핏기도 가시지 않은 스테이크를 내려다보는 치호를 물끄러미 바라보던 민지는 가슴이 답답해져 왔다.

피 칠갑을 두른 괴물 같은 그의 모습이 너무나 선명하다. 비명조차 지르지 못하는 민지는 따뜻하게 감싸 안는 그의 손길에 잠에서 깨었다.

'쉬······ 괜찮아. 내가 지켜 줄게.'

그녀를 다독이는 치호의 품에 안겨 아침을 맞았다. 무서운 꿈을 꾸었다고 말도 하지 못했다. 입 밖으로 뱉어 내면 정말 그렇게 변해 버릴까 봐 두려웠다.

'나…… 당신을 보았어요.'

입안에 맴도는 두려움을 민지는 애써 삼켜 버렸다.

"왜 먹지 않아요?"

"먹어."

"너무 많이 익혀서 그래요?"

백호의 살점을 씹던 기억에 치호는 차마 고기에 손을 댈 수가 없었다.

'어떻게 그렇게, 까맣게 잊었을까…….'

무의식중에 지워져 버린 백호의 기억이 이렇게 찾아들 줄 몰랐다. 끙끙 앓는 소리에 깨어나 민지를 품으면서도 악몽의 주인공이 자신이라 생각지 못했다.

"맛이 없어요?"

"맛있어."

"먹지도 않고 맛있다 그래요?"

"먹어."

핏물 밴 고기를 입에 넣고 씹었다. 역한 비린내가 진동을 했지만, 사랑스러운 그녀와 눈을 맞추며 꿀꺽 삼켰다.

"더 줄까요?"

"응."

프라이팬에 고기를 익히는 그녀의 뒷모습을 바라보는 치호의 눈동자로 그림자가 드리운다.

그의 몸에서 쏟아져 나간 사랑이, 피로 각인된 그 잔인한 기억들이, 그녀의 내부에 거대한 소용돌이를 만들고 있음을 치호는 알지 못했다.

아침 식사 후에도 무거운 분위기는 계속 이어졌다. 소파에 앉은 치호는 깊은 생각에 잠겨 있었다.
'그렇게 죽게 될 줄 알고 온 거야.'
백호를 놓아준 것을 후회하던 치호는 또 다른 진실을 마주했다. 만약 백호가 아랑과 새끼들을 죽이지 않았다면.
'나는 또다시 그를 놓아주었을 거야.'
적호의 붉은 털이 그가 도륙한 희생자들의 피였음을, 그 피가 폭우에 씻기고 나서야 백호임을, 신수라는 사실을 알았다.
영물들 중에서도 최상급인 신수는 쉽게 죽일 수 없다.
'그럼에도 꼭 죽어야만 했다면, 온전하게 소멸할 수 있는 방법을 찾으려 했을 것이다.'
대적할 상대를 찾는다 해도 가능성은 희박하다.
상극인 용과 봉황이 서로의 존재를 극도로 경계하면서도 다투지 않는 이유였다. 물과 기름처럼, 존재하되 섞이지 않는다.
'이성을 마비시킬 만큼 폭주하게 만든다면 가능하지 않을까? 하지만 왜…… 하필 나여야 했을까.'
치악의 산군은 저승길을 안내하는 사자이며 액운을 쫓고 재앙을 막는 수호자였다.
'인간들이 두려워하는 재앙에는 호환도 속해 있다.'

범을 쫓는 영험한 동물, 치호는 인간을 벗으로 삼은 유일한 영물이었다. 수호자로서 죽이는 것보다 지키는 것에 익숙한 치호는 한 번도 폭주한 적이 없었다.

'처음 마주쳤을 땐 분명 마을이 목표였다.'

마을을 지키는데 성공하지만, 다시 돌아온 백호는 마을 대신 아랑과 새끼들을 삼켰다. 아무리 생각하고 또 생각해 보아도 돌고 돌아 결국엔 원점이다.

아랑과 새끼들이 무참하게 죽어야 했던 이유.

'결국…… 나 때문이구나.'

살아 있는 백호의 육신을 모조리 삼키는데 사흘이 걸렸다.

동굴 앞 매화나무 아래 아랑을 묻고 새하얀 가죽을 나무에 걸던 날, 주천의 여우가 나타났다.

'대단하네. 하나도 남김없이 삼켜 버렸어?'

인간의 반려를 잃은 태백의 산군이 그가 지켜온 마을 사람들을 모조리 죽였다는 사실을 호란을 통해 알게 되었다.

'호란은 알고 있었던 걸까…….'

아랑을 잃은 슬픔으로 폭주했던 치호는 정상적인 사고를 할 수 없었다. 지옥에서 벗어나기 위해 도망치듯 치악을 떠났다.

'만약 치악을 떠나지 않았다면, 백호의 죽음에 대한 의문을 풀 수 있었을까?'

생각에 잠긴 치호는 민지의 긴 머리카락에 손가락을 감았다 풀기를 반복했다.

'당신, 무슨 생각을 하고 있는 거예요?'

치호의 다리를 베고 누운 민지가 그를 올려다보았다.

'당신은 선택받은 사람입니다.'

김 회장은 치호가 찾는 반려가 그녀라는 말을 전할 뿐, 그가 겪어온 삶은 알지 못한다 했다.

'꿈이 아니라면, 도대체 그에게 무슨 일이 있었던 걸까?'

간밤의 악몽은 지난해 그녀가 꾸었던 호랑이 꿈으로 이어졌다.

'어찌하여 나의 반려와 새끼들을 삼킨 것인가.'

파노라마처럼 펼쳐진 꿈은 이슬을 머금은 꽃잎의 향기가 코끝에 감돌 정도로 강렬했다. 일련의 사건들은 하나로 연결할 수 없을 만큼 조각나 있었고 끔찍한 악몽으로 끝이 났다.

'꿈일 뿐이야. 실제로 겪었던 일은 아닐 거야.'

서로가 같은 꿈을 꾸었다는 사실을 알지 못하는 치호와 민지는 각자의 생각 속에 갇혀 있었다. 생각의 고리를 먼저 끊어낸 것은 민지였다.

'그만하자. 달라지는 건 아무것도 없어.'

그녀의 머리카락을 감아올리는 긴 손가락을 붙잡은 민지가 몸을 일으켰다.

"우리 나가요."

"어디?"

"편의점이라도 가요."

치호의 허리를 감싸 안은 민지가 배시시 웃었다.

"그리움은 끝나야 한다면서요. 긴긴 겨울이 가고 봄이 왔잖아요. 산책 가요."

민지가 이끄는 대로 집을 나선 치호는 그녀와 손을 잡고 버스 종점과 연결된 산길을 걸었다. 만개한 벚꽃들이 치악의 매화만큼이나 화려한 자태를 뽐내며 환상적인 분위기를 자아냈다.

오가며 산책길에 나선 강아지들을 만났지만 치호는 그를 향해 귀를 눕히며 꼬리치는 개들을 무시했다.

"뭐라는 거예요?"

"글쎄……."

어색하게 미소 짓는 치호의 모습에 민지가 여전히 짖고 있는 작은 강아지를 돌아보았다.

"말해 줘요. 나 궁금해."

"그냥, 아침에 새로운 사료를 먹었는데 맛이 없다네. 나한테 뭘 먹었냐고 묻고 있어."

"스테이크 먹었다고 말해 주지 그랬어요."

"……."

"당신, 애니멀 커뮤니케이터 해 보면 어때요?"

"애니멀 커뮤니케이터?"

"요즘 반려동물 기르는 사람들이 많거든요. 보통 사람들은 대화가 통하지 않으니 그들의 이야기를 대신 전해 주는 거죠. 어제 만난 두부처럼."

전 주인이 돌아오지 않는다는 것을 알려주었으니, 두부는 더 이상 정류장을 찾지 않을 것이다. 하지만 치호는 까마귀들의 이야기를 전하는 그를 바라보던 서진의 표정이 떠올랐다.

"동물들과 대화를 한다는 것이 이상하잖아."

'이상해?'

이상한 것투성이였던 치호가 막상 평범한 사람처럼 이야기하니 민지는 맥이 풀렸다. 그저 조금은 즐거워할 만한 일을 찾아 주고 싶었던 것뿐이다.

'정말 이대로 괜찮은 걸까?'

편의점에서 일하는 치호를 바라볼 때면 민지는 폭풍전야의 고요함을 보는 듯하다.

"편의점 답답하지 않아요?"

"괜찮아. 일은 아르바이트생들이 하니까."

'죽을 만큼 노력하고 있는 겁니다.'

그녀의 곁에 머물기 위해, 평범해지기 위해 치호가 노력하고 있다는 서진의 말이 서글프게 느껴졌다.

죽을 만큼 노력해야 하는 것이 과연 사랑일까.

급격히 가라앉는 민지의 심정을 눈치채지 못한 치호는 또 다른 생각에 빠져 있다.

'호란을 만나야 하는데, 어떻게 찾지?'

체향을 감추는데 익숙한 여우인지라 구화산으로 떠난 호란이 스스로 나타나지 않는 한 찾을 방법이 없다.

"나, 잠시 마을에 다녀와도 될까?"

"갑자기 왜……."

"김 회장 아들이 잘 지내는지 한번 보고 와야 할 것 같아서."
"싫어요."
산에서 돌아오자마자 이틀이나 사라졌던 것도 마을에 다녀왔기 때문이다. 마음을 졸였던 기억이 떠오르자 저도 모르게 민지의 목소리가 날카로워졌다.
"하루가 될지, 이틀이 될지, 언제가 될지 모르는데 기다리고 싶지 않아요."
"알았어."
김 회장의 아들은 핑계일 뿐, 치호는 기훈과 살고 있는 호란의 딸을 만나 보고 싶었다. 유진이라면 호란을 찾을 방법이 있지 않을까 하는 생각이 들었다.
"답답한 거예요? 그렇다면 우리 다음 주말에 다른 산으로 등산 가요."
"답답한 거 아니야."
시공을 뛰어넘을 정도로 되찾고 싶었던 사랑이 그에게 덫이 되고 감옥이 되어 간다. 아무리 아니라 해도 민지에게는 그리 보였다.
'매일매일 죽을 만큼 노력해야 하는 사랑이라면 차라리 포기하는 것이 서로를 위해 좋지 않을까.'

해바라기처럼 민지에게로 향하던 순순한 눈동자는 이제 욕망의 폭풍을 담고 있다. 절정에 달할수록 짙어지는 농염한 향기에 치호는 중독되어 갔다.

"그만 좀 해요. 나 피곤해."

치호의 입술은 그녀의 살갗에서 떨어지지 않는다. 혀가 녹아 날 것 같은 달콤함은 아랑의 기억을 송두리째 밀어내 버렸다.

내일이 오지 않을 것처럼 치호는 민지를 품에 안았다.

가슴을 움켜쥐는 뜨거운 숨결에 민지는 결국 다리 하나를 들어 그의 허리에 얹었다. 자연스럽게 파고드는 손길에 숨을 들이켜자 그의 입술이 민지의 어깨를 깨물었다.

"너무 빽빽해."

흥건하게 젖은 살점을 문지르는 손가락이 만들어 내는 소리에 옅은 신음이 새어 나왔다.

"흐읏."

어김없이 제자리를 찾아드는 그의 몸이 단박에 정점을 찔러 대며 그녀를 관통한다.

"하앗. 하아."

허리를 튕길 때마다 더 깊숙이 박혀 드는 저릿한 쾌감에 민지의 입술은 쉴 새 없이 신음이 터져 나왔다.

그에게 익숙해진 여체는 날이 갈수록 더욱 예민하게 반응하며 마르지 않는 샘물처럼 흥건히 젖어들었다.

아랑과는 나누지 못했던 사랑이다. 그녀가 원하는 새끼를 얻기 위한 짝짓기는 괴로운 고뇌와 번민만 가득했었다.

'그리움조차 반쪽이었던 건가.'

민지와 몸을 나누며 치호는 깨달았다.

함께하는 것만으로 행복해하던 치호에게 아랑이 스스로를

반푼이라 탓하며 미안해하던 이유를.

 흩날리던 벚꽃 길을 나란히 걷던 것이 어제 같은데, 초여름조차 소나기처럼 지나가 버렸다. 내리쬐는 햇살이 아스팔트를 달구며 6월이 되었다.
 마주 보고 있는 301호와 302호를 오가던 민지는 치호의 집에 머무는 시간이 점점 길어졌다.
 그사이 민지는 정 대리를 제치고 과장으로 승진했고, 새벽은 조금 빠르게 어른이 되었다. 부지런히 밤나들이를 다니던 새벽은 동네를 평정하고 대장이 되었다.
 "그럼! 누구 아들인데. 얻어맞고 오면 안 되지."
 뿌듯해 하는 치호와 달리 민지는 고양이 싸우는 소리만 들려도 창문으로 달려 나갔다.
 "새벽이 또 싸우나 봐. 등에 약 발라 놨는데!"
 몽글몽글 피어오르는 그녀의 근심과 걱정을 한껏 들이켜며 치호가 웃었다.
 '고양이 싫다더니······.'
 욕실에서 새벽을 씻기는 민지는 아랑을 닮아 있었다. 아니, 아랑이 인간을 닮아 있었던 걸까?
 인간은 유일하게 종이 다른 새끼를 거두어 기르는 종족이었다. 아랑은 유난히 인간의 음식을 좋아했고, 그의 새끼를 배고서야 생고기를 먹기 시작했었다.
 '그녀도 나의 아이를 가지면 식성이 달라지려나?'

아랑과의 추억 대신 민지를 안은 손에 힘을 주었다.

"괜찮아. 괜찮다니까?"

"뭐가 괜찮아요! 벌써 이틀째 안 들어오는데!"

그녀를 날름 들어 침실로 향한 치호는 불안해하는 민지를 늘 그렇듯 숨 막히게 끌어안는다.

"새벽이도 나처럼 좋은 각시 만나야지."

틈만 나면 그녀의 다리 사이로 파고드는 치호를 발로 차 버린 민지가 벌떡 일어나 앉았다.

"지금 여자 만나러 나간 거란 말이에요?"

"그렇지 않을까?"

슬금슬금 다가오는 그를 노려보자 벌떡 일어난 치호가 옷을 주워 입었다.

"어디 가요?"

"새벽이 찾으러."

"찾을 수 있겠어요?"

"그럼."

호언장담한 것과 달리 집을 나선 치호는 한 시간이 되어서도 돌아오지 않았다. 소파에 앉아 커피를 홀짝이던 민지가 TV를 끄고 일어섰다.

'이상하네. 금방 찾을 텐데……'

현관을 나선 민지가 계단을 내려섰다.

1층 현관까지 내려오니 주차장 너머로 두런두런 이야기하는 소리가 들려왔다.

"너 때문에 쫓겨났잖아. 집엔 언제 들어올 건데."

"니야아아아. 야옹."

"남자로서 본능을 참는 건 지독하게 괴로운 일이지."

"야옹, 야옹, 냥, 냥냥냥냥."

"물론 나는 매일매일 하지만. 나는 천 년 넘게 기다리다 만났잖아. 그렇게 말하면 안 되지."

뭐야! 새벽이한테 우리 잠자리 이야기하는 거야?

화르륵 불길이 치솟은 민지의 걸음이 더욱 빨라졌다.

"아무튼, 오늘은 집에 들어오고 내일 다시 만나."

"니야아아아아."

지지 않고 말대답을 하는 고양이 소리를 따라 가니 커다란 덩치로 웅크리고 앉은 치호의 모습이 보인다.

"뭐 하는……, 새벽아!"

민지의 목소리에 총알처럼 튕겨 나간 새벽이 담벼락을 넘자 뒤쫓는 민지의 허리를 치호가 억세게 낚아챘다.

"치호 씨!"

"응?"

치호의 손에 대롱대롱 매달린 민지가 그를 올려다봤다.

"왜 나를 잡아요? 내가 아니라 새벽이를 잡아야죠."

"그냥 둬."

때리는 시어머니보다 말리는 시누이가 밉다더니!

뒤도 안 보고 도망간 새벽이보다 그녀를 붙잡고 있는 치호가 더 원망스럽다.

"백설기를 만났대."

"백설기는 떡 이름이에요."

"아, 그래? 하얀색 털에 검은 무늬 고양이 이름이 백설기라는데."

"아니, 여자 친구가 생겼으면 낮에……."

"낮엔 자야지. 야행성인데."

"그럼 집으로 데리고 오라고 하죠. 인터넷 보니까 여자 데리고 오는 고양이들 많던데."

민지의 말에 치호가 물끄러미 그녀를 내려다본다.

"집에 내 냄새 배어서 다른 짐승은 못 들어와."

인간의 모습이어도 오감이 예민한 동물들은 산군이었던 치호를 본능적으로 두려워했다.

'망할 녀석! 들어오기만 해 봐라!'

그렇게 집 나간 새벽이 일주일 만에 돌아오자 민지는 중성화 수술을 감행하기로 했다.

"말도 안 되는 소리! 네가 하려는 짓이 얼마나 잔인한 건지 몰라?"

"그렇게 심각하게 받아들일 거 없잖아요. 어차피 아이를 낳아도 다 어떻게 하려고 해요?"

"너한테 기르라고 안 해!"

그녀의 말이라면 항상 응, 알았어, 로 일관하던 치호였다. 생각지도 못한 극렬한 반대에 민지는 결국 중성화 수술을 포기하고 말았다.

한발 물러선 민지는 수술 대신 새벽의 외출을 금지했다. 그러나 견우와 직녀를 방불케 하는 새벽의 순정에 곡소리가 끊이지 않았다. 목이 터져라 울어 대는 애처로운 새벽을 민지는 더 이상 두고 볼 수가 없었다.

"그렇게 좋아? 나보다 더 좋은 거야?"

현관문을 열어 주기가 무섭게 달려 나가는 새벽에게 섭섭하여 민지는 문가에 기대어 섰다.

"너한테는 내가 있잖아."

조용히 다가선 치호가 뒤에서 그녀를 안으며 목에 얼굴을 묻었다.

"돌아오지 않으면 어떡해요."

"돌아올 거야."

치호의 말처럼 새벽은 다시 돌아왔지만, 이제는 한술 더 떠서 간식까지 챙겨서 나갔다. 간식 중에서도 진공 포장된 연어만 기가 막히게 골라 가져간다.

"정말 요물이라니까."

"백설기가 새벽이 아이를 가졌대."

"안 궁금해요."

"알았어."

말은 그렇게 하면서도 민지는 퇴근길에 백설기가 좋아하는 연어를 잔뜩 사왔다.

"정말 요물이라니까."

냉장고에 붙어 연어를 집어 먹는 치호와 눈이 마주친 민지가 한숨을 터트렸다.

"그만 좀 먹어요. 새벽이 연어만 가지고 나가는데."

"아까 낮에 편의점 와서 백설기랑 캔 많이 먹고 갔어."

고양이 캔을 끊은 지 얼마 되지 않은 치호는 그새 연어에 맛을 들였는지 냉장고 문에서 떨어지지 않는다.

"그래도 그만 좀 먹어요."

"알았어."

산군으로서의 책임감이 강했던 치호는 새로운 터전에서도 습관처럼 크고 작은 짐승들을 돌보았다.

편의점은 어느새 길고양이의 쉼터가 되었고, 잘생긴 점주 덕에 늘어난 여성 손님들이 더욱 많아졌다.

아무리 예쁜 여자 손님이 눈웃음치며 수작을 부려도 질투할 필요가 없었다. 아름다움에 관한 치호의 미적 기준은 시각이 아닌 후각에 치우쳐 있기 때문이었다.

"너의 향기가 날 미치게 해."

아침에 눈을 뜨면 언제나 민지에게 코를 박고 있는 치호를 발견한다. 후각조차 일방통행 외통수다.

"살 냄새가 너무 좋아서 가슴이 터질 것 같아."

예민한 후각 덕분에 샴푸도 비누도 향이 없는 천연 용품으로 바꿔야 했지만, 극성맞은 관심이 싫지 않았다.

그에게 민지는 먹어도 먹어도 그립고 애달픈 스테이크요, 다른 여자들은 배추나 무 같은 채소류로 분류되었다.

"오빠, 저랑 영화 보러 갈래요?"

"아니."

치호의 철벽방어에도 혜림이란 아이는 주기적으로 찾아와 드러내 놓고 관심을 표하곤 했다.

"그럼, 저녁은요? 제가 맛난 거 사 드릴게요."

"여자 친구랑 먹을 거야."

"아! 그 키 작고 삐쩍 마른 언니?"

"아담하고 예쁘다고 하는 거야."

"여자 보는 눈이 왜 그리 없어요? 그건 자라다 만 거예요. 유전자가 별로인 거지."

어린 계집에게서 풍기는 묘한 적대감에 치호가 미간을 찌푸렸다.

"너 오지 말라는데, 왜 자꾸 와?"

"오빠가 좋아서요. 몰랐어요?"

"난 너 싫어."

"왜요? 나 얼굴도 예쁘고, 키도 크고, 공부도 잘해요. 학교에서도 꽤나 인기 좋은데?"

"귀찮아."

"제가 뭘 어쨌다고요?"

"말 많이 시켜서 귀찮아. 구해 주지 말 걸 그랬어."

아무리 싫은 소리를 해도 한 사나흘 안 보인다 싶으면 아무 일도 없다는 듯 문을 열고 들어선다.

"그냥 한 대 때려 줄까?"

"그러지 말아요. 큰일 나요."

치호의 툴툴거림에 민지는 웃음만 나왔다.

"귀찮아. 서진이보다 더 시끄러워."

"나는 안 귀찮아요?"

"응."

혜림이처럼 반갑지 않은 손님은 또 있었다.

언제부터인가 방문이 잦아진 까마귀들도 고양이와 먹이 쟁탈전에 돌입했다. 봉황과 백호의 싸움을 방불케 한다.

토요일이 되어 조금 일찍 회사를 나선 민지는 치호를 놀래 줄 생각에 연락 없이 퇴근길을 서둘렀다.

편의점 앞 야외 테이블에 물을 뿌려 대는 치호의 모습에 마을버스에서 내리던 민지가 웃었다.

요즘 치호는 여기저기 묻은 새똥들과 전쟁 중이다. 물청소를 하는 치호에게로 달려간 민지가 그의 품에 답삭 안겼다.

"매일 청소하는 거 안 힘들어요?"

"새들이 이렇게 똥을 못 가리는지 몰랐네."

물을 뿌려 가며 폭풍 빗자루질을 하는 치호의 모습에 민지는 웃음이 터지고 말았다. 그 모습에 치호가 민지에게 물을 뿌려 댔다.

"으앗! 차가워! 하지 말아욧!"

"어딜 가려고!"

비명을 지르며 도망가는 민지를 품에 안은 치호가 그녀에게 키스했다.

"으응, 나 감기 들면 어쩌려고 물을 뿌려요."

"감기 들게 두지 않지. 내가."

목덜미에서부터 귀까지 쭉쭉 빨아올리는 그의 숨결이 뜨거워 저도 모르게 신음이 새어 나왔다.

"그만해요. 사람들 보면 어쩌려고."

"흐으음. 냄새가 달라졌어."

그녀의 목덜미에 얼굴을 묻은 치호의 어깨를 감싸 안으며 민지가 웃었다.

"어떻게 달라졌는데요?"

"너한테서 내 냄새가 나."

"이렇게 만날 물고 빠는데, 당신 냄새 나겠지."

"아닌가. 내 냄새랑 조금 다른 것 같은데."

"어떻게 다른데요?"

"내 것인 듯 내 것 아닌, 내 것 같은 그런?"

"라임 좋네!"

격렬한 잠자리 후에 찾아드는 꿈들은 여전했다. 악몽으로 끝나는 것 또한 변함없지만, 눈뜨면 해바라기 같은 눈동자는 아무 일 없을 거라 민지를 다독인다.

덕분에 치악의 풍경은 점점 익숙해지고 적호에 대한 두려움은 점점 옅어졌다.

"퇴근 언제 해요?"

"지금!"

"그럼, 달 밝은 밤에 탁주 한잔?"

평범해지는데 성공한 치호를 보며 피식 웃음이 새어 나오는 일상이 민지는 행복했다.

나른한 일요일 오후. 늦은 점심을 마치고 소파에 앉은 민지가 서진이 선물한 책을 펼쳐 들었다.
"대형견 길들이기? 장난해?"
"그냥 읽는 거예요."
다리를 베고 누운 머리를 쓰다듬자 기분이 좋아졌는지 치호가 그녀의 허벅지 사이로 얼굴을 묻었다.
"그만 좀 해요."
은밀한 부위로 콧김을 쏘아 대는 치호의 머리카락을 민지가 움켜쥐었다.
"뭐 하는 거예요!"
"이상하네. 냄새가 달라졌어."
아침 일찍 샤워도 했는데, 무슨 냄새 타령인가 싶어 민지가 머리털을 움켜쥔 손에 힘을 주었다.
"뭐가 달라졌는데요."
'언젠가 맡아 본 냄새인데……'
기억이 나지 않았다. 뭐라 딱 집어 이야기할 수 없지만, 분명 그녀의 향기가 달라졌다.
생각에 잠긴 그의 머리채를 획 잡아 돌린 민지의 눈동자가 쏟아질 듯 내려다본다.
"서진 씨 말이에요. 안 보고 싶어요?"
"별로. 잔소리쟁이가 없어지니 좋기만 하네!"

"서진 씨가 식사 한번 하자는데?"

"됐어. 보고 싶은 인간이 와야지."

퉁명스런 대답에 민지가 웃음 지었다.

본사로 복귀한 서진을 대신하여 새로운 사람이 파견되었지만 치호는 그를 돌려보냈다.

"그러지 말고 다음 주 토요일 어때요? 나 일찍 끝날 것 같은데."

"점주들 교육 있어."

매번 가 버리라면서도 막상 가고 나니 괘씸한지, 치호는 서진의 이야기만 하면 뾰로통하다.

"그럼 나 혼자 만나요?"

"그러든가."

진짠가 싶어 물끄러미 쳐다보고 있자니 치호가 조몰락거리던 그녀의 손을 날름 입에 물었다.

"야앗. 뭐 하는 거예요?"

"다른 남자 생각하지 말라고."

"뭐예요?"

"밥도 먹었는데 산책 갈까?"

"가야죠. 책에 보니까 주기적인 산책이 대형견의 스트레스를 줄여 준대요."

민지가 소파에서 일어서자 치호가 책을 집어 창밖으로 던져 버렸다.

"누가 맞으면 어쩌려고."

베란다에 매달려 내려다보니 다행이도 주차장 아래 떨어진 책이 보였다.

"산책은 인간에게도 좋은 거야."

"누가 뭐라 했어요?"

다른 연인들처럼 가끔은 투닥거리기도 하지만, 치호가 야채를 먹기 시작했다는 사실이 마냥 기쁜 민지는 하루하루 이어지는 소소한 행복에 젖어들었다.

"벌써 여름이 오려나 봐요."

"응. 바람이 뜨거워졌어."

"나 다음 달에 나흘 휴가인데, 우리 어디 놀러 갈까요?"

팔짱을 끼고 올려다보니 치호가 두 눈을 반짝였다.

"안 돼요. 매화 마을에 들어가면 내 휴가는 순식간에 사라져 버린다고요."

"나 아무 말도 안 했는데."

"얼굴에 쓰여 있어. 마을에 가고 싶다고."

하루가 다르게 촉이 좋아지는 민지를 바라보던 치호가 피식 웃으며 그녀를 품에 가두었다.

"알았어. 나중에 가자."

"나중에?"

"너 머리 하얗게 셀 때쯤. 그리워할 이들이 모두 떠난 후에."

어느새 마을 이야기에도 뾰족하게 굴지 않을 만큼 민지는 여유가 생겼다.

토요일이 되어 신화 그룹 본사를 찾은 민지는 택시에서 내려서며 서진에게 전화를 걸었다.

[민지 씨, 미안해요. 결재 서류 올린 것이 뒤바뀌어서 한 십 분 늦을 것 같습니다.]

"괜찮아요. 정문에서 기다릴게요."

[날이 더워요. 그러지 말고 12층에 카페테리아 있으니까 거기서 만나요.]

실랑이하기 싫은 마음에 민지는 대답을 하고 로비를 가로질러 엘리베이터로 향했다. 주르륵 늘어선 여섯 기의 엘리베이터를 바라보던 민지가 사람이 가장 적은 곳으로 발걸음을 옮겼다.

깔끔한 여름 슈트 차림의 남자가 막 열린 엘리베이터로 들어가자 민지가 가방을 움켜쥐고 뛰었다.

"잠깐만요!"

엘리베이터로 뛰어든 민지가 열림 버튼을 누르고 기다리는 남자에게 인사를 건넸다.

"감사합니다."

움직이기 시작한 엘리베이터 버튼을 눌렀지만 12층이 눌러지지 않았다.

"회장 전용 엘리베이터입니다."

차분한 음성에 돌아보니 검은 슈트에 선글라스를 쓴 남자의 입술이 부드럽게 휘어진다.

"아, 그러면 다른 층에서는 서지 않나요?"

"네. 몇 층에 가십니까?"

"12층이요."

선글라스를 쓰고 있었지만 그의 시선이 느껴지자 불편해진 민지가 고개를 끄덕이며 돌아섰다.

'회장실까지 가게 생겼네.'

문이 열리는 대로 다른 엘리베이터로 옮겨 타야겠다.

반짝이는 엘리베이터 문에 비치는 남자는 선글라스를 코끝에 걸친 채 민지를 쳐다보고 있었다.

'어디서 본 것 같은 얼굴인데…….'

문에 비치는 민지를 응시하는 시선이 너무나 강렬하다.

'뭐, 회장 전용 엘리베이터를 탔으니 신기할 만도 하지.'

단 둘뿐인 엘리베이터에 차오르는 묘한 향기 또한 낯설지 않다. 치호의 것과 비슷한 야생의 냄새에 민지가 슬그머니 남자를 곁눈질했다.

노란빛이 감도는 남자의 눈동자와 마주치자 감전된 고양이처럼 솜털이 곤두섰다.

32층에 도착한 엘리베이터 문이 열리자 남자가 내려서며 12층 버튼을 눌렀다.

"내려갈 때는 층마다 섭니다."

"감사합니다."

닫히는 엘리베이터 문 사이로 선글라스를 벗은 남자의 노란색 눈동자가 민지에게로 박혀들었다.

웃고 있는 남자의 모습에 소름이 돋았다.

12층 카페테리아에 도착하자 서진이 그녀를 향해 손을 흔들었다.

"어? 왜 혼자 오셨습니까?"

치호를 기다린 듯 두리번거리던 서진이 안경을 추켜올리며 콧방귀를 낀다.

"아직도 삐쳐 있는 겁니까?"

"아마도요?"

피식 웃는 민지와 함께 자리에 앉은 서진이 미리 주문해 둔 아이스커피를 내밀었다.

"한민지 씨, 왜 이리 피곤해 보여요? 분리불안 있는 누구 때문에 잠을 잘 못 자요?"

은근한 물음에 낯 뜨거운 민지가 고개를 저었다.

"아뇨, 잠이 너무 쏟아져서 문제인걸요."

"부창부수 천생연분입니다. 제가 아는 누구도 천 년 넘게 잠만 자며 아내를 기다렸다지요?"

오랜만에 만나는 서진이 반가워 민지는 엘리베이터에서 만난 남자를 까맣게 잊어 버렸다.

시간 가는 줄 모르고 치호의 험담을 듣던 민지는 저녁을 하자는 서진의 제의를 거절하고 집으로 향했다.

"왜 이리 늦었어?"

"교육 잘 받았어요?"

"응."

오늘도 어김없이 배웅 나온 치호가 킁킁거리며 그녀의 냄새를 맡았다.

"너한테 서진이 냄새 나."

"거짓말. 손도 안 잡았어요."

머쓱한 표정으로 민지를 쳐다보던 치호가 그녀와 손을 잡고 걷기 시작했다.

"잘 지낸대?"

"네, 당신 시중들 일 없으니 너무너무 편하대요."

흥흥거리며 불편한 심기를 드러내면서도 맞잡은 손을 놓지 않는 치호와 길을 걸었다.

골목길을 걸어 도착한 편의점 앞에는 검은색 차 한 대가 입구를 막고 서 있었다.

고급 세단에서 검은 정장 차림의 여자가 내려섰다. 작고 하얀 얼굴, 가느다란 허리와 풍만한 가슴을 감싸고 있는 여름 원피스 또한 무척이나 고급스럽다.

"아는 사람이에요?"

"친구 딸."

허리까지 웨이브 진 애쉬그레이 머리카락이 바람에 날리니 영화의 한 장면을 보는 듯한 착각이 일었다.

여자가 선글라스를 벗자 먹구름 같은 회색빛 눈동자가 드러났다. 특별한 눈동자 색보다 그 안에 새겨진 세월의 깊이가 앳된 외모와 반하여 이질적이다.

"안녕하세요."

아름다운 외모만큼이나 맑고 청아한 목소리.

"기훈의 처 유진이에요."

친구의 딸이라기에 기훈을 떠올렸던 민지는 아내라는 말에 입이 떡 벌어졌다.

'그럼…… 여우?'

동굴에 갔을 때 놓여 있던 이불이 기훈의 여우각시가 가져다 놓은 것이라 했었다.

"내가 누구인지 알고 있는 것 같네요."

화사하게 웃는 모습에 민지는 얼굴이 달아올랐다.

"안, 녕하세요. 치호 씨 여자 친구 한민지예요."

한참이나 민지를 쳐다보던 유진이 잊고 있었다는 듯 치호에게로 시선을 돌렸다.

"기훈이 당신을 만나고 싶어 해요."

유진에게서 피어오르는 무거운 슬픔이 의미하는 것이 무엇인지 치호는 알고 있다.

'돌아오실 때까지 이곳을 지킬 터이니 너무 지체 마십시오.'

기훈과의 대화를 떠올리며 치호가 숨을 들이켰다.

"기훈이 그리 말하던가?"

"아니요. 그냥, 알려주고 싶었어요."

민지와 잡고 있던 치호의 손에 힘이 들어간다.

"나는 이제 마을에 가지 않아."

"알아요, 소중한 시간을 낭비하고 싶지 않을 테니까."

"……."

"그저 알아야 한다고 생각했어요. 당신으로 인해 그리된 것이니까."

유진의 마지막 구슬을 삼키지 말라는 치호의 충고를 기훈은 담대하게 받아들였다.

"나는 사실을 말해 주었을 뿐, 선택은 그의 몫이지."

김 회장의 아들을 마을에 데려갔을 때, 치호는 이미 기훈에게 작별을 고했다.

'그리하시리라 생각했습니다. 이곳에 비하면 여름날 소나기 같이 짧은 시간, 행복하시길 바랍니다.'

인간으로 살아가며 민지의 삶을 지켜 주며 곁에 머물겠다는 치호를 기훈은 축복해 주었다.

'소나기가 그치면 마을로 돌아와 주세요. 누군가를 기다리기엔 더없이 좋은 고향이 아닙니까.'

소나기 같은 만남이 끝에 다다르면 기나긴 기다림이 시작될 것을 기훈은 알고 있었던 것이다.

치호의 거절에 미련 없이 돌아서는 유진의 뒷모습을 바라보는 그의 가슴이 파도처럼 일렁였다.

'남겨진 여우는 어떤 선택을 할 것인가?'

골목길을 떠나가는 승용차를 바라보는 치호를 물끄러미 올려다보던 민지가 잡은 손을 당겼다.

"그에게 무슨 일이 있는 거예요?"

"……."

"기훈의 아내가 찾아온 이유가 뭐예요?"

"그의 시간이 끝나 가고 있어."

시간이 끝난다. 설마…… 아니겠지.

마치 기훈이 곧 죽을 거라는 말처럼 들려 민지는 말문이 막혀 버렸다.

치호는 저도 모르게 긴 숨을 내쉬었다.

'이대로 마을은 사라지는 것일까…….'

아랑을 잃은 그가 치악을 떠났던 것처럼, 유진이 마을을 떠난다면 시간의 결계도 깨져 버린다.

유진이 다녀가고 이틀이 지났다. 퇴근한 민지는 배웅 나온 치호와 손을 잡고 집을 향해 걸었다.

"오늘은 어땠어요?"

"늘 똑같지."

집에 와서도 마찬가지였다. 무언가 골똘한 생각을 하는 치호를 바라보고 있기가 민지는 숨이 막혀왔다.

샤워를 하고 그의 집으로 향하는 발걸음이 무겁다.

'보내 줘야겠지……. 사람이 죽어 간다는데.'

현관문을 열면 언제나 동시에 문을 열던 302호 문이 굳게 닫혀 있다.

조용히 문을 열고 들어서자 소파에 앉은 치호가 기계적으로 새벽을 쓰다듬고 있었다.

니야아아아.

콩콩거리며 뛰어와 발목에 감겨드는 새벽을 안아들자 치호가 그녀를 향해 미소 짓는다.

"우리, 밥 먹을까?"

"배고파요?"

민지가 소파에 앉은 그의 다리 사이에 서자 치호가 그녀의 허리에 팔을 감았다. 말없이 기대어 오는 그의 머리를 품에 안았다.

"다녀와요."

"……."

"기훈이 당신을 보고 싶어 한다면서요. 난 괜찮으니까 편하게 다녀와요."

기훈의 장례를 치러야 할지 모르는 상황이었다. 마을에 들어서는 순간 얼마의 시간이 흐를지 예측할 수 없었다. 선뜻 가겠다 할 수도 없는 마음이 자꾸만 가라앉았다.

"밖에 드나드는 유진도 마을과 이곳의 시간을 예측하지 못한다고 했어."

"얼마나 기다려야 하는지 말해 줄 수 없겠네요."

"같이…… 가겠어?"

며칠이, 몇 년이 될지 모를 시간이 사라져 버린다. 어머니와 친구들은 그녀의 실종을 어떻게 받아들일까?

"나는 회사에 가야죠."

"……."

"다녀와요. 기다릴게요."

아무런 말없이 그녀를 잡아당긴 치호가 민지를 무릎에 앉혔다. 부드럽게 허벅지를 어루만지는 손길에 민지가 머리를 숙여 그의 입술에 입맞춤했다.

엉덩이를 쓰다듬던 두 손이 그녀의 허리를 타고 오른다. 민지가 자연스레 두 팔을 들어 올렸다. 따뜻한 손길에 밀려 올라간 원피스가 소파 옆으로 툭 떨어져 내렸다.

깍지 낀 그의 손가락을 꼭 움켜잡으니 치호가 그녀를 번쩍 안아들었다. 두 다리로 그의 허리를 단단히 옭아매자 치호의 숨결이 거칠어진다.

맞닿은 가슴이 더욱 단단하게 솟아오르고 불에 덴 듯 뜨거웠지만 온몸이 화염에 휩싸여도 놓고 싶지 않았다.

폭신한 침대가 등에 닿자 거대한 치호에게 짓눌린 압박감에 그녀의 나신은 흥분으로 달아올랐다.

목덜미에서부터 쇄골까지 잔잔하게 입술을 문지르던 치호가 젖꼭지를 입에 물자 신음이 터져 나왔다. 혀끝에 닿는 열기에 정신이 아득하게 신경이 곤두섰다.

"안아 줘요."

몸을 들썩이며 그를 향해 가슴을 밀어 올렸다. 젖꼭지를 깨물던 숨결이 갈비뼈를 훑으며 점점 아래로 향했다.

거뭇한 숲속 아래 숨은 속살을 벌려 혀를 꽂았다.

"하웃……. 아."

허리를 트는 그녀의 다리를 어깨에 걸치고 연한 살집 속으로 깊이 밀어 넣은 혀를 굴렸다. 유난히 민감한 작은 돌기를 빨아들이자 새하얀 허벅지로 경련이 일었다.

말갛게 흐르는 애액을 남김없이 받아 마신 치호가 고개를 들었다. 움찔거리는 꽃잎으로 금세 이슬이 맺힌다.

터질 듯 팽창한 몸은 더 이상 참을 수 없을 만큼 성이 나 있었다. 말간 물이 흐르는 끝을 꽃잎에 문질렀다.

"으응, 아웃."

야릇한 마찰감이 찌걱찌걱 젖어드는 소리와 맞물려 그녀의 입에서 달뜬 신음이 새어 나왔다. 입구부터 뻑뻑하게 조여 오는 뜨거움이 치호의 단전으로 불길이 치솟았다. 불꽃을 만들기 위해 온몸을 부딪치는 부싯돌처럼 치호는 그녀에게로 들이쳤다.

"하웃."

달아오른 내벽이 자지러질 듯 수축하며 그를 빨아들인다. 거칠게 박혀 든 몸으로 들러붙은 점막이 숨 막히게 뻑뻑했다.

터져 나가는 열망을 삼킨 쾌락이 삽시간에 덮쳐오자 미처 삼키지 못한 신음이 거침없이 새어 나왔다.

"하앗. 하앗."

처럭처럭. 살 부딪는 소리와 방 안을 가득 메우는 뜨거운 신음 소리에 맹수의 이빨처럼 그녀에게 박혀 들었다.

꽉꽉 조여 대는 점막의 끝에 닿을 때마다 울컥울컥 애액이 쏟아져 나왔다.

땀에 젖어 매끈하게 들러붙는 치호의 열기에 민지는 죽을 것처럼 그의 목을 부둥켜안았다. 입술을 깨물어도 새어 나오는 신음 소리가 낯설다.

그를 삼킨 은밀한 부위를 시작으로 쾌락은 척추를 타고 머리에서 발끝을 관통했다.

말라붙은 혈관으로 새 피가 돌 듯 전율하는 핏줄들이 폭죽처럼 터져 나간다.

'아……. 이대로 시간이 멈추었으면…….'

심장까지 닿을 듯 거칠게 쑤셔 대는 그의 몸이 여실하게 느껴졌다. 쾌락에 젖은 세포들이 진저리를 친다.

새벽녘, 잠든 민지를 바라보던 치호가 몸을 일으켰다.

조용히 내려다보는 시선이 느껴졌지만 민지는 눈을 뜨지 않았다. 이불을 당겨 어깨를 덮는 손을 붙잡고 싶었다.

'안 가면 안 돼요?'

부드러운 숨결이 머리에 닿자 왈칵 눈물이 나왔다. 떨어질 줄 모르는 그의 입술에서 망설임이 느껴졌다.

'가지 말아요.'

그가 떠나려 한다. 가지 말라 하면 머물 테지만, 붙잡을 수 없었다. 치호의 하나뿐인 벗이 죽어 가고 있었다.

시들지 않는 매화는 기적이 아닌 저주였다.

마을로 들어서는 찰나의 순간에도 민지의 시간은 먼지처럼 사라진다는 것을 치호는 알고 있다. 하루가 될지, 일 년이 될지 모를 일이었다.

"늦지 않게 돌아올게."

마음 놓고 울지도, 붙잡지도 못하는 민지의 마음이 새까맣게 타들어 갔다.

'빨리 와야 해요.'

조용히 돌아선 치호가 현관문을 나서는 소리가 들려오자 참았던 눈물이 소리 없이 흘러내렸다.

'나 기다릴 테니까.'

한참이나 소리 없이 누워 있던 민지는 베개에 얼굴을 묻으며 울음을 터트렸다.

어둠을 가르며 치악을 향해 쉬지 않고 달렸다.

그녀가 깨어 있다는 것도, 눈물을 삼키며 울고 있다는 사실도 알고 있기에 집을 나서는 순간까지 망설였다.

'유진은 기훈을 포기하지 않아.'

동굴에 가까운 결계를 통해 마을로 들어선 치호는 곧장 기훈의 집으로 향했다.

아이를 제외한 대부분의 마을 사람들이 기훈의 집 입구를 에워싸고 있었다. 유일한 의원이었던 기훈의 보살핌에 감사하며 마지막 길을 배웅하고 있는 것이다.

치호를 발견한 사람들이 웅성이며 비켜섰다.

방으로 들어서자 비단 이불을 덮고 누워 있는 기훈이 보였다. 순식간에 늙어 버린 듯 생명이 모두 빠져나간 얼굴은 알아볼 수 없을 만큼 야위었다.

"앉으셔요."

유진의 말에 치호가 기훈의 머리맡으로 다가앉았다.

뻐끔뻐끔 입술을 달싹이던 기훈의 눈동자는 치호에게 초점을 맞추지 못할 정도로 흐렸다.

"마을을 지키느라 고생하였네."

조용히 손을 잡자 힘겹게 바라보던 기훈이 눈을 감았다. 마치 살아 있는 낭군 대하듯 유진이 기훈의 머리를 애틋하게 쓰다듬는다.

"와 주셔서 감사합니다."

"너무 늦어 미안하구나."

"산군은 정말 타고나나 봅니다."

"……."

"그가 가장 듣고 싶었던 말을 해 주셨어요."

통곡하여 울 줄 알았던 유진의 덤덤한 음성에 치호가 긴 숨을 내쉬었다.

"진짜 주인에게 수고하였다 말을 들었으니 무거운 짐 내려놓고 훌훌 날아 저승 강을 넘겠지요?"

한참이나 바라보던 기훈의 얼굴에 이불을 덮은 유진이 머리맡에 놓인 향에 불을 피웠다.

파란 가을 하늘을 닮았던 그녀의 눈은 이미 먹구름 같은 회색빛으로 변해 있었다.

눈물을 한가득 담고 미소 짓는 눈동자는 금방이라도 비가 내릴 것 같다.

"이별이 끝이 아니니 너무 애달파 말거라."

"저와 함께 걷지 않으시렵니까."

지옥을 덮고도 남을 그 슬픔을 알기에 유진의 부탁을 거절

할 수 없었다.

치호의 집 식탁에 앉은 민지는 먹다 남은 스테이크를 바라보며 한숨을 내쉬었다.

'식성도 닮아 가는 건가?'

핏기가 찍찍 배어 나오는 마지막 스테이크를 포크로 찔러 대던 민지가 또다시 한숨을 쉰다.

그리움에 치여 곡기도 끊어야 할 판에 어찌 처리하나 걱정하던 고기들은 모두 민지의 뱃속으로 들어갔다.

'왜 이렇게 고기가 당기지?'

소파에 우두커니 앉은 민지는 무릎에 잠든 새벽을 어루만지며 멍하니 TV를 응시했다.

-전쟁으로 헤어졌던 남녀가 74년 만에 극적으로 다시 만났습니다. 제2차 세계대전 당시 군인이었던 미국 남성 노우드 토머스 씨(93)가 옛 연인인 영국 여성 조이스 모리스 씨(88)와 재회한 감동적인 사연을 소개합니다.-

백발 연인의 재회 장면은 지극히 감동적인 내용이었다. 화면 속에 남녀는 헤어졌던 어릴 때의 모습 그대로라며 웃고 있지만, 민지는 가슴이 덜컥 내려앉았다.

'그들에게 남은 시간이 얼마나 될까.'

치호가 마을로 돌아간 지 열흘이 지나자 민지는 점점 초조해지기 시작했다.

평일에는 밀려드는 업무로 그런 대로 버틸 만했지만, 하루 종일 붙어 있던 일요일이 되면 가슴으로 구멍이 뚫린 듯 서늘한 바람이 할퀴고 간다.

  하루가 천 일 같았다. 반드시 돌아올 거란 사실을 의심하는 것은 아니었다. 다만…….

  '우리의 시간이 사라지고 있어요.'

  기다리는 마음은 속절없이 타들어 갔다.

11 여우의 눈물

 기훈을 잃은 매화 마을은 슬픔에 젖어들었다. 하나 둘씩 방으로 들어서는 사람들의 통곡은 점점 커졌다.
 "인간들이 울고 있네요."
 마치 남의 이야기를 하는 듯 지나치게 건조한 유진의 음성은 섬뜩하기까지 하다.
 숲을 향해 걷는 유진을 뒤따르던 치호는 그녀의 향기가 흩어지고 있다는 사실을 알아차렸다.
 '기훈은 죽었는데 어째서 그녀의 기운이 약해지는 걸까.'
 조용히 그녀를 주시하던 치호가 문득 멈춰 섰다.
 "유진······."
 천천히 돌아선 유진이 덤덤하게 치호를 마주했다.
 "이별이 끝이 아니니 애달파 말라 하셨습니까?"
 "설마."

"그 끝도 함께하리라 다짐하였다면 어찌하시렵니까."

"마지막 구슬을 토해 내었느냐."

"걱정 마십시오. 기훈이 몰랐다면 모를까 마지막이란 것을 아는데 삼키려 하겠습니까."

"구슬을 삼켰다 한들 호란이 살려 두지 않을 것을 모르느냐."

"하여 기훈은 죽었습니다."

칼같이 잘라내는 유진에게로 치호의 얼굴이 거울처럼 마주했다. 슬픔에 젖어 푸른빛을 잃은 것이라 생각하였는데 아니었다. 점점 엷어지는 회색 눈동자는 그녀의 삶이 다했음을 나타내고 있었다.

"평생을 다른 이의 아픔을 돌보고 생명을 구하며 살아온 내 낭군은 진정한 선인이었습니다."

치호에게서 물러선 유진이 다시 걸음을 옮겼다.

"다시 태어나게 되겠지만 언제가 될지도 모를 기나긴 시간을 기다리기 싫었습니다."

'적어도 누구처럼 천년만년 기다릴 만큼 참을성이 좋지 않다는 것은 알고 있습니다.'

알 수 없는 불안감이 스멀스멀 피어오른다.

"기다림 끝에 다시 만난 그가 날 알아볼까요? 모든 기억이 사라진 그를 진정 내 낭군이라 할 수 있을까요?"

'아내는 인내심이 없습니다. 산군이 되기에는 지나치게 극단적이지요.'

기훈은 자신의 처에 대하여 너무나 잘 알고 있었다.

"뱉어낸 구슬…… 누구에게 주었느냐."

"왜 그리 구슬에 집착하십니까?"

구슬을 뱉어 냈으니 유진은 얼마 있지 않아 기훈의 뒤를 따를 것이다.

'그래서, 그를 따라갈 생각에 기훈의 죽음이 슬프지 않았던 거로구나.'

소멸을 앞둔 유진은 태평하다 못해 소풍을 앞둔 아이처럼 즐거워 보였다.

"답답하구나. 기훈이 아니라도 구슬을 삼킨 그 누구도 죽음을 면치 못한다."

"네. 그 또한 깊이깊이, 고심하였습니다."

"그리도 살리고 싶었다면 차라리 어미의 것을 내어 달라 부탁해 보지 그러하였느냐."

"어머니를 잘 모르시는군요."

"호란은 나의 벗이다. 너의 탄생 전부터 이어진 연이다."

"어머니는 호선이 되려는 욕심이 강했어요. 어떻게 해서든 영기를 빨리 모아 호선이 되려 했죠."

그런 구슬을 치호가 날름 삼켰으니 얼마나 약이 올랐을까.

"어머니가 어떻게 그리 많은 구슬을 모았는지 궁금하지 않으십니까?"

"……."

"어머니는 새끼들을 낳아 그들의 구슬을 삼켰습니다."

"세상에 자기 새끼를 해하는 어미는 없다."

"그렇다면 최초의 어미가 되겠네요."

살기 어린 음성에 치호의 눈동자가 충격으로 물들었다.

"네 말이 사실이라면 너 또한 구슬을 빼앗기고 죽었어야 하지 않은가."

"새끼들의 구슬을 뺏는 것보다 더 효율적으로 영기를 모을 방법을 알아냈기 때문입니다."

"더 좋은 방법?"

"영수들을 사냥하기 시작한 거죠. 등급이 낮은 영수들의 심장에는 백 년, 이백 년의 시간을 단축할 만한 영기가 응집되어 있으니까."

그렇게 영수들의 심장을 삼키며 손쉽게 영력을 키워 온 호란의 탐욕은 어느새 신수의 심장까지 노리게 되었다.

"호환이나 역병보다 무서운 것이 무엇인지 아십니까?"

"……."

"소문입니다."

"무슨 말을 하고자 하는 거지?"

"전쟁을 일삼으며 자연을 파괴하는 인간보다, 그들이 만들어 내는 기괴한 이야기들이 더 무섭다는 말입니다."

'기괴한 이야기를 만들어 내는 자.'

신국에는 마을마다 무녀가 있었다. 하늘을 읽어 비를 예고하고, 의원이 포기한 병을 치료하는 재주를 갖고 있었다.

"무녀를 말하는 것이더냐."

인간들은 무녀를 앞세워 마음의 평안을 얻고, 무녀는 그들의 두려움을 이용하여 촌장보다 더한 권력을 휘두른다.

"어머니는 태백의 무녀에게 너희가 섬기는 산군의 인간 아내가 괴물을 가졌다 말해 주었죠."

"무녀는 인간이다. 신수를 대적할 수 없어."

"하나의 인간은 그렇겠죠. 하지만 개미처럼 모여드는 인간들은 태산을 삼키지요."

틀린 말은 아니었다. 가을이 되면 겨울을 준비하는 인간의 손에 산을 보호하는 나무들이 절반 넘게 꺾여 나갔다.

"소문은 삽시간에 퍼져 나갔습니다. 겁에 질린 인간들은 그녀의 배를 가르고 태아를 꺼내어 불 태웠습니다."

"어찌 그리 무모한 짓을! 네 어미의 말만 듣고 자신들을 보호하던 신수를 배신하였단 말이냐."

"인간 반려 모습으로 둔갑한 어머니는 어린 아이를 다섯이나 죽였습니다. 인간의 모습으로 인간 아이의 간을 먹는데, 그 뱃속의 아이를 괴물이라 믿지 않을 수 있을까요?"

모든 의문의 시작도, 끝도…… 호란이었다. 오랜 벗이라 믿었던 호란은 지나치게 교활하고 치밀하였으며 잔혹했다.

"인간의 본성이 그러하지 않습니까. 자신들을 돌보던 기훈조차 천수를 넘어서자 두려워 경계하던 이들입니다."

허망하고 또 허망하여 치호는 말을 이을 수 없었다.

"지금 저들의 눈물이 진심일지조차 저는 알지 못합니다. 그저 더 이상 그들의 병을 치료할 이가 없다는 것을 슬퍼하는 것은 아닐지······."

"네가 마음에 담았던 기훈 또한 인간이었다."

"천에 하나, 만에 하나 태어나는 선인이죠. 기훈 같은 이들 때문에 아귀 같은 것들이 중화되어 살아가는 겁니다."

인간에 대한 원망보다 그들의 두려움을 요동치게 한 호란에 대한 분노가 치호의 가슴으로 격랑을 일으켰다.

"그가 나를 찾은 것도 네 어미의 계략이구나."

"상실의 지옥에서 벗어날 방법을 알려주었습니다."

솟구치는 분노를 감당할 수 없어 살기가 피어오른 눈동자가 주홍빛으로 물들었다.

"당신이 백호 사냥에 성공하면 심장을 삼키려 했는데, 뼛조각 하나 남지 않으리라곤 생각지 못했나 봅니다."

들끓는 혈관을 따라 털이 곤두서고 하얗게 이빨이 드러나며 치호는 서서히 짐승의 모습으로 변해 갔다.

"내가 백호에게 당할 거라 생각지 못했겠지."

"그녀로서는 잃을 게 없으니까요."

치호가 돌아오면 그가 삼킨 구슬도 함께 돌아올 거라 생각한 호란은 마을을 지키며 유진을 낳았다.

"어찌 알았느냐."

결계를 유지하는데 자신의 구슬을 소모하기보다 적당한 구슬을 품은 여우가 필요했던 것이다.

"호란이 구구절절 네게 알려주었을 거라 생각지 않는다."

숲길을 걷던 유진이 아름다운 매화나무로 손을 뻗었다.

"산군이시니 나무 하나, 돌멩이 하나도 그들의 역사를 몸에 새기는 것을 알고 있으시리라 믿습니다."

유진의 손이 닿은 매화나무가 더욱 진한 매향을 뿜어냈다.

"호란의 구슬이 결계를 만들며 나무에 그녀의 기억을 새겼구나."

하지만 호란의 결계가 그녀의 기억을 담고 있다면 마찬가지로 구슬을 삼킨 치호 또한 무언가 기억해야 했다.

"나는 어째서 아무것도 모르는 거지?"

"자연은 무언가를 받아들이는데 익숙한 반면, 산군으로 자의식이 강했던 당신은 좀 다르게 작용한 거 아닐까요."

치호를 응시하던 유진이 다시 걷기 시작했다.

"물이 높은 곳에서 낮은 곳으로 흐르듯 기억도 그렇죠. 행복했던 기억이 슬픔을 덮는 것처럼."

"……."

"마을 전체가 슬픈 사랑을 기억하고 있어요. 특히나 섧게 울던 그들의 산군을 그리워하고 있죠."

아랑을 잃고 미쳐 날뛰던 치호는 호란의 기억을 담아 둘 마음 한 조각 남김없이 부서진 상태였다.

"기훈과 함께했던 이 마을은 내게도 고향이었어요."

"네가 떠나면 결계도 사라져."

"결계가 사라지면 시간은 폭풍처럼 마을을 쓸어버리겠죠. 멈춰졌던 시간이 한꺼번에 쏟아지면 모두가 순식간에 늙어 죽게 될 거예요."

마을의 종말을 이야기하는 유진의 음성에 치호의 가슴이 무겁게 내려앉았다.

"기훈이 돌보던 인간들을, 그들이 사는 이 마을을 사라지게 둘 수 없어서 마지막 구슬은 새로운 산군이 되어 줄 이에게 주었습니다."

"새로운 산군?"

"환생을 하여 마을로 찾아온 백호에게 주었어요."

아랑도 인간으로 환생하였으니 백호 또한 다시 태어나는 것은 이상하지 않다. 하지만 아랑은 모든 기억을 잃었다.

"백호가 어떻게 이곳을 찾았지?"

"그게 중요한가요?"

나란히 걷는 치호를 올려다보는 선한 눈망울에 심장이 덜컥 내려앉았다.

"아랑을 다시 만났잖아요. 그럼 된 거 아닌가요?"

"……."

"어머니 때문에 죽은 백호에게는 내가 새 생명을 주었으니, 모든 것이 제자리로 돌아갔다 생각하면 안 될까요?"

비록 새끼를 삼키는 어미였으나, 치호로부터 호란을 지키고 싶어 하는 유진의 마음이 절절하게 닿는다.

"그리움이 끝났으니 원한도 끝이 나야 해요."

"역사는 반복되는 법이지."

"모든 사실이 밝혀졌다는 것을 알면 어머니는 두 번 다시 이곳에 나타나지 않을 거예요. 내가 당신에게 진실을 말해 준 이유예요."

 치호가 모든 사실을 아는 이상 유진의 말처럼 호란은 절대 그의 앞에 나타나지 않을 것이다. 하지만.

 "백호는? 또다시 아랑을 해치지 않을 거라 어떻게 장담하지?"

 유진이 멈춰 선 곳은 아랑을 만나기 전부터 마을에 들를 때마다 묵었던 치호의 사당이었다. 마을과 바깥세상의 시차 때문에 그동안 사당을 둘러볼 시간이 없었다.

 "백호의 환생이 누군지 말해."

 "말할 수 없어요."

 "말하는 게 좋을 거야. 네 어미든 백호든 모조리 죽여 버리기 전에."

 얼어붙은 유진의 곁을 지나 사당의 문을 열었다. 깨끗하게 관리된 사당은 떠나기 전 모습 그대로였다.

 '신수를 삼킨 내게 호란은 적수가 되지 않아. 하지만 백호라면…… 반드시 찾아야 한다.'

 인간의 모습으로 변한 치호가 기둥에 걸려 있던 옷을 꺼내 팔을 끼워 넣었다.

 "내가 못 찾을 것 같아?"

 "마을의 모든 인간을 죽일 수는 없겠죠."

 허리춤을 묶으며 돌아선 치호가 유진을 응시했다.

 "그가 백호의 환생이라 생각하는 이유를 알 수 없군. 네가 생각하는 그가 백호가 아닐 수도 있어."

"구슬을 삼키고 열이 펄펄 끓었어요. 기훈이 삼켰을 때와는 너무 달라서 많이 놀랐어요. 눈동자까지 노랗게 변하더니 밖으로 뛰쳐나갔는데."

치호의 사당에서 발견된 그는 새하얀 백호의 가죽을 덮은 채 잠들어 있었다.

"백호의 가죽?"

무장한 치호의 모습이 그려진 초상화가 걸린 제단 뒤로 걸음을 옮겼다. 제단 아래 마룻바닥이 부서져 있다.

'까맣게 잊고 있었는데······.'

치악을 떠나기 전 치호는 동굴 앞 매화나무에 널어 두었던 백호 가죽을 사당의 제단 아래 묻었다.

"정상적으로 깨어났지만, 아무것도 기억하지 못해요. 당신의 아랑처럼."

"기억을 못 하는 건지, 못 하는 척하는 건지는 두고 보면 알겠지."

사당을 나온 치호는 마을을 향해 달리기 시작했다.

'서둘러야 한다.'

그의 휘파람 소리에 동네 개들이 모여들었다.

'여우를 찾아!'

앞서 달리는 개들은 마을 사람들이 모여 있는 기훈의 집이 아닌 허름한 초가집 마당으로 뛰어 들어갔다.

컹컹컹! 멍멍. 으르르르.

요란하게 짖어 대는 소리에 방문이 열리며 한 남자가 모습을 드러냈다.

'김도진?'

검은 머리에 주름 하나 없는 청년은 알아볼 수 없을 만큼 변한 모습이지만 냄새마저 바꾸진 못했다. 빠르게 진행되는 노화로 죽음을 피해 치호의 품에 안겨 결계를 넘었던 김 회장의 아들이다.

'내가 데려왔구나. 백호를 마을로 데려온 것이 나였어.'

이빨을 드러내는 개들 때문에 마당으로 내려서지 못하는 도훈의 모습에 치호가 뜨거운 숨을 토해 냈다.

"물러서."

거품을 물며 짖어 대던 개들이 치호의 명령에 물러서자 도진이 마당으로 내려섰다.

"오셨습니까."

"내가…… 누구인지 아는구나."

"할아버지께 말씀 많이 들었습니다."

허리를 숙여 인사하는 그의 손이 떨리고 있다.

"기훈을 애도하느라 모두가 그의 집에 모여 있는데, 너는 어찌하여 여기 있는 것인가."

되찾은 젊음 때문인지 죽음의 향기는 사라졌으나 백호의 냄새는 나지 않고 여우향 또한 미약하다.

"내가 올 줄 알고 있었구나."

"유진 님께서 집에 머물라 하셨습니다."

피는 못 속인다더니. 백호를 코앞에 숨겨 둔 유진 또한 교활한 호란과 다르지 않다는 생각이 들었다.

"명의라고는 하나 기훈에게 젊음을 되찾는 영험함은 없다."

"……."

"네가 유진의 구슬을 삼켰느냐?"

한시라도 빨리 민지에게 돌아가야 했기에 지체할 시간이 없었다. 나지막한 명령에 개들이 도진에게 달려들었다.

"으아아악! 비켜! 아아악!"

'모습을 드러내라.'

처절한 비명 소리에도 치호는 묵묵히 도진을 바라보았다. 멧돼지를 사냥하듯 순서를 앞 다투며 이십여 마리의 개들이 그의 팔다리를 물어뜯었다.

'너의 진짜 모습을 보여라.'

개들을 떼어 내려 발버둥 치는 도진에게서 유진의 향기가 진득하게 피어올랐다. 금세 피투성이가 되어 쓰러지는 도진을 바라보는 치호의 시선은 흔들림이 없다.

'어째서…… 어째서 변하지 않는 거지?'

살점을 물고 늘어지는 개들을 지켜보았다.

"물러서."

개들이 도진에게서 떨어져 나가자 엎드려 피를 쏟는 그에게 다가선 치호가 한쪽 무릎을 굽혔다. 울컥 피를 토하는 도진의 머리채를 움켜쥐자 휙 젖혀진 얼굴을 타고 흐른 피가 턱으로 고여 떨어졌다.

"너는 누구지?"

온몸의 피를 쏟아낸 듯 흐릿한 눈동자로 섬광처럼 노란 빛이 스쳐갔다.

그래, 그렇지. 호란의 딸이 실수할 리 없어.

치호가 도진의 목에 손을 감았다.

"너를 놓아주는 실수는 두 번 다시 하지 않아."

목을 꺾어 버리고픈 욕망을 누르며 그의 숨통을 조였다. 이대로 죽을 만큼 숨이 막히면 백호로 변할 것이다.

본능이란 그런 것이니까······.

"뭐 하는 거예요!"

뒤늦게 도착한 유진이 그의 팔에 매달렸다.

"호란도 백호도 살려 둘 수 없어."

노랗게 변한 눈동자가 허옇게 뒤집어지도록 도진은 변하지 않았다. 고통스레 몸부림치며 치호의 손목을 움켜쥐며 파고든 손톱조차 인간의 것이다.

"그는 이미 백호가 아닌 인간이라고요!"

체중을 실어 그에게 매달려도 구슬을 잃고 소멸의 과정에 들어간 유진은 아무런 힘도 쓰지 못했다.

"제발 놓아줘요. 구슬 때문일지 몰라요. 백호가 아닐지도 모른다고요."

"눈을 봐. 나의 아랑을 삼켰던 백호의 눈이다."

샛노랗게 변한 도진의 눈동자, 죽음을 기다리는 그 표정 또한 죽어 가던 백호의 것과 같다.

"제발 그러지 말아요. 내게는 이제 남은 구슬이 없어요. 그가 죽으면 마을이 사라져요. 흐으윽."

움켜쥔 손바닥으로 느껴지는 그의 맥박이 잦아든다.

'왜…… 변하지 않아.'

목을 조르는 치호의 손을 떼어 내려 발버둥 치던 도진의 손이 툭 떨어지며 몸이 축 늘어진다.

"말했잖아요. 기억하지 못해요. 당신의 아랑처럼 아무것도 기억하지 못한다고요."

매달리는 유진의 눈물에 치호가 손을 놓아 버렸다.

"제발 돌아가요. 당신의 아내에게로."

'너도 가 버린 거니?'

새벽조차 돌아오지 않자 민지는 더 이상 그의 집에 머물고 싶지 않았다.

청소기를 돌리고 집 안 곳곳에 쌓인 먼지를 닦아 내던 민지가 화장실 휴지를 갈기 위해 수납장을 열었다.

휴지를 꺼내며 두 번째 칸에 가득 쌓인 생리대를 쳐다보는 순간, 심장이 덜컥 내려앉았다. 워낙에 불규칙한 생리인지라 마지막이 언제인지 기억도 나지 않는다.

방으로 달려가 서랍장을 열어 뒤지기 시작했다.

'여기 어디 있을 텐데! 어디 있지?'

수빈이 이사를 가며 주고 간 임신 테스트기를 누가 볼까 걱정되어 꽁꽁 숨겨 두었는데, 찾을 수가 없다.

이리저리 옷들을 들썩이며 쓰지 않는 가방들까지 전부 꺼내 뒤집었다.

마지막으로 수빈이 빌려갔던 겨울 패딩 주머니에서 찾아낸 작은 상자를 들고 화장실로 뛰어갔다.

떨리는 손으로 테스트기를 뜯어 변기에 앉았다.

'제발…… 제발.'

화장실에 앉아 기도하는 민지는 숨을 멈춘 채 손에 든 임신 테스트기를 확인했다.

선명한 두 줄, 다시 새로운 테스트기를 뜯었다.

"그럴 리가 없어."

그와 사랑을 나누면서도 가장 기초적인 피임을 잊고 있었다는 사실에 왈칵 눈물이 쏟아졌다.

눈 뜨면 그녀를 바라보는 예쁜 두 눈을 기대하며 시도 때도 없이 잠들었다. 식성이 달라진 것도, 잠이 많아진 것도 이상하게 생각하지 않았다.

'바보 같이!'

화장실 바닥으로 테스트기가 하나 둘씩 떨어져 내렸다. 열 개의 테스트기를 모두 써 버린 민지는 두 손으로 얼굴을 감쌌다.

"아니야. 아니야."

흐릿한 것 하나 없이 모두 두 개의 줄이 선명하다.

날을 꼬박 새고 출근한 민지는 반차를 내고 무작정 산부인과로 향했다. 문이 열리기를 기다리며 서 있자니 간호사로 보이는 아가씨가 나타났다.

"진료 보러 오셨어요?"

기다리라는 말에 대기실로 들어선 민지는 떨리는 심장을 쓸어내리며 병원 입구만 쳐다봤다.

십여 분이 지나고 의사로 보이는 중년의 여자가 들어서자 민지가 저도 모르게 일어섰다.

"오, 잠시만요."

가볍게 인사를 한 의사가 진료실 문을 열고 사라졌다. 얼마 있지 않아 들어오라는 소리가 들렸다.

"어서 오세요."

"안녕하세요. 저."

무어라 말을 해야 할지 몰라 가방에서 테스트기 열 개를 꺼내어 책상에 내려놓았다.

놀란 듯 테스트기를 쳐다보던 의사가 미소 지었다.

"이쪽으로 오시겠어요?"

준비된 의자에 앉아 다리를 벌리고 있자니 또다시 눈시울이 뜨거워진다.

"여기, 아기집 보이세요?"

질 초음파로 아기집이 확인되자 감동과 두려움이 뒤섞인 감정들이 얼굴을 타고 흘러내렸다.

"얼, 마나 된 거예요?"

"5주 접어들었어요."

'마지막으로 떠나던 날이구나.'

임신 초기에 해당하는 산전검사로 소변과 피검사를 마친 민지는 도망치듯 병원을 빠져나왔다.

회사에 와서도 하루가 어떻게 가는지 넋을 놓고 있던 민지는 퇴근 시간이 되자 스르륵 일어나 집으로 향했다.

기다리던 휴가가 찾아왔지만 민지는 여전히 혼자였다.
커다란 치호의 침대에서 누워 끼니도 거른 채 하루 종일 잠만 잤다. 돌아온 새벽이 그녀에게 다가와 배에 코를 대고 킁킁거렸다. 마치 새로운 생명이 있다는 것을 아는 듯 연신 냄새를 맡았다.
'냄새가 달라졌어.'
'어떻게 달라졌는데요?'
'너한테서 내 냄새가 나.'
'이렇게 만날 물고 빠는데, 당신 냄새 나겠지.'
'아닌가. 내 냄새랑 조금 다른 것 같은데.'
'어떻게 다른데요?'
'내 것인 듯 내 것 아닌, 내 것 같은 그런?'
'라임 좋네!'
치호와 나누던 대화들이 떠오르자 휴지를 잡을 새도 없이 눈물이 흘러내렸다.
"왜 돌아오지 않아요."
치호가 안다면 어떤 반응을 보일까.
분명 뛸 듯 기뻐할 것이다.
치호를 생각하며 미소 짓다가도 이내 일그러진 얼굴을 베개에 묻으며 울음을 터트렸다. 하루에도 수십 번씩 천국과 지옥을 오가며 지쳐 가고 있었다.

"늘 곁에 있겠다고 했잖아."

불안한 마음은 치호에 대한 원망으로 치달으나 행복한 기억은 그를 원망하게 놓아두지 않았다.

'그를 찾아가 먼저 손을 내민 것도…… 이곳에 붙잡아 두려 했던 것도 결국 나인데…….'

어머니에게도, 단짝 친구인 수빈에게도 말하지 못했다. 행여 치호의 정체가 탄로 날까 두려웠다.

돌아오면 지금처럼 치호와 편의점을 운영하며 살아갈 수 있을 것이다. 하지만 애써 외면했던 진실은 다시금 그녀를 공포의 덫으로 밀어 넣었다.

인간이 아닌 아빠를 둔 뱃속의 아이가 어떠한 모습일지 끔찍한 상상들이 끝도 없이 이어졌다.

늑대의 아이를 기르던 애니메이션을 보고 또 돌려 보아도 위안이 되지 않았다.

이른 새벽, 민지는 결국 원주행 버스에 몸을 실었다.

치호가 사라진 지 37일째 되는 날이었다.

원주 시외 버스터미널에 내려 택시를 타고 부곡2리로 향했다. 겨울에만 왔던지라 초록이 우거진 길이 낯설다.

치호를 찾으러 왔던 넉 달 전처럼 그녀의 마음은 혼란과 두려움으로 가득했다. 아니 가슴속에 이는 폭풍은 더 사납고 거칠다. 지난번과 다른 것이라곤.

'그를 만나게 될 거야.'

차들이 줄어들며 한적한 도로가 나왔다. 여름옷으로 갈아입은 치악이 눈에 들어오기 시작했다.

"아가씨, 다 왔어요."

"아저씨, 저 안쪽으로 좀 더 들어가 주시면 안 돼요? 저 끝에 마지막 민가가 있어요."

경로당 앞에 멈춰 선 택시가 다시 움직이기 시작했다.

"아가씨, 산에 올라가려고?"

"네."

"여기 와 본 적은 있어요? 이쪽은 길도 없는 오지라서 베테랑들도 포기하고 내려오는 곳인데."

데자뷰처럼 이어지는 대화에 민지가 입을 다물었다. 가슴이 뜨끈해지며 왈칵 눈물이 쏟아질 것 같았다.

치호와의 만남처럼 강렬하지는 않지만 비슷한 느낌이다.

어디선가 본 것 같은 설렘, 어디선가 만난 것 같은 익숙함, 그래서 자꾸만 눈길이 가고 돌아보게 만든다.

그의 품에 안겨서야 느낄 수 있었던 안정감은 오래전 떠나온 고향으로 돌아온 것과 같은 그리움이다.

'내가 알지 못하는 것들을 몸이 기억하고 있었던 걸까.'

쏟아지는 눈물을 참는 목소리가 갈라진다.

"와 봤으니 걱정 마세요."

어색한 침묵 속에 백미러를 통해 그녀를 힐끗거리는 기사와 눈이 마주쳤다.

"저기 손님, 전에도 내가 여기 데려다주지 않았나?"
"네."
"거 신기하네. 어쩨 말하면서도 이상타 했어. 토씨 하나 안 틀리고 같은 소리 하고 있었네."

전생에 바람처럼 스치는 인연 중 하나가 아니었을까.

기억도 나지 않는 신국에서 그에게 가는 길을 밝혀 주던 누군가가 아닐까.

문득 드는 생각에 민지는 택시비보다 더 많은 금액을 지불하며 차에서 내려섰다.

"감사합니다."
"여기 택시들 안 들어오니까 이거 가져가요."

역시나 명함을 내미는 기사에게 인사를 한 민지가 저승 문처럼 열린 치악을 향해 걸어갔다.

서진과 막걸리를 마시던 원두막을 지나 계곡을 따라가는 산길을 걸었다. 한여름 날씨에 비 오듯 땀이 쏟아졌지만, 민지는 걷는 것도 생각하는 것도 멈추지 않았다.

'산군의 아내로 선택받았다는 말을 들었어요.'
'선택이 아니었어.'

이대로 괜찮은 것인가 끊임없이 의심했었다.

'도망칠 틈도 없이 스며들었다.'

자석처럼 그에게로 향하는 마음을 멈출 수 없었다.

'겨울이 가면 봄이 오듯이, 그렇게…… 봄비처럼.'

전생 따위 믿지도 않으면서 그녀에게로 향하는 치호의 변함

없는 마음을, 애틋한 그리움을 누리고 즐겼다.

'하나밖에 바라볼 줄 모르는 종의 특성이니, 어쩔 수 없지. 평생을 짝사랑하며 그리워해야 하는 운명.'

그는 교통사고로 기억을 잃은 아내에게 또다시 구혼하는 영화 속 남자 주인공 같다. 남자의 애를 태우는 여주인공에게 자신을 대입하며 스스로를 합리화했다.

'너의 향기가 날 미치게 해.'

한결같은 사랑이 자신의 것이 아니라 단 한 번도 의심치 않았다. 몸을 나누며 스며든 수많은 기억들을 꿈이라 치부하며 철저하게 현실에서 밀어냈다.

"아랑……."

그 이름이 무엇을 의미하는지 안다. 하지만 기억도 나지 않는 전생 따위 필요 없다 생각했다. 그저 지금 민지의 앞에 있는, 그녀가 좋아 어쩔 줄 몰라 하는 잘난 남자만 갖고 싶었다. 그녀의 세상에 갇혀 본능을 잃어 가는 치호를 보며 불안하면서도 그마저 외면했다.

"도망치지 그랬어요."

순하고 착한 남자는 절대 민지를 떠나지 않을 것이다. 그녀의 말이라면 응, 알았어, 외에 다른 답을 모르던 남자.

치호가 남긴 기억의 흔적들을 밟으며 산길을 걷고 있는 민지는 어느새 슬픔보다 그리움에 젖어 있다.

흐르는 땀을 손등으로 밀어내며 산 중턱에 다다르자 앞서 걷는 한 여자의 모습이 보였다.

헐렁한 남색 바지에 낡은 긴팔 셔츠를 입은 여자의 행색은 산나물 캐러 올라온 동네 아주머니 같았다. 동행이 생겼다는 반가운 마음에 민지의 발걸음이 빨라졌다.

 "안녕하세요."

 민지를 향해 돌아선 여자는 옷차림에 어울리지 않게 고운 외모가 김 회장을 떠올리게 했다.

 "험산 산길에 아가씨가 웬일이에요?"

 "아가씨 아녜요."

 툭 튀어나온 대답보다 자연스레 배 위에 얹힌 자신의 손에 놀라 민지가 얼굴을 붉혔다.

 "아가씨가 아니야?"

 "아······. 아가씨 맞아요."

 결혼을 안 했으니 아가씨라 해야 하는 게 아닌가 싶어 민지가 웃었다.

 "어디 가시는 길이세요?"

 "딸 보러 가요."

 별로 든 것도 없어 보이는 등산 가방을 짊어진 아주머니의 말에 민지가 고개를 끄덕였다.

 "아가씨는 어디 가는데?"

 아주머니의 물음에 민지는 말문이 막혀 버렸다. 전에는 산에 오르기도 전에 치호가 그녀를 찾아왔기에, 어디로 가야 할지 알 수가 없었다.

 "혼자 등산 왔어? 길이 험한데?"

"험해도 꼭 가야 하는 길이라서요."

물끄러미 바라보던 아주머니가 다시 걷기 시작하자 좁은 산길을 따라 민지도 발걸음을 옮겼다.

여름이 되어 그런가 인적 없던 길에 등산객들의 쓰레기가 눈에 띈다.

"아무튼 인간들이 문제야. 산이 몸살을 앓는다니까."

눈살을 찌푸리던 아주머니가 커다란 바위에 앉았다.

잠시 쉬어 가려나 보다 싶어 옆에 앉으니, 아주머니가 가방에서 작은 텀블러를 꺼내들었다.

"이거 시원한 커피인데 좀 마셔."

"아니요. 괜찮아요."

생각 없이 무작정 와서 생수조차 챙기지 못한 민지는 목이 말랐지만 커피를 마실 수 없었다.

"커피 싫어해?"

"좋아해요. 그런데, 지금은 마시기가 좀 그러네요."

아주머니의 시선이 그녀의 배로 향했다.

"아이 가졌어?"

아가씨라 말해 버린지라 무어라 답해야 할지 몰라 민지는 얼굴이 달아올랐다. 아니나 다를까.

"아가씨라며."

"곧 결혼할 거예요."

아이 가진 건 어떻게 알았을까 싶어 한숨을 내어 쉬니 시큰둥한 아주머니의 음성이 들려왔다.

"새끼 가져 본 여자라면 알지."
"그런가요?"
"꽤나 튼실한 놈이 들었나 보네. 이런 산길을 걷는 걸 보니."
아주머니의 말에 민지는 저도 모르게 숨을 들이켰다.
임신이 처음인지라 초기에는 조심해야 한다는 의사의 말을 잊고 있었다. 하지만.
"튼튼할 거예요. 아빠 닮아서."
"아빠는 어디 있는데?"
"산에 갔어요. 장례가 있어서."
아주머니의 가는 입술이 말려 올라가자 민지가 고개를 갸웃거렸다. 화장기 없는 얼굴은 아까와 달리 피부도 더 하얗게 느껴졌다.
'입술이 저렇게 붉었나?'
그녀의 시선이 부담스러웠는지 아주머니가 자리를 털고 일어났다. 시원하다던 커피는 단 한 모금도 마시지 않은 채 다시 아주머니의 가방 속으로 들어갔다.
높게 자란 나무들 사이로 그늘진 길을 걸으니 서늘한 바람이 치흐처럼 그녀를 훑고 지나간다.
이 산 어딘가에 그가 있다는 생각에 더욱 기운이 났다.
'여기…… 와 본 것 같은데.'
익숙한 나무와 바위를 지나며 앞서 걷는 아주머니를 바라보았다.
"아주머니 딸은 어디에 있어요?"

"조금만 더 가면 마중 나오지 않을까 싶은데?"

매화 마을의 작은 광장 높이 쌓였던 장작들이 무너져 내리며 사방으로 불꽃이 튀어 올랐다.
'잘 가게. 아름다운 벗이여.'
기훈을 삼키며 타들어 가는 화염을 바라보던 치호가 곁으로 다가선 유진을 내려다보았다.
"김도진은?"
"죽을지 살지 모르겠어요. 상처는 좀 아물었는데."
"구슬을 삼켰으니 오늘이 가기 전에 깨어날 거야."
"그래도 백호로 변하지는 않아요. 내 구슬은 어머니의 것처럼 강하지 않거든요."
"……"
"정신을 차리려면 시간이 많이 걸릴 텐데, 괜찮겠어요?"
'어떠한 경우라도 위험을 감수할 수 없어.'
다시 불길을 향해 시선을 돌린 치호를 바라보던 유진이 한숨을 내쉬었다.
"깨어나면 어쩌시려고요."
정신을 잃은 도진이 깨어나길 기다리며 기훈의 마지막을 배웅하는 치호는 발걸음이 떨어지지 않았다.
서둘러 돌아가고픈 마음은 간절했지만, 민지에게 위험이 될지 모를 백호의 존재를 확인해야 했다.
'위기가 닥치면 인간들은 너를 향해 칼을 들 거야.'

인간들의 배신을 경험했던 아랑의 경고가 떠올랐다.

'아랑을 삼킨 것이 백호가 아닌 인간이었다면 나는 어찌 했을까. 나 또한 그와 같은 선택을 하지 않았을까.'

수천 년을 지켜온 마을 사람들의 배신은 소멸을 택할 만큼 수호자로서의 삶을 무너트린 절망이었을 것이다.

진실의 끝자락에서 치호는 그와 같은 삶을 살았던 백호의 처절한 절망과 끝나지 않을 슬픔을 마주했다.

"어머니와 당신, 그리고 백호까지. 질긴 은원의 고리가 끊어지길 바랐는데."

"등신불이 된 벗은 그 고리를 업보라 부르더군."

윤회는 죽어서도 끊어지지 않는 은원의 고리였다. 모든 기억을 잃고 다시 태어나도 은혜를 갚고 원수를 찾는 것이 그 증거였다.

"네가 할 수 있는 일이 아니었다."

"제가 욕심을 부렸나 봐요. 차라리 말하지 말걸."

아무리 오래 살았어도 치호에게는 어린 여우일 뿐이다. 어차피 떠나면 그만인 것을, 유진은 기훈이 사랑했던 마을을 지키기 위해 필사적이다.

"호란은?"

"제 몸에서 구슬이 빠져나간 걸 알아차렸을 거예요. 당신이 오기 전에 어머니를 먼저 만나길 바랐는데."

빠드득 이를 악문 치호가 뜨거운 숨을 토해 냈다.

"네 어미는 내 손에 죽게 될 거야."

"알아요. 미워하지 않을 거예요."

목뼈를 부러트릴 줄 알았던 도진을 놓아준 치호에게 유진은 감사하고 있었다.

"너는 얼마나 더 머물 수 있는 거지?"

"얼마 남지 않았어요."

그녀의 몸은 이미 주변의 사물들을 투영할 정도로 희미해져 있었다. 연인을 삼키는 불꽃을 바라보는 눈동자로 말간 이슬이 차오른다.

"다시 깨어나면 헤매지 않고 그를 찾을 수 있기를 바랐는데, 님은 마지막 소원마저 들어주지 않네요."

용이 되어 나라를 지키겠노라 금성 앞바다에 수장된 문무왕처럼, 기훈은 마을의 결계를 이루는 매화나무 아래 유골을 뿌려 달라 유언했다.

의심하는 순간 멈췄어야 했다.

날카로운 바위들로 가득한 절벽이 드러나고 비스듬히 누운 고목을 발견한 민지는 소름이 돋아 올랐다.

"여기……."

동굴을 발견한 민지는 몸이 굳어 버렸다.

"아주머니 딸이 여기, 있어요?"

"참으로 미련하고."

절벽을 향해 선 아주머니가 천천히 돌아섰다.

"참으로 어수룩해."

"아주머니."

"그래서 산군의 눈에 들었던 건가?"

함께 산길을 걷던 아주머니는 없었다. 가시처럼 박혀드는 여자의 눈동자가 푸른빛으로 변해 간다.

"지켜 주지 않으면 부서져 버릴 듯 작고 연약해서?"

눈을 감았다 뜨는 찰나의 순간, 열 걸음 넘게 떨어져 있던 그녀가 숨결이 닿을 만큼 가까이 얼굴을 댄다.

"무언가를 지키는 자들은 늘 작고 연약한 것에 애달아하지."

"……."

"아니면 주제를 모르고 백호에게 덤빌 만큼 사나운 기질이 마음에 들었던 걸까?"

뚫어 버릴 듯 민지를 쏘아보던 그녀의 입가에 비릿한 미소가 피어올랐다.

"하나도 변하지 않았어."

하얗게 변해 버린 여자의 머리카락이 부유하는 해초처럼 살랑이며 가닥가닥 떠올랐다.

'다, 당신, 누구예요.'

섬뜩한 적대감에 민지는 떨리는 입술을 깨물었다.

"내가…… 궁금한가 보네."

눈조차 감을 수 없었다. 왼쪽 귓가에 속삭이던 그녀는 어느새 오른쪽으로 귀신처럼 들러붙었다.

"자신이 누구인지도 모르는 하찮은 것이, 나에게 누구인지를 묻는다는 것이 우습구나."

새파란 눈동자와 피를 머금은 듯 붉은 입술이 민지로 하여금 누군가를 떠올리게 했다.

"유진."

민지의 입에서 새어 나간 소리에 물끄러미 바라보는 파란 눈동자로 작은 파동이 인다.

"아! 딸아이를 잊고 있었네."

'호란!'

친구의 딸이라던 유진을 만난 날, 치호는 그녀에게 주천을 지키는 여우 이야기를 했다.

"그래, 멍청한 딸년이 나타나기 전에 먼저 해결해야 할 문제가 있지."

민지를 노려보던 호란은 어느새 그녀의 뒤에 서 있다.

"내 구슬을 삼킨 적악의 산군이 오래오래 품었던 정기를 이 안에 다 쏟아 넣었다지?"

얼음장처럼 차가운 기운이 민지의 배로 감겨들었다. 섬뜩한 한기가 전신을 감싸자 동장군을 마주한 듯 한여름 열기가 삽시간에 얼어붙어 버렸다.

"구슬을 잃었으니 다른 것으로 대가를 치러야지."

송곳 같은 혓바닥이 그녀의 목덜미를 핥자 한계를 넘어선 공포가 얼굴을 적시며 흘러내렸다.

"날…… 삼켰던 백호가 어찌되었는지 잊었나요?"

어디서 그런 용기가 났는지 배 위로 감겨든 호란의 손을 움켜쥐었다.

"그는 나타나지 않아."

마을을 둘러싼 결계의 원천은 여우 구슬.

"네 냄새가 아무리 달콤해도 내 구슬을 먹고 자란 매향을 넘지 못해."

날카로운 호란의 손톱이 민지의 배로 파고들었다.

'도와줘요.'

참았던 눈물이 터져 나왔다. 서러운 그리움이, 그에게 닿기 전에 부서져 버릴 애타는 사랑이 흘러내린다.

"그녀를 놓아줘."

거대한 고목 뒤로 나타난 남자의 음성에 배 위로 감겼던 호란의 손이 떨어져 나갔다.

"은원의 굴레를 또다시 이어 가려 하는가."

"은원?"

호란이 새로운 먹잇감을 찾은 맹수처럼 남자에게로 다가섰다. 고개를 갸웃거리며 그의 향기를 들이켰다.

"네게서 내 아이의 냄새가 나."

"여우야, 너는 적악이 아닌 태백의 산군을 상대해야 할 거야."

물끄러미 남자를 바라보던 호란이 웃음을 터트렸다.

"백호로구나. 신력은 적악 산군에게 모두 흡수되었을 테고……. 그래서 하찮은 인간으로 태어난 건가?"

흥건하게 젖은 민지의 눈동자가 백호라 불리는 남자에게로 향했다. 호란과 마주 선 남자는 마을 사람들이 입는 것과 같은 옷을 입고 있었다. 얼굴과 걷어붙인 팔뚝으로 무언가에 물어뜯긴 상처가 가득했다.

'엘리베이터.'

신화 그룹 엘리베이터에서 만난 남자였다. 노란 눈동자가 분명하게 기억났다.

"산군의 아내는 전생을 기억하지 못하는데, 어째서 너는 날 기억하는 거지?"

그의 주위를 맴돌던 호란이 신기한 듯 올려다보았다.

"너의 딸이 죽어 가던 내게 구슬을 내어 주었다."

영력이 강했던 치호는 신수까지 삼켜 구슬에 담긴 기억의 영향을 받지 않았다. 하지만 죽어가는 인간의 영혼은 여우 구슬이 품은 기억도 고스란히 흡수했다.

"인간으로 태어난 나는 마을 사람들을 도륙한 대가로 삼십여 년이 넘도록 시체처럼 살아왔다."

"그렇게라도 살고 싶더냐. 어리석기는……."

호란의 손이 남자의 뺨을 스치는가 싶더니 쓰러진 그의 얼굴에서 피가 분수처럼 뿜어져 나왔다.

"딸년의 구슬을 삼켜도 넌 나의 적수가 되지 않아."

호란의 손이 그의 복부를 뚫으며 파고들자 민지의 입에서 비명이 터져 나왔다.

잦아드는 불길을 바라보던 치호의 시선이 동굴이 있는 산등성이로 향했다.

'아니겠지.'

이내 고개를 돌린 치호가 불꽃을 바라보았다.

'그녀가 이곳에 왔을 리 없잖아.'

등줄기가 곤두서고 혈관을 도는 피가 들끓자 치호의 시선이 또다시 동굴이 있는 산등성이로 향했다.

"동굴에 가 봐야겠어."

"왜…… 그래요?"

날을 세운 치호의 긴장감을 느끼듯 유진의 시선이 산으로 향했다.

"김도진. 집에 있는 거 확실해?"

유진을 내려다보던 그의 두 귀가 모기의 날갯짓을 잡을 때처럼 동굴을 향해 감각적으로 움직였다.

"그녀가 울고 있어."

"뭐라고요?"

"도진이 집에 있는지 확인해."

뒤도 돌아보지 않은 채 치호는 동굴을 향해 달리기 시작했다. 북처럼 울려 대는 심장이 그에게 경고하고 있다.

아아아아악!

또다시 느껴지는 파장에 확장된 그의 동공으로 붉은 빛이 스며든다. 온몸의 신경들이 활시위처럼 팽팽하게 당겨졌다. 혈들이 관을 뚫을 듯 펄떡였다.

마을의 결계를 넘기가 무섭게 바람에 실려 온 그리운 향기가 폐부로 들어찼다. 향기에 묻어나는 또 다른 냄새가 치호의 가슴에 불을 댕긴다.

높게 치솟은 바위를 거침없이 날아 오른 치호의 발이 동굴 앞 바위를 딛자 핏빛 과거가 느릿하게 펼쳐진다.

주저앉아 울고 있는 민지를 보호하려는 듯 그녀의 앞에 피투성이가 되어 쓰러져 있는 도진이 보였다.

시공이 멈춘 듯 바람이 잦아들며 소리는 사라졌다.

민지에게 향하던 호란이 고개를 돌리는 순간, 그녀의 목으로 치호의 손이 감겨들었다.

창백한 얼굴에 보석처럼 박힌 새파란 눈동자로 새하얀 이빨을 드러낸 치호가 거울처럼 비쳐졌다.

"나는, 너를…… 벗이라 여겼다."

그의 음성에 묻어나는 짙은 슬픔에 호란이 웃는다.

"우린, 아직도 벗이야."

"나와 대적하여 네가 얻는 것이 무엇일까."

"난 내 구슬을 회수하려 했을 뿐이야."

"구슬?"

쉽게 포기하리라 생각지 않았지만 호란이 민지를 공격했다는 사실과 연관 지을 수 없었다.

"네가 삼킨 구슬, 이제 돌려 줘야지."

호란의 목을 조르는 치호의 손끝으로 새까만 손톱이 드러났다.

"크억, 그 많던, 산군들이 어디로 갔는지 궁금하지 않아?"

숨이 막힌 호란의 얼굴로 도자기에 균열이 가듯 핏줄이 드러났지만 붉은 입술은 고운 선을 만들며 웃고 있었다.

"서쪽 바다 너머에 영산이 있어."

벌레처럼 자연을 갉아먹는 인간에게 상제는 더 이상 내어 줄 것이 없었다. 신수를 시작으로 모든 영물을 천계로 귀환시킨 상제가 남겨 둔 단 하나의 문, 영산이었다.

"나는 그곳으로 가야 해."

호선이 되지 못한 그녀가 영산으로 가는 결계를 열려면 치호에게 빼앗긴 구슬이 반드시 필요했다.

"상제께서 왜 신수들을 불러들였다고 생각해?"

천계와 지계의 균형을 이루던 신수들이 떠난 세상은 마물들의 영토, 그들은 인간의 탐욕과 교만에 스며들어 더욱 잔혹한 역사를 만들어 가고 있었다.

"나와 함께 가자."

"나는 그녀를 떠나지 않아."

상제에게 버림받은 세상이 마물들로 가득한 지옥으로 변한다 해도 치호는 그녀의 곁을 지킬 것이다.

"백호를 잡기 위해 널 이용했지만, 지금은 나는 너와 싸워도 지지 않아. 네가 잠든 그 시간에 나는 놀고만 있었겠어?"

자신의 숨통을 조이는 치호의 손에 묻은 호란의 피가 뜨거운 불길을 만들고 있었다. 물끄러미 치호를 바라보던 호란이 그의 손목을 거머쥐었다.

"인계에 남은 신수는 너와 나 둘뿐이야. 너와 싸우고 싶지 않아."

"나와 싸워 이긴다는 보장이 없기 때문이겠지."

뼈를 녹이는 고통에도 호란을 놓을 수 없다. 손을 놓는 순간 호란의 이빨은 연인의 심장으로 박혀 든다.

"그녀를 봐. 널 바라보는 눈빛이 어떤지."

살기를 품은 선홍빛 눈동자가 민지에게로 향했다.

'보고 싶지 않아요. 변하지 않을 거라 약속해요.'

공포에 휩싸인 민지의 심장 소리가 들려온다.

'당신이 변하면, 난 뒤도 돌아보지 않고 도망갈 거예요.'

호란의 목에 박힌 그의 손톱은 이미 피로 물들고 있고, 아름다운 황금빛 눈동자는 핏빛으로 변해 버렸다.

'절대 변하지 말아요. 약속해요.'

두려움을 넘어선 공포를 마주한 민지는 하얗게 변해 가는 치호에게서 눈을 뗄 수가 없었다. 떨리는 입술을 깨무는 그녀에게로 따뜻한 바람이 감겨든다.

포근한 손길을 올려다 본 민지는 안쓰럽게 바라보는 유진을 발견했다.

"의심하지 말아요. 그는 당신의 산군이에요."

"그가…… 변하고 있어요."

떨고 있는 민지를 품에 안은 유진이 치호에게로 향한 눈을 가렸다. 사라져 가는 몸으로 산군의 아내를 품어 보호막을 친 유진의 눈에서 눈물이 흘러내렸다.

"당신을 지키기 위해서예요."

소멸이 시작된 유진의 손은 이미 치호를 가릴 수 없을 만큼 투명했다. 새하얀 털로 뒤덮여 가는 치호의 모습에 민지는 눈을 감아 버렸다.

캬아아아.

전투의 시작을 알리듯 호란의 꼬리가 드러나며 그녀의 손이 치호의 얼굴을 후려 갈겼다. 휘청이는 그에게서 벗어난 호란은 이미 거대한 여우의 모습으로 변해 있었다.

털을 곤두세운 그녀의 몸으로 푸른 기운이 일렁인다.

크르르르르

이를 드러낸 치호가 그녀를 향해 손을 뻗는 찰나, 죽은 듯 누워 있던 도진이 어깨로 호란을 들이받았다.

끼이이이.

호란의 손이 옆구리로 박혀 들었지만 그녀의 목덜미를 문 도진이 절벽을 향해 몸을 날렸다. 순식간에 하나로 엉켜 떨어져 내리는 그들을 내려다보던 치호가 고개를 돌렸다.

민지를 품에 안은 유진의 몸이 민들레 씨앗처럼 흩어지고 있었다.

한편 절벽에서 떨어져 내린 호란은 믿을 수 없다는 눈으로 도진을 쳐다봤다.

"뭐 하는 거지?"

몸에서 떨어져 나간 자신의 심장을 뜯어먹는 도진의 모습에 호란의 입에서 비명이 터져 나왔다.

"어떻게! 어떻게 이런 일이!"

뜯겨 나간 심장은 하루가 지나면 다시 생겨나겠지만, 목숨을 걸고 호란을 공격한 도진은 변해 가고 있었다.

"말했잖아. 너의 상대는 태백의 산군이라고."

호란의 심장을 삼킨 도진이 자신의 손을 내려다본다.

"크 크크크. 이제야 숨통이 좀 트이는구나."

시퍼런 살기를 드러낸 도진의 미간이 넓어지며 까만 눈동자가 노란 불길을 뿜어냈다. 얼룩덜룩한 상처들은 검게 변하고, 살갗을 뚫고 새하얀 털이 돋아났다.

"가지 말아요."

민지의 절규가 심장으로 파고들었지만 치호는 천천히 절벽을 향해 돌아섰다. 까마득한 절벽 아래에서 들려오는 맹수들의 포효가 산 전체를 뒤흔들고 있었다.

'둘 다 죽여야 해.'

절벽을 향하는 치호의 허리로 민지의 손이 감겨들었다.

"가지 말아요."

뜨거운 눈물을 쏟으며 민지가 손가락에 깍지를 꼈다. 사슬처럼 엉켜든 손을 내려다보던 치호가 숨을 들이켰다.

"그들을 찾아야 해."

"아니요. 그러지 말아요."

뜨거운 그녀의 눈물이, 애타는 숨결이 그의 척추를 타고 전신으로 퍼져 나간다.

돌아선 치호가 민지를 품에 안았다. 그녀에게서 뿜어져 나오는 두려움이 그를 향한 것이 아니기를 기도하며 민지의 머리에 입맞춤했다.

"기다려."

"싫어요. 가지 말아요. 그냥, 이렇게 있어요."

아무리 매달려도 그의 손은 목에 감긴 그녀의 팔을 잡아 내렸다.

"치호 씨……."

몸서리쳐지게 무서운 그의 적안을 바라보는 민지의 눈동자로 끝도 없이 눈물이 차올랐다.

"그녀를 놓아주면 난 당신을 잃게 될 거야."

"아니요. 그렇지 않아요."

그녀의 애원에도 치호는 기어이 민지를 밀어냈다.

"돌아올게."

"기다리지 않을 거예요."

달려 나간 민지가 절벽 끝에 양팔을 벌리고 섰다. 절벽으로 휘몰아치는 바람에 낙엽처럼 흔들리는 가녀린 몸이 금방이라도 떨어질 듯 위태로웠다.

"그래도 가겠다면 나 여기서 뛰어내릴 거예요."

"민지야……."

이제야, 이제야 내 이름을 불러 주는구나.

쏟아지는 눈물을 삼키며 민지가 그를 향해 돌아섰다.

"나 아이 가졌어요."

혈관을 태우던 분노는 충격으로 바뀌며 들끓던 심장으로 알 수 없는 감정들이 밀려들었다.

'아이가, 있어. 그녀 몸속에, 내 아이가.'

멍하니 서 있는 치호에게로 다가선 민지가 그의 목에 팔을 감아 끌어안았다.

"우리 아기가 자라고 있어요."

잔뜩 곤두선 채로 등을 덮고 있던 털들이 사라진다.

"그러니까, 내 곁에 있어요."

날카로운 손톱이 손끝으로 숨어들며 피로 물들었던 눈동자로 여명이 찾아들었다.

으르르르르.

낮은 울림과 함께 척추를 타고 숨어들던 그의 털들이 다시 몸을 일으키며 자라기 시작했다.

'반드시 호란을 죽여야 한다.'

그의 마음을 읽은 것일까.

"가지 말고 내 곁에 꼭 붙어 있어요. 항상 곁에 있겠다고 했잖아요. 내 곁에, 우리 곁에서 지켜 줘요."

다시 변해 가는 치호를 민지가 꼭 끌어안았다.

"다시 나타나면 그때는 잡지 않을게요."

"민지야."

"원망하지도 않을게요."

그와 맞닿은 가슴을 세차게 두드리는 그녀의 절박함에 결국 치호는 민지의 허리를 마주 안았다.

'하아. 하아아. 아파……'

생살이 뜯겨 나가는 고통에 호란은 눈물이 차올랐다. 잘려 나간 몸통으로 그녀의 내장을 삼키고 있는 백호가 보였다.

우드득. 우드득.

이미 몸통에서 떨어져 나간 다리뼈를 씹는 소리가 그녀의 고막을 긁어내린다. 영물로 살아오면서 처음으로 느껴보는 공포에 너덜너덜해진 육신으로 소름이 돋았다.

'어떻게, 어떻게 이리 당할 수 있지? 신력을 잃고 인간으로 태어난 백호가 어떻게……'

신수로 영원을 살던 도진에게 나약한 인간의 신체는 업보였다. 주기적인 수혈을 통해 죽어 가는 몸을 가득 채운 피 또한 은원의 굴레에 얽혀 다시 태어난 마을 사람들이 치러야 할 배신의 대가였다.

'신력보다 더 사납고 강한 기운, 깊고 깊은 원한을 쌓아 왔구나.'

결국 호란은 죽어간 마을 사람들과 백호의 연인, 그 모든 원한이 자신에게로 돌아왔음을 깨달아야 했다.

점점 흐릿해지는 의식을 깨우듯 몽롱한 목소리가 귓가에 파고들었다.

'이제 만족해요?'

하나 남은 눈알을 굴려 하늘로 치켜떴다.

오래전 사라진 신수들의 전쟁에 몸살을 앓던 치악의 하늘은 별조차 숨어 버린 암흑이다.

새까만 밤하늘로 물그림자 같은 형체가 보였다.

'유진······.'

자신의 피내음에 묻어난 따뜻한 향기는 그녀에게서 떨어져 나간 새끼의 냄새였다.

'망할 것, 널 낳아 준 어미를 죽이라 백호에게 구슬을 내어 주었더냐.'

'모두 엄마로부터 시작된 은원이에요.'

'은혜도 원한도 없어. 난 호선이 되려 했을 뿐이야.'

'엄마는 절대로 호선이 되지 못해요. 단 한 번도 따뜻하게 생명을 품어 본 적이 없으니까.'

'널 가졌을 때 따뜻했어.'

'다시 태어나면······ 우리, 다르게 살아요.'

'지치고 힘든 삶이었다. 다시는······ 태어나고 싶지 않아.'

생살이 뜯기는 것이 아프기는 했지만 다시 태어나 복수하고 싶을 만큼 원망스럽지 않다.

'은원의 고리는 쉽게 끊어지지 않아요.'

'이제 갚아야 할 은혜도 원한도 없어.'

죽어 가는 신체에 갇혀 배신자들의 피로 연명하던 도진은 여우 구슬로 각성하고, 호란의 몸을 삼키며 백호로 거듭났다.

'다시 태어나게 될 거예요.'

치호는 잃어버린 아내와 새끼를 되찾았으며, 하나 남은 호란의 혈육은 그녀가 원하는 대로 인간 반려와 마지막 길을 함께 했다.

'내게는 다시 태어나야 할 이유가 없어.'

'딸이 엄마를 기다리고 있을 테니까.'

유진의 얼굴이 점점 희미해지는가 싶더니 이내 새까만 어둠이 그녀를 덮쳤다.

와그작 와그작.

호란의 머리까지 모조리 삼켜 버린 백호가 포효한다.

소용돌이치는 여우의 피가 오장육부를 태울 듯 뜨겁게 달아올랐다. 얼음장 같은 계곡물을 아무리 들이켜도 열기가 가라앉지 않는 갈증이 백호의 식도를 태웠다.

'나를 삼킨 치악의 산군도 꽤나 고생했겠군.'

차가운 계곡에 들어앉은 백호가 바위로 뛰어올랐다. 사방으로 날아오른 물방울이 별처럼 반짝인다.

고개를 든 백호가 공기 중에 떠도는 익숙한 향기에 어둠을 가르며 달리기 시작했다.

바위와 바위 사이를 날아올라 태풍에 쓰러진 나무 위에 올라선 백호의 눈동자가 반짝였다.

어두운 산길을 내려가는 치악의 산군의 등에는 작고 귀여운 아내가 업혀 있다.

'잘 가게. 벗이여.'

돌아선 백호는 순식간에 비로봉 정상에 올랐다. 반짝이는 원주 시내를 내려다보는 그의 눈동자로 짙은 그리움이 차오른다.

에필로그

 천삼백 년 전 신국의 적악을 지키던 수호신이었던 남편은 시공을 넘어 내게로 왔다. 폭풍처럼 나를 덮친 운명은 평범했던 내 삶을 송두리째 삼켜 버렸다.
 "선택이 아니었다."
 도망칠 틈도 없이 스며들었다는 남편은 지옥도 마다 않고 품어 안을 만큼 내가 좋았다고 고백했다.
 수많은 혼란과 의심, 고뇌의 끝에서 나는 남편의 손을 잡았다. 인간이 아닌 불멸의 존재에 대한 두려움을 넘어설 수 있도록 남편은 한결같이 내 곁을 지켰다.
 내가 알지 못하는 과거와 이어진 은원의 고리가 끊어지던 날, 남편은 복수 대신 사랑을 선택했다.
 나를 등에 업고 내려오며 남편은 울었다.
 뜨거운 가슴으로 소용돌이치던 그 서러운 울림을 칠 년이 지난 지금에도 나는 기억한다.

그를 만나며 나는 깨달았다.

사랑한다는 말이 그 울림을 담기에 얼마나 보잘 것 없는 글자인지…….

산군의 사랑은 공기와도 같이 나를 감싸고, 햇살처럼 나를 쫓으며, 달빛처럼 은은하고 또 고요했다. 때론 여름날 소나기와 같은 격정으로 내 몸을 적셨다.

호르몬이 폭발하는 임신 기간은 말로 표현할 수 없을 만큼 힘든 시기였다. 뱃속에 아이가 하나가 아니라는 의사의 말은 나의 두려움을 증폭시켰다. 털북숭이로 태어날지 모를 아이에 대한 공포는 나를 괴롭혔다.

배를 뚫을 듯 격한 아이들의 움직임에 익지도 않은 생고기를 삼키며 나는 점점 예민하고 사나워졌다.

'내 안에 괴물이 자라고 있어.'

공포에 질린 나를 보며 남편은 하루하루 말라 갔지만 한시도 곁에서 떨어지지 않았다. 두려움에 잠 못 드는 밤이면 그는 밤을 새워 나의 마음을 달래 주었다.

시간이 멈춘 마을보다 신비로운 아이들이 태어났다.

둔갑한 여우나 인간으로 환생한 백호를 뛰어넘는 반인반수들이 태어난 것이다. 아주 작고 예쁜 모습으로 태어난 아이들을 보며 얼마나 울었던가. 하지만…….

그들은 괴물이었다.

다다다다. 우당탕탕! 다다다다다.

계단을 울리는 요란한 발자국 소리에 민지의 입에서 격한 괴성이 터져 나왔다.

"야아아아아아아!"

거친 사자후에 평화로운 일요일 오후는 산산이 부서져 버렸다.

"세 시 방향, 마녀 등장!"

날 듯 계단을 뛰어내리던 유신과 유림이 2층 계단 창문으로 몸을 날린다.

"아오! 망할 녀석들!"

후다닥 뛰어오른 민지가 계단 창문에 매달렸다.

"여보!"

"응! 잡았어!"

느티나무 가지치기 하던 치호의 손에 붙잡힌 작은놈이 바동거리며 민지를 올려다본다.

큰놈은 이미 울타리를 넘어 산으로 도주했다.

세쌍둥이는 각자 유신, 유진, 유림이라 이름을 지었다. 큰애는 치호의 오랜 벗인 김유신 장군의 이름을 땄고, 둘째는 기훈의 여우 아내 이름을 붙였다. 마지막 셋째는 '수풀 림'자를 붙여 유림이라 불렀다.

"유림이 가둬 놓고 유신이 좀 잡아와요."

환하게 웃으며 손을 흔들던 치호가 유림을 겨드랑이에 끼고 뒤뜰로 걸어갔다.

빠른 걸음으로 2층에 올라선 민지가 창문을 열었다.

유림을 창고로 집어던지는 남편의 과격함에 타박을 하려는 찰나, 치호가 울타리를 넘었다.

"아우! 문으로 나가야지, 문으로! 동네 사람들 보면 어쩌려고!"

울분을 토하는 그녀의 엉덩이를 토닥이는 작은 손길에 민지가 고개를 돌렸다.

"엄마. 심호흡하고."

차분하게 빗어 내린 머리에 예쁜 나비 핀을 꽂은 유진이 말갛게 올려다보며 웃었다.

"그냥 둬, 배고프면 집에 오잖아."

"또 흙투성이 돼서 올까 봐 그러지. 금방 씻었는데."

"어디 하루 이틀인가."

새삼스러울 것도 없다는 듯 계단을 내려가는 유진을 바라보고 있자니 민지는 한숨이 터져 나왔다.

세쌍둥이 중에 둘째로 태어난 유진은 극성맞기가 하늘을 찌르는 형제들 중에 유일한 홍일점이었다.

'그나마 너라도 있어서 다행이다.'

산군의 혈통으로 태어난 아이들의 장점은 딱 하나뿐이었다. 기저귀를 일찍 뗀 것.

무언가 마려우면 화장실로 기어가는 아이들을 보며 처음에는 천재인 줄 알았다. 하지만 아이들이 걷기도 전에 전쟁은 시작됐다.

성질이 나면 머리털을 곤두세우는 기이한 행동에 두 살까지 세쌍둥이는 머리카락을 빡빡 밀어야 했다.

"이러다 귀나 꼬리가 튀어나오는 거 아닐까요?"

"안 그럴 거야."

하루하루 걱정이 늘어나는 민지와 달리 치호는 새끼들이 마냥 예뻐서 물고 빨아 댔다. 식탁에서 이빨을 드러내며 싸우는 것은 아주 귀여운 애교였다.

배가 불러오며 퇴사했던 민지는 사실 도시에 머물고 싶었다. 그러나 걷기도 전에 뛰기 시작하는 아이들을 감당할 수 없었다.

빌라를 포기하고 원주로 이사하며 치호의 감언이설에 속아 치악으로 향하는 마지막 민가를 사들였다.

전원주택을 짓고 잔디를 깔고, 나무를 심으며 나름 꿈에 부풀었었는데!

애견 카페처럼 사방으로 높은 펜스도 둘렀건만 대문을 사용하는 것은 민지와 유진뿐이다.

'딸이라서 그런가?'

거실에 앉아 조용히 책을 보는 유진은 아이들 중에서도 유난히 조숙했다. 물끄러미 바라보고 있자니 문득 고개를 든 유진이 피식 웃었다.

"엄마."

"왜?"

"유림이는?"

"아! 맞다. 유림이!"

창고에 갇혀 있을 유림을 깜박 잊고 말았다.

앞치마도 풀지 않은 채로 현관문을 박차고 나가는 민지의 모습에 유진이 고개를 절레절레 저었다.

남들이 보기에는 민지를 닮았다는 소리를 듣는 유진이었지만 알맹이는 치호를 꼭 빼다 박았다.

고양이는 물론 메뚜기나 개구리를 괴롭히기 바쁜 형제들과 달리 유진은 다친 동물들을 돌보는 것을 좋아했다.

막내 입안에 든 개구리를 꺼내어 살려 주는 모습도.

어미 새에게 버림받은 아기 새를 품에 안은 모습도.

먹이를 삼키는 아기 새를 바라보는 미소도 치호를 꼭 닮았다.

"유림아!"

창고 문을 열기가 무섭게 튀어나가는 유림의 뒷덜미를 민지가 낚아챘다.

"요 녀석!"

"아…… 엄마."

뒷덜미가 잡힌 아들이 힘 좋은 장어처럼 발버둥 쳤지만, 그녀 또한 예전의 한민지가 아니다.

키는 여전히 작았지만 세쌍둥이를 품고 있는 동안 45킬로였던 몸무게는 60킬로로 정점을 찍었다. 게다가 주말마다 치호와 등산을 한 덕분에 코스모스 같던 그녀의 몸은 무 힘줄 만큼이나 단단해졌다.

"좀 얌전하면 안 되는 거니?"

"산군의 아들인데 얌전할 수 없지! 크아아아!"

자랑스럽게 하얀 이빨을 드러내는 아들의 이마로 딱 소리가 나도록 손가락을 튕겼다.

"아얏! 엄마!"

"아무 데서나 이빨 드러내지 말라고 했어? 안 했어!"

"아우웅. 나는 산."

"시끄러워!"

산군 소리를 어쩌면 저렇게 자랑스레 내뱉는지. 마치 황위를 물려받을 태자처럼 군다.

"너 자꾸 이러면 호랑이 삼촌 부를 거야."

순간 바동거리던 유림의 목이 자라처럼 움츠러들었다.

"알았어."

현관에 들어선 민지가 풀이 죽은 유림을 놓아주었다.

"삼촌 오지 말라고 그래. 나 얌전하게 숙제할 거야."

"그전에 씻고."

"목욕은 아까 했는데?"

목욕하는 건 왜 또 그리 싫어하는지!

"머리카락이 마르기도 전에 바닥에 뒹군 게 누구시더라?"

"해야겠네. 흙이 좀 묻긴 했어. 그렇지?"

눈치 빠른 막내가 짐짓 어른스레 고개를 끄덕이며 욕실로 향했다. 매와 같은 눈으로 지켜보던 민지가 한숨을 내쉬었다.

"엄마?"

"아윳! 깜짝이야."

방금까지 거실에 엎드려 책을 읽던 유진이 순간이동을 했는지 그녀의 치맛자락을 흔들었다.

"오늘 도진이 삼촌 와?"

"아니, 안 오셔."

"삼촌 부른다며."

아무리 조숙해도 일곱 살 아이는 아이였다. 막내를 다그치는 협박에 작은 가슴이 설렜나 보다.

"아니야. 안 오셔."

절망적인 마음으로 벼랑 끝에 섰던 그날 이후 호란은 더 이상 모습을 보이지 않았다.

"내 생일에는 오시려나?"

"생일 아직도 멀었는데 벌써 기다려?"

풀이 죽은 유진의 머리를 쓰다듬던 민지의 시선이 저 멀리 치악의 정상으로 향했다.

"아빠 때문이지."

"그런 거 아니야."

"아빠는 왜 그렇게 도진이 삼촌을 싫어해?"

"글쎄다."

백호로 변하는 모습을 본 것도 아닌데, 치호는 여전히 도진에 대한 경계를 늦추지 않았다.

김 회장의 유일한 아들은 그의 생을 이어 준 유진에게 은혜를 갚으려는 듯 마을에 남았다. 뒤틀린 시간의 결계를 넘나들며 마을과 바깥세상의 교량 역할을 했다. 시차를 이용하여 한의학을 공부한 도진은 기훈처럼 마을 사람들을 돌보고 있었다.

"잘 지내고 있는지 모르겠네."

어린 똥강아지들을 기르는 민지에게는 잠시의 사색도 허용되지 않았다. 욕실 문틈으로 첨벙거리는 물소리가 들려오자 그녀는 또다시 달려간다.

일 년에 한 번 은하수 너머에서 만난다는 견우직녀의 전설을 품은 칠월은 더없이 아름다운 달빛을 품고 있었다.

치악의 정기를 품은 비로봉 바위에는 유난히 밝은 달빛을 바라보는 두 개의 그림자가 있다.

고등어 무늬가 선명한 고양이는 아내를 잃고 돌아온 새벽이요, 곁에 앉은 이는 김도진이다.

니야아아아옹.

옆에 앉아 야옹거리는 새벽의 머리에 손을 얹은 도진이 한숨을 내쉬었다.

"다 늙어서 왜 이리 말이 많아."

"말 많은 게 청승맞은 것보다 낫지."

하얗게 센 주둥이를 핥던 새벽이 도진을 올려다본다.

"치호는 널 못 잡아먹어 안달이던데."

"시간이 필요할 거야."

"마누라 환생도 못 기다리고 자살한 호랑이가 할 말은 아닌 것 같은데?"

새벽의 비아냥에 도진이 이빨을 드러냈다.

"아니, 내 말은 그게 아니라 혹시라도 둘이 싸움이 붙을까 봐 하는 말이지."

"백호로 변하지 않는 한 그는 공격하지 않아."

"백호로 변할 수 있기는 하고?"

"바보 같은 네 주인 이야기는 그만해."

"주인 아니야. 벗이지."

퉁명스런 대꾸에 도진의 입가에 미소가 배어났다.

"개와 고양이라……. 우습군."

"마누라 그리워서 청승 떠는 호랑이가 더 웃겨. 모르나 보지?"

"그래, 친구 찾아서 그 먼 길을 돌아왔어?"

"늙으면 동무만 한 위안이 없지."

"주인 찾아오는 백구 이야기는 들었어도 고양이는 처음이네."

치호의 가족이 이사를 결정했을 때, 둘째 부인과 한창 연애 중이었던 새벽은 인천에 남았다.

사랑 하나로 고달픈 길냥이의 삶을 택했지만, 늙고 병드니 치호와 민지가 그리워졌다. 험난한 여정에서 돌아온 새벽을 치호는 따뜻하게 맞아 주었다.

춘향이처럼 청승을 떨어 대는 도진을 올려다보던 새벽이 고개를 갸웃거렸다.

"아직도 버들이 기다리는 거야?"

이름만 들어도 마음이 아픈 도진은 아내를 잃고도 너무나 멀쩡해 보이는 새벽이 부럽기까지 하다.

"아직도 안 태어나다니 너무 게으른 것 아니야?

대꾸 없는 도진을 올려다보던 새벽이 한숨을 내쉬었다.

"유진이가 널 유난히 좋아하잖아. 치호는 딸이 버들이가 아닐까 생각하는 것 같던데, 아닌 거야?"

"버들이라면 당장 마을로 데려갔을 거야."

"치호가 무서운 건 아니고?"

새벽의 말에 도진이 고개를 설레설레 저었다.

"생살이 찢기는 고통도 가슴을 뚫는 상실보다 아프지 않아. 내가…… 무서울 게 있을 거라 생각해?"

"세상에 여자는 많아. 내게는 아내가 셋이나 있었어."

백설기는 병들어 죽고, 둘째 아내는 인간이 데려가 버렸다. 셋째 아내는 다른 고양이와 바람이 나 도망갔다.

"치호도 너도 이해할 수 없네. 구질구질해."

"고양이가 우리 산군들을 어찌 이해하겠어."

"호랑이도 고양이야. 물고양이."

늙은 고양이를 벗 삼아 외로움을 달래던 도진의 눈동자로 섬광이 스쳐간다. 덩달아 털을 곤두세운 새벽이 주위를 두리번거렸다.

"오늘은 이만 돌아가야겠다."

"왜? 온 지 얼마 안 됐는데?"

도진을 따라 새벽의 시선이 계곡으로 향했지만 나무에 가려져 아무것도 보이지 않았다.

"그들이 오고 있어."

미소 짓는 도진의 말에 새벽의 귀가 쫑긋 섰다. 아니나 다를까 덜 자란 강아지 짖는 소리가 들려왔다.

달빛에 가려진 나무 사이로 계곡을 타고 오르는 민지의 이마로 땀방울이 맺혀들었다.

"업어 줄까?"

"됐어요. 오래 살려면 나도 운동 좀 해야지."

치호와 손을 잡은 민지가 커다란 돌 위로 단단하게 발을 디뎠다. 이렇게 밤 산책을 시작한 지 치호는 5년, 민지가 합류한 것은 이제 3년 차다.

인간의 아이보다 남다른 성장을 보이는 아이들이 걷기 시작할 무렵 치호는 밤 나들이를 시작했다.

성장 억제제를 맞아야 할 정도로 빠른 성장을 보이는 아이들의 왕성한 에너지를 치악은 다정하게 받아 주었다. 부러진 뼈도 하루 만에 붙을 정도로 혈기가 넘치는 아이들이었지만, 매일 밤 산을 탄 덕분에 감당할 수 없이 빠른 몸의 변화가 완충되었다.

바위와 바위 사이로 날쌔게 달려가는 하얀 강아지 뒤로 꼭 같은 한 마리가 잽싸게 바위를 기어오른다.

"유진이도 같이 왔으면 좋았을 텐데."

"집에서 책 읽겠다는데 뭐라 해. 박사가 되려나 봐."
"한 달 만에 한글을 패스한 머리는 타고났겠죠?"
민지의 말에 치호가 얼굴을 붉혔다.
"서진이가 일렀나 보네."
"그냥, 그냥 알게 된 거죠. 뭐 중요한가?"
"서진이는 어떻게 지내? 요즘 통 연락이 없네."
"신화 그룹의 미래가 장가를 들었으니, 미래에 대한 다른 전략이 필요할 거예요."
치호를 담당하던 김 회장의 비밀 부서 이름에 그가 웃음을 터트렸다.
"그걸 아직도 기억하고 있어? 없어진 지가 언젠데."
"요즘 환경 복원 사업하느라 바쁜가 봐요."
"산을 깎고 집을 짓던 이들이 산을 복원한다니 참 인생은 알 수 없어. 그렇지?"
"평범하던 내가 산군의 아내가 될 줄 누가 알았겠어요."
"아이들을 봐. 우린."
하지만 보라는 아이들은 이미 사라지고 몽롱한 빛을 뿜어내는 반딧불이 하나 둘씩 모습을 드러냈다.
"너무 예뻐요."
이미 사라져 버린 유신과 유림에게는 신경도 쓰지 않는 부부는 정답게 손을 잡고 좁은 산길을 걸었다.
"라면 가져올걸."
"출출해요?"

입맛을 다시는 치호의 모습에 웃음이 나왔다.

"산에서 불 피우는 거 아니라더니."

"컵라면 있잖아."

산 정상에서 먹는 라면에 맛들인 그는 여전히 젊고 아름다웠지만 지극히 인간다워졌다.

두런두런 이야기를 나누며 동굴에 도착하니 미리 가져다 두었던 옷을 입은 아이들이 얌전하게 달구경 중이다.

"저기 보이는 게 견우성이야."

아우에게 별자리를 가르쳐 주는 유신의 머리에는 아직 덜 들어간 귀여운 귀가 산처럼 솟아 있다. 아이에게 다가선 민지가 머리를 쓰다듬자 보드라운 귀가 새까만 머리카락 사이로 스르륵 들어갔다.

"엄마, 우리 이제 집에 가도 돼요?"

"벌써 내려가게?"

"응. 응. 정상에 오면 내려가야지."

유림이 발을 구르자 치호가 고개를 끄덕였다.

"옷 입고 내려가. 뛰지 말고. 변하지 말고."

"알았어요."

후다닥 바위를 뛰어내리는 유림의 뒤를 따라 유신이 달려갔다. 반바지에 반팔 차림이지만 집에 도착하면 너덜너덜한 천 조각이 되어 있을 것이다.

"옷값 대기 힘드네요."

"돈 떨어졌어?"

그녀를 끌어당겨 품에 안은 치호의 물음에 민지가 고개를 저었다.

"아이들 다 클 때까지 끄떡없어요."

그들의 결혼식에 참석한 김 회장은 민지에게 거액이 든 통장을 건넸다. 청동거울을 판 돈이라 했다.

'마을에서 아무것도 가지고 오지 말라 하세요. 파는 것도 문제지만, 어디서 난 물건인지 설명하기가 아주 곤란합니다.'

김 회장의 말이 떠오르자 민지는 웃음이 새어 나왔다.

"왜 웃어?"

"당신이 첫 생일에 선물해 준 귀걸이가 생각나서요."

"그거 신국 최고의 장인이 만든 건데, 왜 안 해?"

"내 귀보다 더 커요. 귀 떨어지겠어."

"그럼 팔아서 쌀과 바꾸지?"

그가 가져온 보물의 가치를 모르는 순박한 남편에게 어떻게 설명해야 하는 걸까?

마을에 있는 치호의 사당에는 그가 전장에서 가져온 전리품들과 사람들이 선물한 보물들로 가득했다. 물론 그 시절에는 크게 의미 있는 물건은 아니었겠지만, 시간은 금이라 했다. 천년의 세월이라는 시간의 값이 매겨진 작은 물그릇조차 학계를 뒤엎을 보물이 되어 있었다.

널찍한 바위 위에 나란히 앉은 민지가 그의 어깨에 머리를 기댔다.

"야경이 참 예뻐요."

"별만큼 예쁘지 않아."

매일 산에 오르는 치호는 여전히 치악의 수호자였다.

석 달 전 치악에서 실종된 등산객을 발견하여 구조한 것도 치호였다. 산에서 그가 주워 들이는 쓰레기의 양은 산림청 직원들조차 고개를 저을 정도였다.

"아랫마을에 새로 전원주택 공사하더라."

"나무들이 많이 베어졌겠어요."

점점 몸을 불리며 치악의 영지를 위축시키는 인간들의 문명을 보며 그는 어떤 생각을 할까.

"불안해요?"

"아니."

어린아이 안 듯 민지를 무릎에 앉힌 치호가 그녀의 목덜미에 입맞춤했다.

"인간이 최상위 포식자가 된 데에는 이유가 있다는 걸 깨달았어."

"이유가 뭘까요?"

"인간의 역사는 전쟁의 역사라고 했던 말 기억해?"

"네."

"그들은 정치적인 동물이야. 좋은 일이든, 나쁜 일이든 항상 둘로 나뉘어 싸우지."

끊임없이 싸우고 서로를 경계하는 인간은 그들이 망가트린 자연을 복구하는데도 전쟁처럼 임했다.

"산을 망가트리는 이가 있으면 반대로 지키는 사람이 생겨

나는 것처럼?"

말갛게 웃으며 올려다보는 민지의 이마로 뜨거운 숨결이 내려앉았다.

"산불을 끄는 소방관도, 나무를 심는 아이들도…… 주말이면 몰려드는 등산객들도 모두가 산군이야."

"그 너그러운 마음으로 도진 씨도 좀 용서해 주면 좋으련만."

한숨처럼 흘러나온 민지의 말에 치호의 목덜미로 핏줄이 곤두섰다.

"뭐라고?"

"이제 잊을 때도 됐잖아요."

"그건 네가 얼마나 잔인하게 죽었는지 몰라서 그러는 거야."

짧게 자른 머리카락까지 곤두서자 민지가 그의 머리를 쓰다듬었다.

"산 채로 뜯어 먹은 당신보다 잔인할까?"

순간 충격 받은 듯 벌꿀색 눈동자가 흔들렸다.

"그걸 당신이 어떻게 알아?"

"꿈에서 봤어요. 사실인가 보네."

"아직도 나쁜 꿈 꿔?"

"아니요. 애들 태어난 뒤로는 안 꿔요."

안심한 듯 치호가 그녀의 가슴에 얼굴을 묻었다.

"한민지. 잊어버려."

"당신이 내 이름을 불러 줄 때가 난 가장 좋아요."

"민지를 민지라고 부르지, 뭐라고 불러?"

물끄러미 바라보는 그의 입술에 민지가 입맞춤했다.

처음으로 그녀의 이름을 불러 주었던 날 이후, 그는 아랑의 기억을 전부 지워 버린 것처럼 행동했다. 하지만 가끔씩 그녀를 바라보는 치호의 눈에는 여전히 슬픈 기억의 그림자가 어린다.

"잊어. 우리는 과거가 아닌 현재를 살아야 하니까."

"알았어요."

도시의 불빛이 아무리 아름다워도 항상 자리를 지키며 묵묵히 빛을 발하는 달과 별에 비할 바 아니다.

"별이 너무 예뻐요."

"아무리 예뻐도 향기가 없잖아."

자연을 지배하려는 인간의 교만과 파괴의 문명은 더욱 발달할 것이다. 그러나 뜨거운 가슴으로 자연을 지켜 갈 산군들의 전쟁 역시 더욱 치열하게 진행되고 있다.

<끝>